JENNIE LUCAS

Une confession inattendue

Traduction française de
FLORENCE GUILLEMAT-SZARVAS

HARLEQUIN

Titre original :
A RING FOR VINCENZO'S HEIR

Ce roman a déjà été publié en 2017

HARPERCOLLINS FRANCE
83-85, boulevard Vincent-Auriol, 75646 PARIS CEDEX 13
Service Lectrices — Tél. : 01 45 82 47 47 - www.harlequin.fr
ISBN 978-2-2804-7226-5

Composé et édité par HarperCollins France.
Imprimé en avril 2022 par CPI Black Print (Barcelone)
en utilisant 100% d'électricité renouvelable.
Dépôt légal : mai 2022.

FSC www.fsc.org
MIXTE
Papier issu de sources responsables
FSC® C159065

Pour limiter l'empreinte environnementale de ses livres, HarperCollins France s'engage à n'utiliser que du papier fabriqué à partir de bois provenant de forêts gérées durablement et de manière responsable.

Prologue

Pourquoi Scarlett avait-elle un tel pouvoir sur lui ?

Cette question le taraudait depuis le jour où elle avait disparu, le laissant abasourdi sur Madison Avenue. Cela faisait deux semaines maintenant qu'il consacrait tous ses moyens, loin d'être négligeables, à la retrouver.

Il l'avait dans la peau. Il n'arrivait pas à l'oublier.

En fait, elle l'obsédait depuis qu'il l'avait rencontrée, dans ce bar. Depuis qu'il l'avait prise dans ses bras. Depuis qu'elle avait déserté son lit, après la nuit la plus torride de toute sa vie. Depuis qu'elle avait surgi au beau milieu de son mariage pour lui annoncer qu'elle attendait un enfant de lui.

Scarlett Ravenwood, à la fois ange et démon…

Si Vin n'avait séduit aucune autre femme ces huit derniers mois — une éternité pour un homme comme lui —, il y avait une explication : Scarlett le hantait, et le souvenir de son corps nu entre ses bras le rendait à moitié fou.

Scarlett était la femme qu'il lui fallait. Et il ferait tout pour la posséder.

1

— Tu as le choix, Scarlett.

Au grand déplaisir de Scarlett, son ancien patron laissa lentement glisser son regard affamé sur son ventre rond et ses seins lourds, qui tendaient le tissu de sa robe de grossesse noire.

— Soit tu signes ces papiers pour abandonner l'enfant à sa naissance et m'épouser, soit...

— Soit quoi ?

Scarlett essayait de se détourner des papiers qu'il lui tendait. Mais la carcasse musculeuse de son interlocuteur envahissait largement la banquette arrière de la limousine.

— Soit... je demande au Dr Marston de te déclarer folle, et de te faire interner. Pour ton bien, naturellement. Car toute femme saine d'esprit accepterait de m'épouser, c'est évident. Par conséquent, tu perdrais quand même ton enfant.

Incrédule, Scarlett le dévisagea. C'est à peine si elle voyait défiler les buildings étincelants de Manhattan sur la Cinquième Avenue. Blaise Falkner était un homme séduisant, riche. Et monstrueux.

— Vous plaisantez, j'espère ? répondit-elle avec un petit rire nerveux. Enfin, Blaise, à quelle époque vous croyez-vous ?

— À une époque où un homme riche peut faire tout ce qu'il veut. À qui il veut.

Il tendit le bras pour enrouler une mèche de ses longs cheveux roux autour de son doigt charnu.

— Qui m'en empêcherait ? Toi ?

Scarlett avait la bouche sèche. Depuis deux ans, elle logeait dans la demeure de Blaise, dans l'Upper East Side, en tant qu'aide-soignante de sa mère mourante. Et elle avait dû supporter les avances de plus en plus insistantes de son patron. Si celui-ci s'était retenu d'aller plus loin, c'était uniquement parce que sa mère, autoritaire et horrifiée à l'idée que son cher héritier s'abaisse à courtiser une domestique, l'en avait empêché.

Mais Mme Falkner était morte et Blaise, incroyablement riche. Scarlett, en revanche, n'était qu'une orpheline venue à New York pour trouver du travail. Depuis son arrivée, elle avait vécu confinée dans la chambre de la malade, obéissant aux ordres tranchants des infirmières et accomplissant les pires tâches au service d'une infirme malveillante. Scarlett n'avait pas d'ami à New York. Personne pour la protéger de cet homme.

Sauf…

Non. Pas lui.

Elle ne pouvait pas faire ça. Pas question.

Mais si Blaise disait vrai ? Si elle tentait de s'échapper, de porter plainte et si la police ne la croyait pas ? Blaise et son psychiatre pouvaient-ils trouver le moyen de mettre leur menace à exécution ?

Quand il lui avait grossièrement proposé de l'épouser lors des funérailles de sa mère, le matin même, elle avait tenté de prendre la chose à la légère et dit qu'elle quittait New York. À sa surprise, il lui avait galamment proposé de la conduire à la gare routière. Sans écouter son instinct, elle avait accepté.

Elle aurait dû se douter qu'il ne renoncerait pas aussi

facilement. Mais de là à imaginer qu'il l'obligerait à l'épouser sous la menace ! À abandonner son enfant !

Elle s'était trompée en considérant Blaise comme un play-boy égoïste et caractériel, qui la désirait comme un enfant gâté désire un jouet qu'il ne peut avoir. En réalité, c'était un fou.

Elle prit une profonde inspiration, résolue à jouer sur sa vanité.

— Mais pourquoi moi ? Vous êtes beau, charmant, riche. N'importe quelle femme serait ravie de vous épouser.

— Mais c'est toi que je veux.

Il la saisit par le poignet, assez fort pour lui arracher une grimace.

— Depuis le temps que tu te refuses à moi. Quand je pense que tu t'es fait mettre en cloque par un autre et que tu refuses de me dire de qui il s'agit… Quand nous serons mariés, je serai le seul homme à pouvoir te toucher. Dès que tu te seras débarrassée de ce mioche, tu seras à moi. Pour toujours.

La limousine descendait la Cinquième Avenue. Scarlett aperçut une cathédrale célèbre au détour d'un pâté de maisons. Une idée folle lui vint à l'esprit. Pouvait-elle… ?

Oui, et c'est ce qu'elle allait faire.

Ce n'était pas ce qu'elle avait prévu. Elle voulait prendre un bus allant vers le sud et, à l'aide de ses maigres économies, commencer une nouvelle vie au soleil, dans un endroit où les fleurs poussent toute l'année, et élever seule son enfant. Mais comme le lui disait souvent son père quand elle était petite : à nouveau défi, nouveau plan.

Seulement voilà, son nouveau plan l'effrayait. Parce que si Blaise était la peste, Vincenzo Borgia était le choléra.

Vin Borgia. Elle revoyait le regard sombre du père de son futur enfant. Tantôt brûlant, tantôt froid. Elle revoyait sa mâchoire taillée à la serpe. Son corps vigoureux. Sa volonté de fer.

Elle frissonna. Et si…

Oublie. Pas plus d'une tâche impossible à la fois. C'était une autre maxime que lui avait enseignée son père.

Le chauffeur ralentit à l'approche d'un feu rouge. C'était maintenant ou jamais.

— Blaise, vous savez ce que j'ai toujours voulu faire ?

Elle se pencha vers lui, serrant son poing droit.

— Quoi ? souffla-t-il en louchant sur ses seins.

— Ça !

Elle lui asséna un uppercut sur la mâchoire suffisamment violent pour qu'il lâche son poignet.

Sans attendre l'arrêt de la limousine, elle ouvrit la portière et sortit maladroitement sur le trottoir. Après avoir retiré ses hauts talons, soutenant son ventre d'une main, elle s'élança de toutes ses forces, nu-pieds sur le béton, vers l'énorme cathédrale.

La journée était parfaite pour un mariage. En ce 1er octobre, tous les arbres de la ville étaient parés de jaune, d'orange et de rouge. La cathédrale St-Swithun, la plus célèbre de New York, était l'endroit où puissants et riches organisaient leurs baptêmes, noces et funérailles. Deux fois centenaire, cet imposant édifice en marbre gris, aussi gros qu'un pâté de maisons, lançait insolemment ses deux flèches dans le ciel d'un bleu magnifique.

Essoufflée, Scarlett consulta, sans s'arrêter de courir, la montre dorée qu'elle tenait de sa mère. Pourvu qu'il ne soit pas trop tard.

Une Rolls-Royce ancienne, parée de rubans et de fleurs, était garée à l'angle de la rue. Un chauffeur en uniforme attendait juste à côté. Des gardes du corps avec lunettes noires, mine renfrognée et oreillette, montaient la garde sur le perron de la cathédrale et dans le périmètre.

La cérémonie avait donc commencé. Scarlett avait tenté de ne pas y penser ces quatre derniers mois, depuis qu'elle avait vu l'annonce dans le New York Times. Mais l'article était resté gravé dans sa mémoire, ce dont elle se félicitait, car seul Vin Borgia pouvait l'aider.

Un garde du corps s'interposa en la toisant du regard.

— Reculez, mademoiselle...

Tenant son ventre avec emphase, Scarlett trébucha sur le trottoir.

— Au secours ! Un homme me poursuit ! Il veut enlever mon bébé !

Le garde du corps écarquilla les yeux derrière ses lunettes noires.

— Comment ?

— Appelez la police ! cria-t-elle en passant devant lui.

Scarlett gravit en courant le perron de la cathédrale, à bout de souffle.

— Arrêtez-vous immédiatement !

Un deuxième garde du corps s'avança, l'air furieux, mais il se retourna en entendant crier son collègue, aux prises avec deux gardes du corps de Blaise, sur le trottoir.

Profitant de cet instant de distraction, Scarlett poussa la porte de la cathédrale et entra.

D'abord, l'obscurité l'aveugla. Puis ses yeux s'y accoutumèrent et elle découvrit une scène de conte de fées. Deux mille personnes occupaient les bancs. Devant l'autel, sous une avalanche de roses blanches, de lys et d'orchidées, se tenait la plus belle des mariées, au côté de l'homme au physique le plus ravageur du monde.

En le revoyant pour la première fois depuis cette nuit magique où ils avaient conçu un enfant, Scarlett sentit son cœur faire un bond dans sa poitrine.

— Si quelqu'un connaît une raison d'empêcher cet homme et cette femme de s'unir...

Elle entendit derrière elle le déclic d'une poignée de porte, puis le cri triomphant de Blaise faisant irruption dans la cathédrale.

— ... Qu'il parle maintenant ou se taise à jamais.

Affolée, Scarlett gagna le milieu de l'allée en levant la main.

— Arrêtez ! Je vous en prie !

Un cri étouffé parcourut l'assistance et deux mille personnes braquèrent leurs yeux sur elle. Y compris les futurs mariés.

Prise de vertige, Scarlett porta les mains à sa tête. Comment parler, alors qu'elle parvenait à peine à respirer ? Elle se concentra sur la seule personne qui comptait.

— Je vous en prie, Vin, il faut que vous m'aidiez...

Elle s'étrangla, puis se ressaisit en pensant au petit être dont la vie dépendait d'elle.

— Mon patron veut enlever notre enfant !

Contrairement à de nombreux futurs mariés la veille de leur noce, Vincenzo Borgia avait parfaitement dormi.

Il savait ce qu'il faisait. Il était sur le point d'épouser la femme parfaite. La cour qu'il avait faite à Anne Dumaine s'était déroulée sans difficulté, de même que leurs fiançailles. Pas de discorde. Pas d'effusion. Pas même de sexe, du moins pas encore.

Aujourd'hui, ils allaient unir leurs vies et leurs familles — et surtout leurs entreprises. Lorsque SkyWorld, l'entreprise de Vin, aurait fusionné avec Air Transatlantique, celle du père d'Anne, Vin gagnerait d'un seul coup trente nouvelles lignes transatlantiques, notamment les très lucratives lignes New York-Londres et Boston-Paris. La taille de son entreprise doublerait ainsi dans des conditions très avantageuses, Jacques Dumaine ne pouvant se montrer que généreux envers son futur gendre.

Dès demain, il n'y aurait plus de surprises dans l'existence de Vin. Plus de questions, d'incertitudes quant à l'avenir. Cette idée l'enchantait.

Oui, Vin avait très bien dormi, et lorsqu'il ferait enfin l'amour avec sa très traditionaliste épouse, qui avait souhaité rester vierge jusqu'au mariage, il dormirait encore mieux, et cela toutes les nuits de son existence bien ordonnée et sous contrôle.

Il n'éprouvait pas d'attirance débordante pour sa future épouse, et alors ? La passion s'éteint peu après le mariage, dit-on. Ce manque d'attrait était peut-être une bonne chose, d'ailleurs : il ne pourrait être nostalgique d'une sensation qu'il n'avait pas connue.

Anne et lui semblaient n'avoir pas grand-chose en commun, en dehors des liens du mariage et du contrat de fusion, et alors ? Les hommes et les femmes n'ont pas les mêmes centres d'intérêt. Ils ne sont pas censés se ressembler. Il fermerait les yeux sur ses défauts et elle sur les siens.

Car, contrairement à ce qu'affirmaient ses ennemis et ses ex, Vin se connaissait plusieurs défauts. Le manque de patience. Le manque d'empathie. Dans le monde des affaires, c'était une force mais, lorsqu'il aurait des enfants, il lui faudrait faire un effort avec eux.

Il était prêt à se caser. Il voulait fonder une famille. Hormis l'édification de son empire, c'était la principale raison de son mariage, mais pas la seule. Après sa dernière aventure sexuelle, une nuit torride avec une rousse qui lui avait fait connaître les sensations les plus explosives de sa vie avant de disparaître, il avait décidé d'en finir avec les histoires imprévisibles.

C'est ainsi que, quelques mois plus tard, en toute conscience, il avait demandé la main d'Anne Dumaine.

Née à Montréal, Anne était belle, possédait un pedigree impeccable et offrait toutes les garanties de faire une excellente mère et une bonne épouse d'homme d'affaires. Elle parlait plusieurs langues dont le français et l'italien et elle était diplômée en affaires internationales. Par-dessus tout, elle apportait une dot irrésistible : Air Transatlantique.

C'était l'instant d'échanger les consentements. Anne ressemblait à la princesse Grace : blonde, grave, avec une robe blanche pudique et un voile de dentelle confectionné par des religieuses belges. L'image même de la pureté.

L'archevêque prit la parole d'une voix solennelle.

— Si quelqu'un connaît une raison d'empêcher cet homme et cette femme de s'unir…

Un bruit de lutte retentit, puis un claquement sonore. Des bruits de pas. Du coin de l'œil, il vit ses invités tourner la tête. Il ne voulait pas les imiter, c'eût été incorrect, mais son sourire se crispa.

— … Qu'il parle maintenant ou se taise à jamais.

— Arrêtez ! Je vous en prie !

Une voix féminine. Qui osait interrompre son mariage ? Une de ses ex ? Comment avait-elle pu déjouer ses gardes du corps ? Furieux, il se retourna.

Et se figea en voyant ces yeux verts ourlés de cils noirs, ce visage à l'ovale ravissant, ces cheveux d'un roux flamboyant retombant sur de splendides épaules. Dans l'allée de pierre grise de la cathédrale, elle semblait tout droit sortie d'un rêve.

Scarlett. Celle qui hantait ses rêves depuis huit mois. La vierge aux cheveux de feu qui n'avait passé avec lui qu'une nuit, inoubliable, avant de disparaître le lendemain matin sans lui donner son numéro — ni même son nom de famille ! Aucune femme ne l'avait jamais traité ainsi. Elle avait fait couler le feu dans ses veines, puis elle s'était envolée, telle Cendrillon, sans même laisser une fichue pantoufle de vair.

Elle était entièrement vêtue de noir. Et déchaussée… Ses seins dépassaient de son décolleté. Le regard de Vin s'attarda sur son ventre. Elle n'était tout de même pas…

— Je vous en prie, Vin, il faut que vous m'aidiez…

La voix de la jeune femme résonnait sur la pierre froide.

— Mon patron veut enlever notre enfant !

Vin la dévisagea un instant, interdit, sans comprendre ce qu'elle venait de dire.

Notre enfant.

Notre…

Dans un cri collectif, les deux mille invités se tournèrent vers lui, attendant sa réaction.

Vin eut soudain très chaud, puis froid. Tout lui échappait brusquement — son mariage, sa vie privée, son existence. Le visage du père d'Anne s'enflamma, la mère d'Anne ouvrit de grands yeux. Heureusement, Vin ne risquait pas de décevoir sa propre famille, puisqu'il n'en avait pas.

Il se tourna vers la mariée, s'attendant à la voir en larmes, ou du moins horriblement blessée, prêt à lui expliquer qu'il ne l'avait pas trompée, que tout cela remontait à plusieurs mois avant leur rencontre. Mais le beau visage d'Anne affichait un calme prudent.

— Excuse-moi, dit-il. Donne-moi quelques instants.

— Prends tout le temps qu'il te faudra.

Vin rejoignit lentement Scarlett dans l'allée. C'était comme si les invités qui les observaient sur leurs bancs s'éloignaient ; leurs visages n'étaient plus que des halos de couleurs.

Le cœur cognant dans sa poitrine, il s'arrêta devant celle dont il avait presque réussi à nier l'existence.

— Tu es enceinte ? demanda-t-il en scrutant son ventre.

— Oui.

— L'enfant est de moi ?

— Vous me croyez capable de mentir ?

Vin se souvint de son petit cri de douleur quand il l'avait possédée pour la première fois, serrant contre le sien son corps brûlant, ferme et tendu dans sa chambre obscure. Il avait embrassé chacune de ses larmes jusqu'à ce que la douleur laisse place à des sensations très différentes.

— Tu ne pouvais pas me le dire avant ?

— Je suis désolée, chuchota la jeune femme. Je ne...

Soudain, elle jeta un coup d'œil derrière elle et la peur envahit son visage.

Trois hommes s'avançaient à grands pas, le meneur semblant animé d'une fureur glacée.

— Te voilà, sale petite...

Il saisit brutalement Scarlett par le poignet.

— Retournez à votre cérémonie : affaires privées, jeta-t-il à Vin en le regardant à peine.

Vin faillit s'exécuter. Il aurait été facile de laisser tomber. Tout l'y poussait : sa future femme qui attendait, la fusion, sa belle-famille, la cathédrale, l'archevêque, tous ces invités, dont certains étaient venus du bout du monde en avion. Il aurait pu tourner le dos à Scarlett. Il aurait pu retourner à l'autel et prononcer calmement les paroles qui le lieraient à Anne pour la vie.

Mais quelque chose l'en empêcha.

Peut-être la poigne de fer dans laquelle cet homme serrait le frêle poignet de la jeune femme. Ou la manière dont cet individu et ses deux gorilles entraînaient vers la sortie Scarlett qui se débattait en vain. Peut-être l'expression de panique et d'étonnement mêlés qu'il lisait sur son beau visage, tandis que tous ses invités fortunés et puissants regardaient la scène en silence et sans rien faire pour intervenir.

Quelle qu'en soit la raison, Vin se surprit à faire une chose qu'il n'avait pas faite depuis longtemps.

S'impliquer.

— Arrêtez immédiatement.

L'homme se retourna aussitôt vers lui.

— Ne vous mêlez pas de ça.

— Cette dame ne veut pas vous suivre.

L'inconnu, lisse et replet comme un chat persan, la tira par le poignet.

— Laissez-moi ! gémit Scarlett.

Elle leva vers Vin des yeux brillants de larmes.

— C'est mon ancien patron. Il veut m'obliger à l'épouser et à abandonner notre bébé.

Abandonner notre bébé.

Ces trois mots déchirèrent le cœur de Vin comme une lame. Sous aucun prétexte, il ne laisserait cet homme emmener Scarlett.

— Lâchez-la, ordonna-t-il d'une voix glaciale.

— Vous croyez pouvoir m'y obliger ?

— Savez-vous comment je m'appelle ?

L'inconnu le dévisagea avec mépris.

— Je n'en ai pas la moindre...

Il s'interrompit et l'effroi se peignit sur ses traits.

— Borgia, murmura-t-il.

Vin reconnut la peur dans son regard. Une réaction à laquelle il était habitué.

— Je... Je n'avais pas fait attention...

Vin jeta un regard à ses gardes du corps, qui avaient pénétré dans la cathédrale et encerclé les intrus avec une précision chirurgicale, prêts à frapper. D'un léger mouvement de tête, il indiqua à son responsable de la sécurité que ses hommes devaient rester à distance. Puis il se tourna vers l'homme qui tenait Scarlett.

— Lâchez-la. Immédiatement.

L'homme obéit, la relâchant brusquement. Puis il tourna les talons et s'enfuit, prestement suivi de ses deux gardes du corps.

Un brouhaha emplit soudain la cathédrale. Dans la confusion, Scarlett se jeta en sanglotant dans les bras de Vin, contre son smoking.

Désorienté, Vin aperçut alors un jeune homme qui s'élançait depuis un banc central.

— Anne ! Je te l'avais dit ! Ne l'épouse pas ! On se moque que tu sois déshéritée !

Regardant la foule autour de lui, l'inconnu ajouta fièrement, haut et fort :

— Je couche avec la future mariée depuis six mois !

Alors, ce fut le chaos. Le père d'Anne se mit à hurler, sa mère à pleurer bruyamment et, devant tant de désarroi, leur fille s'évanouit silencieusement et délicatement dans un nuage de tulle blanc.

Mais c'est à peine si Vin le remarqua. Son univers s'était réduit à deux éléments. Les larmes de Scarlett, qui pleurait de soulagement contre sa poitrine. Et son corps de femme enceinte qui tremblait entre ses bras protecteurs.

2

Troquer la peste contre le choléra.

Scarlett avait échappé à Blaise, mais à quel prix ?

Depuis une heure, assise dans le salon du presbytère, elle tentait de calmer les battements de son cœur. Vin lui avait demandé d'attendre ici pendant qu'il tirait les choses au clair. Quel était le plus effrayant ? Le souvenir de ce rictus sur le visage de Blaise ? Ou ce que Vin Borgia pouvait faire pour avoir la mainmise sur son avenir — et celui de son bébé ?

Elle devait s'enfuir. S'enfuir sans attendre.

La fuite était le seul moyen de garantir sa liberté et celle de son bébé.

Dans son enfance, Scarlett avait changé d'adresse une bonne vingtaine de fois, vivant dans des petites bourgades cachées dans les forêts et les montagnes, parfois dans des cabanes sans électricité ni eau courante. Elle avait rarement pu aller à l'école, et seulement sous un faux nom et les cheveux teints. Toutes ces choses qui vont de soi pour les enfants — avoir un vrai foyer, des amis, fréquenter la même école une année complète — relevaient pour elle d'un luxe qu'elle ne connaissait qu'en rêve. Elle n'avait jamais pratiqué aucun sport ni chanté dans la chorale de l'école ; elle n'était jamais allée au bal. Elle n'était même jamais sortie avec un garçon.

Jusqu'à ses vingt-quatre ans. Le jour où elle avait

rencontré Vin Borgia, elle était si vulnérable qu'il l'avait attrapée comme un papillon dans un filet.

Elle regarda par la fenêtre, qui donnait sur un jardin rempli de roses et de lierre. Un jardin secret parmi les gratte-ciel new-yorkais. Un lieu verdoyant, au calme étrange, qui semblait à mille lieues de la circulation automobile et des klaxons des taxis de la Cinquième Avenue. Elle se leva et se mit à arpenter la pièce.

En février dernier, par un après-midi gris et glacé, alors qu'elle était sortie chercher un médicament pour Mrs. Falkner, un texto d'un vieil ami de son père lui avait appris une nouvelle bouleversante. Alan Berry venait de mourir dans une banale bagarre au couteau, dans un bar du sud de Boston.

L'homme qui avait trahi son père dix-sept ans auparavant, mais qui avait été remis en liberté moyennant un arrangement — condamnant Harry Ravenwood à une vie de fuyard avec sa femme malade et sa fille —, cet homme avait disparu d'une mort absurde, au terme d'une existence absurde. Tout ça pour ça.

Dans le drugstore où elle était, Scarlett avait senti ses jambes se dérober sous elle. Elle avait eu la nausée.

Cinq minutes plus tard, elle s'était retrouvée dans un bar louche, de l'autre côté de la rue, à commander son premier verre. L'alcool fort l'avait fait tousser.

Une voix moqueuse s'était élevée du côté de la banquette de cuir rouge, dans l'angle.

— Laissez-moi deviner : c'est la première fois.

Elle s'était retournée. L'inconnu était lentement sorti de l'ombre. Yeux noirs. Cheveux foncés. Carrure imposante. Costume noir. Visage taillé à la serpe. Barbe naissante. Tel un héros — ou un méchant — sorti d'un film. Si viril, si puissant et si séduisant qu'il l'avait ragaillardie mieux que la vodka.

— Je… J'ai eu une journée difficile, avait-elle dit d'une voix tremblante.

Un sourire ironique s'était dessiné sur la bouche à la fois cruelle et sensuelle de l'inconnu.

— Évidemment. Pour quelle autre raison boiriez-vous en plein après-midi ?

Elle s'était essuyé les yeux en riant.

— Pour m'amuser ?

— S'amuser. Voilà une excellente idée.

L'inconnu s'était approché, suffisamment pour distinguer ses yeux rougis et les traînées de larmes sur ses joues dans l'obscurité du bar. Elle s'attendait à ce qu'il lui pose des questions, mais il s'était simplement assis sur le tabouret voisin, en faisant signe au barman.

— Voyons si le deuxième shooter descend mieux que le premier.

Malgré tout ce qu'elle savait de lui à présent, Vin avait toujours le même effet sur elle. Lorsqu'elle l'avait vu devant l'autel au côté de sa belle fiancée, tous les souvenirs de cette nuit de février avaient resurgi. Il l'avait séduite sans difficulté et avait pris sa virginité comme si c'était son bien. Il avait fait surgir la joie et la couleur dans sa vie.

Elle avait appris son nom quand le portier de l'immeuble l'avait très respectueusement appelé « Monsieur Borgia ». Mais elle ne lui avait jamais révélé son propre nom. Certaines habitudes ont la vie dure.

Un appel de l'infirmière de Mrs. Falkner l'avait réveillée, alors que Vin dormait encore. Seul son sens du devoir l'avait forcée à s'arracher à la chaleur de son lit. Elle avait regagné la demeure des Falkner, remis le médicament puis, à demi endormie, s'était renseignée sur Internet sur son premier et unique amant.

Ce qu'elle avait découvert l'avait vite réveillée.

Vincenzo Borgia était un milliardaire impitoyable,

propriétaire d'une compagnie aérienne. Parti de rien, il se fichait royalement des dommages humains qui jalonnaient son ascension vers la suprématie mondiale.

Pourquoi un homme comme lui l'avait-il séduite, lui qui n'avait habituellement de liaisons qu'avec des femmes en vue et des top modèles ? Scarlett se félicitait de ne pas lui avoir révélé son nom. Ainsi, il n'aurait pas l'occasion de lui faire du mal.

Plus tard, en découvrant sa grossesse, elle avait douté de sa décision de ne jamais plus le revoir. Mais lorsqu'elle avait appris les fiançailles de Vin dans le journal, cette résolution était devenue irrévocable.

Elle prévoyait d'élever son enfant seule. La solitude ne lui faisait pas peur. Elle avait grandi en fugitive et son père lui avait appris toutes sortes de combines, lorsque sa mère était devenue trop malade pour les remarquer. Comment faire les poches. Comment crocheter une serrure. Et, surtout, comment se rendre invisible et survivre avec presque rien.

En comparaison de ce qu'elle avait déjà enduré, la vie de mère célibataire serait une chose simple. Elle n'était pas en fuite, n'avait commis aucun crime et pouvait gagner sa vie comme aide-soignante. Elle possédait même quelques économies et n'avait plus besoin de se cacher.

Mais était-ce si sûr ?

Elle cessa d'arpenter l'épais tapis du presbytère pour fixer d'un œil absent la tapisserie fanée du fauteuil. Voulait-elle vraiment parier sur le fait que Vin Borgia, cet homme réputé terrible, ferait un bon père ? Était-elle prête à prendre un tel risque, sous prétexte qu'elle avait adoré son propre père ?

Vin l'avait sauvée de Blaise, mais les hommes riches et puissants ont tous un point commun : ils veulent tout contrôler. Et Vin Borgia était le plus riche et le plus puissant de tous.

Elle ferait mieux de partir avant qu'il revienne.

À l'instant même.

Elle fit un pas en direction de la porte, avant de se rappeler que sa valise et son sac à main étaient restés dans la limousine de Blaise, ainsi que son argent, sa pièce d'identité, sa carte de crédit et son téléphone. Comment s'enfuir sans argent ni passeport ?

Morose, elle regarda ses orteils nus qui s'enfonçaient dans le tapis moelleux. Elle n'avait même pas de chaussures !

— Comment t'appelles-tu ?

Elle sursauta. Vin était entré. Il desserra sa cravate, la mâchoire crispée. Même son élégant smoking ne parvenait pas à lui donner l'allure d'un homme totalement civilisé. Surtout avec ce regard dur, presque sauvage. Scarlett se mit à trembler de crainte et de désir mêlés.

— Vous savez comment je m'appelle : Scarlett.

— Je te demande ton nom de famille.

— Smith.

Il prit la carafe qui se trouvait sur une table et se versa un verre d'eau.

— Ton nom de famille est Ravenwood.

— Comment avez-vous… ?

Son beau visage toujours impassible, il sortit d'une de ses poches le portefeuille de Scarlett.

— Comment vous l'êtes-vous procuré ?

— Falkner m'a envoyé ton sac. Ainsi que ta valise.

— Envoyé ? Vous voulez dire qu'il les a jetés dans la rue ?

— Je veux dire que ses gardes du corps me les ont apportés personnellement, bien présentés, avec ses compliments.

C'était bien pire que ce qu'elle craignait.

— Le pire homme que je connaisse a peur de vous ?

Vin eut un sourire amer.

— Cela n'a rien d'extraordinaire.

Il lui tendit son portefeuille.

— Tiens. Dix-sept dollars en espèces et une seule carte de crédit. Avec un plafond de huit cents dollars.

Elle lui arracha des mains le portefeuille, les joues en feu.

— Hé, comment pouvez-vous connaître mon crédit autorisé ?

Vin fit tourner l'eau dans son verre, l'air songeur.

— Je voulais savoir à qui j'avais affaire. Une orpheline qui n'est jamais restée longtemps au même endroit, venue à New York pour un boulot ingrat, dont elle a économisé chaque salaire. Une femme sans ami, qui a travaillé dur, sans jamais sortir...

Il pencha la tête de côté, la regardant entre ses paupières mi-closes.

— Sauf une fois, inoubliable, murmura-t-il.

Scarlett sentit la fièvre la gagner, puis le froid l'envahir. Il ne fallait pas penser à cette nuit. Ce n'était pas le moment.

— Vous ne manquez pas de culot...

— Les Falkner te payaient une misère, mais tu as économisé tout ce que tu pouvais. Belle réussite, si l'on songe que ton père, cet escroc...

— Je vous interdis de l'appeler comme ça ! Mon père était l'homme le plus gentil, le meilleur qui soit !

— Tu plaisantes ? C'était un voleur de banque, un fugitif qui vous a entraînées, ta mère et toi, dans une vie de souffrance. Vous n'aviez pas le sou, tu es à peine allée à l'école et ta mère est morte d'une maladie à laquelle elle aurait peut-être survécu si elle avait été correctement soignée. J'oublie un détail ?

— Arrêtez de le juger ! Mon père s'est rangé quand j'étais petite. Mais l'un de ses amis l'a convaincu de tenter un dernier coup. Lorsque ma mère l'a appris, elle lui a lancé un ultimatum et il a rendu l'argent à la banque !

— Il l'a rendu, comme ça ?

— Il a déposé les sacs de billets devant le poste de police et les a prévenus par un coup de fil anonyme. Six mois plus tard, hélas, Alan Berry a été arrêté avec sa part de l'argent, et il a dénoncé mon père comme le cerveau du hold-up !

— Ton père aurait dû se rendre à ce moment-là, plutôt que de fuir avec sa famille.

Vin avala calmement une gorgée d'eau avant de poursuivre.

— La seule chose bien qu'il a faite, c'est de mourir dans cet accident d'avion, après sa sortie de prison. Ce qui t'a rapporté les quelques millions de dollars versés par l'assurance de la compagnie aérienne.

Scarlett faillit s'effondrer en l'entendant parler si légèrement de ce qui constituait la plus grande perte de sa vie : la mort soudaine de son père — et de trente autres personnes — lors d'un accident d'avion un an et demi auparavant. Il avait disparu alors qu'il se rendait à New York pour la voir, enfin, après cinq ans passés dans une prison de moyenne sécurité.

Vin prit un air intrigué.

— Tu as fait don de tout cet argent. Pourquoi ?

Outrée, elle était incapable de parler. En quelques minutes seulement, Vin Borgia avait tranquillement violé son intimité et dévoilé tous les secrets de sa vie.

— Je ne voulais pas de l'argent du sang, dit-elle enfin. Je l'ai donné à des œuvres.

— Oui, je sais. Recherche contre le cancer, assistance juridique aux pauvres, aide aux enfants de détenus. Rien que de belles causes. Mais je ne comprends pas pourquoi tu as choisi de rester sans le sou.

— Vous l'avez dit, peut-être parce que j'y suis habituée. Peu importe. Il y a des choses plus importantes que l'argent.

— Un enfant, par exemple ? demanda-t-il froidement.

Il reposa bruyamment son verre sur la table.

— Tu me laisses te séduire, te déflorer, tu te sauves pendant que je dors. Tu ne cherches pas à me contacter. Et voilà que tu m'apprends que tu es enceinte le jour de mon mariage !

— Je n'avais pas le choix...

— Tu avais l'embarras du choix. Dis-moi la vérité : si Falkner ne t'avait pas menacée aujourd'hui, tu ne m'aurais jamais appris l'existence de ce bébé, c'est ça ?

Elle le dévisagea un long moment, puis secoua la tête.

— Pourquoi ?

Scarlett ne répondit pas.

Vin baissa les yeux vers ses pieds aux ongles vernis de rose pâle.

— Que fais-tu nu-pieds ?

— J'ai retiré mes chaussures pour courir sur la Cinquième Avenue. Je savais que le mariage avait lieu aujourd'hui. Je regrette d'avoir tout gâché.

— Oui. Bon. Je suppose que je devrais te remercier, dit-il en haussant les épaules.

— Vous ignoriez que votre fiancée vous trompait.

— Elle m'a fait croire qu'elle était vierge et voulait attendre le mariage.

Scarlett fut sur le point de rire.

— Vous croyiez qu'elle était encore vierge ? À notre époque ?

— Pourquoi pas ? répondit-il froidement. Tu l'étais bien.

Leurs regards se croisèrent et Scarlett se sentit inondée de chaleur. Malgré elle, les souvenirs de la nuit passée avec lui resurgirent. Être dans ses bras, dans son lit, le corps de Vin ferme, brûlant, glissant contre le sien.

— Oui, mais je ne suis pas normale, répondit-elle en s'efforçant de sourire.

Il riva son regard sévère au sien.

— Suis-je vraiment le père de ton enfant, Scarlett ? Ou est-ce que tu m'as simplement menti parce que tu avais besoin de mon aide ?

— Bien sûr que ce bébé est de vous !

— Si ce n'est pas vrai, je le saurai, fit-il avec un sourire inquiétant.

— Vous êtes le seul homme avec qui j'aie jamais couché, je ne peux pas me tromper !

— Le seul homme ? Même depuis ?

Tandis qu'il la scrutait, elle garda le silence.

— Que veux-tu de moi ? De l'argent ?

Elle le fusilla du regard.

— Indiquez-moi seulement où est ma valise et je m'en vais !

— Il n'est pas question que tu ailles où que ce soit avant que l'affaire ne soit tirée au clair.

— Écoutez, je vous suis profondément reconnaissante de m'avoir aidée et je suis désolée d'avoir gâché votre grand mariage, mais je n'apprécie pas que vous fouilliez dans ma vie et supposiez que je suis une simulatrice ou une croqueuse de diamants. Je ne suis ni l'une ni l'autre. Je veux juste élever mon enfant en paix.

— Il y aura un test ADN. Des avocats.

— Des avocats ? s'écria Scarlett, horrifiée. Vous voulez obtenir un droit de visite ?

— Ce ne sera pas nécessaire. Car dès que j'aurai la preuve que l'enfant est de moi, tu m'épouseras, Scarlett.

En quelques mots, Vin venait de reprendre le contrôle de cette journée balayée par le chaos.

Il s'était trompé sur Anne Dumaine. Il l'avait crue modeste et pudique, alors qu'elle le trompait et lui mentait. Quant au père de la jeune femme, il le rendait responsable du fiasco de leur mariage. À l'évidence, la fusion avec Air Transatlantique était foutue.

Et Vin ne pouvait s'en prendre qu'à lui-même. Jamais il n'avait pris la peine de connaître Anne. Il aurait dû demander à ses détectives de se renseigner sur elle. Ne faire confiance à personne, telle était sa devise depuis tout jeune. Ne faire confiance à personne et tout contrôler.

Scarlett Ravenwood était différente. Elle ne possédait ni les diplômes ni le pedigree d'Anne, avait des manières déplorables et s'habillait mal. L'enfant qu'elle portait était sa seule dot.

Un bébé. Un bébé de lui. Après une enfance horrible, Vin avait très tôt décidé que, s'il avait un enfant, ce dernier connaîtrait son père, aurait un foyer stable et se sentirait en sécurité et entouré d'amour. Vin n'abandonnerait jamais son enfant. Plutôt mourir.

Dans le salon délabré du presbytère, au mobilier mièvre, bouffi de capitonnage, Scarlett paraissait si vivante avec ses cheveux roux qui contrastaient avec sa peau pâle. Les cils noirs déployés sur ses yeux verts — la couleur des printemps et des étés de l'enfance de Vin en Italie — semblaient frémir.

C'était dans un bar qu'il l'avait rencontrée, huit mois auparavant, la veille de la Saint-Valentin, toussant après sa première vodka. Il avait cru voir le premier rayon de soleil après une longue nuit froide, une aube éclatante et rougeoyante comme sa chevelure, qui l'avait empli de chaleur — et de désir.

Il réfléchit rapidement à la situation. Elle n'avait pas de fortune, ce qui était peut-être un avantage. Pas de père pour lui casser les pieds. Pas de famille susceptible d'être un fardeau. Elle n'avait rien d'autre à lui offrir que le bébé — et son corps excitant. Et faire l'amour n'avait jamais été aussi bon qu'avec elle.

Il frissonna au souvenir de cette nuit-là...

Tout compte fait, ce n'était pas si mal pour débuter une vie de couple. Il pourrait faire d'elle ce qu'il voudrait. Elle pourrait devenir une épouse parfaite, façonnée sur mesure. Elle n'avait pas d'argent et lui était reconnaissante de l'avoir sauvée de cet imbécile de Falkner.

Vin contrôlait déjà toute la situation.

— Vous voulez m'épouser ? dit-elle, l'air stupéfait. Sérieusement ?

— Oui.

Il s'attendait à ce qu'elle jubile, mais elle éclata de rire.

— Vous êtes fou ? Il n'est pas question que je vous épouse.

— Si le bébé est de moi, c'est la seule chose raisonnable à faire.

Mais elle secoua joyeusement la tête, comme s'il venait de lui raconter la meilleure blague du monde.

— Vous voulez éviter de perdre l'argent que vous avez avancé pour le mariage, c'est ça ?

— Qu'est-ce que vous racontez ?

— Vous espérez que je vais enfiler la robe de votre fiancée et que vous allez annoncer à vos invités qu'il y a juste un léger changement de casting ?

— Vous croyez que je serais prêt à vous épouser juste pour éviter de perdre un peu d'argent ?

— Ce n'est pas le cas ?

Elle semblait vraiment s'amuser.

— Sinon quoi ? Le mariage est votre priorité du jour, vous avez prévu de régler la question impérativement avant de passer chez le teinturier et de payer votre facture d'électricité ?

— Scarlett, j'ai comme l'impression que tu considères ma demande à la légère.

— Bien sûr ! Pourquoi est-ce que je vous épouserais ? Je vous connais à peine !

Cette réaction irrationnelle irritait Vin, mais Scarlett était enceinte et il fallait par conséquent la traiter avec douceur.

— Tu as eu une journée éprouvante, dit-il d'une voix apaisante. Nous devrions aller chez mon médecin.

— Pourquoi ?

— Pour vérifier que tu vas bien, et faire le test de paternité.

— Vous ne pouvez pas vous contenter de me croire sur parole, quand je vous dis que l'enfant est de vous ?

— Tu pourrais mentir, pour des raisons évidentes.

Elle le fusilla du regard.

— Il n'est pas question que je fasse ce test de paternité, s'il y a des risques pour le bébé...

— Le médecin va seulement te faire une petite prise de sang au bras. Il n'y a pas le moindre risque pour le bébé.

— Comment le savez-vous ?

Vin ne tenait pas à expliquer l'histoire sordide de cette fille avec qui il avait passé une nuit et qui, en février, avait essayé de lui faire croire que l'enfant qu'elle portait était de lui, alors qu'il avait utilisé un préservatif et qu'elle prétendait prendre la pilule. Le test ADN s'était avéré inutile, car elle n'était même pas enceinte. Cette expérience l'avait échaudé.

Ironie du sort, c'est après s'être disputé avec cette fille à propos de ses mensonges qu'il était entré prendre un verre dans un bar nouvellement ouvert, qu'il y avait rencontré Scarlett et qu'ils avaient conçu un enfant.

Vin sentit le désir l'envahir en contemplant Scarlett. C'est fou ce qu'elle était jolie, avec ses boucles rousses cascadant sur ses épaules, ses yeux aussi lumineux que mélancoliques, ses lèvres naturellement roses et charnues. Ses seins tendaient le décolleté peu profond de sa robe noire toute simple et son ventre bien rond la rendait encore plus sensuelle, plus excitante.

Elle portait un enfant. De lui.

Si c'était vrai, il ferait tout pour offrir à ce petit être une enfance différente de la sienne. Son enfant serait toujours en sécurité et entouré d'amour. Contrairement à Vin, son enfant connaîtrait son père.

À condition que cet enfant soit de lui.

— Allons-y, dit-il en lui tendant la main.

Visiblement à contrecœur, elle accepta de le suivre.

— Que se passera-t-il quand vous aurez la preuve que vous êtes père ?

— Je demanderai à mes avocats d'établir un contrat de mariage.

— Un contrat ? Pourquoi ?

— Je ne peux pas t'épouser sans avoir le contrôle. De tout, répondit-il en toute franchise.

Il l'entraîna dans la cathédrale déserte, où les fleurs se fanaient déjà.

— Qu'y a-t-il exactement dans un contrat de mariage ? demanda Scarlett d'une voix tremblante.

— Les clauses usuelles. Ce document m'accordera le droit de décider de la scolarisation, de la religion, de l'endroit où nous vivons. Ce genre de choses. Je suis établi à New York, mais j'ai des maisons dans le monde entier. Je dois souvent voyager en tant que dirigeant de SkyWorld Airways. Je suis souvent absent durant des mois. Je ne veux pas être séparé de mes enfants.

— Vos enfants ? Je n'attends pas des jumeaux.

— Notre enfant devra avoir des frères et sœurs, évidemment.

Scarlett émit un son étranglé, mais il poursuivit.

— Je te demanderai de voyager avec moi quand et où je le souhaite.

— Mais comment ferais-je pour mon travail ? fit-elle, l'air incrédule.

— L'argent ne sera plus un problème. Lorsque tu seras ma femme, ta seule obligation sera de m'apporter ton soutien. Tu appartiendras à la haute société. Tu apprendras à recevoir convenablement des personnalités, dans l'intérêt de mon entreprise. Tu auras peut-être besoin de cours de bonnes manières.

— Quoi ?

— Et naturellement, notre contrat de mariage simplifiera le divorce, si cela devait arriver. Il spécifiera clairement ce qui t'arrivera si tu me trompes ou si l'un de nous décide de quitter l'autre. Tu sauras quelle somme d'argent tu recevras en fonction des années…

— De service ?

— J'allais dire « de mariage ». Naturellement, j'aurai automatiquement la garde de nos enfants.

— Quoi ?

— Ne t'inquiète pas, tu conserveras un droit de visite.

— Quelle générosité, murmura-t-elle.

Sur le perron de la cathédrale, Scarlett s'arrêta brusquement.

— Avant d'aller chez le médecin faire le test de paternité, pourriez-vous me rendre un service ?

Avec un sourire ravissant, qui dessinait une fossette sur sa joue gauche, elle désigna ses pieds nus.

Telle Cendrillon, songea Vin. Il s'étonnait de la voir prendre les choses aussi bien. Elle le regardait d'un air si désemparé, si charmant… Elle serait facile à façonner, à transformer en épouse parfaite.

— On pourrait s'arrêter chez un marchand de chaussures ?

— Bien sûr. Je suis désolé, j'aurais dû y penser plus tôt.

Il la souleva dans ses bras pour la porter. Elle lui parut légère comme une plume, malgré sa grossesse avancée. Puis il la déposa doucement dans la voiture, encore ornée de fleurs.

Le chauffeur ouvrit de grands yeux en constatant que Vin sortait de l'église avec une rousse, alors qu'il y était entré pour épouser une blonde. Il eut la sagesse de ne rien dire et démarra.

Vin s'installa sur la banquette arrière, à côté d'elle.

— Tu as une préférence quant au magasin de chaussures ?

Il s'attendait à ce qu'elle nomme la boutique d'un créateur, le genre de marque de luxe dont Anne parlait sans cesse, mais Scarlett le surprit une fois encore.

— Ça m'est égal : je voudrais des chaussures dans lesquelles on puisse courir, répondit-elle modestement.

— Vous avez entendu, lança Vin au chauffeur.

Dix minutes plus tard, Scarlett essayait des chaussures de running dans un gigantesque magasin de sport sur la Cinquante-septième Avenue.

— Je vais les mettre tout de suite, dit-elle, l'œil pétillant. Veuillez m'excuser.

Tandis qu'elle se dirigeait vers les toilettes, il suivit d'un œil gourmand la courbe de ses reins, le balancement de ses hanches. Avec Scarlett, même une robe noire toute simple devenait agréable à regarder.

Elle ferait une épouse épatante. Quant à leur lune de miel… Il en avait des frissons d'anticipation.

Décidé à regagner la voiture au plus vite, il se dirigea vers la caisse pour régler les chaussures. De nombreuses autres dépenses l'attendaient. Des chaussons pour bébé. Un berceau. Une chambre d'enfant. Il allait faire sécuriser ses maisons en vue de l'arrivée d'un enfant. Engager plus de personnel. Ajouter quelques SUV familiaux à son parc automobile personnel. Ces petites tâches allaient l'arracher à l'édification de son empire, mais cela en valait la peine, pour fonder enfin une famille.

Il allait être le père qu'il n'avait jamais eu. Son enfant ne connaîtrait jamais le sentiment d'abandon. Celui d'être manipulé. D'être négligé et seul.

En glissant la main dans la poche de sa veste, il n'y trouva pas son portefeuille. Intrigué, il fouilla les autres poches de son smoking. Vides. L'avait-il laissé dans la voiture ou à la cathédrale ? Contrarié, il fit signe de payer à l'un de ses gardes du corps et dit à l'autre de chercher le portefeuille. Il s'installa sur un banc pour appeler le médecin et obtenir un rendez-vous immédiat. Puis il s'impatienta.

Scarlett était bien longue.

— Allez voir ce qu'elle fait, ordonna-t-il à son garde du corps.

Vin se mit à tourner en rond. Il consulta de nouveau son téléphone. Puis s'arrêta.

Un soupçon lui venait.

Elle ne pouvait pas… n'avait tout de même pas…

— Mlle Ravenwood est introuvable, patron, annonça Larson en revenant.

Jurant entre ses dents, Vin traversa les rayons, suivi de ses deux gardes. Au fond du magasin, près des toilettes, il découvrit la réserve. Des employés reculèrent devant son regard noir quand il ouvrit violemment la porte arrière.

Elle donnait sur une ruelle aux murs de brique couverts de graffitis qui débouchait sur Madison Avenue. Vin regarda autour de lui, sidéré.

Non seulement Scarlett Ravenwood l'avait planté là, mais elle avait probablement subtilisé son portefeuille. Et le pire, c'est qu'elle l'avait prévenu ! *Des chaussures dans lesquelles on puisse courir* — pour ça, oui !

Avec un rire incrédule, Vin passa une main dans ses cheveux. Il s'était fait larguer deux fois en une seule journée. Par deux femmes différentes.

Pour Anne, il ne s'agissait que d'une perte d'argent.

Mais Scarlett, c'était différent. Il n'avait jamais cessé de la désirer. Et maintenant, elle portait son enfant.

À moins qu'elle ait menti. Pourquoi se serait-elle enfuie au moment où il lui demandait de l'épouser, si ce n'est parce qu'elle redoutait le test de paternité ? L'enfant n'était pas de lui : c'était la seule explication rationnelle, et il en avait la nausée.

Il se rappela soudain l'éclair furieux que lui avaient lancé ses yeux verts. Elle lui avait dit qu'elle n'était pas une simulatrice et voulait seulement élever son enfant en paix.

Immobile parmi les piétons qui se hâtaient autour de lui sur Madison Avenue, Vin sentit le doute le gagner.

Il fallait qu'il sache.

Il allait la retrouver.

Et cette fois-ci, elle ne se jouerait pas aussi facilement de lui. Il n'écouterait pas les excuses de Scarlett. La prochaine fois, elle se plierait à sa volonté.

Nu-pieds, s'il le fallait.

3

Une seule chose compte vraiment dans la vie : la liberté. Cela, Scarlett l'avait appris très tôt.

Liberté. C'était le cri de ralliement de Harry Ravenwood quand il fallait fourrer ses affaires dans des sacs-poubelles noirs et filer en pleine nuit vers une nouvelle ville. Par les froides soirées d'hiver dans le nord de l'État de New York, alors que toute la famille frissonnait dans des pièces sans chauffage et qu'un vent glacé ébranlait les fenêtres, Harry entonnait des chansons guillerettes sur la liberté.

Liberté. Même par cette sombre nuit de ses douze ans, lorsque sa mère était morte aux urgences, dans une ville industrielle défraîchie de Pennsylvanie, son père, le visage baigné de larmes, l'avait embrassée en lui disant que sa jolie maman était maintenant libérée de la souffrance.

Scarlett avait conquis sa liberté. Elle s'était libérée de Blaise Falkner. De Vin Borgia. Son futur enfant et elle étaient libres.

Mais à quel prix !

Pour commencer, l'avion qu'elle avait pris deux semaines auparavant à Boston pour rallier Londres avait connu quelques difficultés au-dessus de l'Atlantique.

En raison d'un départ d'incendie dans la soute, l'appareil avait dû être déporté vers un petit aéroport de la côte ouest irlandaise. Pendant la descente, Scarlett avait vu à travers son hublot des nuées d'oiseaux frôler l'avion. « Impact de volatiles ! » s'était écrié un passager. Paniquée, Scarlett s'était agrippée à son fauteuil, tandis que l'appareil vibrait et grondait d'une manière plus qu'inquiétante.

Elle n'avait alors pensé qu'à une chose : elle n'aurait pas dû se trouver à bord de cet avion. Les femmes enceintes ne sont pas censées voler passé le septième mois de grossesse, et elle en était presque au huitième. Elle avait cru que l'avion était le seul moyen d'échapper à Vin. Mais ce dernier avait fait figure de moindre danger alors que son enfant et elle étaient sur le point de mourir.

Comme par miracle, l'appareil s'était enfin stabilisé sur un moteur et avait atterri sur la piste, bancal, dans un lourd bruit d'impact. Il n'y avait eu aucun blessé et les passagers comme l'équipage avaient crié leur joie en se serrant dans les bras les uns des autres.

Après sa descente le long du toboggan gonflable, Scarlett avait éclaté en sanglots. Jamais elle n'aurait dû monter à bord d'un avion. Elle aurait dû le savoir après que son père avait trouvé la mort en hiver lors d'une catastrophe aérienne, un an et demi auparavant.

Plus jamais elle n'ignorerait son intuition, avait-elle alors décidé. Et surtout, plus jamais elle ne monterait à bord d'un avion, quel qu'il soit.

D'ailleurs, pourquoi en aurait-elle besoin ? Elle n'avait pas de famille à New York. Aucune raison d'y retourner. Vin Borgia lui avait rendu un fier service en l'avertissant qu'il comptait diriger d'une main de fer sa vie et celle de leur enfant. Il ne lui avait pas caché son intention de la séparer de son bébé, si elle trouvait à redire ou tentait de le quitter. Elle n'éprouvait aucune culpabilité de s'être échappée. Absolument aucune.

En revanche, elle regrettait de lui avoir volé son portefeuille. Seulement, elle n'avait pas eu le choix. Elle ne devait laisser aucune trace derrière elle. Si elle s'était risquée à bord d'un avion sous son vrai nom, Vin aurait fini par l'apprendre. C'est pourquoi elle avait contacté une vieille connaissance de son père, à Boston, pour se procurer un faux passeport. Ce n'était pas donné, aussi avait-elle pris — ou plutôt emprunté — à Vin l'argent nécessaire.

Dès qu'elle était arrivée saine et sauve en Suisse et qu'elle avait touché sa première paye, elle avait retourné le portefeuille par la poste avec tout ce qu'il contenait initialement. Elle avait même ajouté quelques euros en guise d'intérêts pour la somme empruntée.

Mais tout cela appartenait déjà au passé. Elle s'était acquittée de ses dettes et son bébé et elle étaient libres, à présent.

Scarlett inspira une grande bouffée de l'air pur des montagnes. Elle était à Gstaad depuis plus de deux semaines et commençait enfin à se détendre. Il ne restait plus qu'à espérer que Vin, ne réussissant pas à la retrouver, finirait par les oublier, le bébé et elle, et qu'elle n'aurait plus jamais à se préoccuper de lui.

Scarlett franchit le portail du chalet — si l'on pouvait appeler ainsi une bâtisse de la taille d'un palais — et offrit son visage au soleil.

C'était la mi-octobre et l'air matinal était déjà glacial dans les montagnes entourant l'élégante station de ski de Gstaad. On attendait la première neige d'un jour à l'autre.

Scarlett aussi attendait un événement d'un jour à l'autre. Elle passa la main sur son ventre, si gros à présent qu'elle ne pouvait même plus boutonner entièrement son ample veste. Plus que deux semaines et demie. Elle se sentait lourde et un peu gauche. Mais heureusement, son nouvel emploi lui laissait tout le temps de faire de tranquilles balades matinales.

Elle avait eu de la chance de trouver ce boulot. En s'enfuyant de New York, elle avait tout de suite su où aller.

Wilhelmina Stone, la meilleure amie de sa mère, travaillait comme gouvernante en Suisse, chez un magnat européen. Scarlett n'avait jamais oublié les paroles que cette femme avait prononcées en la serrant fougueusement contre son cœur, à l'enterrement de sa mère. « Si tu as besoin de quoi que ce soit, viens me voir sans hésiter, compris ? »

Depuis, Scarlett n'avait eu d'autres nouvelles d'elle qu'une carte de Noël de temps à autre. Mais lorsqu'elle s'était présentée à l'improviste au portail de cette immense villa près de Gstaad, l'aimable et replète Wilhelmina avait tenu parole.

— Mon patron vient de me demander d'embaucher un bon cuisinier pour la saison de ski. Le meilleur cuisinier du Sud des États-Unis, a-t-il dit. Tu sais préparer du gruau de maïs et du poulet frit ? Du jambalaya ? Du riz cajun ?

Les yeux écarquillés, Scarlett avait secoué la tête.

— Bon, avait soupiré Wilhelmina. Il arrivera ici début décembre, après le début de la saison. Donc, ça te laisse au moins six semaines pour apprendre. Je t'inscris dès aujourd'hui sur la liste du personnel.

Depuis deux semaines, Scarlett s'entraînait donc à cuisiner, s'aidant de livres de recettes et de vidéos sur Internet. Elle était toujours aussi peu douée. L'agent de sécurité lui disait régulièrement, pour se moquer, que même son chien refusait de manger sa cuisine. Ce qui, hélas, était la stricte vérité.

Mais elle allait apprendre. Cette place de chef pour un homme d'affaires qui restait rarement longtemps chez lui était idéale pour une mère célibataire avec un nouveau-né. Elle allait pouvoir prendre une ou deux semaines de repos après la naissance, puis travailler en gardant le bébé à portée de main, presque comme si elle était chez elle. En outre, la Suisse était le pays parfait pour élever son enfant.

Scarlett glissa les mains dans ses poches tout en

s'éloignant sur la route étroite. Des graviers crissaient sous ses bottes souples et elle humait à pleins poumons l'air parfumé de soleil et de pins. Elle ferma les yeux un bref instant, offrant son visage au soleil, le cœur gonflé de gratitude.

Soudain, un craquement retentit dans la forêt devant elle. Elle ouvrit les yeux et son sourire s'évanouit.

— Scarlett, salua froidement Vin.

Le regard sévère, il se tenait devant elle, vêtu d'un long manteau sombre et d'un costume raffiné. Une élégante voiture de sport et un SUV noir étaient garés derrière lui. Trois gardes du corps étaient postés devant le véhicule, comme un mur impénétrable d'argent et de pouvoir.

Scarlett recula en trébuchant. Il la rejoignit en un éclair pour lui saisir le poignet.

— Ne me touchez pas !

Il resserra son étreinte. Une lueur de colère brillait dans son regard.

— Tu m'as volé.

— Je vous ai rendu tout l'argent, avec les intérêts !

Elle regardait désespérément en direction du portail et de son gardien. Mais elle était trop loin. Jamais Johan ne pourrait la voir. D'ailleurs, que pourrait faire un agent de sécurité contre Vin Borgia et au moins trois de ses hommes ?

— Je ne parlais pas seulement de l'argent.

Elle posa les mains sur son ventre, dans une attitude protectrice.

— Vous n'êtes pas le père de mon enfant. Je… J'ai menti !

— Je crois que c'est maintenant que tu mens.

Scarlett voulut dégager son poignet.

— Laissez-moi tranquille !

— Je ne comprends pas ta conduite, dit-il en l'attirant

plus près. La plupart des femmes seraient contentes d'être enceintes d'un milliardaire.

— Un milliardaire qui détruit tout sur son passage ? Vous ne vous emparez pas seulement des entreprises : vous écrasez et anéantissez vos rivaux sans scrupule. Leurs couples, leurs familles et même leurs vies !

Le silence retomba sur la forêt suisse. On n'entendait plus que le chant des oiseaux.

Puis Vin parla, à voix basse, sans éclat.

— Tu as farfouillé sur Internet, si je comprends bien ?

— À votre avis, pourquoi est-ce que je n'ai jamais cherché à vous joindre après la nuit que nous avons passée ensemble ? J'espérais vous revoir. Jusqu'à ce que je me renseigne sur vous... Si vous croyez que je vais laisser élever mon enfant par un homme qui tire plaisir de la souffrance d'autrui...

Vin eut un rictus méprisant.

— Si tu penses que je suis un tel salaud, pourquoi m'avoir demandé de l'aide ?

— J'avais une peur bleue de Blaise.

— Et maintenant, tu as peur de moi ?

— Après avoir interrompu votre mariage, j'ai pensé que je devrais vous accorder une chance. Mon père lui-même n'était pas un homme parfait, pourtant je l'aimais... Mais ensuite, vous avez été très clair sur vos intentions.

— Que veux-tu dire ? Je t'ai dit vouloir prendre mes responsabilités, t'épouser et être un bon père.

— Si je croyais vraiment que nous puissions former une famille, nous aimer et nous faire mutuellement confiance, je vous épouserais sans hésiter. Mais je préfère élever mon enfant seule plutôt qu'avec un homme qui pourrait me faire du mal !

— Te faire du mal ? Je n'ai jamais fait de mal à une femme !

— Avec le cœur de pierre que vous avez ? Vous avez dû en faire souffrir plus d'une.

Vin fronça les sourcils.

— Ah, tu veux dire émotionnellement parlant.

— Parce que vous croyez que ça ne compte pas ?

— Non, pas vraiment.

— Raison de plus pour ne pas vous épouser.

Il la lâcha brusquement, une étrange lueur dans le regard.

— Je n'ai jamais tué personne, en dépit des rumeurs. Je n'ai jamais empoisonné qui que ce soit ni saboté de moteur. Et je n'ai jamais commandité le moindre acte criminel. Un journaliste a fait le lien entre mes succès dans les affaires et de sombres accidents, mais il ne s'agissait chaque fois que de pures coïncidences.

— Vous croyez que je vais avaler ça ?

— C'est la vérité.

— Alors pourquoi est-ce que Blaise a eu si peur de vous ? Et comment saviez-vous qu'il aurait peur ?

— Je suis au courant des rumeurs qui courent sur moi. Elles sont fausses, mais je serais idiot de ne pas en profiter.

— Et vous n'êtes pas idiot.

— Non. Et je n'apprécie pas que tu m'aies fait passer pour un idiot. Par deux fois.

Scarlett se tourna encore une fois vers la grille du chalet. Elle aurait voulu courir, mais elle était maintenant si grosse, si lente…

— Je veux faire un test de paternité, reprit froidement Vin. Tu as rendez-vous demain chez un médecin à Genève.

— Je suis déjà suivie par un médecin au village, merci.

— Le Dr Schauss possède une clinique de renommée mondiale. Elle a été l'obstétricienne d'une princesse de Suède et a accouché la moitié des bébés des maisons royales du golfe Persique. Elle est très qualifiée.

— Et si je refuse ?

— Kassius Black, le propriétaire de ce chalet, est une de mes connaissances.

Vin leva les yeux vers le toit imposant qui dépassait des arbres.

— Que penserait-il si je lui disais que ton amie, sa gouvernante de confiance, a embauché en toute connaissance de cause une fugitive et une voleuse, qu'elle l'a installée à demeure et que vous vous apprêtiez toutes deux à dévaliser ses invités pendant la prochaine saison de ski ?

— Mais c'est totalement faux !

Vin haussa les épaules.

— Tu as déjà menti et volé. Ce que je viens de dire pourrait être vrai. Mais surtout, serais-tu prête à remercier ton amie de sa gentillesse en lui faisant perdre son travail ?

— Vous êtes méprisable.

Le visage de Vin se durcit.

— Non, *cara*. *Tu* es méprisable. Je n'ai rien fait d'autre que chercher à assumer mes responsabilités, alors que tu es une voleuse.

— Je vous ai remboursé jusqu'au dernier penny !

— Oui, je sais, avec les intérêts. Mais tu as surtout volé mon enfant, et ça, c'est une autre affaire.

Scarlett sentit sa gorge se nouer. Que pouvait-elle faire ? Il n'était pas question de laisser Wilhelmina pâtir de sa loyauté et de sa gentillesse.

La clinique à Genève. Elle pourrait s'en échapper avant même la prise de sang.

— C'est bon, vous avez gagné.

— Je gagne toujours. Bon, le trajet jusqu'à Genève dure deux heures en voiture. Vu ta grossesse avancée, je crains que ce ne soit inconfortable pour toi. Un hélicoptère peut venir nous prendre dans dix minutes...

— Non !

Le voyant intrigué par sa brusque réaction, elle poursuivit d'une voix plus calme, s'efforçant de sourire.

— Ce trajet en voiture nous donnera l'occasion de parler. Les environs du lac Léman sont tellement beaux à cette saison.

— Comme tu voudras, répondit-il en haussant les épaules.

Cinq minutes plus tard, Scarlett faisait ses adieux à Wilhelmina dans la cuisine.

— Tu démissionnes, Scarlett ? Comme ça, d'un seul coup ?

— Je regrette, Wilhelmina. Tu t'es donné du mal pour moi et je t'abandonne. Je regrette vraiment.

— Ne t'en fais pas pour moi. Honnêtement, ton poulet frit est toujours aussi épouvantable. M. Black aurait pensé que j'avais perdu la tête en t'embauchant. C'est pour toi que je m'inquiète.

Elle étudia Vin d'un air soupçonneux.

— Cet homme est donc le père de ton enfant, mais as-tu vraiment envie de partir avec lui ? Ou bien est-ce qu'il t'y oblige ?

La suspicion qui se lisait sur le visage de la gouvernante n'était guère flatteuse pour Vin, mais il s'agissait de l'employée de Kassius Black, un homme réputé plus féroce que lui encore.

— Je prendrai bien soin de Scarlett et du bébé, annonça-t-il gravement à Wilhelmina. Je vous le promets.

La gouvernante l'étudia et son rictus méprisant disparut lentement.

— Je vous crois.

— Parfait. Nous avons l'intention de nous marier bientôt, ajouta-t-il avec son sourire le plus charmeur.

Wilhelmina se tourna vers Scarlett avec un regard accusateur.

— Vous êtes fiancés ?

— Madame Stone, l'interrompit Vin. J'apprécie votre loyauté et votre gentillesse envers Scarlett. Le jour où vous souhaiterez changer de place, faites-le-nous savoir.

Il lui remit sa carte, prit Scarlett par la main et la conduisit dehors. Les gardes du corps suivaient, portant ses effets dont l'insignifiance confinait au ridicule : un sac à main et un sac polochon en tout et pour tout. En les regardant les mettre dans le coffre du SUV étincelant, une triste image revint à la mémoire de Vin, celle des maigres effets qu'il avait lui-même emportés en quittant l'Italie à quinze ans. Après la cruelle révélation de sa mère, puis la mort de celle-ci, il était parti pour New York vivre chez un oncle qu'il connaissait à peine. Il s'était senti si seul. Si vide.

Vin chassa ce souvenir avec humeur. Il n'était plus le gamin d'autrefois. Plus jamais il ne se sentirait aussi vulnérable — et il épargnerait cette peine à tous ses enfants.

Il ouvrit la portière de sa voiture de sport rouge.

— Monte, dit-il froidement à Scarlett.

— Vous conduisez vous-même ?

— Mes gardes du corps suivront dans le SUV. Comme tu l'as dit… C'est une belle journée pour une balade en voiture.

Vin négocia prestement la descente menant à la route qui traversait le luxueux village de Gstaad, avec ses charmantes constructions en bois, ses boutiques de créateurs et ses chalets décorés de volets et de jardinières. Le soleil du matin brillait haut dans le ciel bleu, au-dessus des montagnes hérissées de forêts, quand ils s'engagèrent dans la Gstaadstrasse, cap à l'ouest.

Il jeta un coup d'œil oblique à Scarlett. Elle était

habillée de façon très décontractée : une veste ouverte, une grande chemise, un pantalon de toile ample et des bottines doublées de fourrure. Il la buvait des yeux malgré tout. Ses cheveux de feu retombaient en grosses boucles sur ses épaules. Ses yeux somptueux étaient aussi verts qu'une forêt alpine. Et il se rappelait sans peine ce qu'il avait ressenti quand ses lèvres charnues avaient couru sur sa peau ou gémi d'extase...

Il frissonna.

Pourquoi Scarlett avait-elle un tel pouvoir sur lui ?

Cette question le taraudait depuis le jour où elle avait disparu, le laissant abasourdi sur Madison Avenue. Cela faisait deux semaines maintenant qu'il consacrait tous ses moyens, loin d'être négligeables, à la retrouver.

Il l'avait dans la peau. Il n'arrivait pas à l'oublier.

En fait, elle l'obsédait depuis qu'il l'avait rencontrée, dans ce bar. Depuis qu'il l'avait prise dans ses bras. Depuis qu'elle avait déserté son lit, après la nuit la plus torride de toute sa vie. Depuis qu'elle avait surgi au beau milieu de son mariage pour lui annoncer qu'elle attendait un enfant de lui.

Scarlett Ravenwood, à la fois ange et démon...

— Comment avez-vous fait pour me retrouver en Suisse ? demanda-t-elle, l'arrachant à ses pensées.

Vin haussa les sourcils tout en se concentrant sur la route.

— Tu as fait une erreur en postant mon portefeuille dans un petit village italien. J'ai gardé des connaissances dans ce pays. Et je sais me montrer persévérant.

Il serra le volant entre ses doigts et se tourna vers elle.

— Tu te demandes toujours si je suis digne de confiance ? Je me poserais la même question à ton égard, si je ne t'avais pas vue à l'œuvre. Tu m'as menti, tu as volé mon portefeuille, kidnappé mon enfant...

— Kidnappé !

— Tu appelles ça comment ? Comment puis-je être sûr que l'enfant est en sécurité avec toi, une délinquante fille d'un criminel ?

Les yeux verts s'enflammèrent de colère.

— Mon père n'aurait jamais dû aller en prison. Il a rendu l'argent. Pourriez-vous en dire autant ?

— Que veux-tu dire ?

— Vos milliards, c'est vous qui devriez...

Elle s'interrompit brusquement.

— Vas-y, continue, dit Vin tranquillement. Tu étais sur le point de m'accuser de quelque chose ?

Scarlett le regarda droit dans les yeux.

— Tous les hommes riches que j'ai connus sont sans cœur. Mon père, au pire de son existence, a moins volé que les escrocs en costume cravate et les joueurs de Wall Street avec leurs systèmes de Ponzi, qui raflent l'argent des retraites, les économies, les espoirs des gens !

— Tu me compares à ces gens-là ?

— Vous ne donneriez pas un seul de vos boutons de manchette en platine et encore moins votre vie ou votre bonheur pour sauver quelqu'un.

— Tu n'en sais rien.

À travers la vitre, Vin voyait miroiter les reflets gris-bleu du lac Léman derrière elle.

— Vous me l'avez dit vous-même : vous vous fichez de faire souffrir émotionnellement ceux qui se mettent en travers de votre route. Je parie que vous n'avez jamais aimé. Et vous me demandez de vous épouser !

— L'amour n'est pas indispensable dans le mariage.

Elle secoua la tête.

— C'est la chose la plus triste que j'aie jamais entendue. J'ai de la peine pour vous.

— Mieux vaut une dure vérité que le confort trompeur du mensonge.

— Une femme a dû salement vous faire souffrir pour que vous soyez aussi cynique.

Oui, une femme l'avait blessé. Pourtant, ce n'était pas ce que croyait Scarlett.

— Elle m'a rendu service, en m'apprenant ce qu'est vraiment la vie. Quoi qu'il en soit, nous célébrerons notre mariage dès que le test aura prouvé ma paternité.

— C'est hors de question.

Vin serra les dents.

— Essaies-tu de me dire que tes rêves d'amour puérils sont plus importants que le bien-être de notre enfant ? Un enfant doit avoir ses deux parents. Et un foyer stable.

— Vous croyez que je l'ignore ? fit Scarlett d'une voix altérée. Toute mon enfance, je n'ai rêvé que d'avoir un vrai foyer. Je ne sais même pas ce que c'est de prendre racine quelque part, d'avoir des amis, de faire partie d'une communauté… Mais vous savez quoi ? Nous avons toujours été heureux, même fugitifs. Parce que mes parents s'aimaient. Et qu'ils m'aimaient.

Vin n'avait pas connu cela. Il avait grandi dans une villa délabrée à Rome, négligé et ignoré par une mère qui ne s'intéressait qu'à ses amants. Pour elle, il n'avait aucune valeur, si ce n'est qu'il lui permettait d'extorquer de l'argent à son père.

À son prétendu père.

Vin se crispa. Tous ceux qu'il avait aimés, il les avait perdus. Sa mère l'avait froidement utilisé comme monnaie d'échange pour financer son train de vie, avant de succomber à une mort violente. Ses nounous avaient toutes démissionné, quand elles n'avaient pas été renvoyées. Son affectueux grand-père était mort d'une attaque lorsque Vin avait huit ans. Il avait quitté à quinze ans son père et sa belle-mère, des gens aimants. Il avait parfois l'impression d'avoir toujours été seul.

Mais son enfant aurait une enfance toute différente. Et Vin ferait en sorte que Scarlett exerce sur lui une influence aimante, stable, propice à son développement — ou pas d'influence du tout.

— Pourquoi t'es-tu enfuie de New York ? Tu as décidé de croire tout ce que tu avais lu sur moi ?

Scarlett le dévisagea d'un air éberlué.

— Vous plaisantez ? Et ce contrat de mariage ?

Serrant les doigts sur le volant, Vin la regarda, surpris.

— Tu es partie pour éviter le contrat de mariage ?

— Vous avez vraiment cru que j'allais signer des papiers vous accordant un contrôle total non seulement sur moi, mais sur notre enfant ? Vous croyiez que, trop contente d'être une femme trophée, j'allais renoncer à ma liberté pour le reste de ma vie ?

— Mes avocats m'ont garanti que ce contrat est parfaitement équitable...

— Parfaitement équitable ? Alors que vous pourriez prendre toutes les décisions importantes ? Et que vous obtiendriez automatiquement la garde de notre enfant si nous devions divorcer pour une quelconque raison ?

— Le divorce ne fait pas partie de mon projet, mais je sais que je ne pourrais pas t'empêcher de partir, si tu le souhaitais. Crois ce que tu voudras, ce contrat de mariage est seulement un moyen d'atténuer l'impact sur notre enfant de toutes les décisions potentiellement mauvaises que tu pourrais prendre.

Elle secoua la tête, presque tristement.

— Si ce sont les grands axes du contrat, je me demande bien ce qu'auraient pu cacher les lignes en petits caractères ! Une clause m'obligeant à vous faire jouir cinq fois par semaine ?

Elle avait fait cette remarque crue en passant, son ton dénué de la moindre sensualité ou suggestion. Comme si elle cherchait à l'insulter, à le dégoûter.

Vin sentit néanmoins son corps réagir au quart de tour. Sa colère froide fit place à la fièvre, une chaleur l'envahit tandis qu'il imaginait les lèvres roses et charnues de Scarlett autour de son sexe dressé…

— Je n'ai jamais eu l'intention d'inclure le sexe dans ce contrat.

Mais c'était le cas, maintenant. Quelle tête ferait son avocat s'il lui demandait d'insérer une telle clause ?

Scarlett poursuivit, obstinée.

— Vous m'accusez d'être puérile et idiote, mais en refusant de vous épouser, je protège notre enfant.

Ils traversaient à présent les faubourgs de Genève. Vin s'arrêta à un feu rouge.

— Comment peux-tu dire une chose pareille ? Je peux vous offrir, à toi et à cet enfant, une vie comme tu n'en as jamais rêvé. Six maisons dans le monde entier, l'école privée, des bijoux, des voitures. Des jets privés…

Elle frissonna à ce dernier mot, ce qui intrigua Vin.

— Je protège notre enfant d'un homme qui ne chercherait qu'à nous contrôler, au lieu de nous aimer, dit-elle.

Il en resta sans voix.

Lorsqu'ils arrivèrent à la clinique — un bâtiment moderne aux lignes pures posé au bord du lac, Vin ne voulut plus y penser. Comme il aidait Scarlett à descendre de voiture, il ressentit une décharge électrique en lui prenant la main. Ils s'avancèrent vers l'entrée de la clinique. Pour rien au monde il n'aurait lâché cette main. Il s'arrêta pour la porter à ses lèvres. Sa peau était douce.

— Vous êtes incapable d'aimer quelqu'un, dit-elle d'une voix tremblante. Parce que vous êtes incapable de faire confiance. Le simple fait que vous me fassiez passer ce test…

— Je te crois, Scarlett, l'interrompit-il doucement. Si j'insiste pour faire ce test de paternité, c'est seulement parce qu'on m'a déjà menti à ce sujet.

— Quoi ?

— Une femme a prétendu que j'étais le père d'un bébé qui n'existait pas, pour me pousser à l'épouser. Mais cette fois-ci, je connais déjà la vérité au fond de mon cœur. Tu portes bel et bien mon enfant.

— Vin…, fit-elle en ouvrant de grands yeux.

Il saisit une mèche de ses cheveux roux pour la placer derrière son oreille.

— J'aime quand tu me regardes ainsi, murmura-t-il. Tu es belle, *cara*. Tes yeux sont comme des émeraudes profondes. Comme une forêt.

Il lui caressa doucement la joue.

— Et tes lèvres sont charnues comme un fruit mûr… Je n'oublierai jamais leur goût…

Scarlett se mit à trembler violemment. Elle semblait surprise et si vulnérable — elle, si belle qu'elle aurait pu avoir n'importe quel homme ! Vin s'aperçut qu'il tremblait, lui aussi.

Son sang bouillait du désir de la posséder.

Puis il se rappela les gardes du corps qui l'observaient sur le parking et le rendez-vous qui les attendait à la clinique.

Bientôt, se promit-il. Bientôt, il s'abreuverait d'elle jusqu'à plus soif.

— Tu as raison sur un point, dit-il en posant la main sur sa joue. Je ne crois pas en l'amour. Du moins, pas dans sa version romantique. En revanche, je crois au désir. Je n'ai jamais cessé de te désirer. Depuis l'instant où nous nous sommes rencontrés.

— Mais vous étiez sur le point d'épouser…

— Parce que je croyais t'avoir perdue. Mais maintenant...

Vin effleura le contour de sa joue, de son cou, la cascade de cheveux roux.

— Je t'aurai, Scarlett. Quoi qu'il m'en coûte.

4

— Il n'y a aucun doute possible, monsieur Borgia. Cet enfant est de vous.

Scarlett vit une vague d'émotion passer sur le beau visage dur de Vin. Fierté soulagement firent place à la colère lorsqu'il se tourna vers elle. Il ne lui avait pas pardonné de s'être enfuie.

Elle lui offrit un vague sourire, regrettant de n'être pas parvenue à s'échapper avant la prise de sang. Elle aurait voulu que Vin n'ait jamais la preuve qu'il était le père de l'enfant, preuve qu'il pourrait utiliser contre elle devant les tribunaux.

Mais elle n'avait pas réussi à se soustraire à cette analyse. Depuis l'instant où ils étaient arrivés à la clinique, jusqu'à leur déjeuner dans un restaurant étoilé au bord du lac, où ils avaient attendu le résultat, Vin ne l'avait pas perdue de vue un seul instant. Même lorsqu'elle s'était excusée pour aller aux toilettes, il était resté dans le couloir, par courtoisie apparente. Quand elle avait voulu récupérer son sac dans la voiture, il avait insisté pour envoyer un garde du corps le chercher.

Au cours de ce repas, il lui avait précisé ce qu'il attendait d'elle en tant qu'épouse. Les détails étaient plus révoltants les uns que les autres. Il comptait régenter toute sa vie, depuis le choix de ses amis jusqu'à celui de ses vêtements !

Elle avait fait de son mieux pour endormir ses soupçons, l'écoutant docilement. Mais elle bouillait intérieurement.

Vin était tellement sûr de l'emporter ! Il croyait pouvoir l'obliger à renoncer à ses droits, la réduire à l'état de domestique sous contrat, d'épouse dominée. Il croyait pouvoir s'arroger tout pouvoir sur son avenir et sur celui de leur enfant ! Il ne valait pas mieux que Blaise.

Vin était même plus dangereux encore que son ancien patron. Parce que, dès l'instant où elle l'avait rencontré, en lui faisant connaître des sensations inédites, un plaisir et une joie inimaginables, il lui avait donné envie de se soumettre à ses exigences.

— C'est un petit garçon ! déclara le Dr Schauss avec un léger accent.

Le visage de Vin s'illumina et il se tourna vers Scarlett. Son expression dure et cynique s'était envolée, il semblait soudain juvénile et joyeux.

— Et la grossesse ? demanda-t-il à la doctoresse. Scarlett va bien ?

— Mlle Ravenwood se porte bien, répondit le médecin. Et, bien que la date du terme soit proche, il n'y a aucun signe d'accouchement imminent. Mais cela peut évoluer très rapidement, bien sûr.

— Alors nous avons le temps de nous marier.

Ces mots, prononcés avec dureté, résonnèrent comme une sentence aux oreilles de Scarlett.

— Mon avocat new-yorkais m'a envoyé le contrat de mariage, ajouta-t-il en se tournant vers elle. Dès que nous serons sortis d'ici, tu le signeras et nous nous marierons.

Scarlett était effondrée.

— Je...

Vin la fit taire d'un geste, avant de porter son téléphone à son oreille.

— Ernest, trouve-moi où je peux me marier rapidement. Ce soir si possible, demain au plus tard.

Scarlett le regarda fixement, comprenant son erreur.

Elle n'aurait jamais dû lui permettre d'obtenir la preuve légale qu'il était le père de l'enfant. Il allait être cent fois plus difficile de s'enfuir maintenant. Si elle le faisait, il n'aurait de cesse de la retrouver et il aurait la loi pour lui.

Elle se leva maladroitement.

— Merci pour cette nouvelle, docteur.

Bouleversée, elle jeta un œil vers Vin, qui aboyait ses instructions à son assistant, parlant d'endroits comme Gibraltar, le Danemark et même Las Vegas ! D'ici une minute, il aurait réservé des billets d'avion et recommencerait à la couver. Elle n'avait que quelques secondes devant elle.

C'était maintenant ou jamais.

— Mademoiselle Ravenwood, s'inquiéta le docteur. Vous vous sentez bien ?

— Oui, parfaitement bien, répondit Scarlett en s'efforçant de sourire. J'ai juste besoin d'aller aux toilettes. Veuillez m'excuser.

Scarlett quitta promptement la salle d'examen brillamment éclairée. Au moment où elle refermait la porte, Vin, toujours au téléphone, leva sur elle son regard perçant.

Elle s'enfuit dans le couloir, croisant de futurs parents ravis munis d'échographies, des infirmières et des médecins en blouse blanche. Elle parcourut d'innombrables couloirs, cherchant désespérément la sortie de secours, sachant que les gardes du corps de Vin l'attendaient à l'entrée principale de la clinique.

Enfin, elle trouva l'escalier conduisant dehors et s'élança, se tenant le ventre. Elle allait retourner à Gstaad et demander à Wilhelmina d'user de son influence auprès de Kassius Black, son patron, pour la cacher. En cas d'échec, elle emprunterait de l'argent et sauterait dans un train à destination d'un endroit où Vin n'aurait aucune relation. Jusqu'où faudrait-il aller pour trouver un tel lieu ? Samarcande ? Oulan-Bator ? Vladivostok ?

Scarlett déboucha brusquement au soleil et au grand air, sur la vaste pelouse qui s'étendait derrière la clinique. Le lac étincelait et un bus, au loin, venait dans sa direction. Elle s'élança dans l'herbe...

Et s'arrêta net. Vin se tenait là, les bras croisés.

— Tu allais quelque part ?

Les gardes du corps les observaient, trop éloignés cependant pour les entendre. Elle ouvrit la bouche, mais resta sans voix. Vin s'avança, son beau visage impassible, sans qu'elle trouve un seul mot d'explication ou d'excuse.

— Co... Comment avez-vous...

— Je savais que tu allais t'enfuir. Tu as accepté de te soumettre à ce test bien trop facilement. Je m'attendais à davantage de résistance de la part d'une femme aussi ardente que toi.

Il glissa les mains dans ses poches, plus irrésistible que jamais.

— À vrai dire, tu me déçois un peu. Utiliser le même truc par deux fois... Tu aurais pu faire montre d'un peu plus de respect pour mon intelligence.

Comme il s'approchait, Scarlett retint son souffle. Les yeux sombres de Vin avaient quelque chose de presque sauvage au-dessus de ses pommettes à l'angle sévère et ses joues qu'ombrait une barbe naissante.

— Pourquoi as-tu autant peur de moi ? demanda-t-il tout bas. On dirait que tu me prends pour un dangereux criminel, alors que je ne souhaite qu'assumer mes responsabilités paternelles et t'épouser.

Scarlett releva furieusement la tête.

— Vous ne souhaitez pas m'épouser. Vous voulez l'enfant à tout prix. Vous ne valez pas mieux que Blaise Falkner !

— Tu m'insultes, maintenant ? fit-il d'une voix étrange.

— Lui aussi voulait que je signe des papiers m'obligeant à abandonner mon enfant !

— Ce n'est pas ce que...

— Au moins, avec Blaise, j'ai su dès le début que j'avais affaire à un monstre. Mais vous me plaisiez, j'ai couché avec vous.

Elle détestait les larmes qui lui montaient aux yeux et les essuya rageusement.

— Seulement voilà, votre charme mis à part, vous êtes exactement comme Blaise. Égoïste jusqu'à la moelle. Vous avez décidé de me faire signer ce contrat de mariage de force. Eh bien, figurez-vous que je ne le signerai pas ! Vous ne pouvez pas m'obliger à vous épouser.

Vin laissa échapper de ses lèvres sensuelles des mots durs qui devaient être des jurons italiens, puis serra les dents.

— Je n'ai pas de temps à perdre avec ça. Je dois être à Rome dans cinq jours. Le contrat de mariage nous attend dans la voiture. Tu auras le temps de le lire attentivement pendant que nous rejoindrons l'aéroport.

— L'aéroport ?

— Nous allons nous marier à Las Vegas.

— Il n'est pas question que je monte à bord d'un avion !

— Pourquoi ? railla Vin. Tu as peur que je t'emmène dans un endroit obscur, moins civilisé que la Suisse ? Tu as vraiment une triste opinion de moi. Pourquoi m'avoir laissé te séduire, te faire un enfant, si l'idée de prendre mon nom, d'être sous ma protection et de me laisser subvenir à tes besoins te répugne autant ?

Il poursuivit plus doucement.

— Si tu me crois vraiment aussi détestable, pourquoi m'avoir offert ton corps ? Pourquoi t'être agrippée à mes épaules et avoir pleuré de joie pendant que je te faisais l'amour, encore et encore ?

Le souffle court, Scarlett leva les yeux vers lui. Il était maintenant tout près.

— Je n'ai pas…

— Tes griffures ont mis une semaine à disparaître de mon dos.

Elle accusa le coup, puis le fusilla du regard, les bras croisés.

— D'accord, vous êtes un bon amant. Et alors ? Je n'avais pas suffisamment d'expérience pour lutter contre mon désir à l'époque, mais maintenant, si. Je ne me vendrai pas à vous, pas plus que je ne vendrai mon bébé.

— Tu préfères donc priver notre fils d'un père ? Qu'il grandisse sans porter mon nom, sans ma protection ni mon amour ?

— Votre… amour ?

— Évidemment. Tu me crois incapable d'aimer mon propre enfant ?

Furieuse de s'être méprise, Scarlett riposta.

— Rien n'est désintéressé avec vous, pas même l'amour. J'en veux pour preuve ces horribles documents que vous voulez absolument me faire signer.

— Tu voudrais que je t'épouse sans contrat ? Que je te laisse libre de t'emparer de la moitié de ma fortune ?

Scarlett secoua la tête, obstinée.

— Bien sûr que non. Vous ne pouvez pas prendre ce risque. Donc, la solution est simple : nous n'allons pas nous marier.

Vin la contemplait en silence, une lueur énigmatique au fond des yeux. Le soleil se couchait sur Genève, une brise soulevait les feuilles mortes sur la descente herbeuse qui séparait la clinique moderne du lac scintillant. On entendait le cri d'un oiseau, un bruit de klaxon et le brouhaha de la ville au loin.

— Tu veux te marier par amour, lâcha-t-il soudain. Tu es exactement comme ma mère, avant sa mort. Tournant le dos à ses responsabilités pour courir après un rêve romantique.

— Sûrement pas ! Je ne fais que tourner le dos à un cauchemar : vous !

— Quand notre enfant sera né, tu lui tourneras peut-être le dos, à lui aussi, rétorqua-t-il d'une voix sombre.

— Jamais ! J'aime mon enfant plus que tout !

— Donc, tout ce que tu attends de moi, c'est une pension. Je me trompe ?

— Je ne veux pas de votre argent.

— Tu serais bien la première.

— Qui dit argent dit obligations, comme vous le savez parfaitement. Sans quoi vous ne m'en proposeriez pas.

— Dans ce cas, comment comptes-tu nourrir ton enfant seule ?

— Eh bien... Si vous ne me poursuiviez pas et si je n'étais pas obligée de me cacher de vous, je pourrais retourner à Gstaad et apprendre à cuisiner le poulet frit.

Vin la dévisagea, l'air incrédule.

— Tu veux dire qu'au lieu d'être ma femme et de vivre dans le luxe, tu préférerais être une simple cuisinière ?

— Ce que vous pouvez être snob ! Le poulet frit rend le monde meilleur. Pouvez-vous en dire autant de ce que vous faites ?

— Diriger une compagnie aérienne d'un milliard de dollars ?

— Oui, entasser des passagers comme du bétail en classe économique, sur des sièges pas plus grands que des timbres-poste !

À sa grande surprise, Vin ne releva pas l'insulte.

— J'ai beaucoup d'estime pour la bonne cuisine et pour les chefs talentueux, mais si j'en crois Wilhelmina, tu n'en fais pas partie.

— J'apprendrai, dit Scarlett en croisant les bras. J'ai bien réussi à devenir aide-soignante en passant un an à l'université et en étudiant le soir après le travail. J'y arriverai. Il faut juste du travail et la volonté de se passer de sommeil et, heureusement, j'ai de l'expérience dans ces deux domaines.

Les prunelles de Vin brillaient de façon inquiétante.

— Donc, tu ne veux pas de mon nom, tu ne veux pas de mon argent et tu ne veux pas m'épouser. Tu préfères que notre enfant se passe de père pendant que tu brigueras des boulots mal payés pour tenter de survivre.

Scarlett se sentit soudain mal à l'aise. Lorsqu'il présentait les choses ainsi, elle se sentait idiote.

De son côté, Vin venait de comprendre une chose qui lui faisait froid dans le dos.

Il n'avait aucun moyen de pression. Aucun moyen de rendre Scarlett plus docile, du moins aucun moyen conforme à ses principes. Ce n'était pas le monde des affaires, il ne pouvait pas surenchérir ou faire chanter des actionnaires pour les plier à sa volonté. Les règles ordinaires des fusions-acquisitions ne s'appliquaient pas ici.

À moins que…

Il savait grâce à son détective que Scarlett n'avait pas d'atout dans son jeu. Pas de famille, pas d'économies. Elle n'avait aucun diplôme universitaire et, grâce à Blaise Falkner, aucune recommandation de son premier employeur.

Falkner allait payer. Il allait regretter d'avoir si mal traité Scarlett. Regretter d'avoir menacé la future femme et l'enfant de Vin.

Si du moins elle finissait par devenir sa femme.

Pourquoi ce mariage était-il si difficile à obtenir ?

Pourquoi Vin ne pouvait-il pas tout simplement l'acheter ? Il était prêt à mettre un certain prix, pourvu que cela ne lui coûte rien de ce qui lui était cher : du temps, sa capacité de contrôle ou son refus de s'exposer à être vulnérable.

Changeant de stratégie, il arqua un sourcil.

— Et si je révisais le contrat en ajoutant un million de dollars de prime par année de mariage ?

— Non.

— Deux millions ?

— Vin, vous ne pouvez pas m'acheter.

— C'est ce que tu dis, mais tout le monde a un prix. Dix. C'est mon dernier mot. Dix millions de dollars pour chaque année où nous aurons été mariés. Réfléchis.

Elle écarquilla les yeux. Un instant, il crut l'avoir conquise. Puis elle releva le menton. Ses yeux verts lançaient des éclairs furieux.

— Je ne vous accorderai jamais le droit de me donner des ordres comme à une esclave — et de me ravir la garde de notre enfant si jamais je me rebelle. La liberté vaut plus qu'une stupide somme d'argent.

Vin l'observa un moment, étonné. Tout dans l'attitude de Scarlett trahissait la sincérité la plus obstinée. Il avait affaire à une idéaliste au cœur aussi inflexible que le sien.

Il en éprouvait des sentiments mitigés. Scarlett était très différente de sa mère, ce qui était une bonne chose pour le bonheur de leur fils. Mais c'était aussi une adversaire plus redoutable, puisque l'argent n'avait aucun pouvoir sur elle.

Il contempla les rayons du soleil qui vacillaient de l'autre côté du lac Léman.

Il voulait que Scarlett soit sa femme, son amante. Dans son lit, à sa disposition. Il voulait aussi que son fils porte son nom, qu'il soit élevé en toute sécurité, dans un contexte stable et dans l'amour, sous le même toit que lui.

Il voulait que cet enfant ait des frères et sœurs. Il voulait savoir exactement où se trouvaient les siens et avoir l'assurance que tous étaient protégés et ne manquaient de rien, à tout moment.

— Comment puis-je te faire changer d'avis ? demanda-t-il à Scarlett.

— Vous n'y arriverez pas. La seule raison valable de se marier, c'est l'amour. Et je ne vous aime pas.

— Tu voulais un foyer, je t'en donne six.

Ou davantage — il ne se rappelait pas exactement quelles maisons il avait vendues ou achetées récemment.

— Un foyer sans amour n'en est pas un.

— C'est la chose la plus ridicule que j'aie jamais entendue.

Mais Vin venait d'entrevoir la solution : il allait utiliser le romantisme de Scarlett pour la vaincre.

Deux choses comptaient pour elle : l'amour et la liberté. Il n'avait qu'à lui donner les deux. Ou du moins, lui faire croire qu'il les lui donnait.

Il n'avait jamais feint d'être amoureux jusqu'ici, mais cela ne devait pas être si difficile. Il avait été élevé par une experte qui simulait tout un tas d'émotions pour manipuler autrui.

Il inclina la tête, comme s'il était songeur, puis avec une grande inspiration, lui jeta un regard presque implorant.

— Tu pourrais peut-être me montrer mon erreur. Prouve-moi que l'amour n'est pas qu'une illusion faite pour les idiots.

Elle ouvrit de grands yeux surpris, avant de froncer les sourcils.

— Je vous en prie. Jamais vous ne donnerez votre cœur à quiconque. Vous m'avez clairement fait comprendre que, pour vous, le mariage est une affaire comme les autres.

— Je me trompe peut-être. Parce que tu es différente de toutes les autres femmes que j'ai connues…

Ça au moins, c'était vrai.

— Je te désire comme je n'ai jamais désiré personne…

Également vrai.

— Tu portes mon enfant. J'ai du respect pour ton intelligence, pour ta nature aimante. J'ai besoin de toi. J'ai envie de toi. C'est peut-être ainsi que tout commence.

Il retint son souffle dans l'attente de sa réponse.

Scarlett eut un rire acerbe.

— Et vous croyez que je vais croire… que vous pourriez m'aimer ? Belle tentative. Vous me prenez vraiment pour une idiote !

— Donne-moi une chance, plaida-t-il tout bas. Pour voir où cela pourrait nous mener.

— Comment ?

Vin chercha désespérément la réponse. Et soudain la trouva.

— Je t'épouse sans contrat.

— Quoi ? Mais, vous l'avez dit, vous pourriez perdre la moitié de votre fortune ! À l'instant où nous nous serons dit oui !

Vin observa les émotions contradictoires qui passaient sur son joli visage pâle.

— Je suis prêt à courir ce risque.

Oui, il prenait un risque. Il pariait sur sa capacité à la rendre amoureuse de lui rapidement et à lui faire signer un contrat le plus vite possible après le mariage. Autrement dit, un risque quasi nul.

Il n'avait jamais essayé de rendre une femme amoureuse. Son but était généralement contraire : coucher avec une femme et la quitter avant que tout lien ne se crée. Le défi s'annonçait intéressant et l'excitait bizarrement.

À moins que ce ne soit simplement le fait d'être aussi près de Scarlett, dans la lumière dorée du soleil, rafraîchi par la brise d'octobre qui caressait sa peau échauffée, et de savoir qu'il la posséderait bientôt. À cet instant, il aurait presque accepté de sacrifier la moitié de sa fortune pour coucher avec elle.

— Es-tu d'accord ? demanda-t-il à voix basse. Acceptes-tu de prendre ce risque si je le prends ?

— Mais pourquoi ? dit-elle d'une voix altérée. Pourquoi le mariage compte-t-il autant pour vous ?

Vin n'avait pas envie de répondre, mais son nouveau rôle — celui d'un homme à la vulnérabilité bien cachée, susceptible de s'ouvrir à l'amour — l'obligeait à une part d'honnêteté.

— Je sais ce que c'est de grandir sans père. Je veux que mon fils ait une enfance meilleure. Il doit savoir qui sont ses parents.

Vin se tut un instant, avant de reprendre.

— La famille, c'est d'abord un nom, un foyer. Notre enfant doit se sentir aimé et en sécurité. Il doit savoir d'où il vient. Épouse-moi, Scarlett. Immédiatement.

Elle se mordit la lèvre, hésitant de toute évidence. Vin profita de la situation.

— Mon jet privé est prêt à partir. Nous pouvons être à Las Vegas dans...

— Non ! Le Dr Schauss a dit que le travail pouvait commencer à tout moment. Et puis, il n'est pas question que je monte à bord d'un avion. Si je le fais, je vais mourir. Nous mourrons tous les deux.

— Qu'est-ce que tu racontes ?

Des larmes passèrent par-dessus ses cils.

— Mon père est mort dans un accident d'avion...

— Oui, mais cela ne veut pas dire...

— Il y a deux semaines, l'avion que j'ai pris a failli s'écraser aussi... Jamais plus je ne monterai à bord d'un avion. Jamais !

Elle semblait à cran, aussi tenta-t-il de la rassurer.

— Je possède une compagnie aérienne ainsi que des jets privés pour mon usage personnel. J'ai même une licence de pilote. Je peux superviser le contrôle de l'équipement, Scarlett. Et te garantir ainsi que tout ira bien.

— Et moi, je vous garantis que je ne remonterai jamais à bord d'un avion !

Vin aurait aimé pouvoir la raisonner. Mais face à son angoisse et aux larmes qui coulaient le long de ses joues, il renonça soudain à discuter.

— Bien, dit-il doucement en l'attirant dans ses bras. Nous ne sommes pas obligés de prendre l'avion. Je ne t'obligerai jamais à faire une chose dont tu n'as pas envie. Je veillerai toujours sur toi, Scarlett. Toujours.

Alors, elle releva la tête. Elle était si belle dans la lumière ! Ses yeux remplis de larmes ressemblaient à des émeraudes.

Elle était vulnérable. Vin aurait dû saisir cet instant pour profiter de la situation, lui extorquer son accord, la piéger.

Mais il sentit quelque chose se nouer dans son cœur et, au lieu d'exploiter sa faiblesse, de la forcer à accepter ses exigences, il fit ce qu'il avait envie de faire depuis qu'elle lui était apparue dans la cathédrale, avec ses cheveux roux retombant en cascade sur ses épaules et ses yeux l'implorant, d'un vert lumineux dans un rayon de lumière dorée.

Il prit le visage de Scarlett entre ses mains et l'embrassa.

5

Scarlett ne s'attendait pas à ce baiser.

Les lèvres de Vin caressaient les siennes et elle se sentait prise dans un vertige. Le baiser s'intensifia, se faisant plus exigeant — il la possédait. Il la tenait si fermement que son ventre rond et ses seins épanouis s'écrasaient contre son torse musclé. Il l'enveloppait de sa chaleur, l'abritant du vent. Mais Scarlett se mit à trembler, le corps traversé par un frisson primitif et brûlant.

Elle avait oublié ce qu'étaient les baisers de Vin. Elle s'était forcée à oublier. Mais en sentant la pointe de sa langue s'introduire dans sa bouche, en sentant les lèvres avides de Vin pressées contre les siennes, elle se cramponna à lui pour le retenir. Chaque nuit, depuis huit mois et demi, il lui avait cruellement manqué. Chaque nuit, elle avait rêvé de cette étreinte fiévreuse au cours de laquelle il avait, sans scrupule, pris sa virginité pour lui procurer un plaisir inouï et lui faire un enfant.

Avec lui, elle s'était sentie désirée, adorée et même… aimée.

— Il y a tellement longtemps que j'ai envie de toi, murmura Vin contre sa peau.

Scarlett sentit son cœur s'emballer.

— Accepte de m'épouser, Scarlett. Dis-le…

— J'accepte de t'épouser.

Le beau visage de Vin s'éclaira. Elle prit alors conscience de ce qu'elle venait de dire.

— Tu le veux vraiment ? fit-il d'une voix remplie d'espoir.

Elle voulait être dans ses bras. Elle voulait que son enfant ait un père. Qu'il soit en sécurité, qu'il soit aimé et vive dans un foyer confortable.

Mais seulement si ce mariage en était un.

Vin était prêt à l'épouser sans contrat de mariage. C'est lui qui prenait le plus gros risque. Était-elle prête à en prendre un petit ? Au nom d'un bonheur potentiel... Pour tous les trois ?

— J'accepte de t'épouser.

À peine avait-elle prononcé ces mots qu'elle se mit à pleurer. Elle comprit pourquoi lorsqu'il la prit dans ses bras.

Avec son physique et son pouvoir, Vincenzo Borgia aurait pu choisir d'épouser n'importe quelle autre femme. Mais c'est elle qu'il avait choisie.

Il était temps pour elle de se fier à ses espoirs, non à ses peurs.

— Je ne profiterai jamais de ta confiance, murmura-t-elle.

Vin eut un petit sourire, puis l'embrassa tendrement.

— Je sais, dit-il. Tu me rends tellement heureux.

— Moi aussi, dit Scarlett à travers ses larmes.

— Marions-nous le plus vite possible. Mon assistant dit que Gibraltar et le Danemark sont des options intéressantes, mais vu l'avancement de ta grossesse, je crains qu'un long trajet en voiture ne te soit pénible. Et puis, il faut que je sois à Rome dans cinq jours pour conclure une affaire.

— Quelle affaire ?

— Une prise de participation majoritaire sur Mediterranean Airlines. Après avoir manqué la fusion avec Air Transatlantique de manière si spectaculaire il y a quinze jours... j'entends bien obtenir cette compagnie.

Son fondateur y tient beaucoup et insiste pour me rencontrer avant de me vendre ses actions.

— Alors, marions-nous à Rome.

Après une brève hésitation, Vin hocha la tête.

— Il sera un peu plus long de se marier en Italie, à cause de la paperasse, mais c'est une excellente idée. En roulant d'une traite, nous pourrions être à Rome dès ce soir. Je crois même que je possède une maison là-bas.

— Tu crois posséder une maison ? s'esclaffa Scarlett. Tu n'en es pas sûr ?

Un vague sourire étira les lèvres sensuelles de Vin.

— Je ne suis pas revenu au pays depuis vingt ans. J'ai grandi à Rome, mais… je n'y ai pas vraiment de bons souvenirs.

Il ne semblait pas prêt à s'étendre sur le sujet. Pourtant, Scarlett brûlait de lui poser des questions. Finalement, elle ne connaissait quasiment rien du passé de Vin, de ce qui avait fait de lui ce self-made-man milliardaire et cynique.

Vin lui prit la main et l'entraîna vers le parking, où les gardes du corps les attendaient ainsi que les voitures.

— Vous pouvez nous féliciter, annonça Vin aux trois hommes imposants. Scarlett vient d'accepter de m'épouser. Nous nous marierons dans quelques jours.

Ils soulevèrent leurs lunettes de soleil réfléchissantes et de grands sourires illuminèrent leurs visages — ils semblaient soudain presque humains.

— Vous êtes maintenant chargés de sa protection autant que de la mienne, leur dit Vin.

Les gardes se figèrent au garde-à-vous.

— Compris, patron.

— Bienvenue dans la famille, mademoiselle Ravenwood, dit l'un d'eux avec un grand sourire. Nous veillerons sur vous.

Puis il reprit lunettes et mine renfrognée.

Scarlett réprima un sourire. Comme si elle avait besoin de protection ! Était-elle une personnalité politique, une célébrité ?

Vin lui ouvrit la portière de la voiture de sport rouge, avant de s'installer derrière le volant. Le moteur démarra dans un rugissement feutré.

À la surprise de Scarlett, il ne se dirigea pas immédiatement vers l'autoroute mais dans la direction opposée, vers le centre de Genève. Les gardes du corps les suivaient à bord du SUV.

— Où allons-nous ?

Vin tourna dans la rue du Rhône, un quartier chic.

— Tu as accepté de m'épouser. Il te faut une bague.

Une heure plus tard, après un détour par une élégante bijouterie, ils traversaient les Alpes, près de Chamonix et du Mont-Blanc, en direction de l'Italie. Le paysage montagneux était splendide, mais Scarlett ne pouvait détacher ses yeux du diamant de dix carats taille émeraude monté sur platine qui ornait désormais sa main gauche.

Lorsqu'elle bougeait les doigts, les facettes du gros diamant projetaient des prismes de lumière sur son corps, sur son visage, sur le luxueux intérieur de la voiture et sur l'homme beau et puissant qui conduisait à côté d'elle.

— Je n'avais pas besoin d'un aussi gros diamant, dit-elle pour la énième fois.

Vin changea de vitesse.

— Bien sûr que si. Tu vas être ma femme. Tu dois toujours avoir ce qu'il y a de mieux.

Cette bague était certes spectaculaire, mais un doute s'empara brièvement de Scarlett. Alors qu'un simple anneau d'or lui aurait suffi, la volonté de Vin l'avait emporté sur la sienne. Et si ses craintes initiales s'avéraient fondées ? S'il essayait de régenter sa vie ?

Du calme, ce n'est qu'une bague. Un gros diamant qui

l'éblouissait, elle devait le reconnaître, aussi outrancier et malcommode fût-il. Elle essayait de ne pas penser à ce qu'il avait coûté — certainement davantage qu'elle ne gagnerait de toute sa vie !

L'autoroute serpentait entre les montagnes et empruntait des tunnels dans son trajet vers le sud. Lorsqu'ils traversèrent la Toscane, le soleil orange descendait à l'ouest, sur l'horizon composé de champs d'automne, et Scarlett commençait à avoir faim.

— On pourrait s'arrêter pour dîner ?

— Bien sûr, *cara*. Il y a un excellent restaurant pas très loin d'ici, à Borgierra. Je venais souvent dans cette ville quand j'étais petit.

— Borgierra ? Ça ressemble à ton nom.

— Mes ancêtres ont fondé ce village il y a cinq cents ans… Mon père y vit encore.

— Ton père ? Tu ne m'as jamais parlé de lui. Je pensais qu'il était… Enfin…

— Il n'est pas mort. C'est juste que… je ne l'ai pas vu depuis un moment. Depuis que j'ai quitté l'Italie.

— Attends… Depuis vingt ans ?

— Contrairement à ce qu'on pourrait penser, fonder une compagnie aérienne d'une valeur d'un milliard de dollars ne se fait pas d'un claquement de doigts. J'ai dû travailler sans relâche depuis que j'ai posé les pieds à New York. J'ai remis en jeu chaque centime que je gagnais. J'ai travaillé comme un damné.

— N'essaie pas de changer de sujet. Pourquoi n'as-tu pas revu ton père ? Était-il abominable ? Violent ?

— Non, dit Vin en crispant les mains sur le volant.

Scarlett n'y comprenait rien.

— Je veux le rencontrer.

— Nous n'avons pas le temps, répondit Vin sans quitter la route des yeux.

L'habitacle de la voiture semblait soudain très exigu.

— Tu dis que ton père est une bonne personne mais, après vingt ans d'absence, tu songes sérieusement à passer à côté de chez lui sans t'arrêter ? Franchement, je me demande...

— Tu te demandes quoi ?

Scarlett baissa les yeux, faisant tourner son énorme bague de fiançailles.

— Quand tu m'as dit que la famille était importante, je t'ai cru.

— C'est toi ma famille maintenant, Scarlett. Toi et notre fils.

— Plus on a de famille, mieux c'est. Je n'ai jamais eu de frères et sœurs ni de cousins. Depuis la mort de mes parents, je suis totalement seule. Tu sais ce que ça fait ?

Leurs regards se croisèrent et Scarlett sentit son cœur se serrer en découvrant ce qui se cachait au fond des prunelles sombres de Vin. La douleur.

— Deux parents, c'est bien, mais s'il nous arrivait quelque chose ? ajouta-t-elle tout bas. Ton père est le seul grand-parent de notre enfant. Pourquoi ne l'as-tu pas revu depuis vingt ans ?

— C'est compliqué, dit-il, l'air sombre. Ma mère n'a jamais épousé Giuseppe. Elle lui préférait des hommes plus excitants qui la traitaient mal. Mais elle adorait faire languir mon père, le maintenir amoureux d'elle, le faire souffrir. Chaque fois qu'il souhaitait me voir, il devait lui verser une petite fortune.

Scarlett en resta sans voix. Le père de Vin avait dû payer pour avoir le privilège de voir son propre fils ?

— Quand j'ai eu dix ans, il a enfin réussi à ne plus l'aimer. Il a épousé une autre femme, Joanne.

— Une horrible marâtre ?

— Pas du tout ! Elle était gentille avec moi. J'ai passé

Noël avec eux l'année de mes quinze ans, pendant que ma mère faisait la fête avec son petit ami à Ibiza. Ce fut le plus beau Noël de ma vie, avec eux et ma demi-sœur. Maria était encore presque un bébé à l'époque. Quand j'ai dû rentrer chez ma mère, Giuseppe et Joanne m'ont dit qu'ils voulaient que je vienne vivre avec eux à plein temps.

— Tu l'as fait ?

Vin secoua la tête.

— Ma mère a refusé de me laisser partir. Elle est morte peu après et je suis parti vivre chez un oncle à New York.

— Je suis désolée pour ta mère. Mais... pourquoi n'es-tu pas allé vivre chez ton père après sa mort ? Plus rien ne t'en empêchait.

— Laisse tomber, Scarlett.

Elle aurait voulu insister, mais quelque chose dans la mine sombre de Vin la mit en garde.

— D'accord. Pour l'instant. Mais puisque nous passons près de chez lui, ne pourrions-nous pas nous arrêter pour que je le rencontre ? Juste dix minutes ?

— Nous ne savons même pas s'ils sont chez eux.

— Je te promets que si nous y passons et qu'ils ne sont pas là, je n'en parlerai plus jusqu'à Rome.

Avec un soupir, il prit son téléphone pour annoncer à ses gardes du corps, qui suivaient en SUV, qu'il allait faire un détour.

Lorsqu'ils franchirent le portail en fer forgé, la nuit tombait sur la campagne toscane. La pleine lune brillait au-dessus des arbres et des champs parfumés. Plus ils avançaient sur la longue allée poussiéreuse bordée de cyprès, plus Vin semblait tendu.

Au bout de l'allée, Scarlett retint un cri d'admiration devant la magnifique villa de deux étages, décorée de volets verts et de stuc jaune, éclairée par des lumières chaudes dans la nuit désormais complète.

Devant la villa, ils découvrirent plusieurs dizaines de voitures garées dans l'allée circulaire qui entourait une fontaine.

— On dirait qu'il y a une fête, dit-elle, gênée.

Vin se gara juste à côté de la porte, coupa le moteur et resta un moment immobile. Il semblait étrangement maussade. Scarlett posa la main sur la sienne.

— Deux minutes, dit-il en retirant sa main.

La lune mêlée aux nuages déployait comme une dentelle nacrée et lumineuse sur le velours noir de la nuit d'octobre. Vin se dirigea vers la porte comme un condamné allant à la guillotine. Les gardes du corps, après un bref contrôle visuel du périmètre, se mirent respectueusement en retrait. Scarlett les imita.

Une fois à la porte, Vin saisit le heurtoir pour frapper lourdement à la porte. Quelques instants s'écoulèrent sans aucune réponse.

Puis la porte s'ouvrit et la lumière et la musique se répandirent jusqu'à eux. La silhouette d'un homme distingué, aux cheveux gris, se découpa dans l'ouverture.

— *Buona sera*, dit Vin sèchement.

Scarlett ne comprit pas la suite, mais au bout de quelques mots, l'homme laissa échapper un cri étouffé et, dans un déluge d'italien, prit Vin dans ses bras en étouffant un sanglot de joie.

Vin était furieux.

Il était venu malgré lui. Il se sentait manipulé, acculé. Cette situation était tout ce qu'il s'était promis de ne plus vivre : être le jouet de quelqu'un, sous le contrôle de quelqu'un.

Mais Scarlett l'avait clairement menacé, avec ses insinuations et cette manière de triturer sa bague : elle risquait de changer d'avis à propos du mariage s'il ne s'exécutait pas. En montant vers la villa, il n'avait contenu sa rage que de justesse. C'est donc ainsi qu'il était récompensé des efforts qu'il faisait pour prendre soin de sa future femme et la laisser décider de tout ? Scarlett avait-elle décidé de torturer son cœur ?

Il la détestait pour cela. Depuis l'instant où il avait frappé à cette porte.

Il avait cru qu'un domestique viendrait ouvrir, ou un inconnu, puisqu'il y avait apparemment des invités. Mais il reconnut instantanément l'homme qui apparut. Giuseppe Borgia avait vieilli de vingt ans, son visage était plus ridé, ses cheveux plus grisonnants, mais il restait son père.

Ou plutôt non. L'homme qu'il avait pris pour son père durant toute son enfance aurait le cœur brisé s'il apprenait la vérité.

La dernière fois qu'ils s'étaient vus, à l'enterrement de sa mère, Vin s'était montré hostile et froid envers lui. Un comportement contraire à celui qu'il avait eu la semaine précédente, pendant le Noël joyeux qu'il avait passé dans cette même villa, croyant avoir enfin trouvé un foyer digne de ce nom et une vraie famille.

Hélas, tout avait changé entre-temps. De retour à Rome après Noël, lorsqu'il avait annoncé à sa mère qu'il pouvait aller vivre à temps complet chez son père, elle avait éclaté d'un rire cruel.

— Tu n'es même pas le fils de Giuseppe !

Bianca Orsini avait longuement tiré sur sa cigarette.

— Il est temps que tu le saches. Je suis tombée enceinte après une nuit sans lendemain avec un musicien que j'avais rencontré dans un bar à Rio.

Elle avait esquissé un sourire mauvais.

— Mais j'avais besoin d'argent, alors j'ai menti à Giuseppe.

— Je vais devoir le lui dire.

— Fais-le et il cessera de t'aimer. Tu as vraiment cru que j'allais te laisser partir vivre avec lui et cette Anglaise, et renoncer à mon unique source de revenus ?

Bianca n'avait pas longtemps profité de la situation. Elle était morte quelques jours plus tard dans un accident de la route, avec son petit ami du moment.

À l'enterrement de sa mère, Vin avait fui le regard de Giuseppe et Joanne, persuadé qu'ils le rejetteraient sitôt qu'ils auraient appris la vérité. D'autant qu'ils avaient eu ensemble une adorable petite fille de quatre ans, qui méritait vraiment leur amour, elle.

Vin avait préféré prendre les devants. Il était parti vivre à New York chez le frère de sa mère, un avocat qui travaillait vingt-quatre heures sur vingt-quatre, sept jours par semaine et n'avait pas grand-chose d'autre à lui offrir que l'exemple d'un travailleur compulsif.

Et voilà qu'aujourd'hui, Vin se trouvait face à Giuseppe, sur le seuil de la villa où il aurait pu être heureux, si le destin n'en avait pas décidé autrement. Allait-il le reconnaître ?

— Bonsoir, bredouilla Vin dans sa langue maternelle.

Cette langue avait pour lui le goût du passé.

— Veuillez m'excuser du dérangement. Je ne sais pas si vous me reconnaissez…

Giuseppe entrouvrit la bouche. Puis ses yeux se remplirent brusquement de larmes.

— Vincenzo ! Mon garçon, mon garçon… Tu es enfin là !

Le vieil homme l'entoura de ses bras et Vin le sentit sangloter avec force contre lui. Alors, soudain, son cœur se remit à battre — une sensation aussi douloureuse qu'un coup de poignard.

Giuseppe se dégagea et s'essuya les yeux en poussant de grands cris en italien. Soudain, plusieurs personnes apparurent à la porte, dont deux femmes aux longs cheveux noirs, l'une jeune, l'autre d'âge mûr, toutes deux belles et souriantes.

Joanne, sa belle-mère, et... Ce pouvait-il que l'autre soit Maria, sa sœur, maintenant âgée de vingt-quatre ans ? Elles le serrèrent contre leur cœur en poussant des cris de joie et Giuseppe, pleurant ouvertement, les serra tous les trois dans ses bras immenses.

Le cœur serré, Vin refoula l'émotion qui l'étreignait face à ces êtres qu'il n'avait pas réussi à oublier.

Son père. Sa famille. Il aurait voulu se remettre à les aimer, mais il n'en avait pas le droit. Et s'ils apprenaient la vérité ? Alors, leur amour pour lui s'envolerait.

— Mais qui est-ce ? demanda Giuseppe en italien.

Vit suivit son regard et sourit à Scarlett. Elle se tenait en retrait, dans l'allée de gravier, se mordant timidement la lèvre. Elle était incroyablement belle avec sa chevelure rousse et son regard hésitant.

Vin lui prit la main.

— Je te présente Scarlett, papa, dit-il tout bas en italien. Elle porte notre enfant et nous allons nous marier.

Son père poussa un cri étouffé et tous les gens qui les avaient rejoints entre-temps — et parmi lesquels Vin ne reconnaissait vaguement que quelques visages — se mirent à clamer la bienvenue et leur approbation.

— Tu l'as amenée ici pour nous la présenter ? demanda Giuseppe en tapotant la joue de Scarlett.

— Elle a insisté pour vous rencontrer, répondit Vin.

— Alors je l'adore déjà, dit le vieil homme.

— Scarlett ne parle pas l'italien.

Giuseppe sourit.

— Elle m'a compris.

En effet, Scarlett les regardait tour à tour, l'air ravi. Elle pensait sans doute les avoir réunis, son père et lui.

Si seulement c'était vrai. Si seulement c'était possible.

Mais en cet instant, Vin ne pouvait lutter contre l'amour qui l'encerclait de toutes parts. Il mit de côté la honte que lui inspirait le mensonge de sa naissance. Les Borgia les entraînèrent à l'intérieur. Il était plus facile, juste provisoirement, de faire semblant d'être le fils, le frère disparu depuis longtemps. Plus facile de faire comme s'il méritait vraiment leur amour et leur affection.

— Tu es venu à ma soirée de fiançailles ! déclara gaiement sa jeune sœur en l'entraînant jusqu'au jardin.

— Tu es fiancée, Maria ? Tu n'étais qu'un bébé la dernière fois que je t'ai vue. Tu te souviens vraiment de moi ?

— J'avoue que mes souvenirs ne sont pas parfaits, mais je te reconnais grâce aux photos... Notre père a souvent pleuré en les regardant... Mais tout est pardonné, maintenant que tu es là !

Retrouvant sa gaieté, elle désigna un homme à l'autre bout du jardin décoré.

— C'est Luca, mon fiancé.

— Pardonnez-moi d'avoir interrompu cette soirée. Si j'avais su...

— Vincenzo, ta présence est le plus beau cadeau de fiançailles du monde ! Tu as vu la tête de papa ? Il a prié pour ton retour. Quand nous t'avons envoyé l'invitation, nous ne pensions pas que tu accepterais de venir.

Vin avait demandé à son assistant de jeter directement à la poubelle tout ce qui provenait des Borgia.

— Et maintenant, te voilà fiancé aussi, et tu attends un enfant, poursuivit Maria avec entrain. La famille s'agrandit !

Sous les lampions qui décoraient le vaste jardin, un petit orchestre faisait danser les invités. C'était une belle soirée avec vue panoramique sur la campagne toscane, au clair de lune.

Vin se retourna vers Scarlett, déjà attablée devant une

assiette pleine, discutant avec Giuseppe et Joanne. Sa tenue décontractée détonnait parmi les costumes et les robes élégantes, mais il suffit à Vin de la regarder pour ressentir un élan fiévreux qui bloquait toute autre pensée ou sentiment. Une distraction bienvenue.

Comme si elle avait senti son regard, Scarlett se retourna. Leurs regards se trouvèrent par-delà la foule et un courant électrique le parcourut, comme s'ils étaient seuls au monde.

Puis sa belle-mère fit signe à Scarlett de la suivre. Adressant un sourire mystérieux à Vin, Scarlett disparut à l'intérieur de la villa.

Ce fut comme si des nuages venaient d'éclipser la lune.

Dix minutes plus tard, Scarlett se contemplait dans un grand miroir, vêtue d'une ravissante robe flottante à manches cloches qui lui descendait jusqu'aux genoux.

Dès l'instant où elle avait été présentée aux parents de Vin, ils l'avaient traitée comme un membre de la famille. En bavardant avec eux dans le jardin, elle avait timidement déclaré se sentir honteusement peu habillée pour la soirée, dans son pantalon froissé.

— Ne vous inquiétez pas ! avait déclaré Joanne. Je sais exactement ce qu'il vous faut !

Scarlett avait tout de suite trouvé sympathique cette Anglaise brune au naturel chaleureux. Devant le miroir, refoulant ses larmes, elle la serra dans ses bras sans réfléchir.

— Je suis tellement heureuse de faire partie de votre famille.

Joanne se dégagea, les yeux brillants de larmes.

— Moi aussi, ma chérie. Je ne me rappelle pas avoir vu Giuseppe aussi heureux. Vous avez réuni notre famille et rallongé l'espérance de vie de mon mari. Et maintenant, il ne me reste plus qu'à vous trouver des chaussures. Je crois que Maria a des sandales pailletées qui devraient vous aller…

Une fois habillée, Scarlett se brossa les cheveux et mit un peu de rouge à lèvres. Puis, aussi nerveuse que Cendrillon, elle retourna se joindre à la fête dans le jardin rempli de bruit.

— Je me réjouis que vous soyez là. Je vois tout l'amour qu'il y a entre mon fils et vous, déclara le père de Vin avec un fort accent anglais.

Scarlett rougit sans relever la remarque. Elle pouvait difficilement dire à Giuseppe que Vin l'avait mise enceinte par accident. Et qu'ils n'étaient pas amoureux l'un de l'autre.

— Quelle est la date de votre mariage ? demanda Giuseppe.

— C'est pour très bientôt, à Rome. Nous ne l'avons pas encore vraiment organisé. Mais j'espère que vous pourrez tous venir…

Elle s'interrompit en voyant Vin, qui venait de l'apercevoir à l'autre bout du jardin, se frayer un passage à travers la foule pour la rejoindre.

Il était atrocement beau. Un pantalon noir bien coupé moulait ses jambes musclées et sa large carrure semblait encore plus imposante dans sa chemise blanche, dont le dernier bouton n'était pas fermé.

Son sex-appeal était une évidence. Mais ce n'était pas ça qui ébranlait Scarlett. Elle avait l'impression de connaître son plus gros secret. Un secret qu'aucune autre femme n'avait eu le privilège de découvrir. Un secret qu'il cachait au monde entier et nierait jusqu'à la mort.

Sous la carapace que formaient ses costumes élégants et sa musculature épaisse, Vin dissimulait un grand cœur.

— *Scusi*, dit-il à son père, qui sourit avec indulgence.

Comme il l'entraînait avec lui, Scarlett eut un frisson

brûlant, puis glacé. Sur la piste de danse noire de monde, sous les lumignons qui se balançaient au-dessus d'eux au clair de lune, son cœur se mit à battre très fort.

Brusquement, elle n'arrivait plus à croiser son regard. Elle se concentra sur son cou. Sur ses joues pas rasées. Sur ses lèvres terriblement sensuelles.

Ce slow fut un supplice pour Scarlett, soumise au contact de son corps ferme et puissant contre le sien. Ses muscles caressaient ses seins et son ventre, tandis que ses mains descendaient lentement le long de son dos.

Ses seins gonflés semblaient plus lourds, ses tétons se dressaient, mendiant une caresse. Le moindre frôlement la mettait à la torture. Elle brûlait qu'il l'embrasse, caresse sa peau nue, la pénètre... Le souffle court, elle peinait à cacher le désir qui la submergeait. Pourtant, elle ne pouvait pas lui laisser voir qu'un simple slow en public la rendait folle de désir.

La chanson terminée, elle poussa un soupir de soulagement. Mais il la retint.

— Ne pars pas.

Ses grandes mains glissèrent lentement de ses reins à ses hanches. Il l'attira contre lui, écrasant ses seins contre son torse. Chancelante de désir, elle leva les yeux vers lui.

Il lui sourit. Puissant. Sûr de lui.

La musique les berçait. Le visage de Vin changea, affichant un air plus sombre, plus ardent. Il s'approcha lentement de ses lèvres...

— Vincenzo !

C'était Giuseppe qui les appelait de l'autre côté de la cour, rayonnant, tenant sa femme par les épaules et flanqué de Maria, qui souriait.

— Mon fils, cela ne rime à rien de vous marier à Rome, avec des étrangers. Nous avons décidé que Scarlett et toi deviez vous marier ici même.

Se marier dans cette magnifique villa toscane, parmi la famille de Vin ? Pour Scarlett, c'était une joie inespérée, aussi leva-t-elle vers Vin un regard plein d'espoir.

Mais il semblait étrangement fermé. Scarlett comprit qu'il était contre, qu'il ne ferait pas une concession de plus. Devant son silence obstiné, elle se sentit obligée d'annoncer elle-même la mauvaise nouvelle à sa famille.

— Nous vous remercions, mais nous souhaitons nous marier le plus vite possible...

— Raison de plus pour que la noce ait lieu ici, déclara Joanne. Vous n'aurez aucun souci avec la paperasse, Giuseppe est le maire...

— *Sì*, le maire, répéta fièrement l'intéressé.

— Il se débrouillera pour que les formalités soient accomplies aussi vite que possible. Puisque vous êtes tous deux citoyens américains...

Joanne lança un regard moqueur à son beau-fils, comme pour souligner la folie qu'il avait commise en renonçant à leur belle nationalité.

— Vous n'avez pas besoin de publier de bans.

— Je vous en prie ! dit Maria en saisissant la main de Scarlett. Je vous organiserai un mariage magnifique. Ce sera un bon entraînement pour l'organisation du mien. Pourquoi ne pas vous marier ici même ? C'est chez vous aussi, maintenant, Scarlett !

À court d'arguments, Scarlett lança à Vin un regard désemparé.

— Je t'en prie, murmura-t-elle.

Il la contempla longuement, puis soupira.

— *Va bene*. Nous nous marierons ici, puisque ma future femme le désire. Mais je dois être à Rome dans cinq jours, ajouta Vin.

— Un jeu d'enfant ! ajouta Giuseppe.

— Tu verras, je parie que ça peut se faire dans trois jours ! gloussa Maria.

Le visage de Vin semblait dire que ces trois jours seraient pour lui une éternité. Qu'est-ce qui pouvait le rendre aussi nerveux ? Avait-il changé d'avis ? Cette pensée donnait des frissons à Scarlett. Car elle commençait à ne pas détester l'idée de l'épouser.

— Je vois au moins un avantage à cette situation, murmura Vin à son oreille. Si nous restons, cela veut dire que nous ne reprendrons pas la voiture ce soir. Et donc… que je peux te conduire au lit tout de suite.

Gagnée par la fièvre de la passion, Scarlett faillit trébucher dans ses sandales d'emprunt. Son cœur battait si fort que la tête lui tournait.

L'univers s'était rétréci, il se limitait à la sensation du corps de Vin près du sien, de sa main qui lui tenait le bras. Avait-il l'intention de la séduire ? Sûrement pas. Enceinte de huit mois et demi, elle n'était pas exactement une bombe sexuelle. Elle avait indubitablement envie de lui, mais le feu ardent qui couvait dans le regard de Vin devait être le fruit de son imagination.

D'ailleurs, elle était un peu inquiète de ce qui se passerait s'ils faisaient l'amour. Quelle part de son âme allait-il s'approprier, en plus de son corps ?

— Ma fiancée est fatiguée. Je regrette, mais nous allons devoir vous fausser compagnie.

Tout le monde sourit en regardant le ventre de Scarlett.

— Où puis-je la conduire pour qu'elle se repose ?

— Suis-moi, dit Giuseppe.

Il les conduisit à l'intérieur de la magnifique villa, jusqu'au premier étage où il ouvrit triomphalement la porte double d'une immense et luxueuse chambre.

— Il n'y a qu'un lit, glissa Scarlett, consternée, à Vin.

Giuseppe, qui l'avait entendue, pouffa de rire.

— Nous ne sommes pas vieux jeu au point d'exiger que vous fassiez chambre à part avant le mariage !

Il désigna le sac polochon de Scarlett et l'élégante valise de Vin, alignés dans le placard.

— Le personnel a déjà rangé vos vêtements. Nous espérions bien vous convaincre de rester ! Et maintenant, plus rien ne vous empêche de passer une bonne nuit.

Soulignant ses propos d'un haussement de sourcils suggestif, Giuseppe quitta la chambre en refermant derrière lui.

Seuls dans la pièce peu éclairée, près du lit immense, Scarlett et Vin se regardèrent un moment en silence.

— Et maintenant, murmura-t-elle enfin. Qu'est-ce qu'il faut…

Avant même qu'elle ait terminé sa phrase, Vin l'attira rudement dans ses bras. S'emparant de ses lèvres, il enfonça les mains dans ses longs cheveux et l'embrassa avec une faim intense, féroce, indiscutable.

6

Il y avait longtemps, très longtemps que Vin ne s'était pas senti ainsi dépassé par ses émotions.

Toute la soirée, il avait été assailli de sentiments qu'il ignorait depuis vingt ans, depuis qu'il avait quitté l'Italie et fermé définitivement son cœur à l'amour et à la famille.

Mais voilà que ces sentiments avaient brutalement resurgi. Alors qu'il s'était retranché dans la colère, il se retrouvait empêtré dans des émotions contradictoires. Pour l'instant cependant, il n'avait envie de se concentrer que sur une seule chose.

Ça. Tout en embrassant Scarlett, il la caressa en remontant le long de ses bras. L'étoffe soyeuse de sa robe à taille empire glissait sous ses doigts, imprégnée de la chaleur de son corps. *Et ça aussi*, songea-t-il en approfondissant le baiser, taquinant Scarlett avec sa langue. Elle poussa un léger soupir dans sa bouche, comme un gémissement, tout en bougeant contre lui. Il sentait son ventre ferme contre le sien, ses seins rebondis et moelleux.

Il ne voulait rien sentir d'autre que *ça*. Ce qu'il pouvait étreindre physiquement. Ce qu'il pouvait tenir entre ses mains.

Scarlett.

Le bruit de la soirée montait du jardin. Mais ici, dans la pénombre feutrée de la chambre, tout semblait intime, sacré même. C'était un endroit hors du temps qui n'appartenait qu'à eux.

Il sentit Scarlett trembler contre lui. Elle entrouvrit les lèvres, sa bouche s'offrant à lui comme un fruit mûr. Il avait l'impression de vivre son premier baiser.

Il lui caressa la joue, laissa sa main glisser le long du cou de Scarlett, puis dans ses longs cheveux qui retombaient sur ses épaules. Elle était terriblement sexy. Furieusement désirable. Sous l'étoffe de sa robe, il distinguait les tétons dressés de ses seins rebondis.

Son corps exigeait qu'il la possède sans attendre, qu'il la prenne vite et fort.

Vin expira, se forçant à rester maître de lui-même. Elle était enceinte, il allait donc devoir faire preuve de douceur. Il faudrait qu'elle soit sur lui. Pour imposer son rythme.

D'ailleurs, elle était nerveuse. Elle redoutait ce qui risquait de naître entre eux s'ils faisaient l'amour.

Elle avait raison d'avoir peur. Car il était prêt à utiliser toutes les armes à sa disposition pour qu'elle tombe amoureuse de lui. Pour qu'elle accepte tous ses désirs et lui accorde un total contrôle sur elle.

Il fallait l'enjôler tout doucement. Jusqu'à ce qu'elle le désire au point de le jeter sur le lit, de grimper sur son corps nu, d'enfiler délicatement son sexe onctueux autour du sien, de le faire durcir jusqu'à ce qu'ils crient tous les deux, agrippés l'un à l'autre…

Vin frissonna de désir. La patience était certes une vertu, mais ce n'était pas son point fort.

Il commençait toutefois à soupçonner que le supplice qu'il allait endurer en la désirant, en attendant qu'elle soit prête, risquait de faire de cette conquête le point culminant de sa vie sexuelle. Cela valait bien un petit effort de self-control.

À condition qu'il sache se maîtriser.

Il l'embrassa d'abord avec douceur. Puis, comme elle se pressait contre lui, leur baiser se fit sauvage, déclenchant en lui des sensations terriblement délicieuses…

Jurant en son for intérieur, Vin se dégagea. Elle ne serait pas capable de résister s'il l'entraînait vers le lit maintenant. Il le voyait à l'expression rêveuse de son visage. Le problème ne venait pas d'elle.

Il venait de lui. Il ne pouvait pas perdre le contrôle. Ni maintenant, ni jamais.

Scarlett levait vers lui ses grands yeux noyés de désir qui brillaient dans l'obscurité.

— La journée a été longue, *cara*, dit-il en lui caressant la joue. Tu as besoin de réconfort. Laisse-moi m'occuper de toi.

Elle fronça les sourcils, puis se détendit quand il lui caressa le dos.

— Je vais te faire couler un bain.

— Ce serait adorable… Si tu es sûr que ça ne te dérange pas.

Elle soupirait déjà de plaisir. C'est vrai qu'elle avait eu une journée stressante. Alors qu'en se levant ce matin, elle était mère célibataire et travaillait comme cuisinière dans un chalet suisse, elle était ce soir en Italie, fiancée à lui, mère certifiée de son enfant, un diamant de dix carats au doigt. Elle venait de faire connaissance avec sa famille et était sur le point de partager son lit. Cela faisait beaucoup de changement. Et ce n'était que le commencement.

Il se rendit dans la luxueuse salle de bains, ouvrit le robinet puis jeta un rapide coup d'œil autour de lui. Comment rendre ce bain encore plus romantique ? Prenant des roses dans un vase, il ajouta des pétales froissés à l'eau chaude qui coulait. Mais ce n'était pas encore assez. Dans le placard de la salle de bains, il découvrit un bain moussant de grande marque et, triomphant, exhuma du tiroir quatre bougies et une boîte d'allumettes.

— Je peux entrer ? demanda Scarlett.

— Pas encore.

Vin disposa soigneusement les bougies autour de la baignoire en marbre blanc à l'élégante robinetterie argentée. Il vérifia la température — pas trop chaude —, ajouta quelques pétales par-dessus la mousse pour faire bonne mesure, puis alluma les bougies et éteignit la pièce.

— Tu peux entrer.

Scarlett pénétra dans la salle de bains et tourna vers lui son beau visage soudain nerveux. Nerveuse, elle pouvait l'être, songea Vin, content de lui.

— Pour toi, *cara*, dit-il innocemment. Je te laisse.

Il sortit effectivement, en parfait gentleman. Dans la chambre, il troqua sa chemise blanche habillée et son pantalon de costume noir contre un unique vêtement facile à retirer : un pantalon de sport taille basse. Lorsqu'il entendit l'eau clapoter dans la baignoire et Scarlett soupirer d'aise en s'y plongeant, il frappa une fois à la porte et l'ouvrit.

La mousse blanche recouvrait chastement le corps nu de Scarlett qu'éclairait la lueur vacillante des bougies. Seul le sommet de ses seins et un petit bout de ventre émergèrent lorsqu'elle se retourna, surprise.

Ses longs cheveux étaient ramenés sur le sommet de sa tête mais quelques mèches pendaient le long de son cou. Ses joues étaient rouges, ses lèvres charnues entrouvertes.

Vin avait beau s'être préparé à la découvrir nue, cette vision déclencha en lui une réaction physique difficile à cacher dans ce pantalon décontracté.

— Qu'est-ce que tu veux ? demanda Scarlett d'une voix enrouée.

— Je te l'ai dit. Je veux que tu te sentes bien.

Vin s'assit derrière elle, sur le pourtour carrelé de

l'énorme baignoire en marbre. Il pouvait saisir son visage et prendre sa bouche. La prendre tout entière. Mais il devait procéder lentement. La séduire pas à pas.

— Laisse-moi t'aider à te détendre, dit-il tout bas.

Avec une extrême lenteur, il posa ses mains sur les épaules de Scarlett qui dépassaient de la mousse. Dans la pénombre, il retint son souffle au contact de sa peau chaude et glissante sous ses doigts et à l'idée qu'elle était nue sous les pétales de rose et la mousse, qu'elle était là pour son plaisir, attendait seulement qu'il la prenne.

Fermant les yeux pour ne pas être aguiché par le flux et le reflux de l'eau qui caressait ses seins, il se mit à lui masser les épaules. Un massage d'abord tout en douceur, dont il accentua petit à petit la vigueur.

Scarlett soupira, comme si des mois de stress fondaient sous ses mains. Avec des pressions des doigts, il dénoua ses épaules et son cou. Elle ferma les yeux — son visage rosi était l'image même du plaisir — et s'abandonna sous ses mains comme un chat qui se fait câliner.

La mousse avait maintenant presque entièrement disparu. Il distinguait les contours de son corps nu sous l'eau. Il se contrôlait, pour l'instant, mais n'était qu'un homme, après tout. S'il continuait ainsi, il risquait de la rejoindre dans la baignoire et de lui faire l'amour dans le clapotis de l'eau qui refroidissait.

Il repoussa les mèches rousses qui barraient sou cou et déposa un baiser sur sa nuque, où ses lèvres s'attardèrent sensuellement.

Quand Scarlett sentit les lèvres de Vin en ce point sensible, un plaisir inouï l'envahit.

L'eau avait refroidi et, plus inquiétant encore, la mousse qui s'estompait ne la camouflait plus. Sur ses seins entièrement découverts, mouillés et luisants, seules subsistaient quelques bulles minuscules, comme des perles. Ses tétons roses se dressaient sous l'eau.

— Scarlett, regarde-moi, dit Vin d'une voix étouffée et sauvage.

Bien obligée d'obéir, elle leva les yeux vers son beau visage, puis observa son corps à demi nu, son torse musclé, la ligne de poils noirs qui descendait vers la taille de son pantalon de sport, et au-delà…

Malgré la lumière tamisée, elle distinguait nettement le contour de son sexe dressé pour elle.

— J'ai envie de toi, gronda Vin.

Scarlett avait le souffle court. Elle aussi avait terriblement envie de lui, mais redoutait ce qui se passerait si elle rendait les armes. Serait-ce le début d'un mariage plein d'amour qui durerait toute la vie ? Ou le début d'une vie entière de malheur ?

Il était parfait physiquement, tandis qu'elle…

— Je suis énorme, dit-elle en rougissant.

— C'est vrai. Et je n'ai jamais éprouvé un tel désir pour une femme.

Il prit dans sa main l'un de ses seins gonflés, comme pour en éprouver le poids, et en pressa le téton endolori.

Le plaisir de cette caresse était si intense et primitif qu'elle laissa échapper un petit cri.

Vin se pencha et l'embrassa. Sa bouche était brûlante, douce et soyeuse. Elle répondit à son baiser, provoquant des remous dans l'eau en sortant un bras pour poser la main sur sa joue.

— Oh ! Vin… Moi aussi, j'ai envie de toi…

Et elle l'embrassa avec fougue.

Soudain, il plongea les bras dans l'eau, la tira, nue et mouillée, du bain désormais froid et la pressa contre son torse comme si elle ne pesait rien. Lentement, il la déposa sur le sol en laissant son corps glisser le long du sien. Scarlett sentit à regret ses pieds atteindre le tapis mousseux.

Elle était devant lui, enceinte de huit mois et demi. Elle était si grosse... Comment pouvait-il la désirer ? Comment un homme pouvait-il la trouver sexy, a fortiori Vin Borgia, un homme si puissant qu'il pouvait avoir toutes les femmes de la terre ?

Il la désirait peut-être, mais il ne l'aimait pas. Scarlett frissonna. Si elle s'abandonnait à son étreinte, allait-elle le regretter toute sa vie ?

— Tu as froid, murmura Vin avant de l'envelopper doucement dans une immense serviette de bain.

— Je ne ressemble pas exactement aux top modèles que tu as l'habitude de fréquenter, dit-elle pour plaisanter.

Vin défit son chignon grossier et les mèches mouillées retombèrent sur ses épaules.

— Tu ne ressembles à personne, Scarlett. Tu es spéciale. Tu es la femme la plus belle, la plus débrouillarde et la meilleure que j'aie jamais connue.

Il l'attira contre lui en tirant sur la serviette.

— Mais ce n'est pas pour cela que je te veux dans mon lit.

— Ah bon ?

Il l'effleura de son cou à la naissance des seins.

— Je t'ai dans la peau, Scarlett. Tu es à moi et je veux t'avoir.

Un silence s'installa, tendu.

Être à lui ? Elle ne pouvait pas être à lui. Pas s'il n'était pas à elle. Il ne l'aimait pas et elle ignorait s'il l'aimerait un jour.

La panique lui monta à la gorge.

— Non...

Lui arrachant la serviette des mains, elle tourna les talons et s'enfuit, claquant pratiquement la porte derrière elle.

Une fois dans la chambre, elle trouva en un temps record son T-shirt trop grand et ses culottes en coton dans un tiroir. En trente secondes, elle fut couchée dans l'énorme lit, enfouie jusqu'au menton sous les lourdes couvertures.

Il faisait noir dans la pièce. Le cœur battant, elle attendit que Vin sorte de la salle de bains. Qu'espérait-elle en se cachant dans ce lit ? Qu'il dorme sur le canapé, près de la fenêtre ? Vin Borgia ne semblait pas du genre à se contenter poliment du canapé. Pas après la déclaration qu'il venait de lui faire.

Je t'ai dans la peau, Scarlett. Tu es à moi et je veux t'avoir.

Elle sursauta en entendant la porte s'ouvrir brusquement. Un filet de lumière barra le lit. Fermant les yeux très fort, elle l'entendit souffler les bougies de la salle de bains une à une. Puis ce fut le silence.

Elle voulut lui dire d'aller dormir sur le canapé, mais elle n'avait plus de voix. Elle l'entendit s'approcher d'un pas lourd. Puis plus rien.

Le matelas s'enfonça. Elle sentit sa chaleur, un parfum de santal. Nerveuse, elle gagna l'autre côté du lit. Son cœur cognait dans sa poitrine. Une partie d'elle-même désirait désespérément qu'il la prenne dans ses bras — mais elle avait terriblement peur de lui donner tout pouvoir sur elle.

Il posa une main sur elle dans l'obscurité et lentement, sans un mot, la tourna vers lui. Elle sentit ses doigts près de ses cheveux, sur son épaule, sa hanche. Il fit glisser sa paume sur un de ses tétons à travers le T-shirt en coton. De l'autre main, il caressa lentement son ventre rond, descendant toujours plus bas. Elle sentit quelque chose de dur contre elle et comprit qu'il était nu.

Une tension grandissait en elle, comme un supplice agréable qui s'intensifiait dangereusement.

Elle croyait savoir ce qu'était le désir depuis la nuit

qu'ils avaient passée ensemble, cette nuit d'évasion, d'exploration et de découverte. Mais c'était différent cette fois. Entièrement nouveau.

Les hormones liées à la grossesse donnaient à son désir sexuel une intensité qu'elle n'avait jamais connue. À moins que ce ne soit à cause de cette bague qu'elle portait au doigt, du fait qu'elle était dans son lit, qu'elle portait son enfant et allait bientôt l'épouser.

Elle avait envie de lui. Envie de ça. De tout à la fois. D'un foyer plein de chaleur et de confort. D'une famille. Mais par-dessus tout, elle avait envie de cette chose impossible : qu'il l'aime...

Elle se recula, luttant pour voir son visage dans le noir. Sa vue s'accoutuma et le contour de ses pommettes et de sa mâchoire apparut, dessiné par le clair de lune qui filtrait derrière les rideaux.

Pourrait-il jamais l'aimer ? Ou essayait-il seulement de l'amener au mariage, pour le bien du bébé ? Elle n'avait pas le courage de poser la question.

— Embrasse-moi, dit-elle.

Elle l'entendit prendre une inspiration, puis sentit ses lèvres dures et suaves contre les siennes.

Il l'embrassa pendant une éternité, jusqu'à ce que ses joues soient irritées par sa barbe naissante. Affamé et exigeant, il forçait ses lèvres pour la taquiner de sa langue. Elle s'agrippait à ses épaules, électrisée par la chaleur de son corps nu, par le contact de son sexe dressé, tandis qu'il parcourait possessivement les courbes de ses seins, de ses cuisses.

Puis il la rallongea délicatement sur le lit et déposa une pluie de baisers le long de son corps, caressant ses seins, son ventre, ses hanches arrondies. Il se retrouva agenouillé au bout du lit. Là, il lui écarta les jambes et se mit caresser la plante de ses pieds, la peau fine de ses chevilles.

Puis il commença à remonter. Il embrassa ses mollets, caressa·ses genoux, devant et derrière, avec un petit coup de langue sensuel. Remontant inexorablement vers ses cuisses, il retroussa son T-shirt au-dessus de ses hanches, dévoilant sa petite culotte en coton.

Tout en faisant glisser ses mains sur l'extérieur de ses cuisses, il avança la tête au milieu. Elle se mit à trembler.

Écartant ses jambes de ses larges mains, Vin mordilla alors l'intérieur de ses cuisses. La chaleur de son souffle sur sa peau déclencha un furieux élan de désir dans tout son corps.

Il la taquina, déposant de légers baisers du bout de la langue le long de sa petite culotte. Puis il lui couvrit le sexe de sa main et en massa le point le plus sensible avec sa paume, la laissant pantelante de désir.

Cramponnée au drap, Scarlett sentit son bassin bouger au gré des caresses de Vin.

Lentement, il lui ôta sa culotte. Scarlett ferma les yeux lorsqu'elle sentit la chaleur de son souffle sur sa peau, comme une provocation. Alors, Vin la goûta longuement, langoureusement. Le déferlement immédiat du plaisir lui arracha un petit cri. C'était presque trop. Elle voulut dégager ses hanches, mais il la plaqua plus fermement sur le lit.

À petits coups de langue, il traça des cercles sur son clitoris brûlant. Puis il la lécha et Scarlett se sentit mouillée, terriblement. Elle retint un petit cri en sentant un doigt s'introduire en elle.

Ce fut le début d'une délicieuse souffrance qui allait toujours croissant. Son bassin se décolla du lit, un long cri s'échappa spontanément de ses lèvres, tandis qu'il l'attisait sans ménagement avec sa langue, secondée par ses doigts experts. Saisissant Vin par les épaules, Scarlett cria, éblouie par une explosion de plaisir.

Sans attendre, il la fit asseoir pour lui arracher son T-shirt, la laissant complètement nue sous lui. Il se jeta à côté d'elle et la fit rouler sur lui. Elle se retrouva à cheval sur son corps ferme et nu, ses seins gonflés penchaient vers Vin. Il souleva la tête et les suça avidement, l'un après l'autre, l'obligeant à se cambrer sous les nouvelles sensations que lui procuraient sa langue et ses dents. Elle se cala instinctivement contre son sexe et se raidit en le sentant appuyer contre son clitoris mouillé, exigeant l'accès.

Vin se souleva, puis la pénétra lentement, l'emplissant progressivement, complètement.

Scarlett gémit puis se mit à bouger, à osciller, à trembler autour de son sexe, si épais, si dur. Si profondément enfoncé…

En l'entendant inspirer, elle baissa les yeux sur lui. Il avait les yeux fermés, une expression émerveillée sur le visage et elle comprit soudain que s'il avait un pouvoir sur elle, elle en avait aussi sur lui.

Lentement, elle le chevaucha. Voyant qu'il écartait les lèvres pour laisser échapper un cri muet, elle se pencha pour empoigner ses épaules. Elle le sentit se tendre, haleter sous elle, essayer de se retirer, de ralentir…

Elle n'allait pas le laisser se retirer. Elle accentua sa danse, poussant Vin jusqu'à ce que son corps tremble sous le sien. Elle entendit un grondement monter en lui et le sentit exploser en elle. Alors seulement, elle se laissa aller et, tandis qu'il criait de toutes ses forces, elle eut un second éblouissement, avant que ces mille couleurs ne disparaissent sous l'intensité de sa joie sauvage.

7

Vin reprit lentement conscience. Clignant des yeux dans l'obscurité, il se rappela où il se trouvait : la chambre d'invités de la villa. Scarlett bougea entre ses bras, son corps était moelleux et chaud. Il resserra les mains sur sa femme endormie.

Il l'avait volontairement excitée, pour la rendre folle de désir, pour l'obliger à l'aimer. Mais elle n'était pas la seule à avoir perdu le contrôle.

Mécontent, Vin contempla le plafond. Et s'il n'avait finalement pas menti en lui disant qu'il pouvait parfaitement tomber amoureux d'elle ?

Non. Il aimait l'avoir dans son lit. Seul un plaisir d'ordre sexuel les unissait. Il ne pouvait pas y avoir autre chose.

Tout ici brouillait sa raison. L'Italie. La villa. Les retrouvailles avec sa famille. Tout cela lui rappelait le passé, l'époque où il ne désirait rien d'autre qu'avoir un vrai foyer et être aimé.

Mais il s'était endurci depuis. Il était beaucoup plus malin qu'autrefois. Un foyer, il pouvait en avoir un n'importe où. Il possédait des maisons dont le nombre lui échappait. Toutes modernes, épurées, décorées dans des tons de noir et de gris, sans détails ni objets personnels. Ses relations avec autrui devaient être à l'avenant. Pour lui, l'amour était une fioriture d'aussi mauvais goût que les volants de tissu rose ou le chintz victorien.

Pris d'une sensation de vertige, il porta la main à son front. Il ne pouvait pas se permettre de redevenir le garçon vulnérable au cœur tendre qu'il avait été. Ce garçon qui aimait, qui éprouvait des sentiments. Ce garçon affamé de tout un tas de choses sans aucun rapport avec l'argent…

C'était cet endroit qui lui faisait perdre l'esprit !

À moins que ce soit Scarlett.

Pourtant, il devait garder son sang-froid, suivre son plan. Bientôt, Scarlett et lui seraient mariés. Il devait juste faire en sorte qu'elle l'aime suffisamment pour signer le contrat.

Il fallut attendre quatre jours, et non trois, avant que le mariage puisse avoir lieu. Les Borgia s'étaient trompés : même si le maire de la ville accélérait la paperasse, certaines formalités demandaient un délai que les relations politiques et les poches bien garnies ne pouvaient contourner entièrement.

Quatre jours.

Quatre jours durant lesquels Vin avait été confronté en permanence à Scarlett, à sa beauté, à son intuition, à ses regards passionnés, et aux gens merveilleux qui le prenaient pour un membre de leur famille. Quatre jours où il avait écouté Maria déballer ses plans pour le mariage.

Quatre jours de longues promenades sous le soleil toscan et de mets sublimes. Une visite indispensable au consulat des États-Unis à Florence s'était même transformée en une agréable balade avec Scarlett, au cours de laquelle tous deux s'étaient extasiés devant le Duomo avant de déjeuner dans un charmant café sur la Piazza della Signoria.

Quatre jours au cours desquels il avait parlé avec Scarlett, appris à la connaître, découvert de nouvelles raisons de l'admirer. Un après-midi, comme ils s'étaient installés près de la cheminée à cause de la pluie, elle avait soudain reposé son livre et décidé de lui enseigner l'art subtil de faire les poches. Vin sourit en se rappelant comment s'était terminée cette leçon — au lit, avec elle.

Drôle d'existence. Il n'était pas habitué à gaspiller ainsi son temps. Il passait généralement dix-huit heures par jour au bureau et c'est là qu'il aurait dû être, pour peaufiner les détails du futur rachat de Mediterranean Airlines.

Au lieu de cela, il avait envoyé son assistant à Rome et demandé à son équipe de s'occuper de tout, avant qu'il ne rencontre lui-même Salvatore Calabrese, le P-DG de la compagnie.

Après vingt années exclusivement consacrées au travail, il avait bien le droit de s'octroyer quelques jours. Mais ce n'étaient pas des vacances. Il avait un but précis : rendre Scarlett amoureuse de lui, afin qu'elle signe le contrat de mariage lui donnant le contrôle définitif dont il avait besoin pour protéger son fils.

Ils avaient partagé de bons moments, ce qui ne les avait pas empêchés de s'opposer régulièrement sur le choix du prénom de leur fils. Il voulait un prénom simple comme John ou Michael. Elle voulait un prénom italien porté par un membre de sa famille. Giuseppe, par exemple. Il avait immédiatement rejeté l'idée.

Il craignait cependant que ses émotions ne commencent à lui jouer des tours après quatre jours pleins consacrés à découvrir les pensées et le cœur de Scarlett. Et quatre nuits à explorer son corps. Il avait passé des heures à l'embrasser, à caresser ses formes voluptueuses et sa peau enfiévrée dans leur chambre ardente. Ils avaient fait l'amour de toutes les manières imaginables et il avait exploré toutes les possibilités de lui donner du plaisir malgré sa grossesse.

En somme, il n'oublierait jamais ces jours et ces nuits. Il regrettait presque qu'ils prennent fin.

Heureusement, son plan fonctionnait. Il le voyait dans le regard vert de Scarlett. Malgré elle, elle commençait à l'aimer.

Peut-être serait-elle tombée amoureuse de lui de toute manière, sans qu'il ait à se donner autant de mal. C'est ce qui arrivait à la plupart des femmes. Vin n'en était pas spécialement fier ; c'était un fait, voilà tout. Aucune ne résistait à son sex-appeal, à sa séduction brute et à l'attraction de ses milliards. Avec les femmes, il n'avait pas besoin de tenter sa chance. C'était généralement le contraire : alors qu'il se montrait froid avec elles, elles tombaient amoureuses de lui.

Scarlett était différente.

D'abord, l'argent ne la faisait pas rêver. À vrai dire, elle y voyait plutôt un instrument de manipulation. S'il n'avait eu aucun mal à la séduire au lit, gagner son cœur s'avérait légèrement plus compliqué. Il avait dû partager avec elle ses sentiments. Ses regrets.

Il frissonnait encore au souvenir de cette conversation qu'ils avaient eue lors d'une promenade sous les cyprès, la veille au soir, dans la fraîcheur d'octobre.

— Pourquoi es-tu parti pour New York quand ta mère est morte ?

Elle avait regardé la villa, dont les fenêtres brillaient d'une chaude lumière dans l'obscurité.

— Tu n'avais que quinze ans. Pourquoi n'es-tu pas venu vivre ici ?

Vin s'était tendu. Il aurait dû savoir qu'elle ne lâcherait pas l'affaire. Il aurait voulu répondre que cela ne la regardait pas mais, devant son air vulnérable, il avait compris qu'il devait trouver mieux, du moins jusqu'à ce qu'elle ait signé le contrat. Il ne pouvait pas lui mentir, tant elle était intuitive. C'est pourquoi il lui avait révélé une partie de la vérité.

— J'avais beau n'avoir que quinze ans, je rêvais déjà de fonder ma propre entreprise. D'édifier ma propre fortune. Mon oncle était avocat d'affaires, il travaillait dur. Je savais que si j'allais à New York, il pourrait m'aider.

Et Iacopo Orsini l'avait aidé. À dix-huit ans, Vin avait réuni toutes les économies réalisées en travaillant constamment ainsi que l'assurance-vie de sa mère à laquelle il n'avait jamais touché, et demandé à son oncle de l'aider à rédiger les documents nécessaires pour monter sa première société. Iacopo lui avait également montré qu'il était possible de travailler toute la journée et d'éviter les activités accessoires comme passer du temps avec sa famille et des êtres chers. Et même d'avoir des êtres chers.

— Oh ! avait réagi Scarlett. Enfin, je suppose que c'est logique.

— Quand je vole, je me sens vivant, avait repris Vin. J'ai le sentiment de contrôler les choses. Je peux aller n'importe où, faire n'importe quoi, être qui je veux.

— C'est ta conception de la liberté.

— Oui.

— C'est drôle. Ma conception de la liberté, c'est de pouvoir rester au même endroit, aussi longtemps que je le veux, entourée de ma famille et de mes amis. La liberté, pour moi… ce serait d'avoir un vrai foyer, rempli d'amour, que jamais personne ne pourrait m'enlever.

Leurs regards s'étaient rencontrés au clair de lune et, pendant un instant, il avait eu envie de tout lui dire. Il avait eu la tentation de lui offrir non seulement son corps, non seulement son nom, mais son passé, sa douleur, son cœur. Son avenir.

Mais c'était un risque qu'il ne pouvait pas prendre.

— Viens, avait-il dit. Rentrons.

Le souvenir de ce qu'il avait éprouvé ce soir-là le mettait encore mal à l'aise. Car il s'était senti vulnérable. Exposé. Il n'aimait pas ce sentiment. Une telle situation ne devait pas se reproduire. Il devait lui faire signer les papiers le plus vite possible pour retrouver une existence familière, une existence qu'il contrôlait.

Mais une chose à la fois. Pour l'heure, il allait se marier.

Car le jour de la noce était enfin arrivé.

Vin contempla la mariée qui se tenait face à lui, dans le jardin de la villa qui donnait sur la campagne toscane, tandis que Giuseppe, en tant que maire de Borgierra, prononçait les mots qui allaient les unir par les liens du mariage.

Au loin retentissait la plainte des oiseaux qui s'élevaient dans le ciel d'un bleu lumineux. Joanne, Maria et les autres parents et amis des Borgia rassemblés autour d'eux les observaient.

Vin ne pouvait détacher les yeux du beau visage de Scarlett. Elle souriait et son chaleureux regard vert étincelait au soleil, brillant de larmes de joie. Elle portait un simple fourreau crème en satin duchesse acheté à Milan et retouché pour s'adapter à sa grossesse avancée. Sa chevelure rousse retombait en cascade sur ses épaules, coiffée d'un serre-tête choisi par Maria, orné d'une plume couleur crème et d'une petite voilette. Cadeau de Vin, des diamants assortis à sa bague brillaient à ses oreilles.

Maria avait voulu qu'elle ait un bouquet de lys blancs, mais Scarlett avait préféré un bouquet de fleurs champêtres. Il lui ressemblait. Ces fleurs aux couleurs vives étaient aussi flamboyantes que ses cheveux, leur parfum aussi suave que son âme. Mais les fleurs d'aubépine avaient des épines — révélant leur caractère farouche.

Solennellement, ils prononcèrent tour à tour les paroles qui les faisaient mari et femme. Tout se déroula avec une facilité déconcertante. Rien ne pouvait désormais les arracher l'un à l'autre.

— Tu peux embrasser la mariée, conclut joyeusement Giuseppe.

Scarlett Borgia leva vers lui son visage irradié de joie.

Vin plongea ses yeux dans les siens, ivre de bonheur. Elle portait sa bague, son enfant, son nom. Il n'avait rien éprouvé de semblable depuis…

Un frisson glacé parcourut son dos. La dernière fois qu'il avait éprouvé un tel bonheur, c'était dans cette même villa, lors de ce Noël où Giuseppe et Joanne lui avaient demandé de venir vivre avec eux. À quinze ans et pour la première fois de sa vie, il s'était senti aimé et désiré. Mais en une semaine, il avait tout perdu.

Vin sentit son cœur se serrer violemment. S'autoriser à être heureux, à aimer, c'était s'exposer à être abandonné, à connaître la solitude, à souffrir.

Il ne pouvait pas laisser Scarlett le transformer. Il ne pouvait pas devenir vulnérable. Il devait rester fort.

— Tu peux l'embrasser, fils, répéta Giuseppe en anglais.

Alors, Vin embrassa Scarlett. Le contact de ses lèvres l'électrisa comme une bénédiction — ou une malédiction.

Des applaudissements et des sifflets retentirent. Ils venaient des gens aimants et bons qui les entouraient. Vin s'arracha au baiser et regarda fixement Scarlett, subitement incapable de respirer.

Giuseppe, Joanne, Maria et surtout Scarlett avaient terriblement tort de l'aimer. Si seulement ils savaient la vérité…

Tandis que les membres de sa famille et leurs amis s'avançaient, tout sourire, pour lui présenter leurs félicitations, Vin desserra la cravate de son smoking avec l'impression d'être assailli par l'écrasant, l'étouffant, le terrifiant amour qui l'entourait.

8

Plongeant les yeux dans ses prunelles sombres, Scarlett prononça les paroles qui l'unissaient à Vin avec l'impression que tous ses rêves se réalisaient.

Chaque jour avec lui était un nouveau rêve, qu'il s'agisse de leurs balades l'après-midi main dans la main, dans la campagne baignée de fraîcheur automnale, ou des nuits torrides qu'ils passaient à explorer le corps de l'autre. Avec lui elle se sentait… joyeuse, sexy, vivante.

Avec lui, elle se sentait libre. Comme s'il l'acceptait telle qu'elle était. Comme s'il… tenait à elle.

De son côté, elle avait fini par éprouver des sentiments pour lui, par le respecter et l'admirer. Elle commençait même à… Cette idée l'effrayait.

Après ces jours et ces nuits romantiques, après ces moments passés à se perdre dans les yeux l'un de l'autre sous la loggia, à se défier à coups de baisers ardents derrière les haies épaisses du labyrinthe végétal, ce beau mariage dans le jardin, présidé par le père de Vin, était comme la conclusion parfaite de jours parfaits.

Lorsqu'ils s'engagèrent l'un envers l'autre dans le jardin, entourés de la famille de Vin et de ses amis, Scarlett découvrit dans les yeux de Vin une émotion qu'elle ne lui connaissait pas.

Se pouvait-il qu'il tombe amoureux d'une fille ordinaire comme elle ?

Scarlett prononça son serment d'une voix tremblante, tandis que Vin s'exprima d'une voix calme, posée, profonde. Lorsqu'il effleura ses lèvres pour y déposer une promesse d'éternité, elle crut qu'elle allait mourir de bonheur.

Mais soudain, tout changea. Le regard tendre de Vin se durcit et devint glacial. Quand la famille et les amis s'approchèrent pour les féliciter, son tout nouveau mari lui lâcha la main comme si elle brûlait la sienne et recula en desserrant sa cravate, la fuyant du regard.

Que s'était-il passé ? Elle ne comprenait plus. Confuse et blessée, elle le suivit jusqu'à la grande salle de la villa où se tenait la réception. Sans doute était-elle trop sensible. Ils venaient de se marier et de prêter serment pour la vie, cela seul comptait.

Mais cet incident la troublait encore quand elle s'assit près de lui pour présider l'élégant déjeuner de mariage.

Maria s'était surpassée pour la décoration. L'immense salle était remplie de fleurs, de monde et de musique. Il y avait tant d'amour et de chaleur que le feu allumé dans l'énorme cheminée de pierre était presque superflu. Vin mangea en silence à côté d'elle.

Scarlett lui sourit timidement. Il lui répondit d'un regard noir.

Elle détourna les yeux, rouge de gêne. Peut-être à cause de cette tension qu'elle sentait entre eux, elle commença à avoir mal au ventre et dans le bas du dos. Tout en buvant le jus de fruit pétillant qui lui tenait lieu de champagne, elle se massa le ventre à travers sa robe de satin.

Elle devait se détendre. Quel que soit ce qui dérangeait Vin, ils avaient plusieurs heures devant eux pour s'en occuper, avant de partir pour Rome dans la soirée. Il devait signer avec Mediterranean Airlines le lendemain matin. Pendant ce temps-là, elle pourrait rencontrer son nouveau médecin et préparer l'arrivée imminente du bébé. Elle essayait de convaincre Vin de ne pas dormir à l'hôtel pour s'installer directement dans la maison où il avait grandi, mais il refusait, arguant sèchement que les lieux étaient en désordre.

Scarlett soupira puis, affichant un sourire, se détourna de Vin, qui fixait le vide d'un œil noir, pour bavarder avec Giuseppe, Joanne, Maria et son fiancé, Luca. Elle rit et applaudit aux toasts que portaient amis et voisins. Sans comprendre la moitié de ce qu'ils disaient puisqu'ils parlaient italien, elle trouvait toutes ces attentions charmantes. Elle aurait seulement voulu que ses parents aient pu assister à son mariage.

Des larmes lui montaient aux yeux chaque fois que son beau-père, sa belle-mère, sa belle-sœur lui témoignaient de l'affection. Elle avait retrouvé une famille. Après toutes ces années de solitude, elle rechignait à les quitter. Mais Rome n'était qu'à trois heures de route, après tout.

Scarlett jeta un regard en direction de son bel époux. Rome serait peut-être plus extraordinaire encore : la ville où leur enfant allait naître, son premier vrai foyer... C'est là que leur vie de couple allait commencer.

Ses yeux s'emplirent de larmes lors du toast émouvant de Giuseppe, qui chanta les louanges de son fils et dit sa gratitude de le voir de retour après tant d'années de séparation.

— Il faut qu'on parte, grommela Vin à son oreille, sitôt le discours terminé.

— Partir ? Mais tu as dit qu'on pourrait rester toute la journée...

Il jeta sa serviette dans son assiette vide.

— J'ai changé d'avis. Je veux être à Rome avant la nuit. J'ai encore beaucoup de travail. Nous avons assez gaspillé de temps.

Gaspillé ? Les plus belles journées de sa vie ?

Scarlett inspira profondément en s'efforçant de ne pas se sentir visée personnellement.

— Bien. Je comprends.

Du moins essayait-elle de comprendre, mais son cœur se rebellait.

— Il va nous falloir un moment pour dire au revoir, dit-elle en regardant autour d'elle.

— Tu as deux minutes.

Vin se leva et se dirigea à grands pas vers la table où ses gardes du corps flirtaient activement avec deux Italiennes.

Scarlett le regarda s'éloigner, choquée et blessée. Les muscles de son ventre se contractèrent et une douleur aiguë en bas du dos la fit se lever d'un bond.

— Qu'y a-t-il ? demanda Giuseppe.

— J'ai bien peur qu'il nous faille partir. Vin est pressé d'arriver à Rome. Comme vous le savez, il a un important rendez-vous d'affaires demain matin…

— Quel dommage, dit Giuseppe en se levant à son tour. Vous ne pouvez pas attendre la fin de la journée ?

Vin réapparut subitement. Il tendit la main à Giuseppe.

— Merci, répondit-il froidement. C'était un très beau mariage.

Il serra la main de Giuseppe et de Joanne sous l'œil interloqué de son père.

Scarlett n'en revenait pas. Pourquoi fallait-il partir si tôt, abréger la fête de mariage ? Cela lui semblait non seulement grossier mais absurde. Mais elle tint sa langue.

Vin tendit à sa sœur une main que la jeune fille repoussa pour le serrer dans ses bras.

— On se verra bientôt, cher frère. La famille de Luca habite Rome. Il veut me persuader de nous marier là-bas !

Se tournant vers Scarlett, elle ajouta :

— Appelez-nous quand le bébé arrivera.

Scarlett tenta de compenser la froideur de son mari.

— Bien sûr ! Nous n'oublierons jamais votre gentillesse.

— Ce n'est pas de la gentillesse, observa Giuseppe en lui tapotant l'épaule. C'est la famille.

Scarlett ravala sa salive en refoulant ses larmes.

— Vous avez tous été si merveilleux…

— *Ciao*, l'interrompit Vin.

Il saisit Scarlett par le poignet et l'entraîna avec lui. Elle fit un signe d'adieu à sa famille, qui répondit de même, jusqu'à ce qu'elle se retrouve avec Vin devant la villa. Les gardes du corps rangeaient les bagages dans le SUV.

À peine furent-ils installés dans le coupé que Vin le fit démarrer. Sans un regard en arrière, il appuya sur l'accélérateur et fit le tour de la fontaine dans un crissement de pneus. Il accéléra davantage encore pour gagner la route bordée de cyprès. La villa avait maintenant disparu.

— Qu'est-ce qui te prend ? lui demanda-t-elle en se calant au fond de son fauteuil. À quoi est-ce que tu joues ?

— Je ne joue pas. Nous sommes restés pour le mariage. Je les ai remerciés pour leur gentillesse. Il était temps de partir.

Les mains crispées sur le volant, Vin rejoignit en un temps record la route principale.

Scarlett bouillait de colère. Il n'y eut pas un bruit dans l'habitacle jusqu'à ce qu'ils rejoignent l'*autostrada* très fréquentée qui descendait vers Rome, au sud.

— Arrête de bouder, dit Vin, froidement.

— Je ne boude pas. Je suis furieuse, ce qui totalement différent.

— Alors cesse d'être furieuse… Je voulais te dire : j'ai un cadeau de mariage pour toi.

Scarlett s'essuya les yeux et se tourna vers lui, sans se départir de son regard furieux.

— Qu'est-ce que c'est ?

Vin se faufila dans le trafic.

— Blaise Falkner. Je l'ai ruiné. Il ne pourra plus jamais te menacer. Ni menacer personne.

— Comment ça, tu l'as ruiné ? Qu'est-ce que tu veux dire ?

— Il n'a plus un sou, il est déshonoré, détruit. Abandonné de ses amis. La demeure des Falkner a même été saisie par la ville de New York. Il est donc SDF. Je l'ai fait pour toi.

— Je ne t'ai jamais demandé une chose pareille !

— Je protège ce qui m'appartient, dit Vin en se concentrant sur la route.

Dans la Ferrari qui filait sur l'autoroute, Scarlett sentit son ventre se contracter douloureusement. Cela se reproduisait de plus en plus souvent. Sans doute le stress, songea-t-elle. C'était un symptôme de stress. Pas les premiers signes du travail.

— Qu'as-tu fait au juste ? demanda-t-elle, glacée.

Vin, qui changeait sans cesse de voie plutôt que de ralentir à cause des encombrements, répondit avec un sourire viril et satisfait.

— Peu importe. Falkner n'est plus un problème, c'est tout ce qui compte.

Scarlett aurait eu pitié de Blaise Falkner s'il ne l'avait pas menacée de lui enlever son bébé et de l'obliger à l'épouser.

Pourtant…

— C'est mal de se venger, dit-elle tout bas.

Un moment incrédule, le visage de Vin se durcit.

— Il l'a mérité. Il mérite bien pire.

Il faisait peur à voir. Il ne ressemblait plus à l'homme de cœur qu'elle avait appris à connaître en Toscane. Il ressemblait au milliardaire sans scrupule qu'elle avait fui à New York.

À cet instant, elle sentit son corps se contracter et posa les mains sur son ventre. Les muscles de son ventre durcissaient. Comme lors d'une contraction. Elle inspira rapidement.

— Je pense...

Elle avait du mal à respirer et des douleurs de plus en plus fréquentes la lançaient depuis le bas du dos. Et brusquement... Elle sentit un écoulement.

— Je pense que je vais accoucher, murmura-t-elle.

Vin se calma d'un seul coup.

— Quoi ?

— Je viens de perdre les eaux.

Scarlett avait peur. Vraiment. Elle regarda son mari. Vin la dévisageait, ses yeux noirs profondément choqués.

— Ne t'inquiète pas, Scarlett. Je t'amène à l'hôpital.

Il appuya sur l'accélérateur et la voiture avala la route comme si elle était propulsée par un canon. Scarlett trouvait déjà qu'ils roulaient trop vite, mais ils filaient à présent comme l'éclair le long des autres voitures.

Elle agrippa sa ceinture de sécurité d'une main et son ventre de l'autre. Mais bizarrement, elle n'avait plus peur.

Elle se tourna vers son mari. À travers la fenêtre du conducteur, la campagne italienne au crépuscule défilait en taches violettes et rouges. Si elle avait été effrayée quelques instants auparavant, elle était soudain convaincue que Vin ne permettrait jamais qu'il arrive quoi que ce soit, à elle ou à leur bébé. Il était prêt à les protéger de tout. Même de la mort...

La lumière vive du matin emplissait la chambre particulière qu'ils occupaient à l'hôpital, un établissement récent et moderne. Émerveillé, Vin contemplait son fils qu'il tenait dans ses bras, enveloppé d'une couverture bleu layette.

— Tu es en sécurité, murmura-t-il. Je veillerai toujours sur toi.

Il regarda tendrement sa femme, qui dormait aussi. L'accouchement n'avait pas été une sinécure. Le travail était trop avancé à son arrivée à l'hôpital pour qu'elle puisse bénéficier d'une péridurale.

Elle n'avait pas eu d'autre choix que d'affronter la douleur, de respirer à chacune des contractions qui la rapprochaient de la délivrance. À chaque fois, elle lui avait serré la main au point de lui laisser des marques, l'implorant du regard du fond de son lit. Vin s'était efforcé de rester fort pour elle, de dissimuler l'inquiétude que lui inspirait sa souffrance. Il ne pouvait rien faire d'autre que lui tenir la main en lui répétant, bien inutilement, de respirer.

Elle avait été incroyablement forte. Il n'avait jamais rencontré ce type de courage. Des cernes s'étalaient sous ses yeux endormis, ses cils noirs reposaient sur des joues pâles, ses cheveux répandus sur l'oreiller paraissaient plus ternes.

Il se tourna à nouveau vers le bébé qui lui serrait le pouce de sa main minuscule et fut pris d'un nouvel élan de gratitude et d'amour.

S'installant dans un fauteuil près du lit, il le garda ainsi une heure dans ses bras, veillant sur la mère et l'enfant. Il caressa les cheveux bruns et duveteux de son fils, émerveillé devant sa petite tête, sa fragilité. Il ne permettrait jamais qu'il arrive quoi que ce soit à sa femme. Ni à son fils.

Celui-ci aurait une enfance toute différente de la sienne. Hormis les rares soirs où son grand-père était venu, personne ne l'avait jamais réconforté quand un bruit l'effrayait dans le noir ou qu'il imaginait un monstre sous son lit. Vin avait appris que la seule manière de survivre était d'être encore plus méchant que le monstre. La seule manière de survivre était de faire semblant de ne pas avoir peur.

Mais à présent, son fils dans les bras, il avait vraiment peur. Car il savait qu'il serait anéanti s'il arrivait quoi que ce soit à cet être minuscule. Comment sa mère avait-elle pu préférer à ce point ses plaisirs éphémères à son propre fils ?

Son cœur se serra. Il n'était pas du tout comme sa mère. Son fils serait toujours sa priorité. Désormais, tel était son seul devoir, sa seule obligation : veiller sur sa femme et sur son fils. Il allait devoir agrandir encore sa fortune pour protéger sa famille. Il était prêt à l'assumer, jusqu'à son dernier souffle.

— Vin…

Scarlett lui souriait, les yeux fatigués. Elle lui tendit une main qu'il saisit aussitôt.

— Regarde notre fils, dit-il. Le plus beau bébé du monde.

— En toute objectivité !

Vin secoua la tête solennellement.

— Ce n'est pas une opinion, c'est un fait. Il suffit d'avoir des yeux pour le voir. Ce sera un guerrier, lui aussi.

— Exactement comme son père.

Elle ne l'avait pas dit sur le ton de la critique, mais comme un compliment, ce qui le surprit. Alors, il se pencha pour l'embrasser avec douceur.

Quand il se redressa, les yeux verts de Scarlett étaient lumineux, mais une inquiétude les assombrit.

— Mais Vin ? Ton rendez-vous ? La signature avec Mediterranean Airlines ?

Vin se figea. Il avait oublié. Il avait complètement oublié ce rendez-vous, si important qu'il l'avait mentalement entouré de rouge sur l'agenda de sa mémoire. Il consulta l'horloge murale. Il était 9 h 50. Le rendez-vous avait commencé à 9 heures.

— Tu peux peut-être y arriver, dit Scarlett. Donne-moi le bébé. Tu peux encore...

— Non, dit Vin, doucement, mais fermement.

— Tu en es sûr ? Je sais ce que ce contrat représente pour toi. Tu devrais y aller.

Il devait en coûter à Scarlett de lui proposer cela. Rester seule dans un hôpital étranger, épuisée, pas encore remise de l'épreuve de l'accouchement, avec un nouveau-né âgé de quelques heures seulement. Pourtant, elle l'encourageait à la laisser parce qu'elle voulait qu'il obtienne ce qu'il désirait plus que tout.

Pour la première fois, quelque chose le tenait plus que ses affaires, plus que l'argent ou même le pouvoir.

Il ne pouvait pas abandonner sa femme et son fils à peine né. Pas maintenant. Pas après tout ce qu'avait enduré Scarlett sous ses yeux. Pas alors que leur bébé était encore si petit, si fragile.

Sa place n'était pas dans une salle de réunion à Rome. Elle était ici, auprès de sa famille.

— Je reste.

Il se tourna ensuite vers le bébé.

— Comment allons-nous l'appeler ?

Scarlett le regarda avec un soulagement à peine dissimulé, et sourit.

— Un prénom qui signifie quelque chose dans ta famille. Si tu ne veux pas de Giuseppe, pourquoi pas Vincenzo ?

— Comme moi ? Non, notre fils mérite mieux. Il doit avoir un prénom rien qu'à lui... Mon *nonno* — mon grand-père maternel — était très gentil avec moi. Il est mort quand j'avais huit ans, mais je ne l'ai jamais oublié. Avec lui, Noël était vraiment une fête. Il disait que c'était normal, parce qu'il se prénommait Nicolò.

— Nicolas ?

Vin considéra le visage de son fils et hocha la tête.

— Nico… J'aime bien.

Ils se tinrent longuement les mains sans rien dire, Scarlett calée contre ses oreillers sur son lit d'hôpital, Vin berçant le bébé dans le fauteuil à côté d'elle. Il ne s'était peut-être jamais senti aussi heureux, ni aussi en paix.

Mais ces moments prirent fin quand Ernest, son assistant, fit irruption dans la chambre.

— Monsieur, vous avez éteint votre portable ? Je n'ai pas arrêté de vous appeler.

— Il me paraît évident que je ne souhaitais pas être dérangé. Quel que soit le problème, vous pouvez vous en occuper.

— La signature est annulée et le P-DG de l'autre compagnie est parti furieux, parce que vous ne vous êtes pas présenté ce matin. C'est la pagaille au bureau de Rome… Apparemment, le *signor* Calabrese va examiner des alliances avec nos concurrents japonais et allemands

Vin songea aux heures, à l'argent, aux efforts que son équipe et lui-même avaient investis pour préparer ce rachat : cela se chiffrait en milliers d'heures de travail et en millions de dollars. Et cela après le désastre de la fusion manquée avec Air Transatlantique.

Il eut un coup au cœur en comprenant ce qu'il lui en coûtait d'avoir donné la priorité à sa famille aujourd'hui. C'était la deuxième fois que sa relation avec Scarlett ruinait une transaction de première importance.

— Ça va aller, patron, dit Ernest avec un regard nerveux. Ce ne sont pas les moyens qui manquent pour agrandir la compagnie. Pas vrai, monsieur Borgia ?

Son assistant attendait visiblement de lui qu'il le rassure, mais Vin le regarda d'un air absent.

Pour la première fois de sa vie, il ne savait plus quoi faire.

Pour la première fois de sa vie, il avait suivi son cœur au lieu de sa tête.

9

— Tu ne pourrais pas rouler moins vite ? implora Scarlett.

Vin semblait agacé.

— À Rome, si tu roules moins vite, on te roule dessus.

Installée à l'arrière de leur tout nouveau SUV Bentley, Scarlett jeta un regard inquiet sur leur bébé de trois jours, calé dans son siège auto à côté d'elle, qui la regardait avec de grands yeux confiants, sombres comme ceux de son père.

Elle était heureuse de quitter l'hôpital. Le personnel était adorable, mais elle était prête à rentrer chez elle. Prête mais terrifiée, car elle n'aurait plus sous la main de professionnels pour la conseiller sur-le-champ si Nico ne dormait pas la nuit ou semblait ne pas manger suffisamment.

Mais il y avait au moins une personne sur laquelle elle pouvait compter. Une personne en qui elle pouvait avoir confiance : celui qui ne l'avait pas quittée une seconde, même si ce choix lui avait coûté cher. Elle l'aimait pour cela.

Elle aimait Vin pour cela et pour mille autres raisons.

Elle était totalement amoureuse de lui, elle ne pouvait plus en douter. Elle l'avait compris quand, après lui avoir tenu la main sans se plaindre tout au long de l'accouchement, il lui avait remis leur nouveau-né d'un geste tendre, l'œil brillant.

— Regardez ce que vous nous avez fabriqué, madame Borgia, avait-il dit. Vous pouvez être fière de vous.

— Ce que *nous* avons fabriqué.

— Nous, avait-il murmuré tendrement.

Et voilà. Elle aimait Vin.

Émue, elle regarda son mari, concentré sur la route. Il lui avait annoncé son intention de rester à Rome pour l'instant, dans l'espoir de rattraper la signature manquée avec Mediterranean Airlines. Scarlett était ravie de cette perspective. Elle adorait déjà ce pays, cette ville. Comment aurait-il pu en être autrement ?

— Tu es vraiment sûre de vouloir faire ça ? demanda Vin.

Il semblait la prendre pour une folle et lui avait déjà posé la même question au moins six fois depuis qu'ils avaient quitté l'hôpital.

— J'en suis certaine, répondit-elle.

— J'ai réservé dans le meilleur hôtel de Rome. La suite royale. Nous aurions tout l'étage pour nous seuls, tout le luxe et une vue sublime sur Rome. Et le service d'étage.

Il insistait en vain. Scarlett secoua la tête.

— Ce n'est pas ça que je veux. Je veux que notre bébé ait un vrai foyer au lieu de vivre dans un hôtel quelconque, même très luxueux.

— Tu le regretteras ce soir, quand tu n'auras pas d'eau chaude et dormiras dans un lit défoncé. Sans compter qu'il doit y avoir des fuites dans la toiture. Cette maison n'était déjà pas terrible à l'époque, je suis sûr que son état a empiré.

Ils s'enfoncèrent toujours davantage au cœur de la ville.

— Je loue cette maison depuis vingt ans et, d'après ce que m'ont dit mes employés, le locataire ne l'a pas vraiment entretenue.

— Tu exagères ! s'esclaffa Scarlett. Une villa dans Rome ne peut pas être un taudis !

Elle put bientôt constater par elle-même l'état de la maison, lorsqu'elle entra d'un pas alerte dans la villa fanée et délabrée du XVIIIe siècle, située derrière une haute grille flanquée d'une maison de gardien, au bout d'une allée pavée.

Portant prudemment l'enfant dans ses bras — elle avait refusé que les gardes du corps ou son mari portent son petit trésor de quatre kilos —, elle franchit l'énorme porte d'entrée, pénétra dans le hall et, marchant sur les saletés qui jonchaient le sol, s'avança dans la villa.

Du haut plafond du grand salon pendait une boule à facettes qui luisait tristement dans la pénombre. Elle s'arrêta. Des meubles gainés de cuir noir, d'étoffe à motif peau de zèbre et de léopard, des stroboscopes et de nombreux récipients débordants de mégots de cigarette décoraient la pièce. Devant la grande cheminée en marbre s'étalait une peau d'ours maculée de vin rouge — ou d'autre chose — et il y avait des bouteilles d'alcool vides dans tous les coins.

Scarlett, éberluée, se retourna vers son mari qui l'observait avec amusement.

— Je te l'avais dit.

— Ton locataire menait une vie de play-boy ? Depuis le début des années 1970 ?

— Les styles changent, les gens ne changent pas forcément avec. Luigi a vécu longtemps ici. C'était un fameux don Juan, malgré ses quatre-vingt-cinq ans.

— Quatre-vingt-cinq ans ! Et il a déménagé ou bien…

Vin secoua la tête en souriant.

— Il a décidé qu'il était enfin temps de se caser : il a déménagé à Vérone, où il a épousé son amour d'enfance.

— Ça alors ! Se marier à quatre-vingt-cinq ans.

— Cela prouve simplement qu'il n'est jamais trop tard pour changer de vie. Il est parti la semaine dernière. C'est pourquoi la maison n'a pas encore été redécorée... La suite de l'hôtel est toujours disponible...

Scarlett secoua la tête.

— Pas d'hôtel. Quand j'étais petite, je n'ai jamais habité une maison suffisamment longtemps pour y avoir des souvenirs, bons ou mauvais. Ne t'inquiète pas, nous ferons de cet endroit la maison de nos rêves !

La première nuit fut un peu rude, certes. Après avoir apporté les provisions nécessaires, les gardes du corps décampèrent pour rejoindre un trois-étoiles du voisinage. Seul celui tiré au sort dut rester et il préféra s'installer sur un lit de camp dans l'entrée plutôt que dans l'une des chambres délabrées de l'étage.

Vin, Scarlett et le bébé dormirent quant à eux dans la grande pièce, dont le canapé modulable en cuir noir était dans un état correct. Ils firent chauffer de l'eau sur le vieux poêle pour le bain du bébé et eurent l'impression de camper. Pas d'employés de maison autour d'eux. Pas de sonnerie de téléphone. Pas même de télé ou d'ordinateur. Ils dînèrent de plats à emporter, installés sur une couverture posée par terre, puis jouèrent à un vieux jeu de société que Vin avait trouvé dans un placard à l'étage, avant de s'effondrer sur le sofa, tandis que Nico dormait bien au chaud dans son siège auto à côté d'eux.

Le lendemain, le chantier commença. Architecte, équipe de construction, aucune dépense ne serait épargnée pour réaménager la maison.

Tandis que la villa était débarrassée, nettoyée et prenait lentement tournure, Vin suggéra l'embauche de personnel. Il voulait deux nounous à plein temps — une pour le jour, l'autre pour la nuit —, un majordome, une gouvernante, des jardiniers. Après leur merveilleuse nuit en tête à tête, ce fut un coup dur pour Scarlett. Elle voulut convaincre Vin qu'elle pouvait s'occuper elle-même de la villa, mais il s'y opposa.

— Tu as un rôle bien plus important à remplir. Être le cœur de notre foyer, dit-il avec un regard plein de tendresse.

Scarlett se sentit fondre intérieurement, quand il ajouta avec un sourire ironique :

— Tu vas avoir du pain sur la planche, avec un salaud sans scrupule comme moi.

Il plaisantait, bien sûr, pensa Scarlett avec loyauté. Vin n'avait rien d'un salaud sans scrupule. C'était un homme bon et, malgré son instinct tyrannique, elle savait qu'il la considérait comme sa partenaire et son égale. Pour preuve, il l'avait épousée sans contrat. Sur ces bases, ils avaient de réelles chances d'être heureux en mariage, d'être réellement heureux le reste de leur vie.

Les jours, les semaines passaient. Décembre arriva. Scarlett eut la surprise de voir l'hiver tomber sur Rome, qu'elle prenait pour la ville du soleil éternel.

La villa était désormais très habitable. On avait emporté le vieux mobilier de mauvais goût, les murs et les sols de dix chambres à coucher avaient été refaits. La cuisine avait été agrandie et modernisée, les salles de bains étaient entièrement refaites et l'une des chambres restantes avait été transformée en suite parentale avec salle de bains et dressing-room. Vin avait voulu faire venir par avion le décorateur qui s'était occupé de son penthouse new-yorkais mais Scarlett avait préféré s'occuper de la décoration elle-même. Elle voulait que la villa offre un cadre chaleureux, lumineux et, surtout, confortable.

Chaque instant était un régal. Tous les matins, lorsque Nico la réveillait pour la tétée, Scarlett ouvrait les yeux avec le sourire, en s'étirant gaiement dans le lit immense. Elle n'avait jamais été aussi heureuse.

Elle avait tout ce dont elle avait toujours rêvé : un foyer, une famille, un mari. À une exception près.

Vin ne lui avait jamais dit qu'il l'aimait.

Mais cela viendrait, bientôt espérait-elle.

Elle commença tout doucement à embaucher du personnel de maison. Wilhelmina Stone fut la première, qu'elle débaucha et fit venir de Suisse en doublant son salaire.

Quelques autres employés vinrent s'ajouter : deux bonnes et un jardinier, mais Scarlett s'opposa catégoriquement à l'idée de prendre un majordome et deux nounous à plein temps. Ce fut l'excellente et loyale gouvernante qui ne tarda pas à devenir une seconde grand-mère pour Nico.

Lorsque les chambres d'amis furent habitables, Giuseppe et Joanne descendirent de Toscane pour les voir en décembre, avec Maria et Luca. Tous passèrent le week-end à visiter la ville, officiellement « pour montrer au petit les monuments de Rome », comme si un bébé de cinq semaines, qui ne tenait pas encore assis, pouvait apprécier le Colisée, le Panthéon et la fontaine de Trevi.

— Bien sûr qu'il apprécie, plaisanta Giuseppe en parlant avec les mains. C'est mon petit-fils, il a ça dans le sang !

— Mais il n'est même pas assez grand pour manger une *gelato*, fit remarquer Vin, l'air un peu maussade.

Ce fut la seule fausse note dans cette mélodie du bonheur. Vin paraissait étrangement mal à l'aise en présence de sa famille et, plus ils se montraient affectueux, plus il semblait les fuir. Au bout de trente minutes de visite dans Rome, il annonça brusquement qu'il devait se rendre au bureau, invoquant une urgence qui ressemblait à un prétexte pour leur fausser compagnie.

Malgré cette petite ombre au tableau, Scarlett était heureuse et fière de partager sa nouvelle et magnifique maison avec cette famille qui s'était montrée si gentille avec elle. Le plus grand moment fut celui où Maria et Luca annoncèrent qu'ils avaient arrêté la date de leur mariage : il aurait lieu la deuxième semaine de janvier, à Rome.

— Un mariage en hiver à Rome, ce sera tellement romantique ! déclara Maria, rayonnante.

— C'est toi qui es romantique, répliqua amoureusement Luca en l'embrassant.

Scarlett se tourna vers Vin, qui évita son regard.

Depuis la visite de ses parents, il semblait encore plus étrangement distant, passait tout son temps au bureau, où son entreprise essayait de mettre au point une nouvelle offre pour Salvatore Calabrese, le P-DG de Mediterranean Airlines. Mais ce dernier refusait d'en entendre parler. Scarlett en était indignée, tout en sachant que son mari finirait par avoir son adversaire à l'usure. Nul ne pouvait résister très longtemps à Vin, elle était bien placée pour le savoir.

Cela dit, elle n'avait pas eu à lui résister ces derniers temps. Il ne l'avait pas touchée depuis la naissance du bébé. Cela faisait deux mois qu'ils n'avaient pas fait l'amour. Au début, à cause des séquelles de l'accouchement et de l'épuisement des nuits entrecoupées, le sexe était le cadet des soucis de Scarlett. Mais son corps revenait à la normale, même si elle n'avait pas encore perdu tous ses kilos et si ses seins étaient encore très lourds. Ne la trouvait-il plus à son goût ?

Elle essaya de lutter contre le sentiment de rejet, se focalisant sur le bébé, qui devenait joufflu et commençait à gazouiller. Elle se lia d'amitié avec ses voisins et commença à prendre des cours d'italien avec Mme Spinoza, une gentille veuve qui habitait la même rue. Pourtant, elle souffrait.

Mais un jour que, découragée, elle surfait sur Internet, elle découvrit une idée pour se rapprocher de Vin. D'après ce qu'elle venait de lire, les hommes avaient des besoins très simples : bien manger, avoir un foyer, faire l'amour. Il ne lui restait plus qu'à devenir une épouse parfaite.

Première étape, la cuisine. On gagne le cœur d'un homme en s'adressant à son estomac, disait-on sur la toile. Elle apprit donc à cuisiner. En une semaine, elle sut préparer des plats de pâtes fraîches que Wilhelmina trouva délicieux, à son grand étonnement.

Vin ne s'en rendit pas compte, bien sûr. Il rentrait généralement tard et mangeait n'importe quels restes trouvés dans le réfrigérateur, à la lueur de son ordinateur, dans la salle à manger à minuit, alors que Scarlett était généralement couchée depuis longtemps. Mais elle se perfectionnait quand il n'était pas là pour la voir.

Deuxième étape : la maison. Tout homme veut être le seigneur d'un château. Que sa maison soit chaleureuse et confortable et il ne voudra plus la quitter. Scarlett regarda son intérieur réagencé et redécoré à neuf : mission accomplie.

Troisième étape : le sexe. C'était l'étape la plus difficile. Mais le matin du 24 décembre, elle se réveilla avec la certitude que c'était le jour idéal pour mettre son plan osé à exécution. Tant pis si elle se couvrait de ridicule, elle devait prendre ce risque. Comme le disait toujours son père : si tu veux changer les choses, commence par changer.

À la seconde où Vin quitta la villa, elle se mit au travail. Un énorme arbre de Noël avait été livré, avec plusieurs boîtes de décorations magnifiques. Elle accorda un congé surprise aux membres du personnel qui n'étaient pas en vacances et resta seule dans la villa avec le bébé, son garde du corps occupant la petite maison de gardien située à l'autre bout de l'allée.

Nico calé sur sa hanche, elle décora l'arbre elle-même, entretenant avec le bébé un gai bavardage et lui chantant des chants de Noël, dont un en italien. Ensuite, elle alluma un bon feu dans l'immense cheminée et prépara un repas dont elle espérait qu'il plairait à Vin. Pendant que la sauce mijotait sur le poêle, alors que la nuit tombait, elle fit manger le bébé, le baigna, le mit en pyjama et le coucha.

Nico endormi, elle alla prendre un bain. Elle se prépara aussi soigneusement qu'une future mariée la veille de sa nuit de noces — cette nuit de noces qu'elle n'avait pas eue puisqu'elle avait accouché le jour de son mariage — et s'enduisit d'une lotion hydratante qui faisait la peau douce comme la soie. Puis elle brossa ses longs cheveux roux jusqu'à ce qu'ils brillent.

Elle ne s'habilla pas. Conformément aux conseils qu'elle avait lus en ligne, elle enleva tous ses vêtements, pour que l'effet soit plus fort. Pas de lingerie, pas même de petite culotte. Elle couvrit seulement son corps nu d'un tablier rétro.

Puis elle attendit, angoissée et le souffle court, que Vin rentre du travail.

Ce soir, elle allait lui dire qu'elle l'aimait. Alors, il lui dirait qu'il l'aimait et ce serait le début d'un bonheur sans fin.

Quand Vin descendit de sa Bentley avec chauffeur, dans la rue sombre et glaciale, il était épuisé.

Il était tard en ce 24 décembre, presque 22 heures. Il jura entre ses dents en consultant sa montre de prix.

— Leonardo, je suis désolé de vous avoir enlevé si longtemps à votre famille. Merci de m'avoir attendu.

— Pas de problème, monsieur Borgia, répondit le chauffeur tout sourire. La prime de Noël que vous m'avez accordée va nous permettre de partir en vacances aux

Bermudes le mois prochain. Mon épouse a aussi apprécié le délicieux *panettone* maison de Mme Borgia. *Delizioso!*

Vin le regarda sans comprendre. Scarlett avait appris à cuisiner ? Elle avait offert des cadeaux de Noël à son personnel ? Et pas seulement de l'argent, mais aussi un cadeau qui venait d'elle, une pâtisserie de Noël faite maison ?

— Eh bien, je suis ravi que ça vous ait plu.

Il n'était même pas au courant, ne s'était aperçu de rien.

Il est vrai qu'il était distrait depuis quelque temps. Tandis que son garde du corps se dépêchait d'aller composer le code de sécurité, Vin se dirigea vers la villa d'un pas lourd. Il s'était vraiment cru capable de convaincre Salvatore Calabrese de lui vendre Mediterranean Airlines. Mais ce dernier refusait toujours de lui adresser la parole, sous prétexte que Vin avait fait passer sa famille avant une affaire.

Vin se sentait en échec. En affaires. À la maison. Avec les journées de travail qu'il faisait, il voyait son fils à peine une heure par jour. Quant à sa femme...

Il aurait aimé la voir davantage.

Ils n'avaient pas fait l'amour depuis la naissance de Nico et Vin ne pensait plus qu'à une chose en présence de Scarlett : la plaquer contre le mur et la posséder.

Mais il ne pouvait pas.

Après avoir vu ce qu'elle avait enduré à l'hôpital, il ignorait quand elle voudrait qu'il la touche de nouveau. Il ne savait pas même comment aborder la question. C'est pourquoi, pour ne plus être soumis à la tentation, trouvait-il plus facile d'éviter Scarlett.

Vin leva les yeux vers l'élégante villa de quatre étages, où vivait sa princesse intouchable. Il se sentait très las.

— Rentre chez toi, dit-il à son garde du corps. Ça ira pour ce soir.

— Ce n'est pas conforme au protocole. Surtout avec le danger que...

— C'est la veille de Noël.

Vin ne voulait pas penser à Blaise Falkner ce soir, ni au fait que cet individu était introuvable depuis qu'il avait quitté New York, deux semaines auparavant. Encore un domaine dans lequel tout ne s'était pas passé comme prévu.

— Va rejoindre ta fiancée. Nous avons le système de sécurité. J'ai vu Larson à l'entrée. Il t'appellera s'il a besoin de toi.

— Merci, *signor* Borgia. *Buon Natale* !

— Joyeux Noël.

Une fois seul, Vin poussa la grande porte de chêne et pénétra dans le hall d'entrée. Il la referma en bâillant et brancha l'alarme. Puis il jeta sa serviette sur une table et suspendit son long manteau noir. Tout en se demandant si Scarlett était déjà couchée, il se dirigea vers le grand salon.

Et s'arrêta net.

Un immense sapin de Noël de six mètres de haut se dressait près de la cheminée, éclairé de milliers de petites lumières, pareilles à des étoiles, sous les poutres du haut plafond.

Quelque chose de plus éblouissant encore l'attendait au pied de l'arbre.

— Bienvenu à la maison, lui dit sa femme en lui présentant un cocktail dans un verre à Martini sur un plateau d'argent.

Elle portait un ravissant tablier à volants. Et en dessous...

Vin cessa soudain de respirer.

Elle ne portait rien en dessous. Absolument rien.

Il la contempla sans rien dire, bouche bée, tandis que le sang affluait vers le centre de son corps.

— Tu ne veux pas de ce cocktail ? demanda-t-elle avec un regard malicieux. Il est au lait de poule.

Interdit, il contemplait les longs cheveux de Scarlett qui retombaient sur ses épaules et jusqu'à la naissance de ses seins généreux, cachés sous la bavette volantée du tablier. Les courbes d'albâtre de ses hanches nues dépassaient de part et d'autre du tissu.

— Tu n'en veux pas ? Dommage.

Elle se retourna pour poser le plateau sur une table et Vin faillit tomber à genoux en découvrant ses fesses nues.

— Où... Où est Nico ? demanda-t-il d'une voix altérée.

— Il dort en haut.

— Et Mme Stone ?

— C'est le soir du réveillon, chéri. Je lui ai dit de prendre un congé. Je lui ai acheté un billet en première classe pour aller voir sa famille à Atlanta.

Debout dans le grand salon, entouré d'ombres et de lumière, Vin contempla, ébloui, sa femme à demi nue sous cet énorme sapin de Noël brillamment éclairé, tel le cadeau de Noël qu'il aurait attendu toute sa vie.

Elle s'approcha de lui lentement, d'un pas sûr, en balançant les hanches et s'arrêta devant lui sans le toucher. Ses cheveux sentaient le cerisier et la douce senteur florale de son parfum l'enveloppait.

Vin sentait son cœur cogner dans sa poitrine. Il avait peur de perdre le contrôle s'il la touchait. Il avait peur de perdre le contrôle s'il ne la touchait pas.

— J'ai préparé le dîner, murmura-t-elle. Des pâtes. Je te les ai gardées au chaud.

Elle lui glissa un regard innocent par-dessous ses cils noirs et se déhancha, posant une main sur la peau laiteuse de sa hanche nue qui dépassait du tablier.

Vin ne dit rien. Sans la quitter des yeux, il se mit à retirer sa cravate.

Le regard de Scarlett, d'effronté et langoureux, se fit effarouché. Nerveuse, elle recula d'un pas.

Mais Vin n'avait pas l'intention de la laisser filer. Il était trop tard. Alors, il la souleva dans ses bras et la poussa sans ménagement contre le mur de pierre en lui tenant les poignets.

— Tu m'as gardé quelque chose d'autre au chaud ?

Scarlett cherchait son regard.

— Vin… Il faut que je te dise quelque chose…

Mais il n'avait plus envie de discuter. Sans la laisser achever, il fondit sur la bouche de Scarlett pour la dévorer de baisers. Les lèvres souples et charnues s'entrouvrirent sous les siennes. Lâchant les poignets de Scarlett, il plongea les mains dans ses cheveux et approfondit le baiser.

Avec un bruit qui ressemblait à un soupir, elle l'attira contre elle. Vin caressa ses flancs, la peau nue qui n'était pas recouverte par le tablier victorien. Il frémit au contact de la chair chaude et soyeuse de ses hanches, de sa taille fine sous la ceinture du tablier, des côtés de ses seins voluptueux. Comme elle se haussait sur la pointe des pieds pour mieux répondre à son baiser affamé, il posa les mains sur ses fesses, goûtant la sensualité de Scarlett, sa chaleur…

Avec un grognement sourd, il la souleva, la repoussa contre le mur et passa les jambes nues de Scarlett autour de sa taille. Son sexe terriblement durci se dressait entre eux, seulement isolé par son pantalon et le tissu fin du tablier.

Calant Scarlett contre le mur et la soutenant d'une seule main passée sous son adorable postérieur — le plaisir de la tenir ainsi lui arracha presque un cri —, il défit d'un coup sec le nœud du tablier, tira sur l'étoffe et le jeta par terre.

En un clin d'œil, sa femme se retrouva nue entre ses bras, contre le mur de la villa.

Les lueurs chaudes du feu de cheminée dansaient sur sa peau laiteuse, sur ses seins énormes aux tétons dressés, sur ses longs cheveux roux. Ses lèvres, enflées sous la force du baiser, étaient rouges — écarlates, conformément au prénom Scarlett.

Vin l'embrassa tout en sentant son corps trembler de désir. Il luttait pour se retenir. C'était la première fois qu'ils faisaient l'amour en tant que mari et femme, la première fois depuis la naissance du bébé. Il devait aller lentement. L'emmener à l'étage, dans leur élégante chambre à coucher, sur leur lit extra-large. Pendre son temps. User de douceur. Faire durer…

Scarlett mit fin à leur baiser et, les jambes toujours serrées autour de son pantalon, lui murmura trois petits mots à l'oreille.

Lorsqu'il comprit ce qu'elle venait de dire, il inspira brusquement pour plonger son regard dans le sien.

Ils étaient seuls dans le grand salon, sous les lumières de l'immense sapin de Noël dressé vers le plafond. L'arbre brillait de mille feux, les flammes de la cheminée jetaient des éclairs orange et rouges, mais les yeux de Scarlett brillaient d'un feu plus intense encore.

— Je t'aime, répéta-t-elle.

Comme si elle retenait ces mots depuis si longtemps qu'elle ne pouvait plus les garder pour elle. Scarlett posa les mains sur ses joues, sur sa barbe naissante. Vin tremblait de tout son corps.

Je t'aime.

Perdant le peu de maîtrise qu'il lui restait, Vin ouvrit son pantalon de costume si violemment qu'un bouton sauta par terre. Il baissa la fermeture à demi et déchira le tissu en se glissant hors du pantalon.

Reprenant les fesses de Scarlett à deux mains, il lui écarta les cuisses et, d'une seule poussée, enfila son sexe rigide en elle, la pénétrant entièrement et sans ménagement.

Scarlett eut un cri étouffé et s'accrocha à lui. Il la

pénétra une seconde fois, la poussant contre le mur. Elle le prit par les épaules, la tête renversée, les yeux fermés par l'ardeur du désir.

Il contempla son visage pour la pénétrer encore, lentement cette fois. Son plaisir grandissait de voir l'extase sur le visage de Scarlett. Lui-même laissa échapper un gémissement. Aller lentement était un supplice pour lui. Scarlett planta les doigts plus profondément dans sa chemise, dans sa chair. Ses ongles lui lacérèrent la peau.

Je t'aime. Ce murmure résonnait encore à ses oreilles. Dans son cœur. *Je t'aime.*

Il s'obligea à rester immobile en elle. Il était à deux doigts de jouir, un désir lancinant torturait son sexe gonflé. Il se retira pour la pénétrer encore une fois, très lentement. Elle bougeait le bassin, tandis que ses seins pleins et lourds ballottaient vers lui. Il la sentit retenir son souffle, se tendre. Soudain, elle renversa la tête en criant son nom...

En l'entendant gémir de plaisir, Vin ne put se retenir plus longtemps. Il plongea en elle, vite, écrasant ses seins sous son torse. Il vint en elle avec un râle qui se mua en cri, avec un plaisir d'une intensité inouïe.

Lorsqu'il eut repris ses esprits, une émotion monta dans son cœur, l'émotion la plus violente qu'il ait jamais éprouvée, une émotion qui ne pouvait être contenue ni contestée.

— Je t'aime.

C'était un murmure guttural, rempli d'une douloureuse fragilité. D'abord, il ne reconnut pas cette voix. Jusqu'à ce que Scarlett, toujours pendue à ses épaules, le regarde avec des yeux emplis d'un pur bonheur.

Alors, à la fois rempli de joie et saisi d'horreur, Vin comprit que cette voix était la sienne.

10

Vin l'aimait.

Le rythme de ces mots épousait celui des battements de son cœur.

C'est dans la peur qu'elle avait attendu son retour. Plus d'une fois, elle avait changé d'avis et commencé à se rhabiller. Et s'il la repoussait ? S'il se moquait d'elle ?

Mais sa principale peur était plus grande encore.

Et si ce pari osé qu'elle faisait de reconquérir son mari au lit et, surtout, de lui avouer son amour se concluait par un échec total et humiliant ?

Les circonstances dans lesquelles Scarlett avait grandi l'avaient contrainte à demeurer invisible la majeure partie de sa vie. Mais l'amour qu'elle avait pour Vin l'obligeait à trouver le courage d'atteindre ses rêves.

Ils étaient désormais réalité.

Le matin de Noël, elle s'éveilla le sourire aux lèvres aux premiers pleurs affamés du bébé, couché dans la chambre attenante. Elle regarda son mari qui dormait à côté d'elle et son sourire devint un rayon de joie.

Elle l'aimait. Et il l'aimait.

Béni soit Internet ! Les conseils farfelus qu'elle y avait puisés avaient dépassé ses espérances. Après l'avoir prise sans ménagement contre le mur, après lui avoir dit qu'il l'aimait, Vin l'avait tendrement enveloppée dans sa veste de costume et ils étaient allés manger dans l'immense cuisine le repas qu'elle avait préparé : pain maison et *fettuccine alla carbornara*. Dans la cuisine peuplée d'ombres, Scarlett n'avait plus pensé qu'à une chose : jamais elle n'avait été aussi heureuse.

Après le repas, il lui avait tendu la main et l'avait menée à l'étage. Dans leur chambre plongée dans le noir, il s'était déshabillé en silence et l'avait attirée dans le lit, où il lui avait encore fait l'amour, cette fois avec une tendresse bouleversante. Les yeux dans les yeux, il l'avait pénétrée en lui livrant son âme.

Il l'aimait. Scarlett formait ces mots du bout des lèvres pour goûter leur saveur infiniment suave.

Elle se glissa hors du lit en silence, pour ne pas le réveiller, s'enveloppa dans un peignoir blanc et se rendit dans la chambre d'enfant où elle prit amoureusement son bébé de deux mois dans ses bras. Installée dans la balancelle, elle l'allaita en le berçant. Une fois qu'il fût repu et somnolent, elle le remit dans son berceau.

Alors, elle regarda à travers la fenêtre le jour glacé se lever sur Rome. Qu'avait-elle pu faire pour mériter un tel bonheur ?

Tout à sa joie, elle regagna sa chambre et trouva Vin en train de jeter des vêtements dans une valise.

— Joyeux Noël ! fit-il d'une voix étrange.

— Qu'est-ce que tu fais ?

— Mes bagages.

Il était déjà habillé — costume noir, chemise blanche, cravate rouge — et ses cheveux étaient encore mouillés de la douche.

— Je vois bien que tu fais tes bagages, mais pourquoi ?

Vin s'interrompit pour la regarder. Son regard noir était glacial et la belle bouche dont les baisers avaient fait monter en elle tant de plaisir quelques heures auparavant était pincée.

— Je pars en voyage d'affaires.

Scarlett fronça les sourcils.

— Quoi ? Mais nous devons aller chez tes parents avec le petit...

— Impossible. Je viens d'apprendre que Salvatore Calabrese est à Tokyo pour signer avec une autre compagnie. C'est ma dernière chance de le convaincre de faire affaire avec moi.

— Mais tu ne peux pas partir ! C'est le jour de Noël !

Scarlett avait beau s'efforcer de rester calme, elle avait l'impression de parler comme un enfant pleurnichard.

Vin se tourna violemment vers elle.

— Qu'est-ce que tu veux, Scarlett ? Que je sacrifie mon entreprise et l'avenir de notre fils pour rester ici et jouer avec toi au papa et à la maman comblés pendant les vacances de Noël ?

Oui, c'était exactement ce qu'elle voulait. Blessée et déconcertée, elle eut un mouvement de recul.

— J'ignore combien de temps vont durer les négociations, dit-il en retournant à ses bagages. Ça peut durer des jours. Voire des semaines.

— Tu risques de ne pas être là pour le nouvel an ?

— Qu'importe, puisque tu seras occupée, de toute manière. À faire tes bagages et ceux du bébé.

— Pour aller où ?

— Nous partons vivre à New York.

Scarlett resta bouche bée. Était-ce un cauchemar ? Elle contempla son mari, dans cette chambre qu'elle avait personnellement décorée, dans cette villa qui ressemblait enfin à un foyer, après tout le mal qu'elle s'était donné.

— Qu'est-ce que tu racontes ? C'est ici chez nous ! À Rome !

— Et une fois à New York, je veux faire un second test de paternité sur le bébé.

Ces mots firent à Scarlett l'effet d'une gifle.

— Combien de tests est-ce qu'il te faut ? Je croyais que tu me faisais confiance.

— C'est une exigence raisonnable. On m'a déjà menti.

— Pas moi !

Furieuse, Scarlett se rapprocha de son mari.

— Nico a deux mois, nous sommes mariés depuis octobre et tu te demandes tout d'un coup si c'est ton fils ?

— Scarlett…

— Va te faire voir !

Il lui saisit les mains.

— Arrête.

Essoufflée, elle le fusilla du regard.

— Cette nuit, tu as dit que tu m'aimais et voilà que soudain, tu essaies de faire en sorte que je te déteste. Pourquoi, Vin ? Pourquoi ?

Il resserra son étreinte. Son regard s'abaissa vers ses lèvres. Un instant, elle crut qu'il allait l'embrasser. Lui dire ce qui se passait vraiment. Que tout allait s'arranger.

Mais il la relâcha brusquement.

— Je te demande d'être installée dans mon appartement de New York à mon retour de Tokyo.

— Vraiment ? Laisse-moi deviner : tu as déjà demandé à un médecin de Manhattan d'effectuer de nouveaux tests de paternité sur Nico. Pour un peu, on dirait que tu souhaiterais avoir la preuve que tu n'es pas son père !

— C'est faux et tu le sais très bien. J'ai fait le tour du monde pour vous retrouver, mon fils et toi. Mes intentions sont claires, il me semble. Je veux que vous viviez à New York. Nous formons une famille. En outre, tu feras en sorte que Larson vous accompagne partout quand vous quittez cette maison. Je ne plaisante pas, Scarlett.

— Je t'ai déjà dit que j'en ai marre d'avoir un garde du corps ! On est à Rome ! Qui voudrait s'en prendre à nous ?

— J'ai déjà été agressé en plein centre de Manhattan. En pleine journée.

— Quoi ?

— J'avais dix-sept ans, une proie facile, et le type voulait mon portefeuille. Pour vingt dollars, je me suis retrouvé à l'hôpital. En sortant, j'ai appris à me battre. Quand je suis devenu millionnaire, j'ai aussi embauché des gardes du corps. Je protège ce qui m'appartient, Scarlett. Mon fils et toi en faites partie, maintenant.

— Je suis désolée de ce qui t'est arrivé, mais c'était il y a longtemps et Rome est une ville très sûre…

— Je te laisse l'un de mes jets privés. Nico et toi devrez être partis d'ici la fin de la semaine.

— Nous ne prendrons aucun avion.

— Scarlett. Je suis propriétaire d'une compagnie aérienne. Il est temps que tu surmontes tes peurs. Et que tu te fies à mon jugement.

— Pourquoi est-ce que je t'écouterais, alors qu'il est évident que tu ne m'écoutes pas ? Je ne veux pas quitter Rome. J'apprends l'italien. Je me suis fait des amis. Tes parents habitent à quelques heures de route. Ta sœur se marie le mois prochain !

— Nous lui enverrons des fleurs de New York.

— Tu plaisantes ? Tu ne veux pas assister à la noce de ta propre sœur ?

— Qu'est-ce que tu croyais, Scarlett ? Que nous allions vivre ici éternellement ?

Oui, c'est exactement ce qu'elle avait cru. Elle était heureuse et croyait que cela durerait éternellement.

— C'est notre foyer, murmura-t-elle, la gorge nouée.

Vin regarda, autour de lui, la chambre luxueuse et confortable.

— Un foyer ? Cette maison était mon foyer à l'époque où j'étais un pauvre gosse à la merci des adultes. Maintenant,

Dieu merci, ce n'est plus ma maison. Ma compagnie est basée à New York.

— Je n'ai aucun bon souvenir là-bas. Aucun.

— Tu dois bien y avoir des amis.

— Blaise Falkner ?

— Il n'est plus à New York. Mon responsable de la sécurité m'a récemment informé que, faute d'argent et d'un toit, il a pris la fuite, comme un rat qu'il est.

Vin s'interrompit et elle eut l'impression qu'il ne lui disait pas tout.

— Tu n'as donc aucune raison de t'inquiéter, conclut-il.

— Je ne m'inquiète pas. Parce qu'il n'est pas question que j'aille vivre là-bas.

Un coup à la porte interrompit leur dispute. Un garde du corps, la mine maussade, entra prendre la valise de Vin. Mais Scarlett n'en avait pas fini avec son mari.

— Tu crois que je vais me contenter de trembler devant toi et d'obéir ? Qu'est-ce que je suis pour toi ? Ta gouvernante ? Ta nounou ? Ou juste ta maîtresse ?

— Tu es ma femme, répondit-il en fronçant les sourcils. La mère de mon enfant.

— Alors comment peux-tu être aussi insensible ? Toi qui as dit que tu m'aimais !

Vin jeta un regard sombre au garde du corps, qui sortait avec la valise en feignant d'être resté sourd et aveugle durant toute la conversation.

— Je t'explique simplement comment les choses vont se dérouler. Le bébé et toi rejoindrez New York en avion d'ici une semaine. Et tu te prêteras de bonne grâce à ce test de paternité !

Sur ces mots, Vin quitta la chambre en claquant la porte.

En entendant vrombir le moteur de la voiture qui s'éloignait, Scarlett s'effondra, les joues inondées de larmes.

Comment tout avait-il pu tourner si mal, si vite ? Au

réveil, elle était si heureuse, si certaine qu'il l'aimait. Mais tous ses rêves s'écroulaient autour d'elle.

Puis, comme le bébé hurlait, elle s'essuya les yeux pour aller le réconforter, regrettant de ne pouvoir se réconforter elle-même.

Derrière les parois vitrées du bar situé au dernier étage de l'hôtel de luxe ultramoderne où il était descendu, Vin contemplait sans être vu le panorama de la ville, du parc Hama-Rikyu au Rainbow Bridge suspendu au-dessus de la baie de Tokyo. Un ciel nocturne éblouissant s'offrait à lui depuis le trentième étage.

Magnifique. Brillant. Froid.

Il avala une nouvelle gorgée de son scotch *on the rocks*, puis reposa son verre sur le bar lumineux. Il se sentait indiciblement las.

Deux semaines s'étaient écoulées depuis la dernière fois qu'il avait parlé à Scarlett et vu son fils. Le bébé devait déjà commencer à oublier qu'il avait un père. À cette pensée, Vin avait le cœur serré, à vif, vidé.

Il essayait de se dire que le jeu valait la chandelle. Car Mediterranean Airlines était enfin à lui. La lutte avait été rude, l'adversaire remarquable, la compagnie beaucoup plus grande que la sienne. Mais Salvatore Calabrese avait été dûment impressionné de le voir abandonner femme et enfant un jour de Noël pour se consacrer exclusivement aux négociations jusqu'au nouvel an et au-delà. Vin avait passé deux semaines enfermé à l'hôtel avec des avocats.

L'affaire était conclue. Depuis une heure maintenant, Mediterranean Airlines appartenait à SkyWorld Airways.

Vin avait gagné. Alors pourquoi ne se sentait-il pas plus heureux ?

Scarlett était toujours à Rome, à le défier avec entêtement. Elle n'avait pas fait les moindres préparatifs de départ, d'après le garde du corps auquel elle continuait de fausser compagnie régulièrement. Elle continuait à vivre comme avant, s'occupait du bébé et de la maison et aidait la famille de Vin pour les derniers préparatifs du mariage de sa sœur, qui approchait à grands pas.

Sa prétendue sœur. Sa prétendue famille.

Vin serra les mâchoires. Il était physiquement malade en présence des Borgia, malgré — ou plutôt à cause de — leur amour pour lui. S'ils découvraient la vérité, à savoir qu'il n'était pas vraiment le fils de Giuseppe, ils cesseraient de l'aimer. De manière subtile, naturellement. Ils diraient probablement qu'ils formaient « quand même une famille ». Mais, peu à peu, ils trouveraient des excuses pour ne plus lui rendre visite. Les cartes de vœux se feraient rares. Ils finiraient par perdre tout contact, au soulagement tacite des deux parties.

Vin en avait soupé de Rome. C'était l'endroit où il avait été obligé d'éprouver des émotions dont il ne voulait pas. Surtout envers Scarlett.

Ses mains se crispèrent sur son verre de scotch. Heureusement, tout serait bientôt fini. Dix minutes après avoir quitté Rome, alors que les cris de Scarlett résonnaient encore à ses oreilles, il avait froidement appelé ses avocats et fait rédiger un contrat de mariage. Il aurait dû le faire depuis des semaines. Mais après le mariage et la naissance de leur fils, une part de lui-même avait rechigné à trahir sa femme. Lorsqu'il lui aurait fait signer ce contrat, elle cesserait de l'aimer, elle aussi. C'est pourquoi il avait retardé l'opération, en se disant qu'il avait le temps.

Il avait été faible. Jamais il n'aurait dû se permettre d'ajourner son plan initial. Ce contrat était le seul moyen pour lui d'assurer leur sécurité. Sans cela, Scarlett continuerait d'ignorer son ordre de ne pas quitter son garde du corps.

Elle ne savait pas qu'en disparaissant de New York, Blaise Falkner avait laissé une menace derrière lui : « Tu perdras encore plus que moi, Borgia. »

Mais là n'était pas la question. Vin ne devait pas avoir à expliquer à sa femme quels dangers la menaçaient. Pourquoi fallait-il qu'elle s'oppose à lui ?

Il s'était senti si bêtement heureux dans ses bras, le soir du réveillon, quand il lui avait fait l'amour. Mais lorsqu'il s'était réveillé dans la froide lumière du matin de Noël, une panique étouffante s'était emparée de lui, pire encore que le jour de son mariage.

Le bonheur entraîne la perte. Le chagrin. Et la joie de l'amour ne peut se terminer que de deux manières : l'abandon ou la mort. Il avait décidé depuis longtemps qu'il n'aimerait jamais personne. Jamais il n'accorderait à quiconque un tel pouvoir sur lui.

Je t'aime. Il se rappelait comme il avait tremblé quand Scarlett avait prononcé ces mots. Et quand il s'était entendu les prononcer.

Je t'aime. Il ne devait plus y penser. L'amour que Scarlett avait pour lui s'envolerait avec sa confiance quand il l'aurait forcée par ruse à signer le contrat. Elle le détesterait. Parfait.

Le visage durci, Vin avala une nouvelle gorgée de son scotch de dix-huit ans d'âge. Sans amour, tout était plus facile. Plus sûr. Il n'aimait pas ce que Scarlett éveillait en lui.

Le désir, quand il pensait à elle.

L'énervement, quand elle le défiait.

La peur, quand il envisageait une vie sans elle.

Le regard vide, il contempla Tokyo. Il retournerait à Rome, officiellement pour assister au mariage de sa sœur, le contrat de mariage en poche. Il se débrouillerait pour que Scarlett le signe. Ensuite…

Il reprendrait sa vie habituelle. Ordonnée. Sous contrôle. Il piloterait tout, à l'abri de l'amour ou du risque d'être vulnérable.

— Borgia… Je ne m'attendais pas à vous trouver ici.

Une vigoureuse tape sur l'épaule le fit sursauter. Il se retourna et reconnut Salvatore Calabrese, encore vêtu du costume élégant et de la cravate en soie de couleur vive qu'il portait lors de la signature.

Vin avait déjà passé plus de temps que nécessaire en compagnie de cet homme égocentrique et arrogant. Il dissimula pourtant son dégoût et sourit.

— Salut, Calabrese.

L'homme d'âge mûr s'installa devant le bar en bois rutilant, sur le tabouret voisin, et commanda un verre au barman.

— Vous avez appris une leçon importante aujourd'hui : ne jamais faire passer la famille avant les affaires. Je sais de quoi je parle.

C'était vrai. Calabrese était réputé pour n'avoir aucune relation avec ses trois ex-femmes, ses quatre enfants et son unique petit-fils qu'il n'avait jamais rencontré.

— Je sais que vous allez conduire Mediterranean Airlines au sommet.

— C'est bien mon intention.

Vin avait hâte de se débarrasser de lui pour pouvoir se commander tranquillement un second scotch.

— Quant à moi, je vais profiter de ce que je viens d'empocher. Je vais peut-être me remarier. L'une de ces filles pourrait me persuader de le faire.

Suivant le regard de son interlocuteur, Vin aperçut trois jeunes modèles, installées confortablement sur un canapé en cuir noir près des parois vitrées, avec Tokyo en toile de fond.

Calabrese sourit et leva son verre de Martini dans leur direction. Elles pouffèrent de rire et se lancèrent dans des messes basses.

— Vous voulez vous remarier ? s'étonna Vin.

— Pourquoi pas ? Une épouse coûte moins cher qu'une maîtresse. Du moment que vous lui faites signer un contrat. Il faut toujours les faire signer.

Vin regarda Calabrese s'avancer de manière décontractée vers les filles en levant son verre. Il n'avait rien en commun avec cet homme. Rien.

La lumière grise de janvier l'accueillit à son arrivée à Rome. Les vacances étaient terminées, seul restait le froid confort hivernal. En arrivant à la villa, il serra les dents, ne sachant à quoi s'attendre.

— Vin !

Scarlett apparut en haut de l'escalier. Sa peau claire pâlissait sous sa chevelure flamboyante et ses yeux verts étincelaient. Elle était vêtue simplement, d'une blouse en soie claire et d'un pantalon classique, mais il fut de nouveau ébloui par sa beauté. Il attendit, sûr qu'elle était en colère.

Mais à sa surprise, elle se précipita en bas de l'escalier et lui sauta au cou.

— Je suis si contente que tu sois rentré, murmura-t-elle.

Le contact de son corps contre le sien, sa chaleur lui furent comme une bouffée d'oxygène, lui qui ne savait même pas qu'il étouffait. Il respira son parfum de fleur de cerisier et de printemps.

C'est elle qui se dégagea la première. Ses yeux brillaient dans le hall peu éclairé.

— Je n'ai pas arrêté de penser à notre dispute. Je... J'avais vraiment...

Vin s'attendit au pire.

— Tort. J'avais tort.

Il resta sous le choc. Pour sa part, jamais il n'aurait admis avoir tort sur quoi que ce soit. Le cas échéant. Ce qui n'était pas le cas.

— À propos de quoi ?

Elle répondit avec un sourire tremblant.

— De New York. Tu as raison. C'est le siège de ta compagnie. Je ne vais quand même pas exiger que des centaines d'employés quittent leurs familles pour emménager à Rome juste parce que j'aime vivre ici. J'ai été égoïste. C'est pourtant moi qui ai dit que nous devions être égaux. Alors... il faudrait au moins qu'on en discute. Je ne suis toujours pas prête à prendre l'avion, mais je pourrais peut-être prendre le bateau. Le mariage n'est-il pas une question de compromis ?

— Oui, mentit Vin.

— Mais... Tu veux sûrement voir le bébé ?

— Oui.

Ce n'était pas un mensonge, cette fois. Scarlett le prit par la main et l'entraîna à l'étage. Vin pénétra dans la chambre d'enfant plongée dans l'ombre et regarda son fils qui dormait. Son souffle faisait un petit bruit, son torse se soulevait et s'abaissait. Nico. Son cher petit garçon. Il était là. En sécurité. Il avait déjà changé, en deux semaines. Vin se détestait d'avoir été absent si longtemps.

Plus jamais.

Il se tourna vers Scarlett. Une seule personne pouvait contrôler sa vie, sa maison, son enfant : lui-même.

La fin justifie les moyens, se dit-il. Scarlett allait peut-être le détester au début, mais elle finirait par le remercier.

Qu'elle le remercie ou pas, il allait retrouver sa vie

d'avant. Sans le chaos et le désordre émotionnel que sa femme y jetait.

Il suffisait de l'endormir, de lui faire retrouver le bonheur et la confiance en lui. Lorsqu'elle ne se méfierait plus, il lui ferait signer par ruse le contrat rédigé en italien — il obtiendrait ainsi tous les droits et le pouvoir de prendre toutes les décisions.

Scarlett avait un point faible : son amour pour lui. Quant à ses propres sentiments... Ils n'existaient pas. C'est celui qui fait le moins de sentiments qui gagne.

— Tu m'as manqué, Scarlett.

Il se fendit d'un sourire sensuel qui la fit rougir. Parfait.

— Je te le jure, plus jamais je ne permettrai plus que nous soyons séparés aussi longtemps.

Elle sourit, heureuse, ignorante de ses noirs desseins. Alors, Vin lui prit la main pour y déposer un baiser.

Bientôt, elle ne pourrait plus le défier. Les décisions qu'il prendrait prévaudraient automatiquement. Elle serait obligée de passer outre sa ridicule phobie de l'avion et de voyager avec lui quand il le souhaiterait. Une bonne chose pour leur famille et pour leur couple. Un élan de fièvre s'empara de lui lorsqu'il baissa les yeux vers sa gorge, vers ses seins qui gonflaient sa blouse en soie.

Désormais, elle n'aurait d'autre choix que d'obéir. À la maison. Au lit. Elle serait sous ses ordres. Exactement à sa place.

11

Quelque chose avait changé chez Vin. C'est ce que Scarlett pensa en l'accueillant à son retour de Tokyo, sans pouvoir dire exactement quoi.

La dernière nuit qu'ils avaient passée ensemble, la veille de Noël, avait été animale, sensuelle, explosive. Même dans les moments de tendresse, quand il l'avait pénétrée, les émotions se lisaient sans fard sur le visage de Vin.

Mais depuis son retour, elle le sentait distant. Même lorsqu'il lui souriait, qu'il la prenait dans ses bras, ou quand il se penchait pour l'embrasser, le regard rempli de promesses sensuelles — même là, son visage dissimulait quelque chose.

Que lui cachait-il ? Se faisait-elle des idées ?

Elle y songea toute la journée, tandis qu'ils jouaient avec le bébé puis lorsqu'ils se préparèrent pour sortir le soir. Quand elle aborda le sujet du déménagement à New York, il répondit qu'il ne voulait pas en parler.

— Ce soir, je veux juste savourer ta compagnie, *cara*.

Ils se rendirent à la soirée de répétition du mariage de sa sœur, dans un charmant restaurant non loin de la piazza Navona. Giuseppe, Joanne et Maria furent ravis de le voir. Il leur avait manqué aussi. Au milieu du dîner, comme Scarlett se levait pour porter un toast au rachat de Mediterranean Airlines, tout le monde à table applaudit et poussa des cris de joie.

Vin baissa la tête, l'air gêné. Après tout le mal qu'il s'était donné pour conclure cette affaire, Scarlett fut encore plus fière de lui devant cette humilité enfantine. Et elle l'en aima davantage.

Enfin, ils furent de retour chez eux et dès que Vin eut bordé le bébé qui dormait, il emmena Scarlett se coucher. Elle savourait la chaleur de son corps, sa force, son contact.

Il lui avait tant manqué durant ces deux semaines... L'intensité de son désir pour lui l'effrayait.

Cette fois-ci, il lui fit l'amour en la serrant doucement, tendrement, en la regardant au fond des yeux. Mais avec un regard absent.

Il la touchait comme s'il cherchait à dire avec ses mains ce qu'il ne pouvait pas dire avec des mots. Elle essaya de deviner. Voulait-il s'excuser ? Regrettait-il leur dispute, si horrible, si cruelle au cœur de Scarlett ? Regrettait-il de lui avoir dit la vérité en lui avouant qu'il l'aimait ?

Après l'avoir comblée de plaisir, il la garda serrée contre son cœur toute la nuit, comme jamais auparavant.

Lovée contre lui, entourée de ses bras robustes, elle se sentait protégée. Sans doute s'était-elle inventé des problèmes où il n'y en avait pas. Ils étaient mari et femme. Partenaires dans la vie. Amoureux l'un de l'autre.

Elle s'éveilla en souriant pour la première fois depuis deux semaines. Un oiseau chantait dehors. Elle s'étira en bâillant, une délicieuse sensation de satisfaction dans tout le corps. Comment ne serait-elle pas heureuse ? Vin était enfin rentré et sa sœur se mariait aujourd'hui.

Quelles que soient les épreuves qui se présenteraient à eux, ils les surmonteraient. Peut-être pourraient-ils vivre à Rome une moitié de l'année et à New York le reste du temps.

Elle se tourna vers l'autre côté du lit, mais il était vide.

Elle allait sortir du lit en négligé quand elle entendit la

porte s'ouvrir. Surprise, elle vit entrer Vin, vêtu seulement d'une serviette ceignant sa taille sculptée, portant le petit déjeuner sur un plateau décoré d'une rose dans un vase.

— Tu m'apportes le petit déjeuner ? Mais tu dois être épuisé. Après le long voyage que tu as fait hier…

— Justement. Je t'ai laissée ici toute seule t'occuper de Nico, du mariage de ma sœur et de tout le reste. Il est temps que je m'occupe de toi, pour changer.

L'œil pétillant, il posa le plateau sur ses genoux par-dessus l'édredon blanc.

— Au fait, j'ai posé sur le plateau des papiers que tu dois signer. Sous le vase.

— De quoi s'agit-il ?

— Oh ! c'est juste pour officialiser le fait que tu es ma femme. Aux yeux de l'administration italienne.

Scarlett jeta un coup d'œil à la première page. Elle était rédigée en italien et semblait parler du fait qu'ils étaient mariés. Mais ses compétences en italien n'étaient pas encore assez poussées pour qu'elle comprenne le jargon juridique. Elle hésita.

— Mon père disait toujours qu'il faut être idiot pour signer quelque chose qu'on ne comprend pas. Je devrais tout faire traduire avant de signer.

— Pas de problème, dit Vin en quittant la pièce.

Il revint un instant plus tard avec un pichet. Il versa du café dans une tasse en porcelaine, y ajouta une bonne dose de crème et de sucre, puis reposa la tasse sur le plateau en lui souriant tendrement.

— Désormais, je prendrai mieux soin de toi. Je te traiterai comme tu le mérites. Comme une princesse. Comme une reine.

Scarlett leva les yeux vers lui, le cœur plein d'amour.

— Régale-toi, *cara*. Je vais prendre une douche. Ne te gêne pas pour me rejoindre si tu en as envie.

Il pivota en sifflant et laissa tomber sa serviette par terre. Scarlett admira alors les fesses musclées de son mari avant qu'il ne disparaisse dans la salle de bains. Il lui fallut quelques instants avant qu'elle ne reprenne ses esprits.

Elle regarda les papiers, songeant à tout ce qu'elle devait faire avant la soirée de mariage. Après des semaines de réflexion, elle n'avait toujours pas décidé ce qu'elle mettrait. Elle tenait absolument à être belle pour cette grande occasion, par respect envers Maria et sa famille. Mais elle redoutait de faire la tournée des boutiques chic de Rome. Elle ne s'y sentait toujours pas à sa place. L'idée de devoir par-dessus le marché trouver un avocat anglophone pour lui traduire les papiers et la conseiller était la corvée de trop.

En outre, elle était la femme de Vin, la mère de son enfant. Si elle se considérait vraiment comme sa partenaire dans la vie, pourquoi le traiter en ennemi ? Elle ne voulait pas le soupçonner. Elle voulait lui faire confiance.

C'est ce qu'elle allait faire. Point.

Soulagée, elle signa allègrement les papiers avant de déguster son petit déjeuner. Elle terminait un croissant aux amandes quand le bébé commença à s'agiter dans sa chambre. Elle alla le chercher et était en train de l'allaiter quand Vin revint, enveloppé dans un peignoir.

— Le petit déjeuner a été bon, *cara* ? demanda-t-il avec un regard de braise.

— Délicieux. Merci mille fois.

Elle lui tendit les papiers.

— Tiens.

Une étrange lueur s'alluma dans le regard de Vin. Il s'approcha, prit les papiers et, voyant sa signature, l'embrassa sur la tempe.

— Merci, Scarlett.

— Je t'en prie. Ah, si seulement c'était aussi simple de savoir ce que je vais porter ce soir…

Vin sourit à son tour.

— *Cara*, voilà un problème que je vais résoudre pour toi.

D'un seul coup de fil, le problème fut résolu. Il fit venir des stylistes à la villa. Des esthéticiennes se présentèrent l'après-midi pour lui faire les ongles, la coiffer et la maquiller. Tandis que Nico roulait sur son tapis d'éveil en gazouillant, Scarlett regarda les stylistes lui présenter différentes robes, toutes plus ravissantes les unes que les autres.

Soudain, elle en vit une qui l'émerveilla, une robe longue bleu saphir. Elle l'enfila : elle lui faisait une silhouette en sablier, surtout avec la lingerie adéquate, un soutien-gorge pigeonnant qui dessinait un profond sillon entre ses seins sous la robe décolletée. Le coiffeur lui fit un élégant chignon, la maquilleuse lui couvrit la bouche d'un rouge profond et lui noircit les yeux au khôl. Lorsqu'elle put enfin se voir dans le miroir, elle retint un cri : elle se reconnaissait à peine.

— *Bellissima*, dit le coiffeur avec un geste expressif.

Elle se sentit rougir. Vin avait demandé qu'on la traite comme une princesse, elle se sentait comme une princesse.

— Qu'en penses-tu ? demanda-t-elle à Wilhelmina, qui était devenue son amie de confiance.

— Ma chérie, j'en pense que ton mari va devenir fou.

Scarlett espérait que son amie avait raison. Elle craignait d'avoir l'air d'une fille ordinaire déguisée en femme glamour, sexy et raffinée.

Après avoir embrassé les joues de son bébé, chaque jour plus joufflu, Scarlett sortit sur le palier, se demandant ce que Vin allait dire en la voyant. Elle s'arrêta en haut de l'escalier en entendant des voix au rez-de-chaussée.

— Blaise Falkner…

Vin et son assistant se turent dès qu'ils la virent. Mais pourquoi donc parlaient-ils de cet horrible bonhomme ?

Son mari ouvrit de grands yeux en la voyant descendre l'escalier. Elle tenait prudemment la rampe de peur de trébucher sur ses talons de douze centimètres ornés de cristaux. Il la rejoignit au bas de l'escalier.

— Je suis subjugué, dit-il tout bas. Oublions ce mariage. Remontons dans la chambre…

Scarlett soupira d'aise, mais lui posa tout de même la question.

— Vous parliez de Blaise Falkner ?

Vin secoua la tête, mais son assistant s'en mêla.

— Nous avons perdu sa trace depuis New York.

— Perdu sa trace ? Comment ça ?

— Tu n'as aucune raison de t'inquiéter, intervint Vin. Il doit tout simplement avoir trop honte pour se montrer et se terrer dans un coin. Scarlett, tu es splendide.

Elle rougit de plus belle.

— Merci. Tu n'es pas mal non plus.

C'était un euphémisme. Sa veste de smoking, parfaitement coupée, mettait en valeur sa superbe silhouette, ses épaules carrées et sa taille svelte. Ses yeux sombres brillaient d'un éclat intense dans son beau visage taillé à la serpe. Mais sa beauté n'était pas que physique. D'aucuns le trouvaient peut-être arrogant, mais Scarlett seule connaissait le fond de son cœur, sa bonté, son amour pour sa famille. C'est cela qu'elle aimait en lui.

— Mais il te manque quelque chose, fit Vin, l'air soucieux.

— Quoi donc ?

Sur une table à portée de main, il prit un écrin de velours noir dont il tira un grand collier de diamants. Scarlett retint un cri lorsque Vin lui passa doucement le bijou lourd et froid . Puis, comme il déposait un baiser au creux de son cou, un frisson de fièvre la parcourut.

— Merci, murmura-t-elle.

— Nous pouvons y aller maintenant, dit-il tout bas.

Après avoir embrassé le bébé, tout content d'être dans les bras de Wilhelmina, ils sortirent dans la nuit froide. Vin lui couvrit doucement les épaules de son étole blanche, tandis qu'ils traversaient l'allée pavée pour rejoindre la limousine. Le portail s'ouvrit sur la rue et le chauffeur les emporta vers le majestueux *palazzo*, ainsi que les deux gardes du corps qui les accompagnaient.

Le mariage hivernal de Maria et Luca fut sublime. La salle de réception du palais était décorée de bougies et de fleurs blanches. Giuseppe conduisit sa fille à l'autel le visage luisant de larmes. Joanne pleurait aussi, assise sur son banc. En regardant les jeunes gens se prêter serment, Scarlett se tourna vers son mari et sentit son cœur se gonfler de joie en songeant à tout l'amour qui les entourait.

Ils se rendirent ensuite dans la salle de bal, où était servi le dîner. À chaque instant, elle sentait sur elle le regard sombre et sensuel de son mari, assis à côté d'elle. Il déposait sans cesse des baisers furtifs sur ses épaules nues, au-dessus du décolleté en cœur de sa robe bustier. Il l'embrassait sur la joue, sur la bouche. C'était un beau mariage, mais elle avait hâte de rentrer chez elle…

Alors qu'on dégustait le troisième plat, le père du marié, un homme d'affaires fortuné propriétaire du *palazzo*, assis de l'autre côté de la table, s'adressa à Vin.

— Vous allez nous manquer. Mon fils espérait secrètement que votre épouse donnerait à Maria quelques cours de cuisine.

— *Papà !* protesta le marié.

La mariée s'insurgea, feignant de bouder.

— Luca ! Mais si j'apprends à cuisiner, nous n'apporterons plus notre soutien au secteur de la restauration. Il faut bien penser à soutenir l'économie locale !

Mais Scarlett était intriguée.

— Pourquoi dites-vous que nous allons vous manquer ?

Inquiète, elle se tourna vers son mari.

— Tu vas repartir en voyage d'affaires ?

— J'ai appris que vous alliez vous installer à New York, dit le père de Luca. Et que vous aviez déjà loué votre villa romaine à un acteur américain. J'ai lu ça dans le journal.

Scarlett se mit à rire, rassurée.

— Je crains que vous ayez mal compris, *signor* Farro. Nous avons parlé de New York, c'est vrai, mais nous n'avons encore rien décidé. Et nous n'avons absolument pas loué la…

L'expression qu'elle vit sur le visage de Vin l'empêcha d'achever. Ce fut comme si son cœur se glaçait.

— Tu n'as pas fait ça ? Sans m'en parler ? Après le mal que je me suis donné pour notre maison, tu ne l'aurais pas louée dans mon dos…

— Tout est déjà réglé, répliqua Vin, le visage fermé.

— Par qui ? Par toi ?

Les sourires des mariés s'évanouirent. Les parents avaient l'air inquiet. Les invités qui occupaient les tables voisines se retournèrent.

— Oui, par moi. Tu te montrais déraisonnable.

— Déraisonnable ?

— Je t'ai autorisée à rester à Rome…

— Autorisée !

— … Jusqu'au mariage de Maria. Mais j'ai été très clair : mon siège est à New York. Demain, nous ferons quelques valises et prendrons l'avion pour New York. J'ai acheté un nouvel appartement, proche de mon bureau et de bonnes écoles privées pour Nico.

Scarlett était atterrée.

— Nous avons déjà une maison, ici, à Rome...

— Tu aimeras encore plus New York quand nous y serons demain soir.

— Il n'est pas question que je prenne l'avion.

— Tu dois affronter tes peurs.

Elle détestait ce ton supérieur.

— Non.

— Tu n'as plus le choix. Tu...

— Mes enfants, mes enfants, intervint le père de Vin, l'air peiné. Scarlett, ma chère, je suis sûr que mon fils ne veut que votre bien. Mais si vous ne voulez pas quitter Rome, il ne vous y obligera pas. C'est un homme bon. Vincenzo, mon fils, dis-lui que...

Vin se leva si brusquement que sa chaise se renversa. Le bruit de chute se réverbéra dans la salle de bal où régnait maintenant le silence.

— Arrête de m'appeler *fils*. Je ne suis pas ton fils, dit-il d'une voix glaciale.

Giuseppe ouvrit de grands yeux. Joanne et Maria eurent un mouvement de recul.

Vin reprit à voix basse.

— T'es-tu demandé pourquoi je t'avais ignoré pendant vingt ans ? Juste avant que ma mère meure, elle m'a dit que j'étais le fruit d'une aventure sans lendemain. Elle t'a menti, Giuseppe, pour que tu lui donnes de l'argent. Et tu as payé sans te douter de rien. Tout comme tu m'as aimé sans te douter de rien.

Il se tourna ensuite lentement vers Joanne et Maria.

— Alors ne prétendez pas me donner de leçons. Vous n'êtes pas ma famille.

Puis, s'adressant à Scarlett :

— Quant à toi, tu feras ce que je dis. Tu n'as pas le choix : tu as signé le contrat.

— Le contrat ?

Scarlett était encore sous le choc de la révélation de cette filiation. Lorsqu'elle comprit à quoi Vin faisait allusion, elle fut prise de nausée.

— Les papiers, ce matin…

Vin jeta un coup d'œil à l'assemblée, puis répondit tout bas, pour que les invités ne puissent entendre.

— J'ai toujours eu l'intention de te faire signer, Scarlett. Avant ou après le mariage.

Le contrat de mariage dont il l'avait menacée… Ce contrat qui lui donnait le droit de prendre toute décision concernant l'enfant et elle. Ce contrat qui accordait à Vin la garde pleine et entière de Nico, si elle décidait de divorcer. Elle l'avait signé.

Sa tête tournait. Son univers s'effondrait, comme dévoré par un incendie. Elle se leva pour regarder son mari avec horreur. Puis, saisissant sur la table sa minaudière brodée de cristaux, elle pivota sur ses talons de douze centimètres, slalomant entre les serveurs qui apportaient le plat suivant. Quand elle quitta la salle de bal, elle était en larmes.

Comment avait-elle pu être aussi stupide ?

Elle aurait dû écouter ses peurs, pas ses espoirs.

Ne lui parle pas du bébé.

N'accepte pas le test ADN.

Ne l'épouse pas.

Et surtout :

Lis toujours avant de signer.

Elle s'essuya rageusement les yeux, mais les larmes continuaient de brouiller sa vue lorsqu'elle déboucha dans le couloir vide. Elle vit un garde du corps quitter son poste à la porte de la salle de bal pour la suivre.

— Surtout pas ! aboya-t-elle.

C'était la première fois qu'elle lui parlait sur ce ton. Elle eut l'amère satisfaction de le voir s'arrêter net, l'air offensé.

Elle franchit la porte du palais, cette même porte qu'elle

avait passée avec tant de joie au bras de Vin, quelques heures auparavant.

À ce moment-là, les rues de ce quartier chic étaient encombrées de voitures rutilantes et luxueuses, dont beaucoup avec chauffeur. À présent, les rues étaient noires, froides et désertes.

Il faisait très froid. La bruine s'était muée en flocons de neige silencieux. Elle vit l'ombre d'un SDF adossé à l'angle de la rue. Les flocons fondaient en touchant sa peau nue. Elle frissonna. Elle s'était enfuie tellement vite qu'elle n'avait pas pris son étole. Mais elle se moquait bien du froid.

Une boule douloureuse lui obstruait la gorge. Elle avait cru son bonheur si complet ! Mais ce n'était qu'une illusion. Un piège que Vin mettait en place.

Elle se retrouva sur le trottoir devant le palais, le cœur battant. Un taxi arrivait dans sa direction. Elle pouvait le héler, se précipiter à la villa, prendre Nico et disparaître avec lui. Elle savait comment s'y prendre. Elle l'avait déjà fait.

Liberté. Durant toute son enfance, la liberté avait été son cri de ralliement. Elle devait suivre ce rêve…

Elle se rappelait le visage de son père lorsque, à dix-huit ans, elle lui avait dit qu'elle avait renoncé à son rêve de faire des études supérieures et de s'installer un jour quelque part. Les yeux pleins de larmes, il lui avait répondu qu'après toutes ces années de cavale, il allait se livrer à la police.

— Mais la liberté ? s'était-elle écriée.

— Nous n'avons jamais été libres. Pas une seconde. J'ai fait une horrible erreur, Scarlett. J'ai été lâche. En fuyant, toutes ces années, j'ai gâché ta vie et celle de ta mère. Mais c'est fini. Tu seras libre à présent. Je vais me livrer pour que tu sois libre.

— *Signorina* ?

Le chauffeur de taxi la regardait avec impatience par la fenêtre de sa portière.

Scarlett le dévisagea. Puis elle baissa le bras en secouant lentement la tête et le regarda s'éloigner, hébétée.

Ce n'était pas la première fois qu'elle fuyait Vin. Si elle s'enfuyait encore, en kidnappant leur enfant, elle ne poursuivrait pas un rêve de liberté mais entamerait une vie de fugitive. Car sa conception de la liberté, c'était d'avoir une famille, une stabilité et un vrai foyer.

— Scarlett !

Elle se raidit en reconnaissant la voix de Vin. Des flocons de neige cotonneux envahissaient le trottoir en tourbillonnant dans la nuit noire et glacée.

— Ça ne sert à rien de t'enfuir, dit-il en la rejoignant. Ce contrat me donne l'entier contrôle sur l'avenir de notre enfant. Et comme tu n'accepteras jamais d'être séparée de lui, il me donne entier contrôle sur toi.

Il lui caressa la joue. Un bref instant, elle trembla de peur, de regret et de rage. Puis elle se rappela ce qui lui restait.

L'amour.

— Je n'ai pas l'intention d'aller où que ce soit. Je reste.

— Tant mieux, répondit Vin, l'air sombre.

— Mais je ne te laisserai pas m'intimider.

Elle posa la main par-dessus la sienne.

— Je t'aime, Vin. Et tu m'aimes. C'est ça la véritable explication, n'est-ce pas ?

— Que veux-tu dire ?

— Tu as peur de m'aimer.

— Peur ?

Il se rapprocha. Leurs souffles se mêlèrent dans la lumière voilée.

— Oui, tu as peur. Alors tu essaies de construire un

mur entre nous. Mais je ne te laisserai pas faire. Nous nous aimons. Nous sommes l'un à l'autre.

— Tu as signé. Tu ne peux plus rien maintenant.

— Tu ne me feras pas de mal, poursuivit-elle. Tu en es incapable. Parce que tu m'aimes. Et que je t'aime.

— Arrête ça tout de suite.

Sur ces mots, il tourna les talons et regagna le palais à grands pas, laissant Scarlett seule sur le trottoir, dans la rue sombre et silencieuse.

Elle offrit son visage aux flocons, savourant leur caresse douce et froide.

Il fallait qu'elle ait raison. Il le fallait. Si elle se trompait…

Des pas lourds retentirent derrière elle. Vin revenait-il déjà lui dire qu'il avait changé d'avis à propos du contrat ? Pleine d'espoir, elle se retourna.

Mais ce n'était pas son mari. C'était le SDF malpropre qu'elle avait aperçu à l'angle de la rue.

— Puis-je vous aider ? fit-elle en reculant.

L'homme était mal vêtu, son visage mal en point. Mais lorsqu'il sourit, elle poussa un cri étranglé en reconnaissant ses traits sous la crasse.

— Oui, Scarlett, tu peux m'aider, fit Blaise Falkner avec un regard fou au-dessus de son sourire malfaisant.

Vin pénétra dans le *palazzo* le corps raide, les poings crispés, sans même savoir où il allait. Il se sentait seulement très mal. Paniqué. Comme s'il devait combattre ou fuir.

Faute de pouvoir combattre Scarlett, il avait fui. Pour la première fois de sa vie.

Il passa une main tremblante sur son front. Il lui avait parlé du contrat, sûr d'éprouver un sentiment de triomphe, ou du moins un sentiment de calme et de contrôle.

Mais en voyant le bonheur se muer en horreur dans

les yeux de sa femme, il avait eu envie de détruire celui qui lui avait fait du mal.

L'ennui, c'est que le coupable n'était autre que lui-même.

— Vincenzo.

Vin s'arrêta net sous le haut plafond doré de l'entrée, en voyant Giuseppe qui l'attendait.

Il ne manquait plus que ça. Encore quelqu'un qui allait l'abreuver de mépris, ce qu'il faisait déjà très bien tout seul.

— Qu'est-ce que tu veux ? lança-t-il.

Giuseppe s'avança, solennel dans son smoking.

— J'ai toujours su que tu n'étais pas mon fils biologique.

Le cœur de Vin manqua un battement.

— Quoi ?

— Vincenzo, ta mère avait les yeux bleus. Moi aussi. Combien de chances avions-nous d'avoir un fils aux yeux aussi foncés que les tiens ?

Vin, qui gardait le secret depuis vingt ans, était bouleversé.

— Mais ma mère s'est servie de toi pour l'argent. Pendant des années. Pourquoi ne l'as-tu pas envoyée au diable, pourquoi ne lui as-tu pas dit que je n'étais pas ton fils ?

— Parce que tu es mon fils. À la seconde où je t'ai tenu dans mes bras, Vincenzo, j'ai été ton père.

Vin se souvint de la première fois où il avait pris son propre fils dans ses bras. Il savait ce qu'on éprouvait à ce moment-là.

Giuseppe posa les mains sur ses épaules.

— Je me fichais éperdument de ce que diraient des tests ADN. Je t'aimais. Tu étais — tu es — mon fils. Et tu le resteras toujours.

Vin s'était trompé. Lui qui croyait ne pouvoir jamais se tromper sur rien avait eu tort sur toute la ligne.

Il croyait qu'il ne fuirait jamais devant un combat ? Il fuyait depuis vingt ans. Toutes ces années, il avait évité

Giuseppe et Joanne, évité les émotions, évité la vie. Au nom de quoi ? Au nom d'un secret sans importance.

Toute sa vie d'adulte, il avait voulu tout contrôler, pour s'assurer qu'il ne serait jamais lié à personne, pour ne pas souffrir en cas de séparation. Lorsqu'il avait, malgré lui, commencé à éprouver des sentiments pour Scarlett, il avait eu si peur qu'il s'était senti obligé de la soumettre, d'en faire son esclave.

Comment avait-il pu croire qu'un bout de papier lui permettrait de la commander ? Il n'avait aucun pouvoir dès qu'il s'agissait d'elle. Aucun contrat de mariage au monde n'y changerait quoi que ce soit.

Giuseppe soupira tristement.

— Je regrette de n'avoir pas su la raison qui te tenait éloigné de nous.

Il se tourna vers sa femme, qui l'avait rejoint, suivie de Maria.

— Nous avons été idiots de garder le silence, mais nous ne voulions pas te donner une raison de plus de nous éviter.

— Tu le savais aussi ? demanda Vin à Joanne.

Elle sourit en essuyant ses larmes.

— Bien sûr que je le savais, mon chéri. Giuseppe et moi n'avons pas de secret l'un pour l'autre.

— Hé bien moi, je ne le savais pas ! On ne me dit jamais rien ! se plaignit Maria.

En regardant sa jeune sœur dans sa robe blanche, Vin eut soudain une révélation.

Scarlett avait raison. Il avait cherché à la faire fuir.

À la seconde où il l'avait rencontrée, libre et paumée dans ce bar new-yorkais, il était tombé sous le charme. Jamais il n'avait connu quelqu'un d'aussi fougueux, sexy et chaleureux qu'elle.

Il l'avait voulue dès le début et avait été prêt à négocier avec lui-même pour la posséder. Il avait cru qu'aimer était une faiblesse. Mais il s'était trompé, il le comprenait maintenant. C'est celui qui aime le plus qui a le pouvoir. Car celui qui aime a le courage de vivre sans peur, de se jeter la tête la première dans la joie comme dans la peine.

— Il faut que j'aille parler à ma femme, dit-il à son père.

— Va, mon fils. Montre-lui qui tu es vraiment !

Vin hocha la tête et tourna les talons. Il n'aurait jamais dû louer la maison sans le lui dire. Encore un moyen qu'il avait trouvé pour l'obliger à le détester. Il n'avait jamais considéré cette maison comme la sienne — jusqu'à ce que Scarlett fasse entrer la joie et la vie dans la prison triste et délabrée de son enfance.

Elle avait fait de même avec lui. Avant de la rencontrer, il ne pensait qu'à l'argent et au pouvoir, au détriment de son propre bonheur. Sans Scarlett, il serait devenu un homme comme Salvatore Calabrese : égoïste, creux, froid, incapable de mettre en jeu la seule chose importante, son cœur.

En échange de tout ce qu'elle avait fait pour lui, Scarlett ne demandait qu'à être aimée de lui. Elle attendait qu'il devienne l'homme qu'elle méritait.

La rue était sombre et tranquille. Une neige silencieuse tombait mollement sur le sol. Mais où était Scarlett ?

Soudain, il la vit. Elle portait toujours son collier de diamants, sa robe bleu saphir. Mais elle avait les cheveux en bataille, le regard terrorisé.

Un homme la tenait. Un homme armé. Un homme dont le regard était un puits de noirceur.

— Vin ! s'écria-t-elle en se débattant.

— Borgia.

Blaise Falkner eut un sourire froid et malfaisant.

— J'aurais dû me douter que je ne serais pas débarrassé de toi très longtemps. Tu gâches mon plan, mais je suis presque content que tu sois là. Tu vas pouvoir assister à ce que je vais lui faire, en direct !

Terrorisé, Vin tourna les yeux vers le revolver, noir comme un serpent mortel, appuyé contre le front de Scarlett. Un bref instant, le voile de la peur s'abattit devant ses yeux.

Puis il inspira profondément. Il ne faisait pas dans la peur. Jamais. Et il n'allait pas commencer maintenant, alors que sa femme avait besoin qu'il soit fort. Il ne pouvait s'autoriser qu'une seule émotion. Il la laissa libre de déferler en lui, comme un océan déchaîné.

Cette émotion, c'était la rage.

12

Quand Blaise avait pointé son arme sur elle dans la rue enneigée, Scarlett s'était rappelé amèrement les ordres de Vin, qui voulait qu'elle reste toujours à proximité d'un garde du corps. Pourquoi ne l'avait-elle pas écouté ?

— Ça fait une semaine que je surveille ta maison. J'espérais t'avoir seule.

Scarlett avait répondu en claquant des dents.

— Pourquoi ? Vous voulez toujours... m'épouser ?

— T'épouser ?

Il s'était rapproché, un sourire méprisant aux lèvres. Il dégageait une odeur de vieille sueur à demi masquée sous une eau de Cologne musquée.

— T'épouser, c'est de l'histoire ancienne. J'ai des comptes personnels à régler avec ton mari. Il a ruiné ma vie. Je vais me venger.

— Comment ? avait-elle demandé, glacée jusqu'aux os.

— Il t'aime.

— Non. Vous avez entendu notre dispute.

— Oui, j'ai tout entendu. C'est parfait. Il se reprochera ta mort toute sa vie.

— Vous ne pouvez pas faire ça !

Sans baisser son arme, il lui avait arraché des mains sa pochette ornée de cristaux.

— Ma voiture est au coin de la rue...

— Je n'irai nulle part avec vous. Tuez-moi ici.

— Tu vas venir. Sinon, je passe chez toi. Il n'y a personne d'autre que la gouvernante avec ton bébé. Ce serait dommage qu'il leur arrive quelque chose.

— Non ! Je vais venir avec vous. Ne leur faites pas de mal.

— Je préfère ça. Allez, avance, dans la ruelle.

Mais au moment où elle s'était mise en marche, la porte du palais s'était ouverte violemment. Vif comme l'éclair, Blaise l'avait placée devant lui, son arme braquée contre son front.

Vin les avait rejoints, à présent, et le cœur de Scarlett battait plus fort encore. Son mari avait le regard d'un fou.

— Lâche-la, Falkner, cria-t-il d'une voix glaciale. C'est moi que tu veux.

— Si tu fais un pas de plus, Borgia, elle est morte.

Vin s'arrêta et répondit à voix basse.

— Tu mourras tout de suite après.

— Tu crois que ça me fait peur ? s'esclaffa Blaise. Tu m'as tout pris, Borgia. Toute ma vie. C'est à ton tour de souffrir…

Blaise enfonça le canon glacé dans la chair de Scarlett.

Alors, elle riva son regard à celui de son mari, pour y puiser la force qui lui manquait. Et soudain, tout s'emballa.

La porte du palais s'ouvrit brusquement et les trois gardes du corps accoururent. Comme Blaise se retournait pour voir ce qui se passait, Vin s'accroupit instinctivement, tandis que Scarlett, cherchant à s'échapper, tombait lourdement sur le trottoir.

Blaise pointa son arme sur elle en jurant et l'arma. Elle vit dans son regard qu'il allait tirer.

Parmi les flocons qui virevoltaient autour d'elle, Scarlett vit défiler des images de sa vie : sa mère, son père, son bébé, tout l'amour qu'elle avait reçu. Et Vin. Toujours Vin…

Comme elle fermait les yeux, prête à mourir, une ombre

passa devant elle. Le coup de feu retentit, assourdissant, et elle se recroquevilla dans un cri.

Mais elle ne ressentit rien. C'était donc cela, la mort ? Elle ouvrit les yeux, passa les mains sur son corps. Elle était vivante !

Vin et Blaise se battaient pour s'emparer de l'arme. Il y eut un second coup de feu, qui résonna dans la nuit.

Vin ! Scarlett se remit sur pied. Elle devait le sauver, il avait reçu une balle ! Mais au moment où les gardes arrivaient de toutes parts, Vin hissa son adversaire sur son dos, avant de le laisser lourdement retomber sur le béton, où il ne bougea plus.

— La police arrive, monsieur Borgia, annonça l'un des gardes du corps.

Une sirène retentit au loin. Bientôt, le perron du palais serait envahi de policiers et de personnel médical.

— Scarlett..., souffla Vin en plongeant son regard dans le sien.

— Tu m'as sauvée ! fit-elle en pressant sa joue contre lui. Mais tu es mouillé. Tu...

Il avait une tache sombre à l'épaule droite, une autre à la cuisse gauche. Soulevant le revers de sa veste de smoking, elle vit une corolle rouge sur sa chemise blanche. C'est alors qu'elle comprit pourquoi elle était encore en vie. Vin avait reçu deux balles pour elle.

Lorsque Vin avait vu Falkner poser le doigt sur la gâchette, tout était devenu limpide.

Il allait sauver sa femme ou mourir avec elle.

Leur fils saurait que son père avait aimé sa mère au point de sacrifier sa vie pour elle. C'était le seul legs de valeur qu'un homme dans sa situation pouvait laisser à son enfant.

— *Cara.*

Il prit Scarlett dans ses bras, la serrant comme le précieux trésor qu'elle était. Une douleur aiguë lui déchira l'épaule, une autre la cuisse.

— Tout ce que tu as dit était vrai, souffla-t-il. C'est ce que j'étais venu te dire. J'avais peur de t'aimer. Maintenant, la seule chose dont j'ai peur, c'est de ne pas avoir la possibilité de t'aimer tout le reste de ma vie.

Scarlett pleurait à chaudes larmes.

— J'ai été lâche, poursuivit-il.

— Lâche ? Vin, tu as pris deux balles pour moi !

Il tremblait encore. C'était seulement maintenant qu'elle était en sécurité dans ses bras qu'il pouvait admettre à quel point il avait eu peur.

— Je me suis promis, il y a bien longtemps, que je n'aimerais jamais personne, que je ne donnerais jamais à personne ce pouvoir sur moi. La veille de Noël, après t'avoir dit que je t'aimais, j'ai paniqué. Il fallait absolument que je reprenne le contrôle.

— Le contrôle de quoi ?

— De toi, de moi, de tout. De la vie.

— Oh ! Vin... Personne ne peut contrôler tout ça.

— C'est ce que j'ai compris aujourd'hui.

Il s'appuya sur elle, car sa jambe gauche ne pouvait plus le soutenir. Il ignorait combien de sang il avait perdu, mais il ne voulait pas la lâcher. Pas encore.

— J'ai commis tant d'erreurs. Je viens d'apprendre que Giuseppe a toujours su qu'il n'était pas mon père biologique. Il s'en fichait complètement.

Vin se mit en rire, titubant sur ses pieds. Sa tête commençait à tourner.

— Le contrôle est une illusion, je le sais maintenant. Tout ce que je peux contrôler dans ma vie, ce sont les choix que je fais. L'homme que je choisis d'être.

Il prit la main de Scarlett et la pressa contre son cœur.

— Mon cœur t'appartient, Scarlett. Même si tu me fais souffrir. Même si tu me quittes.

Le visage de sa femme commençait à se brouiller.

— Après la manière dont je t'ai piégée pour signer les papiers, je ne t'en voudrais pas de m'abandonner.

Des auxiliaires médicaux, des pompiers et des policiers envahissaient la rue et des invités curieux sortaient du palais. Mais Vin ne voyait que le visage pâle et farouche de Scarlett.

— Écoute-moi bien, Vin Borgia. Je veux que tu te souviennes toute ta vie de ce que je vais dire.

Elle lui prit les deux mains. Ses yeux verts semblaient immenses.

— Tu es en sécurité avec moi, dit-elle. Tant que je vivrai, je veillerai sur toi.

C'était étrange d'entendre ces mots dans la bouche d'une femme tellement plus frêle que lui mais, lorsqu'il chancela, affaibli par la perte de sang, elle se glissa sous son bras et le soutint. Elle était pour lui une source de force comme il l'était pour elle.

— De mon côté, je me sens en sécurité avec toi, ajouta-t-elle, les yeux pleins de larmes. Je ne te quitterai jamais. Je suis à toi pour la vie.

L'amour de Scarlett l'enveloppa comme une chaude étreinte. Alors, Vin soupira. Il se rendait compte maintenant qu'il retenait son souffle depuis une éternité, dans l'attente de ces mots. Depuis des années. Des décennies.

— Scarlett…

La neige tombait mollement dans la sombre nuit de janvier, nappant les rues de Rome. Tandis que tout le monde courait autour d'eux, il attira sa femme contre lui. Il se sentait renaître. Elle avait fait de lui l'homme qu'il devait devenir.

Puis il recula en trébuchant, sa vision devenant un peu floue.

— Tu perds trop de sang ! Par ici, vite ! s'écria Scarlett en faisant de grands gestes aux auxiliaires médicaux.

Ils s'occupèrent de stopper l'hémorragie avant de l'installer sur une civière pour le porter dans l'ambulance.

— Il faut l'emmener à l'hôpital, *signora*.

Vin intervint, malgré son vertige.

— Attendez. Nous vivrons à Rome, dit-il en regardant sa femme. Nous restons.

Scarlett baissa les yeux sur lui. Ses cheveux roux défaits étaient striés de neige et de sang.

— Je t'aime, Vin, murmura-t-elle.

Vin lui sourit. Il était prêt, cette fois, à lui offrir son cœur, à lui livrer son âme à nu.

— Je t'aime encore plus.

Épilogue

— Tu es prête ?

Non, pensa Scarlett en se mordant les lèvres. Avec un frisson, elle acquiesça néanmoins.

— Bien, dit Vin en lui tendant la main.

Elle la saisit et monta à bord d'un avion pour la première fois depuis presque un an.

C'était un tout petit avion, un Cessna quatre places. Il n'y aurait pas de personnel de bord. Juste un pilote. Et une passagère. Mais tout allait bien se passer, elle en était certaine, parce qu'elle avait une absolue confiance dans ce pilote.

Elle s'assit à côté de lui, et il poussa quelques leviers et interrupteurs.

— Peut-être qu'un jour, tu passeras ta licence de pilote.

— Très drôle !

Mais Vin semblait sérieux.

— La meilleure façon de surmonter ses peurs, c'est de les vivre. C'est toi qui me l'as appris, *cara*.

— Je vais déjà essayer de survivre en tant que passager, dit-elle en crispant les mains sur ses écouteurs.

Vin posa une main sur son genou.

— Regarde-moi. Nous ne pouvons pas avoir d'accident. Je suis en sécurité avec toi. Tu te rappelles ? Tu veilleras sur moi.

— Absolument.

Si quelqu'un pouvait veiller sur Vin, c'était elle. Si quelqu'un pouvait veiller sur elle, c'était lui.

Elle prit une profonde inspiration et se cramponna aux accoudoirs.

Tant de choses avaient changé au cours des huit derniers mois, depuis le mariage de Maria et leur confrontation avec Blaise Falkner, qui séjournait maintenant en prison.

Vin avait passé plusieurs jours à l'hôpital, où la police était venue l'interroger. Il avait eu de la chance de s'en tirer, car l'une des deux balles n'était pas passée loin du cœur.

Lorsqu'il avait enfin pu rentrer chez lui, Vin avait embrassé son fils, puis il était allé droit à son bureau où il avait jeté au feu le contrat de mariage. Il avait aussi déchiré le bail de location de leur villa romaine.

Il avait ensuite offert une seconde lune de miel à sa sœur. C'était le moins qu'il pouvait faire après avoir gâché sa réception de mariage. Et ils avaient organisé une réception en l'honneur de leur famille, plus soudée que jamais. Giuseppe et Joanne avaient été ravis de passer du temps avec leur petit-fils.

Enfin, quand les blessures de Vin avaient guéri et que Scarlett s'était sentie prête, ils avaient dit *ciao* à Rome. Ils avaient emporté ce qui leur était le plus nécessaire et avaient pris le train pour Londres, d'où ils avaient embarqué à bord d'un paquebot de luxe pour New York.

Scarlett s'était sentie coupable d'imposer à son mari ces six jours de traversée, tellement plus longs qu'un vol transatlantique, mais Vin n'avait pas râlé une seule fois. Il avait même prétendu profiter de ces vacances et de l'occasion qu'elles lui donnaient de danser tous les soirs avec sa femme pendant que Mme Stone veillait sur Nico dans leur somptueuse suite.

— À vrai dire, il n'est pas impossible que j'envisage

d'acquérir une flotte maritime la prochaine fois que SkyWorld s'agrandira.

Vin avait dit cela en riant ; elle se demandait encore s'il était sérieux.

Ils avaient trouvé un compromis : ils partageraient leur temps entre Rome et New York. Mais depuis leur emménagement à Manhattan, Scarlett s'apercevait avec surprise qu'elle avait fini par aimer elle aussi cette ville impitoyable. La semaine prochaine, quand ils retourneraient à Rome, qui sait si New York n'allait pas lui manquer ?

Comme ils vivaient dans un charmant duplex avec vue sur Central Park, elle passait souvent devant la cathédrale St-Swithun sur la Cinquième Avenue.

— L'endroit où tu as décidé de m'épouser, alors que tu étais sur le point de convoler avec une autre, disait-elle pour taquiner Vin.

Il répondait en souriant.

— C'est la meilleure décision que j'ai prise, Bella.

— Je t'aime.

— Je t'aime encore plus.

Savoir lequel des deux aimait le plus l'autre n'était évidemment pas leur seul point de désaccord. Ils n'étaient que des êtres humains, après tout. Parfois, Vin travaillait trop, ou Scarlett s'inquiétait au sujet de leur bébé, pourtant parfaitement heureux, qui tenait désormais assis, adorait rire et commençait à parler. Mais même au cours de leurs rares disputes, Vin affirmait que Scarlett était parfaite, que c'était la femme la plus merveilleuse du monde, ce qui avait le don de la mettre hors d'elle. Comment pouvait-elle se disputer convenablement avec un homme qui ne lui voyait aucun défaut ?

C'est pourquoi elle l'avait écouté lorsqu'il lui avait demandé de faire une toute petite chose pour lui, pour son anniversaire. Il lui avait demandé de monter à bord d'un avion.

— J'ai un petit Cessna garé à Teterboro. C'est moi qui piloterai. Nous volerions un quart d'heure maxi. Une petite boucle, sans aucune péripétie, et on atterrit. Qu'en dis-tu ?

Ne voulant pas le décevoir, elle avait accepté.

Mais maintenant…

Le bruit du moteur enflait et secouait le petit appareil.

— Comment as-tu pu me convaincre de faire une chose pareille ?

Vin sourit.

— Tu vas adorer. Fais-moi confiance.

Le plus étrange, c'était qu'elle lui faisait confiance. Peut-être la peur qui l'avait empêchée de voler jusqu'à présent était-elle de même nature que celle qui avait empêché Vin de l'aimer. Il est normal d'avoir peur. Mais l'essentiel dans la vie n'est-il pas de trouver le courage et le culot de surmonter ses appréhensions ?

— Tu es prête, Scarlett ?

Elle était morte de peur. Mais si quelqu'un pouvait veiller sur elle, si quelqu'un l'aimait vraiment, c'était Vin.

Elle inspira profondément.

— Vas-y.

— Je t'aime, dit-il en accélérant.

Le Cessna commença à gagner de la vitesse sur la piste. Lorsque le nez décolla et que le petit appareil quitta le sol pour s'élever dans le ciel bleu, Scarlett comprit qu'ils savoureraient toute leur vie les délices de la liberté qu'ils avaient trouvée à deux.

SUSAN STEPHENS

La surprise d'un play-boy

Traduction française de
LOUISE LAMBERSON

HARLEQUIN

Titre original :
BRAZILIAN'S NINE MONTHS' NOTICE

Ce roman a déjà été publié en 2016

les épaules. Dans l'immédiat, elle devait aller rejoindre les invités qui faisaient la fête.

Tiago Santos, célèbre joueur de polo lui aussi, venait en effet d'épouser Danny Cameron, l'une des meilleures amies d'Emma. Comme Lucas, Tiago faisait partie des Thunderbolts, équipe de polo réputée dans le monde entier pour ses nombreuses victoires.

Lorsque Lucas en personne l'avait félicitée pour son excellente approche en matière de gestion hôtelière, Emma avait répliqué que, soucieuse d'améliorer les conditions de travail du personnel, elle n'avait fait que proposer des moyens de simplifier leurs tâches, tout en rationalisant celles-ci.

« De plus en plus intéressant... », avait-il dit alors à Emma, fascinée par son regard sombre.

Et, quand une lueur amusée avait éclairé ses yeux de velours noir, elle avait été perdue. Avec son corps d'athlète, Lucas Marcelos ressemblait à un dieu surgissant des ténèbres, comme l'avait fait justement remarquer un journaliste. Ses cheveux noirs ondulés, son teint mat, sa barbe de deux jours et son visage aux traits sculptés, tout en lui dégageait une force primaire qui avait ébranlé Emma au plus intime de son être. Si bien que par la suite, alors qu'elle était amenée à travailler pour lui et à le rencontrer chaque jour, elle avait développé des fantasmes d'un érotisme torride.

Déterminée à l'impressionner, elle avait redoublé d'ardeur. Et, comme leur relation devenait de plus en plus souple, elle s'était laissée aller à croire qu'ils pourraient devenir amis. Peu à peu, Emma lui avait parlé de ses espoirs et lui avait confié son rêve de faire carrière au sein de la prestigieuse chaîne d'hôtels Marcelos. Flattée par l'intérêt dont Lucas faisait preuve à son égard, et trop naïve pour deviner ses véritables intentions, elle n'avait

1

Au lieu de se réjouir d'avoir été invitée au mariage de Danny, son amie d'enfance, Emma se sentait affreusement nerveuse, et même anxieuse.

Elle se regarda dans le miroir et tressaillit devant son expression terrifiée. Dans quelques instants, elle allait se retrouver face à Lucas, le père de l'enfant qu'elle portait. Après trois tests de grossesse, il n'y avait plus aucun doute.

Quelques semaines plus tôt, Emma avait quitté, en pleine nuit, le lit du propriétaire et directeur de l'hôtel de luxe londonien où elle effectuait un stage — Lucas Marcelos, célèbre *bad boy* du polo et redoutable séducteur qui l'avait fait fondre, de la tête aux pieds.

Mais, quand il apprendrait la nouvelle, l'indomptable play-boy ne sauterait certes pas de joie. Il ne déploierait pas non plus le charme qui avait fait succomber Emma au premier regard. Un homme aussi fortuné et aussi brillant en affaires se montrerait forcément méfiant. Et il l'aurait été encore davantage s'il avait su qu'Emma avait été folle de joie en découvrant qu'elle attendait un enfant.

Ce qui la préoccupait le plus, ce n'était pas son propre sort — c'était de ne pas savoir comment Lucas réagirait. Ils se connaissaient à peine, mais une chose était certaine : il ne semblait pas très porté sur la vie de famille...

Inutile de brûler les étapes, décida-t-elle en redressant

pas réalisé qu'elle représentait pour lui un défi qu'il était bien déterminé à remporter.

Tout s'était accéléré le soir où elle avait appris que ses parents avaient trouvé la mort au cours d'une course-poursuite avec la police. Elle n'en avait rien dit à Lucas, évidemment, pour ne pas avoir à lui révéler les activités illicites, voire criminelles, de ses parents. Elle ne lui avait rien dit non plus de son profond chagrin, qu'elle ne parvenait pas à s'expliquer à elle-même.

Son père et sa mère ne l'avaient jamais désirée, la considérant depuis sa naissance comme un accident. Cela n'avait pas empêché Emma de les aimer et de chercher inlassablement à se faire aimer d'eux en retour. Elle s'était inventé des excuses : sa ravissante mère avait du mal à vieillir tandis que son père, membre de la famille Fane, des aristocrates de pure souche, avait souffert de ne pas être à la hauteur de la réputation familiale.

Quand elle avait appris leur mort, Emma avait pleuré, sincèrement triste pour eux, pour ces deux vies gâchées. Par ailleurs, elle avait dû renoncer pour toujours à se faire aimer de ses parents.

Se sentant abandonnée et seule au monde, elle n'avait eu qu'un désir : être dans les bras de quelqu'un et se sentir choyée, même s'il ne s'agissait que d'une illusion. C'était mieux que rien.

Et Lucas Marcelos avait été là, prêt à jouer le rôle qu'elle attendait de lui.

Il lui avait fait découvrir des plaisirs si intenses, si fabuleux, qu'Emma avait oublié tout le reste. Lucas avait été un amant merveilleux. Grâce à lui, elle s'était sentie chérie et aimée. À tel point qu'elle lui avait demandé comment il envisageait la suite de leur relation.

Après l'avoir regardée d'un air surpris, il avait haussé

les sourcils et dit : « Nous pouvons entretenir une liaison, si tu veux. »

Tous les rêves d'Emma s'étaient écroulés d'un coup tandis que son merveilleux amant riait soudain, avec une désinvolture et un détachement qui l'avaient glacée. Mais elle n'avait rien dit et avait attendu qu'il s'endorme pour se glisser hors du lit et s'éclipser.

Le trajet en train avait été long, pour regagner les Highlands, mais elle s'était persuadée que cela lui donnait le temps de se ressaisir. En Écosse, elle espérait retrouver quelques souvenirs heureux de son enfance passée avec ses parents. En fait, il n'en restait aucun. Alors, résolue à se construire une nouvelle vie, à repartir de zéro, elle avait trouvé du travail dans le seul hôtel de la région.

Qui se trouvait être aussi l'endroit où Danny était venue célébrer son mariage avec Tiago. Jamais Emma n'aurait pensé revoir Lucas mais, maintenant qu'il était réapparu dans son existence, elle devait lui annoncer qu'elle portait son enfant.

Car elle était redescendue sur terre, à présent, songea-t-elle en lissant sa robe sur son ventre encore plat. Lucas Marcelos était milliardaire alors qu'elle-même travaillait comme femme de chambre. Ils n'avaient rien en commun. Et ce n'était pas en restant dissimulée dans les toilettes qu'elle résoudrait quoi que ce soit. En outre, elle se sentirait beaucoup mieux une fois qu'elle aurait tout dit à Lucas, en lui expliquant qu'elle n'avait pas besoin de son aide. Ni maintenant ni jamais.

Soudain, un petit groupe d'invitées entra et prit place en riant devant le long miroir. Emma sortit son fard à joues et en appliqua un peu, puis se passa une touche de gloss framboise sur les lèvres. Elle avait meilleure mine…

L'une des femmes se tourna vers elle en souriant.

— Bonsoir. Géniale, cette soirée, vous ne trouvez pas ?

— Vous avez vu qui est là ? renchérit une autre.

— Lucas Marcelos ! s'extasia une troisième. Vous croyez que l'une de nous réussira à attirer son attention... ?

Un éclat de rire général permit à Emma de dissimuler son trouble.

— Ah, il est là ? réussit-elle à répliquer d'un ton innocent.

— Oui — et seul ! répondit celle qui s'était adressée à elle en premier.

Préférant garder le silence, Emma les laissa à leurs bavardages excités — dont le célèbre bourreau des cœurs demeurait l'unique objet. De son côté, elle était enceinte de ce play-boy notoire qu'elle connaissait à peine et, pour couronner le tout, elle n'avait pas d'argent et faisait un boulot n'offrant aucune perspective d'avenir.

Cependant, elle s'en sortirait. Elle n'avait jamais été du genre à baisser les bras ou à fuir. Sauf cette nuit-là, quand elle avait compris que, si elle restait à proximité de cet homme fabuleux, elle souffrirait tôt ou tard. Mais maintenant, il y avait un enfant en jeu. Un enfant qui n'était pas un accident mais un *cadeau*.

Se sentant mieux, Emma rassembla ses affaires. Danny, qui lui avait prêté une robe, devait se demander où elle était passée. Lizzie aussi, cousine d'Emma et amie de Danny. Après avoir jeté un dernier coup d'œil à son reflet, elle souhaita une bonne soirée aux autres et se détourna.

Elle réussirait à lui parler, en se concentrant sur l'essentiel, sans pathos...

Forte de ces bonnes résolutions, Emma poussa la porte — pour se retrouver nez à nez avec Lucas...

Un vertige s'empara d'elle, si violent qu'il lui prit le bras, craignant sans doute qu'elle ne s'effondre. Le contact de sa main sur sa peau produisit en elle des sensations divines.

Comme s'ils n'avaient jamais été séparés. Le regard sombre était aussi pénétrant, la bouche ferme aussi sensuelle que dans ses souvenirs…

— Ça va ? demanda-t-il en fronçant les sourcils.

Emma sentit sa voix rauque résonner en elle. Cette voix qui avait murmuré, caressé, l'avait guidée dans le plaisir…

— Oui, merci, répondit-elle en reculant d'un pas. Et excuse-moi de t'avoir bousculé !

— On se connaît ? répliqua-t-il sur le même ton enjoué.

— Oui, nous nous sommes déjà rencontrés, je crois.

Sans vergogne, il fouillait le regard d'Emma. Son costume habillé, noir, mettait en valeur son corps d'athlète, qu'elle connaissait par cœur.

Chemise blanche, cravate de soie gris clair, boutons de manchette en diamant noir, sourire dévastateur… Lucas Marcelos avait tout du milliardaire charismatique — alors qu'elle portait une robe qui ne lui appartenait même pas !

Quand elle se détourna pour s'éloigner, il lui bloqua le passage.

— Bonne soirée, Lucas, dit-elle en redressant le menton.

— Pourquoi es-tu partie au beau milieu de la nuit, Emma ?

— Il était temps que je m'en aille, répondit-elle d'un ton neutre.

Ce n'était vraiment pas le moment idéal pour lui annoncer qu'elle portait son enfant…

— Et j'avais des choses à faire, ajouta-t-elle en soutenant son regard.

— Je croyais que ton travail te plaisait…

— En effet.

— Dans ce cas, pourquoi ce départ précipité ?

Le regard de Lucas s'était durci. Emma aurait aimé lui dire la vérité, mais son cœur battait trop fort.

— As-tu trouvé un poste plus intéressant ?

— Non, pas vraiment, reconnut-elle.

Cet hôtel était charmant, mais il ne pouvait rivaliser avec le fabuleux palace londonien de Lucas.

— Es-tu revenue en Écosse pour assister au mariage de Danny Cameron ? demanda-t-il en l'observant avec attention.

— Je suis née ici. Danny aussi. C'est pour cela qu'elle a choisi de fêter son mariage dans cet hôtel.

— Et toi, tu y travailles ? Tu fais la même chose qu'à Londres ? insista Lucas en plissant le front.

— Non, pas exactement. J'ai été embauchée comme femme de chambre, expliqua-t-elle avec fierté.

Son oncle, le père de Lizzie, avait beau être un lord, son propre père avait mal tourné. Et, même si elle ne gagnait pas grand-chose dans cet hôtel, Emma avait au moins la satisfaction de subvenir à ses besoins. Par ailleurs, elle n'avait pas renoncé à toute carrière, mais dans l'immédiat elle devait assurer sa subsistance tout en réfléchissant à l'avenir. Le sien, et celui de son enfant.

— Tu n'as aucune possibilité d'avancement, ici, fit remarquer Lucas à brûle-pourpoint.

— Non, ni de suivre une formation, mais c'est un début.

— Tu aurais mieux fait de rester à Londres, riposta-t-il d'un ton de reproche.

En quoi cela le concernait-il ? Pensait-il qu'elle aurait eu davantage d'avenir en devenant sa maîtresse temporaire ?

— D'autant que tu dois gagner moins d'argent qu'à…

— Il n'y a pas que l'argent, dans la vie, le coupa-t-elle.

Il eut un sourire ironique avant de répondre :

— Mais ça aide.

— Je suis heureuse ici, dit Emma d'une voix ferme. Je suis entourée d'amis — d'ailleurs, on m'attend… Alors, si tu veux bien m'excuser ?

Une lueur moqueuse traversa le regard de Lucas.

— Pardonne-moi de t'avoir retenue... Je vais t'accompagner.

Chaque seconde passée avec lui représentait une torture, parce qu'elle avait l'opportunité de lui parler, mais ne pouvait se résoudre à le faire là, dans ce couloir d'hôtel...

2

Le désir irrépressible qu'il avait éprouvé pour elle à Londres avait repris possession de lui. Emma Fane avait de nouveau envahi ses sens, faisant rugir sa libido. Lucas avait l'impression de l'avoir tenue dans ses bras la veille, nue et criant de plaisir. Il brûlait de l'entraîner loin des invités, dans une chambre où ils auraient pu reprendre les choses là où ils les avaient laissées… Mais, pour une raison mystérieuse, Emma refusait de s'abandonner au feu qui la consumait elle aussi — il en était certain.

Lucas ne couchait jamais avec ses employées. Emma Fane avait été l'exception. Il y avait quelque chose en elle qui l'attirait malgré lui, reconnut-il en entrant dans la salle de réception. D'ailleurs, il la repéra aussitôt…

— Votre table, monsieur, dit le serveur en s'inclinant légèrement.

Parfait, songea Lucas après l'avoir remercié. De là, il pourrait observer Emma à loisir. Assise entre la mariée et Lizzie, elle semblait détendue et bavardait avec animation. Alors que, quelques instants plus tôt, elle se tenait sur ses gardes, crispée.

Elle était encore affectée par la mort tragique de ses parents, bien sûr. Lucas n'avait appris la nouvelle que le lendemain. Perdre père et mère d'un coup, dans des circonstances aussi dramatiques, n'aurait laissé personne indemne. Les Fane ne s'étaient jamais occupés de leur fille unique, mais leur négligence à son égard n'avait pas empêché Emma de rechercher leur amour, tout en sachant que sa quête resterait vaine.

À Londres, la jeune femme avait été vibrante d'énergie, alors qu'à présent elle paraissait épuisée. À cause de son job, se dit-il en la regardant avec attention. Oui, elle avait changé… Elle avait acquis une sorte de *maturité.* Dans son lit, Emma s'était comportée en véritable lionne. Sans doute avait-elle cherché à refouler son chagrin, comprit Lucas. En fait, elle s'était servie de lui. Pour oublier.

Ce constat le piqua au vif — et renforça sa détermination à la séduire. À la posséder et à la faire jouir pour le plaisir — pas pour l'oubli. Mais bon sang, que faisait-elle là, au fin fond des Highlands, à occuper un poste qui ne lui offrait aucune perspective ? Elle aurait dû revenir en Écosse pour assister aux funérailles, puis au mariage de son amie, avant de regagner Londres pour reprendre son stage. Que fuyait-elle ? Lui, Lucas ?

— Elles sont belles, toutes les trois, n'est-ce pas ?

Concentré sur Emma, Lucas réalisa qu'il avait fait preuve d'impolitesse en ignorant l'occupante de la place voisine, une femme d'une soixantaine d'années à l'air avenant.

— Toutes les femmes présentes ici ce soir sont ravissantes, répliqua-t-il en souriant.

— Et vous, vous êtes ce que le Brésil a de plus séduisant, fit l'inconnue en plissant les yeux. Les femmes d'ici semblent *très* attirées par vos airs ténébreux…

Souriant toujours, Lucas regarda le marié. Tiago Santos avait brisé plus d'un cœur, jusqu'au jour où il avait rencontré Danny. Quant à Lizzie Fane, elle avait épousé un autre membre des Thunderbolts, Chico Fernandez, qui, après avoir entretenu une solide réputation de play-boy lui aussi, était tombé fou amoureux de sa future femme.

De son côté, Lucas n'avait pas du tout l'intention de changer de style de vie.

— Mais apparemment, vous ne me trouvez pas trop ténébreux, ce soir ? dit-il à sa voisine en riant.

— Je saurai me protéger, assura-t-elle, ses yeux bleus pétillant de malice. Il y a quarante ans, ç'aurait été différent. Mais ne lui faites pas de mal, s'il vous plaît.

Son visage prit soudain une expression grave quand elle répéta :

— Ne lui faites pas de mal.

— De qui parlez-vous ? demanda Lucas en fronçant les sourcils d'un air faussement innocent.

— D'Emma Fane. Inutile de prétendre le contraire, mon cher : je vous ai vu la dévorer des yeux. Alors j'insiste, ménagez-la. Cette jeune femme a déjà souffert bien plus qu'elle ne le méritait.

Cette fois, il y avait eu de l'affection dans la voix de l'inconnue, ce qui exacerba la curiosité de Lucas. Et son désir. Emma l'intriguait. L'excitait. Et cette fois, il ne la laisserait pas s'échapper.

L'orchestre jouait un standard de jazz dans la grande salle brillamment éclairée. La lumière dorée jaillissait des énormes lustres en cristal sur les hommes vêtus de costumes sombres et de chemises blanches, les femmes aux robes chatoyantes, et dont les bijoux étincelaient au moindre geste. Mais Emma ne voyait que Lucas, même si elle feignait de ne pas l'avoir remarqué. Et, à chaque fois qu'elle tournait les yeux vers lui, les siens étaient posés sur elle.

Ce petit jeu, excitant et dangereux à la fois, s'installa entre eux, dura, comme pour lui montrer que leur histoire n'était pas terminée. Lorsqu'elle quitta enfin son siège et s'apprêta à accompagner Danny, qui allait se préparer avant de s'éclipser avec son mari, Emma trouva Lucas qui l'attendait dans le hall.

— Désolée, dit-elle avec un sourire forcé. Mais je ne peux vraiment pas te parler maintenant.

— Quand, alors ?

— Tu ne vois pas que je suis occupée ? répliqua-t-elle en désignant du regard la mariée qui s'avançait vers l'escalier.

— Arrange-toi pour trouver un moment.

— Pardon ?

— Tu as très bien entendu, dit-il d'une voix dure.

— C'était demandé si gentiment...

Lucas la foudroya du regard et lui prit le bras.

— Lâche-moi !

— Non.

Son visage était tout proche du sien. Au fond de ses yeux sombres luisait une lueur prédatrice.

— Tu es toujours aussi direct ? rétorqua Emma en se dégageant brutalement.

— Tu dois bien le savoir, non ? murmura-t-il avec un petit sourire en coin.

Des sensations exquises la parcoururent. Elle se rappelait la moindre des instructions de Lucas, la moindre des inflexions de sa voix tandis qu'il l'initiait à des plaisirs dont elle n'aurait jamais soupçonné l'intensité, la volupté...

— Si je me souviens bien, poursuivit-il, tu aimais que je sois direct... Et tu adorais être dirigée...

— Pourquoi parler de cela maintenant ? l'interrompit Emma en jetant un regard furtif alentour.

N'importe qui aurait pu l'entendre, songea-t-elle avec un frisson tandis que Lucas se contentait de hausser une épaule.

— Excuse-moi, je dois m'en aller, reprit-elle.

Quand elle passa devant lui, elle se détesta d'être déçue

qu'il ne cherche pas à la retenir. Mon Dieu, pourquoi succombait-elle aussi facilement au charme de ce barbare ? se demanda-t-elle en grimpant quatre à quatre l'escalier pour rattraper Danny. Non, elle ne succombait pas, corrigea farouchement Emma. Et elle ne *succomberait* pas.

Dès les premières lueurs de l'aube, Lucas prit une douche glacée. Mais rien n'y fit. Le pouvoir qu'Emma Fane exerçait sur sa virilité semblait à toute épreuve, constata-t-il en ne pouvant retenir un sourire. Le fait de savoir qu'elle se trouvait à proximité n'arrangeait rien. Elle dormait sous les combles, dans l'une des chambres réservées au personnel, juste au-dessus de la sienne, lui avait confié une employée en souriant.

Après s'être noué une serviette autour des hanches, il se passa la main dans les cheveux en soupirant. Décidément, il ne pouvait se sortir cette femme de l'esprit.

Eh bien, il fallait remédier à cela.

Laissant tomber la serviette sur le sol, il enfila un jean à la hâte.

Elle a peut-être un petit ami ? Un amant ?

Il jura furieusement à cette pensée, puis se souvint qu'il ne l'avait vue avec personne au cours de la soirée.

Pourtant, Emma Fane était ravissante, et si sexy… Peu importait, sa vie privée ne le regardait pas ! Qu'elle aille au diable !

De son côté, il ferait mieux de se raser, décida Lucas en se regardant dans le miroir.

Travaille-t-elle, aujourd'hui ?

S'emparant du téléphone, il appela le service d'entretien.

— Je n'ai pas assez de serviettes de toilette ! se dit-il.

Après avoir raccroché, il se mit à arpenter la chambre.

Même dans un hôtel de taille modeste, il y avait forcément plusieurs domestiques…

Lorsqu'on frappa soudain à la porte, il sursauta.

— C'est le service d'entretien, monsieur.

La voix d'Emma.

— Vous avez demandé des serviettes… Oh ! non ! ne put s'empêcher de s'écrier Emma.

Lucas éclata de rire.

— Tu n'as pas songé à vérifier le nom des occupants, avant de venir ? demanda-t-il en s'effaçant pour la laisser entrer.

— Je ne suis pas censée m'adresser aux clients par leur nom, riposta-t-elle d'un ton crispé.

— Mauvais point pour l'établissement, observa-t-il avec une moue désapprobatrice.

— C'est une habitude répandue, destinée à ne pas encourager les familiarités entre clients et personnel.

— Même quand vous connaissez le client ou la cliente ? répliqua-t-il en la suivant.

Sa voix lui réchauffa le dos, se répandit dans son corps…

— Oui, même quand nous les connaissons.

Elle le « connaissait » — et ignorait tout de lui. À Londres, ils avaient très peu parlé, hormis de sujets strictement professionnels. Puis, au cours de leur nuit brûlante, les seules paroles qu'ils avaient échangées…

— Tu n'as rien à me dire, Emma ? demanda Lucas quand elle ressortit de la salle de bains.

— Désolée. Je ne suis pas venue pour bavarder.

Ce n'était toujours pas le moment idéal pour lui parler du bébé… Redressant les épaules, elle se dirigea vers la porte, mais Lucas la devança et la lui ouvrit.

— Si tu as besoin d'autre chose, appelle le service d'entretien, dit-elle sans le regarder. Ils t'enverront quelqu'un…

— Mais ce ne sera pas forcément toi, c'est ça ?

— Non, pas forcément.

— Quand termines-tu ta journée, Emma ?

Le cœur battant à tout rompre, elle s'arrêta dans le couloir, mais ne se retourna pas.

— Au moment du changement d'équipe.

Sans attendre sa réaction, elle se dirigea vers l'escalier et redescendit au rez-de-chaussée — en réprimant à grand-peine l'envie de courir.

Elle venait d'ouvrir la porte de la cuisine quand sa responsable se tourna vers elle en fronçant les sourcils.

— Il vient de rappeler. À présent, il réclame du café…

S'étant occupée personnellement de préparer les chariots, Emma savait que Lucas avait assez de café. Que voulait-il, cette fois ? se demanda-t-elle avec anxiété.

Cinq minutes plus tard, elle frappait de nouveau à sa porte.

— Voici du café, dit-elle quand il lui ouvrit, le sourire aux lèvres. Tu as tout ce qu'il te faut, maintenant.

Elle souleva la cafetière du chariot et la porta à l'intérieur, puis la posa dans le coin salon.

Le moment serait-il jamais propice à une conversation sérieuse ? se demanda-t-elle en faisant demi-tour, le dos raide.

Elle ne pouvait vraiment pas se permettre de perdre ce job ! Or, si elle lui parlait maintenant, il risquait d'exploser de fureur, d'appeler la direction et de la faire renvoyer. Sans lettre de recommandation…

— Il fait beau, dit Lucas en se tournant vers la fenêtre.

Emma n'aurait su dire s'il plaisantait ou non. La neige tombait dru, donnant au paysage des allures de carte postale. La température avait chuté durant la nuit, ce qui n'empêchait pas Lucas, vêtu seulement d'un jean et d'une chemise à moitié boutonnée, de dégager une chaleur infernale...

— Toutes mes excuses, commença-t-elle en s'efforçant de chasser les souvenirs de ce corps superbe, nu et lové contre le sien... J'aurais dû remarquer que tu n'avais plus de café, tout à l'heure.

— Pas de problème, répliqua-t-il en se tournant vers elle. Je viens juste de m'en rendre compte, sinon je te l'aurais demandé.

Tout en doutant fortement de la véracité de ses paroles, Emma lui adressa un sourire poli.

— À quelle heure a lieu le changement d'équipe ? reprit Lucas, la prenant au dépourvu.

Allait-il lui proposer un rendez-vous ? Dans ce cas, elle pourrait lui parler du bébé... Mais sa voix était trop caressante, trop sensuelle. Manifestement, il ne songeait pas à une rencontre paisible autour d'une tasse de thé...

— Je ne sais pas encore, répondit-elle, la gorge soudain sèche.

Quand elle s'avança vers la porte, il la suivit du regard, adossé au mur, comme un chat guettant une souris.

— À tout à l'heure, Emma.

Au moment où elle passait devant lui, les effluves de son eau de toilette boisée lui caressèrent les narines.

— Ce sera tout ? demanda-t-elle en s'arrêtant sur le seuil. Tu ne veux pas que je refasse ton lit, avant de partir ?

Quel démon l'avait poussée à prononcer ces paroles ? se demanda Emma en se maudissant.

— Tu pourrais revenir plus tard pour t'en occuper, répondit-il lentement. Je rappellerai.

— Très bien, répliqua-t-elle d'un ton neutre.

— Oh ! une toute dernière chose...

— Oui ?

— Dis au service d'entretien d'acheter des serviettes plus grandes.

— Je n'y manquerai pas. C'est tout ?

— Combien de temps comptes-tu continuer comme ça ?

— Continuer quoi ?

Comme il ne répondait pas, Emma attendit quelques instants avant de demander :

— Autre chose ?

— Non, pas pour l'instant.

Lucas referma la porte et s'y appuya en riant. À chaque nouvelle rencontre, Emma lui plaisait davantage. Pas seulement à cause de ses adorables rondeurs féminines, de sa longue chevelure flamboyante ou de son tempérament volcanique — même s'il aimait énormément tout cela. Sous ses airs juvéniles et vulnérables, renforcés par son teint de porcelaine hérité de ses ancêtres celtes, Emma Fane dissimulait une nature fougueuse et passionnée dont il gardait un souvenir vivace. Elle lui avait plu au premier regard, et il était loin d'en avoir terminé avec elle.

Depuis son départ, elle avait gagné en assurance, songea de nouveau Lucas en enfilant un pull sur sa chemise. Les qualités qu'il avait décelées chez elle s'étaient encore affirmées. Emma avait *vraiment* changé.

Ce qui était compréhensible, vu ce qu'elle avait traversé récemment : la fin brutale et tragique de ses parents, suivie des révélations choquantes parues dans la presse. Le contrôle dont la jeune femme faisait preuve l'impressionnait, ainsi que la politesse et le sang-froid qu'elle avait affichés tout à l'heure, en dépit de ses provocations.

Saisissant ses clés de voiture, Lucas quitta la pièce et se dirigea vers les ascenseurs, hanté par le souvenir du beau regard vert jade pétillant d'intelligence et de malice.

Quand il pénétra dans la cabine, il salua un couple d'invités au mariage qui s'y trouvaient déjà. Mais toutes ses pensées restaient concentrées sur Emma. Non seulement elle avait déserté son lit au beau milieu de la nuit, mais elle était partie sans prévenir personne, avait-il appris en interrogeant ceux qui travaillaient avec elle. Pourtant, tous avaient confirmé qu'elle était particulièrement compétente et ne rechignait jamais à la tâche.

Alors pourquoi s'en aller et renoncer à la brillante carrière qui s'ouvrait devant elle ? La question semblait préoccuper tous ceux qui l'avaient côtoyée, pas seulement Lucas.

À vrai dire, elle le préoccupait même trop. Emma Fane représentait une source d'ennuis dont il n'avait vraiment pas besoin, se répéta-t-il en sortant de l'ascenseur derrière le jeune couple. Il admirait son professionnalisme, mais il ne supportait pas qu'elle le traite comme n'importe quel client. Après la nuit qu'ils avaient partagée à Londres, il méritait mieux. Et davantage.

Son amour-propre en avait pris un coup, reconnut-il en sortant de l'hôtel. À vrai dire, aucune femme ne lui avait jamais résisté — surtout avec un tel toupet ! Emma avait-elle oublié qu'il l'avait fait crier de plaisir ?

Ou est-ce justement à cause de cela qu'elle garde ses distances ? Craignait-elle de craquer et de fondre dans ses bras ?

Tout en attendant qu'on lui avance sa voiture, Lucas opta pour cette dernière hypothèse, de loin sa préférée, et sourit. Il n'y avait vraiment pas de quoi être obsédé par Emma. Lèvres sensuelles, seins épanouis et jambes galbées, certes, mais il n'allait pas tomber aux pieds d'une ravissante enchanteresse aux cheveux de feu uniquement parce qu'elle dissimulait son corps sous un uniforme de femme de chambre qui ne demandait qu'à lui être ôté.

Après avoir donné un pourboire au voiturier, il s'installa au volant et s'éloigna à la hâte.

Toute la journée, il se fit la leçon. Il éviterait la femme qui l'affectait au point de l'empêcher de se concentrer. Ne s'était-il pas juré de ne *jamais* plus se laisser embobiner par *aucune* femme ? Il y avait réussi jusqu'à maintenant. Ou plutôt jusqu'au moment où il s'était réveillé seul dans son lit au petit matin. Sur le coup, Lucas avait été presque content qu'Emma soit partie. Mais ensuite, elle avait commencé à lui manquer — avant qu'il devienne rapidement *obsédé* par elle.

Après son dernier rendez-vous, il remonta en voiture et démarra sur les chapeaux de roues. Il bouillait de frustration et, s'il continuait ainsi, ses affaires en souffriraient. Ce qui était hors de question.

Par conséquent, il *devait* régler cette affaire.

Au plus vite.

3

Lucas Marcelos. Dieu du sexe, et héros « meurtri par la vie », à en croire la presse — qui évitait avec soin de donner toute autre précision, songea Emma en se dépêchant de terminer son travail.

Les journalistes faisaient bien allusion à son passé, mais celui-ci ne contenait rien d'extraordinaire : liaisons avec des femmes superbes et célèbres, doublées de réussites phénoménales côté affaires. Lucas veillait sans doute à ce que des informations plus confidentielles ne filtrent pas dans les médias — avec sa fortune, il pouvait se le permettre.

Mais il demeurait des zones d'ombre dans sa vie. Emma l'avait vu dans son regard. Elle l'avait *senti*, parce qu'elle souffrait des mêmes blessures. Ils étaient des solitaires tous les deux, ne pouvant compter que sur eux-mêmes, mais elle ne pouvait se cacher qu'elle *brûlait* d'en savoir davantage sur Lucas.

Tenait-elle vraiment à s'attirer de nouveau des ennuis ?

Oui, apparemment. Sinon, elle aurait trouvé un prétexte pour ne plus avoir à s'occuper de lui. L'une de ses collègues aurait été ravie de la remplacer !

Cet homme somptueux était synonyme de danger, et pourtant elle ne pouvait résister au désir de le revoir. De toute façon, Emma avait de bonnes raisons de vouloir l'approcher : elle devait lui parler du bébé. Et elle ferait bien de ne pas trop tarder car, tôt ou tard, il quitterait l'Écosse.

Quand la nouvelle équipe eut pris le relais, elle emprunta l'escalier réservé au personnel pour regagner sa chambre.

En sécurité dans la pièce minuscule située sous les combles, elle s'allongea sur son lit étroit et pensa à Lucas. Nu. Penché au-dessus d'elle, ses cheveux noirs encadrant son visage, une ombre brune couvrant sa mâchoire, sa bouche sensuelle esquissant un sourire irrésistible… Il n'avait pas eu à la séduire. Elle avait été conquise au premier regard échangé avec lui. Il l'avait fait frémir tout entière. Lucas avait pris possession d'elle. Elle vibrait pour lui, corps et âme, et le plaisir qu'il lui avait offert lui avait permis de tout oublier, comme elle l'avait escompté.

Mais à présent, elle n'avait plus de raison de le désirer. Elle avait repris ses esprits, depuis leurs folles étreintes. Elle se contenterait donc désormais de lui parler de l'enfant et se bornerait aux aspects pratiques de la situation.

Elle ne pouvait se permettre d'avoir le cœur brisé, surtout dans son état.

Repensant soudain à son propre père, qui ne l'avait pas désirée, Emma frémit violemment. Celui-ci n'avait pas changé son mode de vie en devenant père. Il avait repoussé toutes les demandes d'affection de sa fille, la rejetant sans le moindre état d'âme.

Souhaitait-elle que son enfant vive la même chose ?

Traversée par une vague de panique, Emma se força à se ressaisir. Il valait mieux que son enfant connaisse son père, c'était indéniable. Et de son côté, elle ne pouvait se permettre de perdre son emploi, car elle devait trouver un endroit confortable où élever son enfant. C'était plus important que tout.

Après s'être levée, elle lissa son uniforme et refit son chignon en se regardant devant le miroir. Elle était fière d'avoir réussi à se faire embaucher dans cet hôtel, même si celui-ci était loin d'avoir le standing du palace londonien appartenant à Lucas Marcelos, qui était non seulement fabuleusement riche, mais faisait partie d'une très ancienne famille d'aristocrates.

Comment réagirait-il quand elle lui annoncerait qu'elle, Emma Fane, une rien du tout, portait son enfant ? Il penserait qu'elle mentait, dans le but de lui soutirer de l'argent. Cependant, sûre et certaine de la paternité du bébé, elle ne se laisserait pas intimider.

Le lendemain matin, Emma rangea sa chambre comme d'habitude avant de descendre travailler. Elle parlerait à Lucas à la première occasion, avait-elle résolu en prenant sa douche. Et ensuite, elle pourrait avancer. Quant à lui, il retournerait au Brésil, aussi auraient-ils le temps de réfléchir calmement avant de prendre des décisions pour leur avenir. Après tout, lui dire la vérité ne serait pas si difficile. Et puis, Lizzie et Danny n'avaient-elles pas réussi à dompter deux autres somptueux barbares ? Elles les avaient même épousés !

En quoi le mariage de ses amies l'aiderait-il ? se demanda soudain Emma. Elle n'avait pas l'intention d'apprivoiser Lucas ; elle avait bien mieux à faire : travailler dur et élever un enfant. Sans fantasmer sur un ténébreux joueur de polo au regard dévastateur.

La première chose qu'elle apprit en rejoignant ses collègues fut que Lucas Marcelos avait décidé de prolonger son séjour et ne quitterait l'hôtel qu'en fin de semaine. Son plan s'écroula d'un coup. Si elle lui parlait maintenant, il lui serait impossible de réfléchir ensuite. Lucas serait là, sur place. Et elle devrait assumer les conséquences de sa révélation.

— Et il vient d'appeler pour réclamer des serviettes ! dit sa responsable. Les grandes, achetées spécialement pour lui.

— Encore ? Je viens de lui en monter ! s'exclama l'une des femmes de chambre, incrédule.

— Il ne nous appartient pas de critiquer les désirs de nos clients, la réprimanda sa chef en se remettant au travail.

Emma blêmit. Lucas continuerait son manège jusqu'à ce qu'*elle* aille le voir...

— Ne t'inquiète pas, je m'en occupe, dit-elle à sa collègue.

Autant l'affronter maintenant et en finir une fois pour toutes.

— Entrez.

Lucas reposa son journal et se leva de son fauteuil en souriant.

— Les serviettes, fit Emma sans le regarder.

— Café ?

Le sourire toujours aux lèvres, il la regarda disparaître dans la salle de bains.

— Tu en désires davantage ? demanda-t-elle en ressortant quelques instants plus tard.

— Non, j'en ai suffisamment, merci. Je t'en offrais une tasse.

— Je crains que ma responsable n'apprécie pas ce genre de proposition.

— Tu ne te souciais pas tant de ce que pensait ton responsable, à Londres...

Sans répondre, elle se dirigea vers la porte, mais Lucas lui barra le passage.

— Si tu le souhaites, tu peux toujours reprendre ton poste, Emma.

— En tant que quoi ? Que maîtresse du grand patron à temps partiel ? répliqua-t-elle d'un ton neutre, professionnel.

Sa maîtresse, oui, jusqu'à ce qu'il se lasse d'elle.

— En tant que stagiaire, et pour que tu puisses terminer ton stage commencé si brillamment.

— Merci, pour le café.

— Et… ?

— Et rien.

Quand elle détourna les yeux, Lucas réalisa qu'il n'avait pas boutonné sa chemise.

— Lucas, j'aimerais te parler…

— Moi aussi, affirma-t-il. Je…

Au même instant, on frappa de nouveau à la porte.

— Ce doit être le petit déjeuner, reprit-il. Tu ne vas pas résister… ?

Si, au contraire, lui répondit son regard vert qui s'assombrissait dangereusement. Elle était tout à fait capable de résister au petit déjeuner — et à lui.

Après avoir laissé entrer le garçon d'étage, il murmura :

— Tu ne veux pas le partager avec moi ?

— Pardon ? répliqua-t-elle en redressant le menton.

— Prends au moins une tasse de café avec moi…

— Désolée, c'est impossible, dit-elle d'une voix ferme.

Évidemment… Elle imaginait sans doute déjà les rumeurs se propageant comme une traînée de poudre parmi le personnel, voire dans tout l'hôtel.

— Je ne suis pas ici pour me détendre, murmura-t-elle alors en jetant un coup d'œil inquiet en direction de son collègue. Je *travaille*.

— Si tu ne travaillais pas ici, prendrais-tu un café avec moi ? murmura-t-il à son tour.

— Si je ne travaillais pas ici, je ne serais pas dans ta chambre.

D'un geste vif, elle saisit la poignée de la porte et la tourna.

— Si vous voulez bien m'excuser...

Quand elle ouvrit, le garçon d'étage sortit avec son chariot. Dès qu'il se fut éloigné suffisamment, Lucas insista une dernière fois :

— Tu es sûre de ne pas vouloir t'asseoir cinq minutes ?

— Absolument sûre. Je peux disposer, maintenant ?

À en juger par l'éclat qui enflamma ses yeux verts, elle avait pourtant deux ou trois choses à lui dire...

— Tu sais que je reste plus longtemps que prévu ?

— Oui.

— Si tu as quelque chose à me dire, dis-le-moi, Emma.

Elle eut l'air décontenancée, avant de rendosser aussitôt son rôle de parfaite employée.

— Bonsoir, monsieur Marcelos. J'espère que vous avez passé une bonne journée ?

— Excellente, merci.

De son côté, elle avait dû travailler dur, à en juger par ses traits fatigués. Cette pensée exaspéra Lucas. La direction exigeait beaucoup trop du personnel. En outre, le fait qu'Emma travaille pour d'autres que lui l'exaspérait. Pourquoi avait-elle renoncé à toute perspective d'avenir, bon sang ?

— Je t'accompagne, murmura-t-il en souriant. J'avais justement l'intention de descendre.

Une fois dans l'ascenseur, elle évita avec soin de croiser son regard, se concentrant sur les autres personnes occupant la cabine. Agacé, Lucas sortit derrière elle au rez-de-chaussée en refrénant à grand-peine son irritation.

— Retourne à Londres, Emma.

Elle fit volte-face en haussant les sourcils, l'air sincèrement surprise.

— Ne laisse pas cette tragédie gâcher ta vie, ajouta Lucas.

— Merci, mais je suis tout à fait capable de me débrouiller toute seule et je n'ai pas envie de discuter de cela avec toi.

— Ah bon ?

Ses joues s'empourprèrent, comme si elle lui cachait quelque chose, puis elle se détourna et s'avança vers le hall.

— Je comprends que tu sois revenue en Écosse, poursuivit-il en la suivant. Mais pourquoi y rester ? Tu devrais plutôt rentrer à Londres et terminer ton stage.

— C'est ton point de vue, pas le mien.

Il adorait la voir ainsi. Pleine de passion, de feu.

— Tu peux réintégrer l'équipe sans problème, insista Lucas. Tout le monde comprendra que tu aies eu besoin de temps pour surmonter ce qui s'est passé. C'est un bon programme, que nous proposons, Emma. Le meilleur. Et tu ne...

— Je sais, le coupa-t-elle, toujours sans le regarder.

— Tu avais des projets de carrière — d'excellents projets. Pourquoi y avoir renoncé ?

— Je suis heureuse ici.

À bout de patience, il la devança avant de se retourner vers elle.

— Plus heureuse qu'à Londres ? Tu préfères rester femme de chambre toute ta vie et abandonner tous tes rêves de carrière ?

— Ce que j'ai ici mais pas à Londres, c'est la tranquillité d'esprit ! riposta-t-elle en soutenant son regard.

Dans le sien, il y avait de la froideur et de la détermination.

— Alors, c'est à cause de moi ?

— Très drôle ! s'esclaffa-t-elle.

— Parfait. Je vais te dire ce qui t'attend, ici : un retour en arrière qui ne t'apportera rien, au contraire. Je possède des hôtels dans le monde entier, Emma. Tu pourrais travailler dans l'un d'eux, où tu voudrais…

— Quelle générosité ! l'interrompit-elle. Pourquoi, Lucas ?

— Qu'est-ce qui ne va pas, Emma ? Il y a quelque chose, j'en suis sûr. Tu as des dettes ? Un ancien amant dont tu n'arrives pas à te débarrasser ? Si tu avais des problèmes, à Londres, tu aurais dû m'en parler.

— Des problèmes, *en plus de toi*, tu veux dire ? Je n'avais pas de problèmes, à Londres, Lucas.

Ses yeux verts lançaient des éclairs, à présent.

— Qu'y a-t-il, alors ?

— Laisse tomber, s'il te plaît. Ce n'est pas le moment de parler. J'ai du travail.

— Et le moment, ce sera quand ?

Elle le regarda un instant en silence, parut sur le point de dire quelque chose, puis se ravisa.

— Si tu as un problème, qui d'autre t'aidera, Emma ? reprit-il, plus doucement.

— Toi, *m'aider* ? fit-elle avec une drôle de petite moue.

— Tu avais confiance en moi, à Londres.

— Oui, en effet. Mais, même si je n'étais pas partie, tu ne vas pas me faire croire que tu envisageais de rester avec moi ?

— Espérais-tu que je commence quelque chose avec toi ?

— Une vraie relation, tu veux dire ?

Elle s'interrompit, comme si ces paroles lui avaient échappé.

— Je dois retourner travailler, reprit-elle.

Lucas s'écarta pour la laisser passer.

— Réfléchis à ce que je t'ai dit, Emma. Si tu le souhaites, tu peux reprendre ta place à Londres.

— Excuse-moi : je viens d'accepter de faire des heures supplémentaires.

Apparemment, le sujet était clos pour elle.

— Ça peut encore se discuter.

— J'ai douze heures de travail devant moi.

— Douze ? répéta-t-il, horrifié. Combien en as-tu déjà faites, aujourd'hui ? Il y a des lois pour protéger les travailleurs, Emma. Nous ne sommes plus au Moyen Age. En plus, je suis sûr que tu touches un salaire de misère…

— Personne ne m'impose rien, se défendit-elle farouchement. C'est moi qui choisis mes horaires.

Un soupir échappa à Lucas tandis qu'elle s'éloignait d'un pas résolu. Un soupir de colère et d'irritation.

Le travail n'avait jamais rebuté Emma. Adolescente, elle avait vite compris que, si elle voulait s'acheter des vêtements et de quoi manger, elle ne pouvait compter que sur elle-même. De leur côté, ses parents avaient-ils tiré profit de leurs diverses activités illicites ? Elle n'en avait jamais rien su. En tout cas, ils étaient morts sans rien laisser, hormis les dettes qu'il revenait à leur fille unique de rembourser.

Après avoir achevé de préparer la chambre dont elle s'occupait, Emma se dirigea vers la cage d'escalier, puis poussa la porte coupe-feu qui donnait sur un petit balcon dominant l'issue de secours. L'air glacial la suffoqua, mais elle avait besoin d'un coup de fouet avant d'attaquer la dernière longueur. Elle se sentait doublement fatiguée, à cause de sa grossesse et à cause des heures de travail supplémentaires. Mais elle n'avait pas le choix : il y aurait bientôt une seconde bouche à nourrir.

Suivant du regard un oiseau solitaire qui traversait le ciel, elle regretta fugacement de ne pouvoir s'envoler comme lui. Lucas s'était servi d'elle puis était passé à autre chose. Elle s'était servie de lui et était partie. Ils étaient quittes. Ne restait plus qu'à l'oublier, après lui avoir tout dit. Elle posa doucement la main sur son ventre. L'avenir d'un enfant était en jeu, par conséquent elle ne pouvait se permettre la moindre erreur — alors, mieux valait ne pas penser à la réaction du père pour l'instant...

Déterminée à rayer Lucas Marcelos de ses pensées, Emma redoubla d'ardeur. Une seule chose comptait, se répéta-t-elle en astiquant énergiquement le sol. Son enfant. C'était pour lui, ou elle, qu'elle travaillait.

Mais, en dépit de ses efforts, rien ne pouvait l'empêcher de songer à Lucas. L'enfant était à lui autant qu'à elle. Curieusement, cette certitude l'aida à continuer, et même à retrouver son calme. En dépit de tous les obstacles, elle était heureuse d'être enceinte. Dès le premier instant où elle l'avait soupçonné, le monde lui avait semblé plus lumineux, plus coloré, et elle s'était promis que, quoi qu'il arrive, l'existence de son enfant ne ressemblerait en rien à celle qu'elle avait vécue.

Lucas ne l'aiderait pas. Emma l'avait accepté et n'avait pas l'intention de lui demander quoi que ce soit. Elle n'avait pas besoin de son aide. Elle se débrouillerait seule, comme elle l'avait toujours fait. Le plus difficile, c'était de le lui dire. En théorie, ça semblait facile, mais chaque fois qu'elle s'était retrouvée en face de lui elle avait paniqué.

Parce qu'elle était terrifiée à la pensée qu'il puisse lui prendre son enfant et l'emmener loin d'elle.

Lucas en avait le pouvoir. Non seulement il était riche, mais il avait des relations, toutes choses faisant cruellement défaut à Emma.

Se redressant, elle s'efforça de contrôler sa respiration. Ce n'était pas le moment de flancher…

Lucas était-il vraiment le genre d'hommes à la laisser tomber quand il connaîtrait la vérité ? Lui permettrait-il de rester en Écosse ? Non. Il s'imposerait dans sa vie, et elle devrait se battre pour garder son indépendance. Cependant, elle devait le mettre au courant. Lucas désirerait alors que son enfant bénéficie des mêmes privilèges que lui. Il voudrait l'entourer de gouvernantes, d'une armée de domestiques prêts à le servir… Plus tard, il tiendrait à l'inscrire dans des établissements scolaires prestigieux…

Sans s'embarrasser de la présence d'une mère encombrante.

Une grosse boule lui obstrua la gorge, et elle eut beau s'activer, Emma garda une sensation de froid dans la poitrine. Quand elle termina enfin son travail, il faisait encore nuit dehors, et tout lui sembla soudain lugubre. Jamais elle ne s'était sentie aussi seule, aussi incertaine du futur tandis qu'elle rangeait le matériel à sa place.

— Des randonneurs viennent d'arriver par le train, sans avoir réservé, lui annonça sa responsable dès qu'elle entra dans la salle réservée au personnel. Désolée, Emma. Il va falloir que vous alliez prendre votre petit déjeuner à l'extérieur…

— Pas de problème, répliqua-t-elle en se forçant à sourire.

Elle tenait à peine debout, mais elle pouvait bien aller s'acheter quelque chose et revenir manger dans sa chambre. De toute façon, elle était trop fatiguée pour réfléchir. Emma prit son manteau et l'enfila par-dessus son uniforme avant de passer de l'atmosphère surchauffée au froid glacial. Remontant son col, elle s'apprêtait à traverser la rue quand elle s'arrêta net. Habillé chaudement, Lucas l'attendait, appuyé contre le capot d'une voiture de sport noire, racée.

— Qu'est-ce que tu... ?

— Je me suis renseigné, dit-il en haussant une épaule. Alors, tu es satisfaite, maintenant que tu es complètement épuisée ?

— Je vais très bien.

— Tu mens, Emma, répliqua-t-il en lui ouvrant la portière côté passager.

— Je...

Décidément, elle était trop fatiguée pour réfléchir...

— Tu sais aussi bien que moi que ce n'est pas légal. Si quelqu'un les assignait en justice, l'hôtel pourrait être fermé, et là, tu te retrouverais *vraiment* sans travail. Qu'est-ce que tu cherches à prouver, au juste, en travaillant nuit et jour ?

— Rien du tout.

— Tu ferais mieux de monter avant de geler sur place.

— Je ne comprends pas..., voulut encore protester Emma.

— Qu'y a-t-il à comprendre ?

— Pourquoi m'attendais-tu ? Je peux très bien marcher jusqu'au village.

— Monte ! ordonna Lucas. C'est la dernière fois que je te le demande.

4

Il ne plaisantait pas, comprit Emma. Trop tard. Il la souleva quasiment du sol avant de la déposer dans le fauteuil de cuir gris.

À vrai dire, elle en fut soulagée : le trottoir était verglacé — autre négligence de l'hôtel… Du sel avait été répandu partout, sauf à cet endroit.

Lucas se pencha pour lui boucler sa ceinture de sécurité avant de refermer la portière, comme s'il avait deviné qu'elle était gelée et complètement exténuée. Contournant le véhicule par l'avant, il vint s'installer au volant et alluma le contact. À vrai dire, Emma n'était pas épuisée au point de ne pas remarquer son jean moulant et ses boots de cuir épais. Quant à sa veste noire, sur un élégant pull en cachemire gris anthracite, elle mettait en valeur son impressionnante carrure et renforçait son air ténébreux. Il était vêtu avec luxe, alors qu'elle portait un vieux manteau râpé sur son uniforme en synthétique.

— Tu n'es pas obligé de m'emmener, insista-t-elle tandis qu'il prenait la direction du village.

— Tu vas manger et moi aussi, répliqua-t-il d'un ton sans appel. Ce serait stupide de ne pas te déposer. Je n'avais pas envie de prendre le petit déjeuner dans ma chambre, aujourd'hui. Ni dans la salle à manger.

Il se tourna brièvement vers elle avant d'ajouter :

— Et, vu la mine que tu as ce matin, ne me dis pas que tu es mécontente d'aller au village en voiture.

— Merci, répliqua-t-elle sèchement.

— Cette fois, tu vas prendre le petit déjeuner avec moi, Emma.

— Je ne...

— Emma, s'il te plaît... Laisse-moi au moins faire ça pour toi !

— Mais ce n'est pas la peine !

— OK, ce n'est pas la peine, soupira-t-il de nouveau. Mais j'en ai *envie*. Et, si c'est à cause de ce qui s'est passé à Londres que tu es mal à l'aise, tu as vraiment tort. Nous allons prendre le petit déjeuner comme deux vieux amis, d'accord ?

— Je ne suis pas mal à l'aise, répliqua-t-elle en s'efforçant de prendre un ton détaché.

— Alors, détends-toi.

Lucas mit de la musique, une mélodie relaxante et douce, mais qui n'aida pas pour autant Emma à se détendre. Avait-elle le temps de le lui dire avant d'arriver au village ? Plus elle attendrait, plus ce serait difficile. Cependant, elle persistait à espérer que, lorsqu'elle lui parlerait, ils se trouveraient au calme, avec tout le temps devant eux pour discuter. Et, plus important encore, elle serait en pleine possession de ses moyens...

— Arrête, fit-il quand elle repoussa la même mèche de cheveux derrière son oreille pour la troisième fois au moins. Tu es très bien comme ça.

— Tu plaisantes ? dit-elle en laissant échapper un petit rire nerveux. J'ai besoin d'un bain, et de sommeil. D'un miracle, en somme...

Lucas se tourna un bref instant vers elle.

— Il te reste assez d'énergie pour sourire, c'est déjà ça...

Se concentrant de nouveau sur la circulation, il ajouta :

— Tu te sentiras mieux quand tu auras mangé quelque chose. De quoi as-tu envie ?

— Je pensais acheter un sandwich et le manger dans ma chambre. Tu l'as dit toi-même : j'ai une mine affreuse...

— Pour l'amour du ciel, Emma ! Tu n'es pas la seule à travailler pour gagner ta vie ! Tu crains que les gens te regardent de travers ?

Emma resta silencieuse. Ce nouveau Lucas la laissait perplexe, et elle avait du mal à ne pas le trouver... attendrissant. Décidément, elle était un cas. Elle portait l'enfant d'un homme dont elle ne savait presque rien, hormis qu'il dirigeait son hôtel de luxe avec un mélange d'intelligence et de bienveillance — doublé d'une volonté de fer.

De son côté, Lucas ignorait tout d'elle. En tant qu'employeur, il connaissait les grandes lignes de son parcours, évidemment, mais rien de plus.

En revanche, ils s'étaient dévoilés sans pudeur au cours de leurs ébats passionnés, se rappela-t-elle avec un frisson.

— Tu as froid ? demanda-t-il aussitôt.

Sans attendre sa réponse, il monta le chauffage. Quand allait-elle se décider à lui parler ? Devait-elle le faire maintenant ou attendre qu'ils soient installés dans un café ?

Avant qu'elle ait résolu son dilemme, Lucas se gara le long du trottoir.

— On va continuer à pied, dit-il en ouvrant sa portière.

Il vint lui ouvrir la sienne et insista pour l'aider à sortir de la voiture. Se forçant à ne pas le regarder, Emma prit la main qu'il lui tendait, puis s'écarta de lui.

Les trottoirs avaient été dégagés si bien qu'ils purent s'avancer d'un pas rapide dans la grand-rue bordée de boutiques proposant des souvenirs de toutes sortes.

L'accident qui avait coûté la vie à ses parents avait eu lieu quelques rues plus loin, réalisa Emma en tressaillant.

Lucas s'arrêta devant la vitrine embuée d'un café.

— Ici ?

— Oui, c'est parfait.

Elle était sincère : par un hasard extraordinaire, Lucas avait choisi son café préféré...

Comme il lui ouvrait la porte, elle passa devant lui en savourant l'atmosphère chaleureuse du lieu. En fait, elle était surprise du choix de Lucas. Il s'agissait d'un endroit simple, sans chichis, où elle ne se sentait pas déplacée dans son vieux manteau passé sur son uniforme de femme de chambre. Et la nourriture y était excellente, cuisinée à partir de produits locaux.

Évidemment, l'apparition de Lucas suscita beaucoup d'intérêt... Même en tenue décontractée, il ne passait pas inaperçu avec sa haute stature, son corps athlétique, sa peau hâlée, en plein cœur de l'hiver écossais. Tous les regards se tournèrent vers lui. Puis les clients attablés remarquèrent la présence d'Emma, ce qui sembla redoubler leur intérêt.

Quand ils se remirent à bavarder avec animation, Lucas demanda à Emma ce qui la faisait sourire.

— Tu sembles connaître pas mal de gens, ici...

En effet, il avait salué plusieurs personnes d'un signe de tête en entrant, avait-elle remarqué.

— Je suis ici depuis déjà quelques jours et je fais des affaires dans la région.

Lucas s'intéressait vraiment aux gens, se souvint Emma. C'était naturel, chez lui. D'où son succès dans l'industrie hôtelière.

— C'est ici que la nourriture est la meilleure, poursuivit-il. Je les ai quasiment tous essayés. Et puis, je suis un être humain, tout comme toi. Pas un riche potentat confiné dans sa tour d'ivoire.

Sur ces paroles, il s'empara du menu et commanda le petit déjeuner.

— Tu ne demandes jamais l'avis de tes invités ? s'enquit Emma d'un ton ironique.

— Non, pas quand ils ont l'air aussi épuisés que toi. Ne résiste pas, Emma. Garde ton énergie pour de plus grands combats.

Elle eut envie de disparaître sous la table. On aurait dit qu'il savait…

— Et puis, ce n'est qu'un petit déjeuner, fit-il remarquer. Si tu veux changer quelque chose, adresse-toi à la serveuse. Ou demande-moi de le faire.

— Non, merci. Ce que tu as commandé me convient parfaitement.

— Mais la prochaine fois, tu préférerais que je te demande ton avis ? répliqua-t-il avec un sourire en coin.

Il s'adossa à sa chaise, allongea les jambes sous la table, en faisant attention de ne pas heurter les siennes.

— Bon, de quoi pourrions-nous bien discuter, en attendant ce petit déjeuner ?

Mon Dieu, elle devait avoir les joues cramoisies…

— Qui est-ce qui commence ? Toi ou moi ? reprit Lucas.

Il semblait si à l'aise, si sûr de lui. Comment lui dire ? En outre, quelqu'un pourrait l'entendre. Tout le monde la connaissait, au village. Elle y était née, y avait grandi. Par ailleurs, ses deux meilleures amies ayant épousé des Brésiliens, les gens devaient se poser des questions à son sujet… Ils savaient également qui étaient ses parents et ce qui leur était arrivé.

Soulevant la tasse fumante que venait de remplir la serveuse, Emma se rappela qu'en dépit de son air décontracté Lucas se métamorphoserait en fauve quand il apprendrait la nouvelle. Dès qu'il saurait, il voudrait prendre le contrôle, sur tout.

— N'aie pas l'air aussi inquiète, dit-il en se penchant vers elle au-dessus de la table. Je ne m'attends pas à ce que tu me révèles des secrets d'État. Je me disais simplement que c'était une bonne occasion de bavarder tranquillement. Tu peux commencer en parlant de la météo, si tu veux.

Il plaisantait, bien sûr. Mais sa boutade aida Emma à se détendre.

— Si nous étions au Brésil, ce serait intéressant de parler du temps qu'il fait, mais ici, il vaut mieux s'en abstenir..., répliqua-t-elle après avoir jeté un coup d'œil par la vitre.

Quand le genou de Lucas frôla le sien, elle tressaillit si violemment qu'il dut le remarquer.

Le retour de la serveuse lui permit de se ressaisir.

— Je préfère que ce soit toi qui commences, dit-elle dès que la jeune fille fut repartie.

— Je pensais que tu avais deviné ce qui me préoccupe...

— Ah... ? fit-elle en plissant le front. Non, je ne vois pas...

— Ce qui me préoccupe, c'est toi, Emma.

Quand il se pencha de nouveau vers elle au-dessus de la table, Emma sentit sa gorge se nouer.

— J'ai envie de toi, poursuivit-il en la regardant dans les yeux. Je te veux dans mon lit, toute à moi.

Sois raisonnable, s'ordonna-t-elle. *Garde les pieds sur terre : il ne s'agit pas de romantisme.* Lucas avait exprimé un simple désir, sur le même ton qu'il avait passé la commande.

— Je te veux dans mon lit parce que j'ai aimé ce que nous avons partagé à Londres, continua-t-il, confirmant sans le savoir les pensées d'Emma. Et, comme je ne peux pas rester longtemps en Écosse et que je dois retourner au Brésil, je veux que tu m'accompagnes là-bas.

— Au Brésil..., murmura-t-elle, suffoquée.

— C'est là que je vis la majeure partie de l'année.

— Oui, je sais, acquiesça-t-elle faiblement. Mais je ne serai pas ta maîtresse, Lucas.

Un sourire sensuel étira sa bouche virile.

— Je ne pensais pas à une liaison durable — et de toute façon tu m'as dit clairement que tu ne le souhaitais pas non plus. Et que ce qui comptait le plus pour toi, c'était ta carrière — c'est sans doute pour cette raison que tu m'as quitté pour venir travailler ici...

Il se tourna brièvement vers la rue.

— Je peux te proposer un job au Brésil et m'occuper de toi tant que...

— Tant que tu me désireras ?

Tout humour déserta ses yeux sombres.

— Tu as une façon déconcertante de présenter les choses...

— Vraiment ? Tu proposes de me payer pour coucher avec toi, c'est ça, non ?

— Tu y vas un peu fort !

— Comment présenterais-tu cela ?

— Je dirais qu'il s'agit de profiter de l'instant et d'en tirer le meilleur parti — tant que cela durera. Tu n'auras plus à t'inquiéter de rien. Tu ne seras même pas forcée de travailler, si tu préfères. Et tu partageras mon lit tous les soirs.

Il éclata de rire. Mais pas Emma.

— Jusqu'à ce que tu te lasses de moi et me jettes dehors.

— Ma proposition est unique, Emma.

Quel toupet ! Quelle arrogance... Lucas la regardait tranquillement, adossé à sa chaise, à l'aise, sans même feindre d'être irrité par ses paroles !

— C'est de la prostitution déguisée, répliqua-t-elle avec calme.

— Tu exagères...

— Mais c'est la vérité, tu ne peux pas le nier.

De toute façon, il n'en avait manifestement pas l'intention.

— À supposer que tu aies raison, commença-t-il en plissant les yeux, reconnais que ma proposition est rentable, non ?

— Pardon ? s'emporta Emma. Et tu n'as même pas honte ?

— Je suis franc, c'est tout. Je ne te veux pas pour une nuit ou deux. Je te veux avec moi afin de pouvoir disposer de toi aussi souvent que j'en aurai envie.

— C'est monstrueux !

— Non, sincère, corrigea-t-il.

Quand elle voulut se lever, il lui posa la main sur le bras.

— Rassieds-toi, Emma.

Des gens se tournèrent vers eux. Mon Dieu, elle n'avait vraiment pas besoin de se faire remarquer…

— Si c'est une plaisanterie…, commença-t-elle.

— Pas du tout.

Emma resta sans voix. Comment pouvait-il lui faire une proposition aussi crue, aussi froide ? Il se comportait en milliardaire pouvant satisfaire tous ses caprices. Elle-même ne représentait qu'un objet sur une liste.

— J'ai beaucoup aimé notre nuit londonienne, Emma. Et je veux en vivre d'autres avec toi.

Esquissant une petite moue dédaigneuse, il poursuivit d'un ton désinvolte :

— Tu ne perdras pas grand-chose en partant de cet hôtel *très* moyen. Aucune possibilité de carrière. Aucun standing. Rien, en somme. Pourquoi ne pas saisir ta chance et t'en aller avec moi ? Toi aussi tu as aimé ce que nous avons vécu ensemble, alors pourquoi nier que tu meurs d'envie de recommencer ?

Traître, son corps réagit sans ambiguïté, alors qu'en même temps Emma aurait voulu rétorquer que sa proposition était une véritable insulte.

— Alors, c'est oui ? Tu as les joues toutes roses...

— Alors, c'est non, dit-elle d'une voix ferme en se raccrochant au peu de bon sens qu'il lui restait. Et, si j'ai les joues roses, c'est parce que tu me mets affreusement mal à l'aise — il n'y a pas de quoi être fier !

— J'ai au moins réussi à te faire ressentir quelque chose, répliqua-t-il, pas troublé le moins du monde. Et ne me dis pas que tu es choquée...

— Tu aurais pu faire semblant.

— Semblant de quoi ? Tu aurais préféré que je te fasse une proposition plus romantique, c'est ça ? Tu ne crois pas que nous avons dépassé ce stade, Emma ? Ou préférerais-tu que je t'invite au Brésil dans le cadre d'un voyage culturel ?

Comme elle restait silencieuse, il se pencha de nouveau vers elle et reprit d'une voix cajoleuse :

— Allez, Emma. Je suis un homme très sensuel, et tu adores ça. Parce que toi aussi tu es très sensuelle...

Pour la deuxième fois, Lucas la prenait de court. Face à lui, Emma ne savait quelle tactique adopter. Il n'y en avait sans doute aucune... Alors, elle avait intérêt à en inventer une, et vite.

Se levant brusquement, elle se dirigea vers le comptoir en souriant, puis posa de quoi couvrir l'addition devant elle, pourboire compris.

— Au revoir, et à bientôt ! lança-t-elle d'un ton joyeux en s'avançant vers la porte.

Elle avait à peine fait deux pas sur le trottoir qu'elle glissa sur une petite plaque verglacée. Et, si deux bras puissants ne l'avaient pas saisie juste à temps, elle serait tombée...

Emma n'eut pas besoin de regarder son sauveur pour connaître son identité. Elle aurait reconnu ces mains, cette force, cette réactivité et ce contrôle n'importe où.

— Merci, murmura-t-elle en reprenant son souffle.

Quand il comprit qu'elle avait retrouvé son équilibre, Lucas la lâcha, lui repoussa une mèche du front, lui resserra son écharpe, puis recula d'un pas.

« Cette fois, tu ne m'échapperas pas... », lut Emma dans son regard. Mais l'instant d'après, la lueur avait déjà disparu tandis qu'il se mettait à rire. C'était un jeu, pour lui. Comme tout, sans doute.

— Tu es impossible ! s'exclama-t-elle avec colère. J'espère que tu t'en rends compte !

— Oh ! oui ! dit-il en hochant la tête. Au fait, tu n'as pas besoin de me donner ta réponse tout de suite.

— Mais si, riposta Emma. Je vais te la donner *tout de suite* !

Après avoir inhalé une grande bouffée d'air glacé, elle dit en le regardant dans les yeux :

— Non.

— Tu changeras d'avis, répliqua-t-il avec son insupportable petit sourire en coin. Je te laisse vingt-quatre heures pour y réfléchir.

— C'est tout réfléchi, décréta-t-elle. Comment te faire comprendre que ma décision est prise ? Tu penses que je n'ai rien à perdre ici, mais tu te trompes. J'ai ma fierté, et des projets. Parce que je n'ai pas l'intention de nettoyer les sols toute ma vie, figure-toi.

— Moi aussi, j'ai des projets pour toi.

— Oui, j'ai bien compris quel genre de *projets* !

— Tu te trompes. Si tu me laissais t'expliquer ce que...

— Tes idées sont périmées, Lucas, l'interrompit Emma. Tu sembles penser que les femmes ne demandent qu'à être entretenues et à passer leur vie à ne rien faire. Ou plus exactement, à attendre l'homme à qui elles ont eu la chance de plaire ! Eh bien, ce n'est pas mon cas. Dans mon monde, dans le *vrai* monde, les femmes sont tout à fait capables de se débrouiller sans homme !

— Sans homme ? répéta-t-il en souriant. Pas dans tous les domaines, quand même... Mais en fait, c'est exactement ce que j'envisage : que tu fasses ton propre chemin dans la vie. Mais si tu ne veux pas écouter ce que j'ai à te proposer...

Les mains dans les poches, il marcha à ses côtés tandis qu'elle se dirigeait vers l'hôtel à la hâte. Elle pouvait très bien rentrer à pied !

— Je ne vais pas en parler maintenant, poursuivit-il, parce que je veux que tu aies les idées claires quand je t'exposerai mon plan. Alors, tu vas d'abord aller te reposer, et ensuite nous irons déjeuner en bavardant *tranquillement* de tout cela.

À bout de patience, Emma s'arrêta et se tourna vers lui.

— Ce n'est pas possible ! Tu n'as rien écouté de ce que je t'ai dit ?

— Au contraire, j'ai tout écouté, affirma-t-il en haussant les sourcils. Et je persiste dans mon opinion : il faut que tu t'occupes de toi, Emma. Tu as l'air épuisée, tu es trop pâle. Tu travailles trop et tu n'arriveras à rien comme ça.

— Cette fois, ça suffit ! riposta-t-elle en se remettant en route.

— Tu perds ton temps, Emma. Je t'aurai à l'usure.

— Ah... ! fit-elle en riant. Toi et ma chef semblez déterminés à m'avoir *à l'usure*, en effet !

Elle s'arrêta devant l'entrée de l'hôtel.

— Mets-toi bien ça dans la tête, Lucas : c'est toi qui perds ton temps ! Je me fiche de ce que tu envisages pour moi ! Dans ton univers, c'est sans doute banal d'acheter les femmes au gré de ses caprices, mais dans le mien les femmes ne se vendent pas.

— Ne t'inquiète pas : je ferai en sorte que tu gagnes ton gîte et ton couvert !

Il avait prononcé ces mots d'une voix douce, mais une lueur brûlante couvait au fond de ses yeux sombres. Emma secoua la tête, comme pour chasser cette vision troublante.

Elle devait le lui dire, alors un déjeuner serait peut-être l'occasion idéale…

— Il faut que nous parlions, dit-elle d'un ton résolu. Pour clarifier la situation une fois pour toutes. Mais il faut d'abord que tu me promettes de ne plus me proposer de devenir ta maîtresse.

Un sourire ravageur éclaira ses traits.

— Comme je te l'ai déjà précisé, il ne s'agirait pas d'une mission permanente.

— Mais tu veux m'avoir à ta disposition.

— Oui, dans un contexte bien précis…

— Tu vois ! s'écria-t-elle, exaspérée. Tu recommences déjà ! Si tu as une proposition *sérieuse* à me faire, je pourrai *peut-être* envisager d'aller au Brésil. Sinon, pas question. Et, s'il y a une possibilité de travail pour moi, il me faudra un contrat, en bonne et due forme.

— On déjeune ensemble, alors ? Maintenant que tu m'as offert le petit déjeuner, je suis obligé de t'inviter…

— Tu ne me dois rien, rétorqua-t-elle vivement. Je n'ai pas besoin de ton argent, Lucas. Ni de toi.

— Mais tu me désires…

Il faisait du charme, se montrait accommodant. Mais quand il connaîtrait la vérité…

— Je comptais me reposer avant de reprendre le travail cet après-midi. On pourrait se retrouver vers 14 heures, si ce n'est pas trop tard pour toi.

— Parfait !

Son visage était redevenu impénétrable, fermé, comme

s'il venait de conclure un contrat d'affaires — et que tout charme était désormais superflu.

La partie n'était pas gagnée, songea Lucas en repartant en sens inverse pour récupérer sa voiture laissée à proximité du café. Il aurait dû prévoir qu'Emma ne se comporterait pas comme les autres. Elle ne recherchait pas un riche sponsor. Ce n'était pas son genre. Par conséquent, il s'y était pris comme un imbécile, reconnut-il en hâtant le pas.

Et sa libido devrait attendre... Quant à lui, il ferait bien de concocter une proposition susceptible de séduire Emma. Un job alléchant, par exemple, qu'elle ne pourrait pas refuser.

Patience, se dit-il en esquissant un sourire. Pour l'instant, il avait des affaires à régler dans le coin, mais ensuite il irait retrouver Emma et lui ferait sa nouvelle proposition, revue et corrigée.

Dès qu'il eut regagné sa chambre, Lucas appela la réception et demanda à parler à Emma.

Quelques secondes plus tard, il reposait le combiné en poussant un juron. Alors qu'elle avait eu le culot de dire qu'elle allait se reposer, on venait d'informer Lucas qu'elle se trouvait bien à l'hôtel, mais qu'elle ne pouvait répondre au téléphone durant ses heures de travail.

Qu'essayait-elle de prouver, bon sang ? Cherchait-elle à se tuer à la tâche ? Elle n'avait tout de même pas besoin d'argent à ce point !

Après avoir arpenté sa chambre pendant un bon moment, il s'arrêta devant la fenêtre et contempla la grisaille qui semblait tout imprégner. La circulation était quasiment bloquée à cause de la neige, et les rares personnes ayant osé s'aventurer dehors s'avançaient prudemment, emmitouflées jusqu'aux oreilles.

Soudain, Lucas imagina Emma à Rio, offrant son beau visage au soleil.

Elle allait *adorer* le Brésil.

5

— Qu'est-ce que vous dites ? demanda Emma, atterrée.

— M. Marcelos m'a demandé de vous donner votre après-midi, et j'ai accepté, répéta sa responsable.

Celle-ci brûlait d'en savoir davantage, évidemment.

— Nous sommes très contents de vous, Emma, poursuivit-elle. Mais, si cet homme a l'intention de vous offrir un poste plus intéressant, je ne peux pas vous empêcher de partir.

Après s'être interrompue un instant, sa responsable reprit, avec un franc sourire :

— En fait, je ne *désire* pas vous en empêcher, Emma. Vous aurez peut-être la chance d'aller dans des endroits où je ne mettrai jamais les pieds... Alors, essayez de savoir ce qu'il a dans la tête. Si vous pouvez vous en aller, ne restez pas coincée ici, ce serait trop bête. Vous êtes jeune, Emma, ne loupez pas le coche !

Surprise par sa chaleur, Emma la regarda en silence, se sentant soudain ingrate de refuser une proposition qui, présentée ainsi, ressemblait en effet à une chance inespérée.

— Vous avez travaillé pour lui avant de revenir en Écosse, n'est-ce pas ? poursuivit sa responsable.

— Oui, c'est dans mon CV. J'ai travaillé dans l'un de ses hôtels, à Londres.

— Eh bien, si le destin a ramené M. Marcelos dans votre vie, c'est un signe, vous ne croyez pas ?

Elle posa les mains sur ses hanches en fronçant les sourcils.

— Franchement, je me demande ce que vous attendez, Emma !

— Moi aussi.

Se retournant vivement, Emma découvrit Lucas, le sourire aux lèvres, appuyé d'une épaule au chambranle de la porte.

— Vous devriez au moins laisser M. Marcelos vous expliquer ce qu'il envisage pour vous, renchérit la responsable en battant des cils à l'adresse de celui-ci.

Quelle femme serait restée indifférente devant un homme aussi somptueux, vêtu d'un pull de cachemire noir et d'un jean de créateur qui le rendaient encore plus sexy ?

Cependant, Emma savait très bien ce qu'il envisageait pour elle. Après avoir reposé le torchon qu'elle tenait à la main, elle salua sa responsable avant de quitter la cuisine.

— Où m'emmènes-tu ? demanda-t-elle tandis que Lucas l'entraînait vers le hall.

— Dans ma suite, pour que tu puisses te reposer. Après, nous parlerons.

— Dans ta suite ? Pas question.

Sans tenir compte de ses paroles, Lucas s'arrêta devant l'ascenseur dont les portes coulissaient en silence.

C'était vraiment son jour de chance, songea Emma en voyant que la cabine était pleine — de clients élégants, parfumés, alors qu'elle portait son uniforme de travail et avait une mine épouvantable…

Nullement embarrassé, Lucas l'observait dans le miroir. Dès qu'elle s'en rendit compte, Emma détourna la tête. Elle ne voulait pas le regarder. Ni songer au fossé qui les séparait, et que rien ne pourrait jamais combler.

À chaque étage, des personnes descendirent, jusqu'à ce qu'ils restent seuls tous les deux. Lucas ne bougea pas lorsque la cabine reprit son ascension mais, quand les portes s'ouvrirent à l'étage suivant, il tendit le bras pour empêcher Emma de s'enfuir. Puis il la poussa contre la paroi et posa les mains de part et d'autre de sa tête.

Non, elle ne lui échapperait pas, répétaient ses yeux noirs où pétillait une lueur moqueuse. Fascinée malgré elle, Emma ne songea même pas à tenter de se libérer.

— N'essaie pas de me résister, murmura-t-il. J'agis pour ton bien : tu dois absolument te reposer et, si je te laissais partir, tu serais capable de retourner travailler… Alors, si je dois te ligoter sur mon lit pour te forcer à prendre un peu de repos, je n'hésiterai pas, je te préviens.

Quand les portes se rouvrirent, à l'étage de Lucas, il lui prit la main et s'avança dans le couloir.

— Pour commencer, tu vas prendre un bain. Ensuite, au lit ! Et, comme tu as sauté le déjeuner, je ferai monter le dîner quand tu seras réveillée.

— Si cela ne te dérange pas, je préférerais que nous parlions maintenant, et aller me reposer ensuite dans ma chambre, répliqua-t-elle d'une voix tendue.

Cependant, ses membres, ses épaules, son dos, tout son corps réclamait le repos. Lucas avait raison : elle était exténuée. Un chaos épouvantable régnait dans son esprit et, côté émotions, c'était la déroute totale. Par conséquent, ce n'était pas le moment idéal pour lui annoncer qu'elle était enceinte. De lui.

— Si, ça me dérange, répliqua-t-il d'un ton implacable. Tu m'avais promis de te reposer, ce matin, et quand je suis revenu j'ai découvert que tu travaillais. Alors, comment veux-tu que je te fasse confiance, Emma ? Si je ne prends pas de mesures radicales, tu vas t'effondrer. Je ne comprends toujours pas pourquoi tu t'acharnes à te maltraiter ainsi, mais je ne peux pas te laisser continuer à te détruire.

Quand elle aurait pris un bain et dormi, elle serait en état de lui parler, raisonna Emma tandis qu'il ouvrait la porte de sa suite.

Après l'avoir refermée, il poursuivit d'un ton sévère :

— Et je ne veux pas que tu ailles te reposer dans une cellule glaciale. Ici, tu seras très bien, et puis tu auras toute la place pour toi.

— Tu t'en vas ? demanda-t-elle, surprise.

— J'ai encore deux rendez-vous. Ils étaient prévus pour la fin d'après-midi, mais je vais les avancer. Je ne sais pas à quelle heure je reviendrai.

Quand pourrait-elle lui parler ?

— Tu as l'air inquiète, Emma. Je pensais au contraire que tu serais soulagée d'être seule…

Il la regarda en souriant d'un air moqueur.

— Et je suis prêt à parier que mon lit est mille fois plus confortable que le tien.

Certes, Emma connaissait la qualité des matelas…

— Oui, je sais, murmura-t-elle.

— Et la salle de bains est d'une propreté impeccable, ajouta-t-il avec malice. Les femmes de chambre sont d'une efficacité hors pair, dans cet établissement.

Comment ne pas lui rendre son sourire ? Lorsque Lucas faisait du charme, il était irrésistible.

Quand Lucas rentra, elle dormait encore. Sans doute avait-elle beaucoup de sommeil à rattraper. Remerciant le garçon d'étage qui venait servir le dîner, il lui prit le chariot des mains avant de tirer celui-ci à l'intérieur de la suite. Puis il revint sur ses pas et accrocha la pancarte « Ne pas déranger » à la porte avant de la refermer.

Ensuite, il s'installa dans la partie salon et ouvrit son ordinateur portable afin de travailler sur un dossier en attente. Il avait commandé de la salade de homard et du champagne, de façon à pouvoir dîner à n'importe quelle heure de la soirée.

Il travaillait depuis une heure lorsqu'il entendit un bruit de draps froissés. Se retournant, il vit Emma se réveiller lentement, comme une enfant se retrouvant dans une chambre inconnue. Elle paraissait si vulnérable que Lucas se sentit touché dans un endroit oublié depuis longtemps. Il chassa aussitôt la sensation dérangeante. Cela faisait des années qu'il s'était fermé à toute émotion. Il ne se permettait que le plaisir qu'il trouvait auprès des femmes. Et il valait mieux pour lui, et pour Emma, qu'il continue ainsi.

Se frottant les yeux, elle regarda autour d'elle, d'abord confuse, puis embarrassée. Effrayée, même.

— Pas de panique, Emma. Je suis resté à distance respectable, ici, à travailler en attendant ton réveil.

Elle se redressa vivement sur son séant, avant de se rappeler qu'elle était nue et d'agripper drap et couverture qu'elle remonta jusqu'au menton.

— Oui, tu es dans mon lit, dit Lucas en retenant un sourire. Tu avais besoin de dormir, manifestement. Je peux t'apporter quelque chose ? Un verre d'eau ? Un jus de fruits ?

— Je ne devrais pas être ici.

— Pourquoi ? demanda-t-il d'une voix douce.

Emma se détendit, et ses yeux reprirent leur belle teinte vert jade.

— Je suis désolée. J'ai dû dormir pendant une éternité… Quelle heure est-il ?

Lucas jeta un coup d'œil à sa montre.

— 21 heures.

— *21 heures !*

S'enveloppant à la hâte dans le drap de dessus, elle descendit du lit.

— J'aurais dû retourner travailler il y a une demi-heure !

— Non.

Le visage blême, elle le regarda en écarquillant les yeux.

— Comment ça, non ?

— Tu ne travailles plus ici.

Ses traits fins prirent une expression horrifiée, puis flamboyèrent de rage.

— Tu peux t'expliquer, s'il te plaît ?

— Tu ne fais plus partie du personnel. J'ai donné ta démission.

— *Tu* as donné *ma* démission ? s'indigna-t-elle en rejetant ses cheveux en arrière d'un geste furieux. J'ai besoin de ce travail, Lucas !

Cette fois, c'était du désespoir qui avait percé dans sa voix.

— Tu vas en avoir un autre, promit-il. Un travail correct, mieux payé et moins fatigant. Et qui t'ouvrira...

— Non ! l'interrompit-elle sauvagement. Non, Lucas !

Quand il quitta le sofa et s'avança vers elle, elle alla se réfugier derrière un fauteuil, comme pour se protéger de lui.

— Tu avais dit que nous parlerions, poursuivit-elle. Après que je me serais reposée. Tu...

— Eh bien, maintenant que tu es réveillée, nous allons parler, l'interrompit-il à son tour avec calme.

— Après que tu seras allé avertir mon employeur que je ne donne pas ma démission ! riposta-t-elle en le foudroyant du regard.

— Je ne te laisserai pas te détruire, Emma, reprit-il, sans s'émouvoir.

— Ce que je fais ne te regarde pas !

Sur ces paroles, elle se détourna et se dirigea vers la salle de bains, avec une dignité de vestale romaine.

— Tu ne peux pas resurgir sans prévenir dans ma vie et en prendre le contrôle ! lança-t-elle par-dessus son épaule.

— Je n'en ai pas l'intention, répliqua-t-il, toujours avec calme. Tu es une femme intelligente, Emma. J'ai lu les commentaires rédigés par tes supérieurs hiérarchiques, à Londres : ils sont tous élogieux. Alors pourquoi rester cachée ici, dans un établissement où tu n'as aucune possibilité d'avancement ? Si tu crains les ragots concernant tes parents, je peux t'affirmer qu'ils ne cesseront que si tu y fais face, la tête haute.

— Je ne me cache pas. Je suis revenue à l'endroit où je suis née, où j'ai grandi.

— Le monde est vaste, Emma. Pourquoi ne pas élargir ton horizon et aller voir ce qui se passe ailleurs, avant de décider que tu désires passer le reste de ta vie ici ?

Cette fois, elle fit volte-face, serrant le drap sur sa poitrine, les yeux étincelants, semblables à des émeraudes.

— C'est facile à dire, quand on a tes moyens ! riposta-t-elle, le menton haut. Et si je n'ai pas envie d'élargir mon horizon, comme tu dis ? Si je suis heureuse ici. Cela ne t'est jamais venu à l'esprit que tout le monde ne désire pas les mêmes choses que toi, Lucas ?

Comme il se contentait de hausser un sourcil moqueur, elle repartit de plus belle.

— Et cesse de me regarder de cet air supérieur, s'il te plaît ! Je ne suis pas à ta disposition, alors ne compte pas sur moi pour devenir ta maîtresse — jusqu'à ce que tu te lasses de moi.

— Préférerais-tu être ma maîtresse à vie, Emma ?

— Arrête de te moquer de moi ! cria-t-elle. Ce n'est *vraiment* pas ce que je désire !

— Je ne me moque pas de toi. Rien n'a changé : je veux que tu partes avec moi au Brésil et que tu partages mon lit.

— Et ensuite ? demanda-t-elle en éclatant d'un rire dur.

Qu'est-ce que je deviendrai, quand tu ne voudras plus de moi ? Si tu crois que je vais accepter de partir avec toi, tu te trompes ! C'est clair, maintenant ?

— Tu ne refuseras pas ma proposition, Emma.

— Ah bon ?

Sans détacher un instant son regard du sien, Lucas s'avança lentement vers Emma tandis qu'elle le contemplait en écarquillant les yeux, pétrifiée. Quand il l'attira contre lui, elle ne résista pas et fondit dans ses bras.

— Tu crois que tu n'as qu'à claquer des doigts pour que j'accoure vers toi ? demanda-t-elle d'une voix tremblante.

— Oui, dit-il en souriant. La preuve...

— Non, Lucas. Tu ne me connais pas : je ne me laisserai pas contrôler, ni par toi ni par quiconque.

— Mais tu me désires. Tu as voulu me quitter et, maintenant, tu as constaté que sans moi ta vie est vide.

— Tu es d'une arrogance inouïe ! Tu...

Lucas la fit taire d'un baiser. Le désir qui le consumait était immense. Absolu. Emma tremblait tout entière, chaude, excitée, prête. Et furieuse. Elle se pressait contre lui pour mieux sentir son érection, et lui savait exactement comment apaiser le désir qui la consumait...

Et, lorsqu'il écarta ses lèvres des siennes, elle laissa échapper un délicieux halètement qui l'enchanta.

— Je ne te ferai pas de mal, murmura-t-il.

— Tu parles ! riposta-t-elle en détournant le visage.

— Je suis sincère, Emma.

En effet, il l'était, réalisa Lucas. Il ne lui ferait *jamais* de mal.

Elle le regarda, les yeux brillant de colère.

— Jusqu'à ce que tu me remplaces ? Je connais ta réputation, Lucas. Tout le monde la connaît. On parle de toi dans tous les magazines people !

— Si tu crois que j'étale ma vie privée en public, tu me connais vraiment mal...

Un nouveau halètement s'échappa de ses lèvres pulpeuses.

— Pars avec moi, murmura-t-il en lui prenant le menton.

Et, lorsqu'il effleura sa bouche de la sienne, elle frémit contre lui.

— Tu n'arriveras à rien, ici, continua-t-il. Sauf à te tuer au travail. Alors que, moi, je t'offre un monde de...

— Oui, le coupa-t-elle. Mais ton monde n'est pas le mien, Lucas.

Dans son regard, Lucas reconnut la blessure qu'il avait déjà décelée auparavant.

— Travailler jour et nuit ne devrait exister dans *aucun* monde ! riposta-t-il, à bout de patience. Et ce n'est pas en te tuant à la tâche que tu oublieras quoi que ce soit !

— Tais-toi ! ordonna-t-elle. Je t'interdis de parler de cela !

Après s'être jetée à corps perdu dans ses bras pour oublier la mort tragique de ses parents, elle s'était sans doute noyée dans le travail pour la même raison.

— J'en ai assez de cette conversation, Emma, dit Lucas en soutenant son regard.

— Moi aussi ! Alors, tu veux bien me lâcher, s'il te plaît ?

— Non, dit-il posément. La discussion est close, mais pas ceci.

Sans attendre sa réaction, il reprit sa bouche.

Lorsque leurs lèvres se séparèrent un long moment plus tard, elle le regarda en silence, puis dit d'une voix rauque :

— Non, Lucas !

— Non ? répéta-t-il en l'embrassant dans le cou.

Après avoir tenté mollement de lui résister, elle rejeta la tête en arrière en murmurant :

— Tu triches...

Il lui caressa le dos, les reins.

— Oui... Maintenant, on va dîner, d'accord ?

— Tu crois vraiment que je vais dîner avec toi ?

Elle refusait de céder, tout en lorgnant sur le repas qui les attendait sur la table basse…

— Il faut que tu manges. S'il le faut, je te ferai manger.

— Je n'ai pas faim.

Au même instant, un petit gargouillis la fit mentir.

Sans dire un mot, Lucas l'entraîna vers le sofa et, cette fois, elle s'assit docilement. Ces instants ne ressemblaient en rien à ce qu'il vivait d'habitude avec les femmes, songea Lucas en l'observant.

Emma était revenue en Écosse pour soigner ses blessures et dans l'espoir d'échapper aux ragots colportés par la presse. Mais ses deux meilleures amies s'étant mariées, elle se retrouvait maintenant seule.

Tout d'abord, elle mangea avec réticence, puis se jeta littéralement sur la nourriture, sans plus dissimuler qu'elle mourait de faim.

— Et toi ? demanda-t-elle soudain. Tu ne manges pas ? Tu veux que je te commande autre chose ?

Un petit rire échappa à Lucas.

— Non, merci. Et vas-y, je t'en prie, ne serait-ce que pour respecter l'égalité des sexes — j'ai de l'avance sur toi…, murmura-t-il avec humour en lui caressant la joue du bout des doigts.

6

Emma aurait préféré être en colère contre lui, mais Lucas lui compliquait la tâche. En outre, elle devait absolument lui parler, d'autant que l'atmosphère détendue s'y prêtait. Alors, pourquoi ne se décidait-elle pas ?

— Détends-toi, Emma. Un fruit ? Tu as besoin de vitamines. Et puisque tu aimes le chocolat…

Il lui glissa une fraise enrobée de chocolat noir entre les lèvres.

Comment ne pas y croire ? Comment ne pas s'imaginer qu'ils formaient un couple heureux et amoureux sur le point d'avoir un enfant ? L'homme qu'elle aimait lui souriait avec une telle tendresse…

Oui, elle l'aimait. À la folie, s'avoua Emma avec un frisson.

— Lucas, je…

— Pas maintenant, Emma. Laissons les discussions sérieuses pour plus tard. Il est tard, et tu es encore fatiguée. Nous parlerons, mais pas ce soir. D'accord ? murmura-t-il en prenant une nouvelle friandise.

Une lueur malicieuse éclaira ses yeux noirs. Quand le play-boy farouchement attaché à sa liberté et à ses privilèges de milliardaire apprendrait qu'il allait être père, tendresse et malice se transformeraient en éclat sauvage…

— Je devrais m'habiller.

— Pourquoi ?

— J'ai besoin d'une raison ?

Pour toute réponse, il lui adressa un regard sensuel et moqueur qui la fit tressaillir au plus intime de sa féminité.

— Je vais m'habiller, déclara-t-elle en se levant, consciente d'être nue sous son peignoir.

Nue, et terriblement excitée. De délicieuses petites pulsations la faisaient vibrer, partout, mais surtout entre les cuisses. En outre, au moindre mouvement, l'étoffe caressait ses seins devenus hyper-sensibles.

Emma s'arrêta devant la porte de la salle de bains. Lucas se tenait derrière elle ; sa chaleur virile se propageait en elle, en ondes voluptueuses. Avait-elle vraiment la force de lui résister ? Toutes sortes de signaux d'alarme se déclenchaient dans son esprit, sans parvenir à empêcher son corps de réclamer les caresses de Lucas. Partout...

— Tu es belle, murmura-t-il en posant les mains sur ses épaules.

Lorsqu'il fit glisser le peignoir sur ses bras, Emma retint son souffle. Ses doigts se refermaient déjà sur ses seins, ses pouces en titillaient les pointes gonflées et dures. Les sensations étaient fabuleuses, inouïes. Les yeux fermés, elle se retrouvait à Londres, tandis que Lucas se penchait au-dessus d'elle, la pénétrait, puis ondulait en elle, à un rythme lent d'abord, puis de plus en plus soutenu...

Ça lui avait tant manqué ! *Lucas* lui avait manqué. Il savait exactement ce qu'elle aimait, ce dont elle avait besoin, quand elle en avait besoin. Lorsqu'il pinça légèrement ses mamelons entre ses doigts, elle poussa un long gémissement.

— Cela faisait trop longtemps, Emma.

— Oui...

Elle humecta ses lèvres sèches. Elle voulait sentir sa bouche sur la sienne, ses mains sur elle, dans les endroits les plus intimes de son corps. Elle voulait qu'il la prenne, là, maintenant.

— À quoi penses-tu ? lui chuchota-t-il à l'oreille. À nos ébats passionnés ?

Une fois de plus, il l'avait devinée.

Ses mains descendirent sur son ventre, entre ses jambes, exacerbant le désir qui consumait Emma. Lucas était expert dans l'art de la faire languir, de l'amener au bord de la jouissance, au bord de l'abîme. Alors qu'il aurait suffi d'un simple effleurement pour l'y faire basculer, il la soumettait à une attente insupportable, délicieuse...

Le plaisir monta, insoutenable. Incapable de résister plus longtemps, Emma posa les mains sur les siennes... mais il les écarta d'un petit coup de coude.

Puis, ignorant son soupir de frustration, il pencha la tête pour prendre un mamelon entre ses lèvres avant de l'aspirer goulûment, tout en infligeant un tourment exquis à son jumeau. Le plaisir atteignit un degré extrême tandis que Lucas observait ses réactions, interprétait le moindre halètement... Jusqu'à ce qu'il la soulève dans ses bras et l'emporte vers le lit.

Quand il déposa une pluie de baisers sur ses paupières, descendit sur son cou, remonta vers son oreille et prit enfin sa bouche, Emma renonça à toute prudence. La langue de Lucas fouillait la sienne, l'enlaçait, dansait avec elle... Il prenait possession de sa bouche, totalement, tandis que ses bras appuyés sur le lit la maintenaient prisonnière.

Soudain, il redressa la tête, puis s'allongea sur elle et la serra contre lui en dévorant de nouveau sa bouche.

Mais, lorsque Emma creusa les reins sous lui, il lui immobilisa les hanches.

— Pas encore...

— Si... Je n'en peux plus...

— Bientôt, promit-il, les yeux étincelants.

— Je t'en supplie…

— À quel point me désires-tu, Emma ? demanda-t-il d'une voix rauque.

Elle ne put lui répondre. Elle n'était plus que sensations. Lucas écarta doucement ses cuisses, la laissant exposée et follement excitée.

— Laisse-toi aller, Emma. Je m'occupe de tout. Tu es si chaude, si prête pour moi…

Un sourire se dessina sur ses lèvres tandis qu'il contemplait son sexe offert. Puis il pencha la tête tandis qu'Emma poussait une longue plainte. Elle voulait sentir sa bouche, là… Et, lorsque sa langue s'aventura dans sa moiteur, elle laissa échapper un cri. Le monde disparut. Tout disparut. Sauf l'homme merveilleux qui lui procurait un plaisir divin — auquel elle ne résisterait pas longtemps…

Mais Lucas était trop habile pour la laisser jouir aussi rapidement, et il savait comment retarder l'extase.

— Ne me fais plus languir, supplia-t-elle en refermant les doigts sur sa nuque.

Levant les mains, il lui caressa les seins… puis ses doigts s'immobilisèrent.

Emma fut soudain traversée par un froid subit. Egarée dans le plaisir, elle avait oublié que ses seins s'étaient déjà alourdis.

— Emma ?

Durant quelques instants, rien ne transparut dans ses yeux sombres, puis son regard changea tandis qu'ils se dévisageaient en silence.

Se redressant, elle s'empara du couvre-lit et posa les pieds sur le plancher. Elle devait affronter la tempête debout.

— Pourquoi ne m'as-tu rien dit ? demanda-t-il d'une voix étrangement neutre.

La séduction avait fait place à la méfiance, comprit-elle, la gorge nouée. Une crainte atroce la traversa. Cela n'aurait pas dû se passer ainsi. Elle aurait dû tout lui dire bien avant. Et inutile de se chercher des excuses : si elle l'avait voulu, elle aurait pu. Mais, puisqu'elle ne l'avait pas fait, elle devait se calmer et recouvrer son sang-froid.

Emma contempla l'homme qui avait engendré son enfant. Même son dos lui paraissait hostile, tandis qu'il s'asseyait au bord du lit.

— Ne me prends pas pour un imbécile, Emma, dit-il en se tournant vers elle. Quand pensais-tu me l'annoncer ?

Son regard furieux vrilla le sien.

— Comptais-tu attendre que je sois complètement attaché à toi pour m'en parler ?

— Bien sûr que non !

— Et je suis censé croire qu'il s'agit de mon enfant ?

— Je ne te mentirais pas à propos d'une chose aussi importante.

— Je ne sais pas quoi en penser. Je ne te connais pas, ou si peu.

Il avait raison. Ils ne se connaissaient pas. Alors pourquoi l'aurait-il crue sur parole ? Elle ne lui avait pas beaucoup résisté, à Londres. Ici non plus. Par ailleurs, Lucas avait toujours été clair : il ne désirait que du sexe. Rien d'autre. Alors, il avait de quoi être choqué.

— Je vais prendre une douche, reprit-il en lui tournant le dos. Comme tu le sais, il y a une autre salle de bains. Utilise-la et va-t'en.

Dire qu'il avait reçu un choc aurait été bien au-dessous de la réalité. Lucas était prêt à croire qu'Emma portait son enfant : elle n'aurait pas menti sur un tel sujet, en effet. Elle n'était pas du genre à profiter d'une situation.

Baissant la température de l'eau le plus possible, il offrit son visage au jet puissant. Les relations à long terme n'étaient pas pour lui ; il n'avait jamais prétendu le contraire. Il avait prévu de proposer à Emma un marché qu'elle n'aurait pu refuser : la meilleure formation dans l'industrie hôtelière, et suffisamment d'argent pour monter sa propre entreprise plus tard si elle le désirait. En échange, elle partagerait son lit. L'arrangement était parfait, pour les deux parties. Pas d'engagement, pas de regrets. Pas de conséquences fâcheuses, ni pour l'un ni pour l'autre.

Mais maintenant...

Maintenant, un enfant allait naître, et cela changeait tout. Au fond de lui, Lucas était certain d'en être le père, ce qui le liait à Emma pour toujours. Cet enfant les unissait à vie, faisant basculer sa conception de l'existence d'un seul coup. Et faisant resurgir en masse les émotions qu'il refoulait depuis des années.

Ensemble, ils avaient créé une nouvelle vie. Il allait être père, et Lucas ne pouvait envisager que ce petit être grandisse sans le connaître. Quant à lui-même, il ne se priverait pas du plaisir de partager tout ce qu'il possédait avec son enfant, ni de le voir se développer, s'épanouir.

Cet enfant vivrait avec lui. Toute autre possibilité était exclue. Inconcevable.

Soudain, il se rappela sa propre enfance, sa mère bien-aimée, qui l'avait adoré tout en souffrant de la tyrannie imposée par son mari, le père de Lucas. Allait-il empêcher son enfant de connaître cet amour que seule une mère pouvait donner ?

Glacée jusqu'aux os, Emma resta immobile devant le lavabo de la salle de bains. Elle avait pris une douche rapide, sans même sentir si l'eau était chaude ou froide. *Cela n'aurait pas dû se passer de cette façon.* Cette pensée l'obsédait. Mais il était trop tard pour revenir en arrière.

La nouvelle avait frappé Lucas de plein fouet, et sa réaction avait été suffisamment éloquente. Il ne voulait pas de cet enfant. Pourquoi aurait-il eu envie de s'encombrer, alors qu'il menait une existence de rêve ? Il contrôlait tout, sauf cette grossesse malvenue. Et ce constat devait lui être insupportable.

Quand on frappa soudain à la porte de la salle de bains, Emma retint son souffle.

— Emma ?

Sa voix hostile la fit tressaillir de la tête aux pieds. Cette fois, elle devait l'affronter. Mais, quoi qu'il dise ou fasse, une chose était sûre : elle ne regrettait pas d'être enceinte. Elle portait un enfant et en acceptait toutes les responsabilités, totalement et avec joie. Et, si Lucas ne partageait pas son bonheur, c'était son problème.

S'habillant à la hâte, Emma jeta un bref coup d'œil à son reflet puis ouvrit la porte. Debout devant la fenêtre, Lucas se tourna vers elle, le regard dur.

— Combien veux-tu, Emma ?

Sa question lui fit l'effet d'un coup de poing en plein cœur.

— Je ne veux rien de toi, dit-elle posément.

Il haussa un sourcil d'ébène.

— Vraiment ? Tu serais bien la première.

— Ce doit être triste de devoir toujours douter des motivations de ceux et celles que tu fréquentes. Si c'est ça, être riche, je te plains !

— Ne parle pas de ce que tu ne connais pas.

— Très bien. De toute façon, je refuse de parler avec toi quand tu es de cette humeur.

— Pourquoi ? répliqua-t-il d'un ton sec. Parce que tu as peur de ne pas arriver à tes fins ?

— Je n'ai peur de rien. Nous nous trouvons tous les deux devant un changement radical qui va affecter nos vies et notre avenir, mais ne crains rien : je protégerai mon enfant — et mon droit d'être avec lui, ou elle — jusqu'à mon dernier souffle.

— J'aurais dû tout deviner dès l'instant où je t'ai vue, le soir du mariage : ton comportement fuyant, le choc qui a assombri ton regard lorsque tu m'as aperçu... Mais j'ai sans doute refusé de voir ce qui me crevait les yeux...

— Ça suffit, Lucas, l'interrompit-elle en redressant le menton. Je n'ai pas l'intention de me laisser juger par un homme qui était ravi de m'avoir dans son lit et qui est incapable de faire face aux conséquences de son acte. Et, si tu n'as rien deviné en me voyant le soir du mariage, c'est tout simplement parce que tu étais aveuglé par le désir.

Interloqué, Lucas la regarda en fronçant les sourcils. Il ne s'était pas attendu à ce qu'elle contre-attaque... Mais Emma était Emma, se dit-il aussitôt. Et elle ne réagissait jamais comme il s'y attendait. Par ailleurs, elle avait bel et bien changé, et maintenant il comprenait pourquoi. Parce qu'elle serait bientôt mère. Il ferait mieux de se faire à cette idée : elle était prête à tout pour protéger l'enfant qu'elle portait.

— Je dois d'abord être certain que cet enfant est de moi, dit-il d'une voix sourde.

— Évidemment, acquiesça-t-elle avec calme.

— J'avais utilisé un préservatif. Comment est-ce possible ?

— Il faut vraiment que je t'explique ? riposta-t-elle d'un ton moqueur. J'ai beau ne pas avoir autant d'expérience que toi en la matière, je n'ignore pas que ce moyen de contraception n'est pas infaillible. Et manifestement, nous faisons partie des échecs.

— C'est ce qu'il semble, en effet. Et, puisque c'est arrivé, je vais te dire comment nous allons...

— Non, Lucas. Cette fois, ce n'est pas toi qui décides. Il s'agit de mon corps, de mon enfant...

— De *notre* enfant, si tu dis la vérité, coupa-t-il à son tour.

Un petit muscle tressaillit dans sa mâchoire.

— Oui, notre enfant. Par conséquent, ni toi ni moi ne sommes *coupables*, Lucas. Nous sommes tous les deux responsables — de cet enfant et de son avenir.

Emma l'observa tandis qu'il restait silencieux, mais sans parvenir à déchiffrer l'expression qui assombrissait ses traits.

Lucas Marcelos avait acquis une solide réputation de play-boy, mais il était par ailleurs réputé pour sa loyauté — envers ses amis, ses partenaires de l'équipe de polo, les Thunderbolts, ainsi qu'envers le personnel qui travaillait pour lui.

Pourquoi se montrerait-il différent vis-à-vis de son propre enfant ? Au fond, Emma ne redoutait qu'une chose : qu'il assume *trop* sérieusement ses responsabilités, et qu'une fois certain de sa paternité il exige de contrôler la vie de son enfant.

7

— Je regrette sincèrement de ne pas avoir réussi à te le dire plus tôt, reprit-elle en repoussant ses inquiétudes. Mais, puisque c'est impossible de revenir en arrière, nous devons trouver un moyen d'avancer.

— Nous ? répéta-t-il avec un rire bref dénué de toute gaieté. *Nous* allons envisager l'avenir de cet enfant ? Et comment comptes-tu l'élever ? Ici, à l'hôtel, dans ta chambre minuscule et glacée, sous les toits ?

— Je m'estime heureuse d'en avoir un, de toit. Et je ne resterai pas toujours ici. Je mets de l'argent de côté pour…

— Tu dois en mettre beaucoup de côté, en effet ! l'interrompit-il avec une ironie cinglante. Et dis-moi, comment crois-tu pouvoir t'occuper de ce bébé, quand tu seras tombée malade à force de travailler jour et nuit ?

— L'hôtel va ouvrir une crèche…

— Une crèche d'hôtel ? Pour mon enfant ?

— Pourquoi pas, Lucas ? C'est assez bon pour ton personnel, que je sache, riposta-t-elle d'un ton vif.

— Mon enfant ne sera pas élevé dans une chambre minuscule, décréta-t-il en pinçant les lèvres.

— En quoi ton enfant sera-t-il différent de millions d'autres ?

— Ta question me surprend. Si tu portes mon enfant, tu sais que je peux lui offrir bien davantage que tu ne…

— Plus d'amour, par exemple ?

Sur le plan matériel, Lucas avait raison, mais un enfant avait-il vraiment besoin d'être élevé dans le luxe ? L'amour et les bons soins de ses parents ne suffisaient-ils pas ?

— Je ne faisais pas allusion à cela, répliqua-t-il avec impatience. Je parle de ton projet d'élever un enfant ici !

Il regarda autour de lui d'un air outré.

— Il est hors de question que mon enfant grandisse dans un hôtel perdu au milieu de nulle part !

— Curieux... Je croyais que ton ranch était situé dans un endroit sauvage...

— Ce n'est pas la même chose.

— Tu peux m'expliquer en quoi, Lucas ?

— Il suffirait que tu le voies pour le comprendre.

Évidemment. Lucas Marcelos ne vivait pas dans une vieille bâtisse décrépite... Son ranch devait être fabuleux, avec une armée d'employés à son service. Lucas possédait par ailleurs des maisons à Londres et New York, et Emma avait entendu raconter la veille qu'il venait d'acheter un château en Écosse.

— À quoi penses-tu ? demanda-t-il en plissant les yeux d'un air soupçonneux. Tu essaies d'évaluer ma fortune ?

— Si c'est ta seule façon de considérer ta valeur personnelle, je suis vraiment désolée pour toi, Lucas. Dans la vie, il n'y a pas que l'argent et les biens matériels.

— Évidemment : toi, tu n'as rien !

— Comparée à toi, je n'ai rien, en effet. Et je te répète que je ne veux rien de toi. Je n'ai jamais eu l'intention de te demander quoi que ce soit, et plus je t'écoute, plus je me demande ce que tu pourrais bien avoir à m'offrir ou à offrir à mon enfant.

— Quelques maisons, entre autres.

— Pour que notre enfant se retrouve ballotté entre tes différentes résidences de milliardaire ? Quel luxe, en effet !

— Tu peux parler : tu as quitté l'Écosse pour Londres,

et maintenant tu es revenue à la case départ, sans être plus heureuse pour autant. Tu ne sais pas ce que tu veux, Emma.

— Tu en viens aux coups bas, maintenant ? riposta-t-elle en lui décochant un regard assassin. La seule chose dont je suis certaine, c'est que je peux offrir à mon enfant une vie meilleure que celle que nous avons eue, toi et moi...

— Que sais-tu de ma vie ? l'interrompit-il avec un rire dur.

— Rien. Mais je suis forcée de penser que c'est ton enfance qui a fait de toi l'homme que tu es devenu. La mienne m'a appris à ne compter que sur moi-même, et toi, elle t'a rendu amer et froid. Alors, nous ne sommes pas si différents, même si cela te déplaît. Et franchement, je ne pense pas que les enfants se préoccupent tant que cela de l'environnement dans lequel ils grandissent, du moment qu'ils ne manquent de rien d'essentiel, qu'ils sont élevés avec amour, et en sécurité.

— Parce que tu es sûre de pouvoir lui procurer l'essentiel ?

— Oui, affirma Emma avec fierté.

— Si tu crois que je vais te laisser prendre le contrôle de la situation, tu te fais des illusions, Emma.

— Mon enfant n'est pas une *situation*. C'est un être humain que j'aime déjà. Mes parents étaient des gens peu fréquentables, je sais, mais cela ne veut pas dire que j'ai hérité de leurs tares. À moins que tu ne me juges pas digne d'élever un enfant ? Est-ce mon compte en banque ou mon pedigree qui te gêne, Lucas ? Ou le fait que je ne ressemble en rien aux femmes sophistiquées que tu fréquentes dans les soirées hyper-mondaines ?

Durant un bref instant, il parut totalement déconcerté.

— Je ne suis pas l'individu superficiel que tu dépeins, dit-il enfin.

— Alors, ne te comporte pas comme tel !

Le silence se fit entre eux, pesant, interminable.

— Tu as terminé ? demanda soudain Lucas d'une voix calme.

— Je commence juste à m'échauffer ! riposta Emma.

— Alors, si je comprends bien, tu comptes rester cachée ici au lieu de reprendre ta formation ? Et tu prétends tout faire pour le bien-être de ton enfant ? se moqua-t-il. Je ne te laisserai pas gâcher ton avenir et le sien, Emma.

— Et moi je ne te laisserai pas décider de quoi que ce soit sans moi, déclara-t-elle en le foudroyant du regard.

Lucas secoua la tête avec irritation.

— En tout cas, je ne continuerai pas cette discussion ici, affirma-t-il.

À ces mots, Emma se détendit un peu. Ils étaient au moins d'accord sur un point.

— Très bien. Où, alors ? demanda-t-elle calmement.

— Au Brésil. Nous reprendrons cette discussion là-bas.

— Tu ne parles pas sérieusement ?

— Je suis tout à fait sérieux, au contraire. Nous en reparlerons *chez moi*, c'est décidé. Tu ne peux pas me refuser cela, Emma, ne serait-ce que parce que tu dois faire connaissance avec le pays d'origine de notre enfant — il est à moitié brésilien, ne l'oublie pas. Alors, si tu ne le fais pas pour toi, fais-le pour lui, ou elle.

Dans un sens, il avait raison, reconnut Emma en son for intérieur. En même temps, la perspective de partir à l'autre bout de la planète avec un homme hostile la paniquait complètement. Elle n'avait pas l'esprit aventurier comme Lizzie et Danny. Hormis quelques petites excursions en Écosse et son bref séjour à Londres, elle n'avait jamais voyagé. En outre, une fois au Brésil, elle dépendrait entièrement de Lucas ; elle ne connaissait personne, là-bas.

— Nous pouvons tout aussi bien parler ici, insista-t-elle. Dans un…

Il l'interrompit.

— Je vais présenter les choses autrement. Ou tu m'accompagnes au Brésil, ou — à supposer que j'aie la preuve que cet enfant est bien le mien — je te le ferai retirer dès sa naissance.

— Tu ne peux pas faire cela.

— Tu veux en prendre le risque ?

Certainement pas. Emma ne prendrait aucun risque concernant son enfant. Et la détermination émanant des yeux de Lucas ne laissait aucun doute sur ses intentions. Il mettrait sa menace à exécution et, si par miracle elle réussissait à s'opposer à lui, souhaitait-elle vraiment que son enfant se retrouve tiraillé entre deux parents se battant pour obtenir sa garde ?

— Si tu as autre chose à proposer, je suis tout ouïe, Emma.

Qu'aurait-elle pu lui proposer qui reçoive son approbation ? Tout se déroulait trop vite. Elle avait l'impression de se retrouver entraînée dans un courant tumultueux, après s'être imaginée restant en Écosse, avant et après la naissance du bébé. Emma avait été tellement obnubilée par le fait de devoir annoncer la nouvelle à Lucas qu'elle n'avait pas réfléchi plus loin.

— Je vais appeler mon assistant pour lui donner des instructions, déclara-t-il en s'avançant vers la porte.

— Quel genre d'instructions ? Je n'ai encore rien accepté.

— Des instructions concernant mon retour au Brésil. Avec toi, bien sûr. Dès que je connaîtrai l'heure du vol, je t'en informerai.

— Non, Lucas…

L'autorité qui empreignait ses traits virils la glaça. Devait-elle refuser de partir avec lui ? Désirait-elle vraiment que son enfant, leur enfant, grandisse loin de son père ?

En redoutant à chaque instant que celui-ci ne surgisse de nulle part et le lui prenne ?

— Tu me parleras de ce qui te préoccupe là-bas, dit-il en la regardant dans les yeux.

— Je ne peux pas m'en aller comme ça ! protesta Emma. Sans savoir ce qui m'attend ! Si nous ne parlons pas maintenant, je ne partirai pas avec toi, Lucas.

— Je ne peux pas te forcer, répliqua-t-il avec hauteur. Si tu ne désires pas découvrir les racines brésiliennes de notre enfant, je n'y peux rien.

Il ponctua ses paroles de l'un de ces haussements d'épaule nonchalants dont il avait le secret.

— Mais j'aurais pensé qu'une mère souhaiterait au moins se familiariser avec le pays où son enfant va vivre, reprit-il.

— Mon enfant vivra avec moi ! s'exclama-t-elle, horrifiée.

— C'est pour cette raison que j'ai l'intention de renouveler ma proposition, répliqua-t-il posément. Et cette fois, je te suggère de m'écouter avec attention avant de la refuser.

Emma eut une sorte de vertige.

— Tu me proposes un job au Brésil ?

— Je croyais avoir été clair… Étant donné que tu t'es montrée efficace à Londres, pourquoi n'en serait-il pas de même à Rio ?

En tant que stagiaire ou dans ton lit ?

— Tu ne crois pas qu'il serait temps d'aller préparer tes bagages ?

— Je n'ai pas l'intention de…

Emma s'interrompit en le regardant sortir son téléphone de sa poche. Il ne l'écoutait plus. Déjà, il organisait le départ.

Son bonnet de laine enfoncé jusqu'aux yeux, l'écharpe enroulée autour du col de son manteau remonté sur les oreilles, Emma attendait Lucas devant l'hôtel, son unique valise posée à ses pieds.

Quand il arriva, il semblait comme toujours surgi des pages d'un magazine glamour : veste noire, jean bleu délavé, boots de cuir fauve... Il ressemblait à un ange ténébreux et follement sexy.

— Où étais-tu ? Je t'ai cherchée partout ! s'exclama-t-il en fronçant les sourcils.

Sans lui laisser le temps de répondre, il se retourna pour donner un pourboire au voiturier qui venait de garer sa voiture derrière lui.

— Pourquoi as-tu attendu dans le froid ? Et pourquoi ne pas avoir demandé qu'on porte ta valise ? reprit-il à l'adresse d'Emma. Tu tiens vraiment à jouer les martyres ?

— Je ne suis pas une martyre, dit-elle en retenant une réplique plus colorée. Je suis autonome.

Cependant, il avait raison concernant le froid. Emma commençait à geler sur place. Mais elle avait éprouvé le besoin de quitter l'atmosphère suffocante de l'hôtel pour aller respirer l'air frais et vivifiant du dehors.

Le directeur l'avait gratifiée d'excellentes références et lui avait dit qu'elle serait toujours la bienvenue si elle désirait reprendre son poste. Cependant Emma n'était pas dupe : Lucas était passé par là, évidemment. Il n'avait pu s'en empêcher. De même qu'il s'était emparé de sa valise et l'aidait maintenant à monter dans la voiture, comme si elle était impotente...

Les routes verglacées ne semblaient pas non plus lui poser de problèmes. Il conduisait souplement, presque avec insouciance. Son jet privé les attendait à l'aéroport, avait-il expliqué en allumant le contact.

Tout s'enchaînait si vite qu'Emma eut rapidement

l'impression de perdre le peu de contrôle qu'il lui restait encore.

— Tu n'as pas l'air très enthousiaste à la perspective de t'en aller, murmura-t-il soudain en se tournant un instant vers elle. Rio, le soleil, la samba, les plus belles plages du monde… Ça ne te tente pas ?

Lucas était l'enfant de son pays, de la chaleur et de la passion, alors qu'elle-même était fille des grands froids et de la neige. Drôle de mélange…, songea-t-elle avec un frisson. Mais lorsqu'il entreprit de lui expliquer qu'elle travaillerait dans son palace de Rio, fleuron de sa chaîne d'hôtels, elle fut parcourue par un tout autre genre de frisson. Il lui offrait une opportunité fabuleuse, unique, qu'elle aurait été stupide de refuser.

Même si elle travaillait forcément sous son contrôle.

— Tu auras vraiment des perspectives intéressantes, Emma, et un statut de cadre.

— Pardon ?

Emma ne se sentait pas prête à assumer de telles responsabilités. À Londres, elle n'avait même pas terminé son stage !

Quand Lucas resta silencieux, elle crut deviner pourquoi. Après lui avoir dit qu'elle n'aurait plus jamais à travailler si elle le souhaitait, il lui proposait un poste approprié — à la mère de *son* enfant. Le propriétaire de la prestigieuse chaîne d'hôtels de luxe ne pouvait pas s'afficher avec une femme de chambre.

— Je préférerais gravir les échelons par moi-même, affirma-t-elle d'une voix posée.

— Tu feras ce que je…

— Ça ne marche pas comme ça, Lucas…, l'interrompit-elle brutalement. Je ne…

Emma se tut. Lucas venait de couper le contact et ouvrait déjà sa portière. La voiture était garée au bas des marches conduisant à son jet, aussi élégant et racé que son propriétaire.

Pendant quelques mois, elle allait évoluer en marge de cette vie privilégiée, en profitant au maximum des opportunités professionnelles qui s'offraient à elle. Et elle gagnerait le respect de ses collègues uniquement grâce à son travail, résolut-elle. Car elle n'avait pas l'intention de parader au bras de Lucas. Il lui avait accordé cette promotion parce qu'elle lui plaisait *au lit*, rien d'autre.

— Eh bien ? demanda-t-il en la voyant hésiter au pied des marches d'acier.

Emma contempla le visage de l'homme somptueux qui la dominait de toute sa hauteur, de tout son charisme viril. Elle l'avait vu en proie au désir, à la passion, et même à la tendresse, mais à présent seule l'impatience se lisait sur ses traits tandis qu'il attendait qu'elle se décide à monter. Personne ne résistait à Lucas Marcelos. Personne n'aurait osé s'y risquer.

— Dépêche-toi, Emma ! Je ne vois vraiment pas pourquoi tu hésites : tu ne manqueras de rien, au Brésil !

Sans doute. Mais jouirait-elle encore de sa liberté ? Ça, c'était une autre question…

8

Lorsque Lucas la quitta pour aller donner ses dernières instructions au pilote, une jeune hôtesse souriante conduisit Emma à son siège, un profond fauteuil de cuir ivoire très confortable.

Impressionnée, elle promena son regard sur le casier contenant un vaste choix de magazines, le bar design sur lequel était posé un assortiment de friandises… Il y avait même des produits de beauté arrangés joliment sur une sorte de vanity-case intégré à la paroi.

Lucas réapparut alors qu'elle s'entretenait avec la charmante hôtesse.

— Tu trouveras des vêtements choisis pour toi dans l'espace détente, à l'arrière du jet, dit-il. Tu es bien installée ?

Emma se contenta d'un bref hochement de tête. En fait, elle se sentait offensée que sa tenue vestimentaire laisse à désirer. Cependant, avec son vieux manteau râpé, elle ne ressemblait pas vraiment à une future *manager*, concéda-t-elle. En outre, ses vêtements d'hiver n'étaient pas adaptés au climat brésilien.

— Il y a également une salle de bains à ta disposition, poursuivit Lucas d'un ton neutre.

— Merci.

Elle scruta son regard, mais sans parvenir à en déchiffrer l'expression. Lorsque l'hôtesse revint avec un grand verre de jus d'orange, puis repartit en emportant son manteau, il resta quelques instants immobile à observer Emma en silence, avant de tourner les talons et de s'éloigner.

Le Brésil. L'air tiède et parfumé. La lumière, les couleurs incroyables... Dès l'instant où elle posa le pied sur le tarmac, Emma fut éblouie. Enchantée.

Le jet de Lucas avait atterri à l'aéroport Santos Dumont, tout proche du centre-ville de Rio de Janeiro. Un peu plus tôt, l'appareil avait semblé frôler le sommet des immeubles tandis que, n'en croyant pas ses yeux, Emma apercevait le célèbre Pain de Sucre, les plages immenses de sable blanc tranchant avec les eaux turquoise si souvent représentées sur les cartes postales et les brochures touristiques.

— Prête ? demanda Lucas au moment où une longue limousine noire s'arrêtait devant eux.

Pas de formalités ennuyeuses pour Lucas Marcelos. Un fonctionnaire en uniforme était venu contrôler leurs passeports à bord afin de leur permettre de quitter l'aéroport au plus vite. Durant le long vol, Emma avait dormi profondément en émergeant de temps en temps, comme pour se rappeler qu'elle avait quitté l'Écosse et allait plonger dans l'inconnu...

Au réveil, elle avait pris une douche, puis découvert avec stupéfaction ses nouveaux vêtements, avant de se décider pour un pantalon corsaire décontracté et un haut à manches courtes, ainsi que des sandales de cuir plates.

Remerciant le chauffeur qui lui tenait la portière ouverte, elle monta à l'arrière de la limousine. Impossible de se montrer pessimiste... Le soleil brillait de tous ses feux dans un ciel d'un bleu profond, et la banquette de cuir bordeaux était si large que, lorsque Lucas s'y installa à son tour, il restait beaucoup d'espace entre eux.

Mais, au lieu de jouer les guides et de lui parler des

endroits qu'ils traversaient, Lucas sortit son téléphone de sa poche. Rien n'avait changé. Il demeurait aussi distant qu'auparavant. Tout était maîtrisé, dans sa vie : la température qui régnait dans la limousine, la vitre qui les séparait du chauffeur, sa voix, tandis qu'il parlait rapidement en portugais à son interlocuteur...

Emma se renfonça dans la banquette. Toutefois, elle n'avait pas l'intention de céder aux regrets. Maintenant qu'elle avait pris sa décision et qu'elle se trouvait au Brésil, elle avancerait, quoi qu'il arrive. Pour elle-même et pour le bien de son enfant.

Élégant mélange de marbre clair, de larges baies vitrées aux vitres teintées et de bronze poli, la figure de proue de la chaîne d'hôtels Marcelos était d'une beauté à couper le souffle.

Fascinée, Emma contempla la fabuleuse architecture qui se détachait sur le ciel sans nuages, au milieu de jardins luxuriants s'étalant en bordure de la plage de sable clair. Construit dans les années 1920 et rénové récemment, l'hôtel dégageait un charme envoûtant, face auquel Emma se sentit soudain minuscule.

— Tu es parfaite, dit soudain Lucas à côté d'elle.

Il l'observait, comme d'habitude. Pire encore, il lisait dans ses pensées...

— Et tu n'es pas encore en fonction, lui rappela-t-il.

Emma retint la réplique qui lui montait aux lèvres. En fait, elle se sentait en permanence sur le qui-vive — et totalement déplacée.

Le laissant passer devant elle, elle le suivit le cœur battant avant de s'arrêter au bas des marches pour admirer encore la superbe bâtisse. Sur le fronton, le nom MARCELOS se détachait en lettres dorées. Par ailleurs les initiales de Lucas se retrouvaient partout, remarqua-t-elle bientôt : brodées sur l'uniforme noir à boutons dorés du portier, ressortant sur le vaste tapis rouge vif sur lequel elle s'avançait en cet instant... Et, quand elle pénétra dans l'immense hall d'où montait un parfum subtil, la première chose qu'elle aperçut, ce furent les initiales du propriétaire des lieux trônant au-dessus du bureau de la réception.

Étourdie par tant de magnificence, Emma s'arrêta de nouveau pour contempler la coupole de l'atrium qui semblait monter jusqu'aux cieux...

— Emma, nous sommes attendus...

Se ressaisissant, elle s'avança vers la rangée d'hommes et de femmes souriants qui l'accueillirent avec chaleur — tout en l'observant avec une curiosité discrète... En tout cas, ils semblaient sincèrement ravis de revoir Lucas.

De son côté, celui-ci les connaissait tous par leurs noms et prénoms, constata Emma tandis qu'il adressait quelques mots à chacun.

Elle avait pris la bonne décision, se répéta-t-elle en se dirigeant avec lui vers les ascenseurs. Cet empire faisait partie du patrimoine de l'enfant qu'elle portait, tout autant que le petit village écossais dont elle-même était originaire. Le seul problème demeurant sa propre intégration dans cet univers...

— Emma...

Elle tressaillit et le précéda dans la cabine rutilante. Vu qu'il n'y avait pas de signalisation d'étage, il devait s'agir d'un ascenseur privé conduisant directement à la suite de Lucas.

— Où m'emmènes-tu ? demanda-t-elle d'un ton détaché.

— À ton appartement, répondit-il en haussant les sourcils.

À la grande surprise d'Emma, ils empruntèrent bientôt un long couloir spacieux ponctué de quelques portes en acajou satiné n'évoquant pas vraiment des logements réservés au personnel…

— Ton appartement jouxte le mien, expliqua Lucas, sans même se donner la peine de la regarder. Tu utiliseras comme moi cet ascenseur privé pour te déplacer et tu trouveras une carte électronique à l'intérieur : ne la perds pas, elle fonctionne aussi pour l'ascenseur.

Sur ces mots, il ouvrit la porte avec *sa* carte.

Évidemment, en tant que propriétaire de l'hôtel, il avait accès à toutes les pièces. Désormais, elle serait sous sa surveillance, à chaque minute du jour — et de la nuit.

— Ne la perds pas, répéta-t-il. Et maintenant, va te reposer.

— Et ensuite ? s'enquit-elle en hésitant sur le seuil.

— Ensuite, tu participeras à une réunion d'une certaine catégorie du personnel demain matin.

— C'est tout ?

— Devrait-il y avoir autre chose ? répliqua-t-il en haussant un sourcil.

Oui, discuter de son futur poste, par exemple. En détail, afin qu'elle sache en quoi consisterait son rôle et comment elle devait se présenter à ses collègues.

— Je te reverrai avant de… ?

Emma se tut. Lucas s'était déjà détourné et s'éloignait à grands pas dans le couloir.

Très bien. Elle n'avait pas besoin de lui. N'avait-elle pas affirmé qu'elle pouvait se débrouiller toute seule ? Refermant la porte, elle contempla l'espace raffiné avec stupeur.

Rien à voir avec la chambre minuscule située sous les combles. Interdite, elle promena son regard sur les gadgets high-tech dernier cri, les œuvres d'art valant sans doute une fortune… D'immenses baies vitrées offraient une vue époustouflante sur la plage, tandis que de magnifiques bouquets de fleurs dégageaient des parfums exquis. Sur la table basse, Emma aperçut une bouteille de champagne dans son seau à glace.

Elle s'était attendue à du confort, mais pas à un tel luxe...

Un peu abasourdie, elle se laissa tomber sur l'un des sofas tapissés de soie d'un bel orange clair, puis se releva d'un bond et se mit à faire les cent pas. Elle était seule, à Rio, ce qui n'était pas un problème en soi, mais elle aurait préféré pouvoir se préparer à endosser son nouveau rôle...

S'emparant de sa carte électronique, elle sortit dans le couloir et alla frapper à la porte située un peu plus loin.

Lucas lui ouvrit, manifestement surpris de la voir.

— Je peux entrer ?

— Bien sûr.

Il s'effaça pour la laisser passer, mais Emma l'effleura néanmoins. Sa chaleur virile se propagea aussitôt en elle, se répandant dans les moindres cellules de son corps. Sortant de la douche, Lucas portait une chemise d'un blanc immaculé ainsi qu'un pantalon noir étroit à la coupe impeccable. Elle huma le parfum de son eau de toilette boisée, mêlé à sa fragrance personnelle. C'était le Lucas de la première nuit, l'homme distant qui s'était transformé en amant fougueux et passionné...

— Tu as un problème ? demanda-t-il avec calme.

Pas seulement un, hélas. Elle était enceinte, de lui. Un fossé immense les séparait. Elle avait traversé la moitié du globe avec lui sans pouvoir obtenir de renseignements précis sur ce qui l'attendait...

— J'ai besoin de savoir ce qui va se passer, Lucas. Il faut que nous parlions.

— Pas maintenant, je n'ai pas le temps.

Au lieu de faire demi-tour et de regagner sa suite comme une enfant sage, Emma s'avança dans la pièce.

— Que veux-tu, Emma ?

— Connaître mon emploi du temps, savoir ce que je dois préparer pour demain !

— Assieds-toi.

— Non, Lucas. Je veux seulement obtenir quelques renseignements concrets : je ne sais même pas où je dois me présenter demain matin et je...

Il l'interrompit d'un geste de la main et sortit son portable, qui sonnait dans sa poche.

Après avoir attendu patiemment une minute, puis deux, puis trois, Emma comprit que Lucas avait oublié sa présence. Réprimant un soupir, elle quitta la pièce sans qu'il fasse un geste pour la retenir.

Maintenant qu'elle avait accepté de venir au Brésil, elle ne l'intéressait plus. Sauf si elle acceptait de coucher avec lui. Dans ce cas, son sort s'améliorerait sans doute...

9

Finalement, la fatigue eut raison d'elle. Après avoir pris un long bain, Emma se coucha et s'endormit aussitôt, mais se réveilla à l'aube.

Il lui fallut un moment pour réaliser où elle se trouvait puis, tout lui revenant soudain en mémoire, elle se leva d'un bond.

Car elle n'avait pas une minute à perdre ! Elle était à Rio, sur le point d'assumer des responsabilités importantes, de faire connaissance avec ses collègues… Elle allait devoir se familiariser avec le fonctionnement de l'hôtel, le personnel…

Lucas se montrerait amical et serviable — ou pas. Peu importait, de toute façon. Elle se passerait de son aide. Et elle comptait bien se préparer pour être au top de ses capacités et, surtout, ne pas arriver en retard à sa première réunion.

Mais un peu plus tard, alors qu'elle prenait sa douche, une nouvelle interrogation vint tarauder Emma. Comment ses collègues allaient-ils interpréter le fait qu'elle occupe la suite voisine de celle de Lucas ? Parce que, s'ils ne le savaient pas encore, ils ne tarderaient pas à le découvrir : dans un hôtel, les rumeurs allaient bon train…

Emma s'ordonna de s'arrêter, sous peine de perdre toute confiance en elle si elle continuait sur cette voie. Et puis, quand elle avait commencé à travailler en Écosse, elle n'en savait pas beaucoup plus sur les tâches qui l'attendaient et s'en était bien sortie.

Dans l'industrie hôtelière, l'apparence était capitale. Aussi, après s'être brossé longuement les cheveux, Emma se fit-elle un chignon classique sur la nuque. Elle portait le tailleur acheté pour aller à son entretien, à Londres. Comme Lucas le lui avait fait remarquer à bord du jet, une nouvelle garde-robe était à sa disposition — ainsi que toutes sortes de luxueux accessoires, avait-elle constaté plus tard. Elle avait emprunté quelques vêtements pour faire bonne impression à son arrivée et ne pas débarquer vêtue de son vieux manteau, mais désormais elle s'abstiendrait d'y toucher. Elle devait d'abord réussir à s'imposer et à faire ses preuves. Et, de toute façon, Emma tenait à payer elle-même ses tenues.

Lucas se trompait vraiment s'il pensait l'acheter avec des tailleurs de créateur, des robes époustouflantes, des chaussures superbes aux talons d'une hauteur vertigineuse et des sacs à se pâmer. À vrai dire, Emma mourait d'envie de se les approprier, mais elle n'avait pas l'intention de se démarquer de ses collègues. Ni de passer pour la maîtresse entretenue du grand patron.

Quand elle arriva au rez-de-chaussée, elle se dirigea droit vers la réception et demanda où se trouvait la salle de réunion réservée au personnel. Le réceptionniste la renseigna aimablement, cependant Emma se rendit compte que ses collègues évitaient son regard. Après avoir remercié l'homme âgé d'une quarantaine d'années, elle s'avança dans la direction qu'il lui avait indiquée et entra bientôt dans une grande pièce lumineuse.

Une bonne trentaine de personnes étaient déjà installées autour de la longue table, évalua-t-elle rapidement en repérant la seule chaise libre. Par ailleurs, Lucas ne faisait pas partie de l'assemblée, remarqua Emma avec soulagement.

Lorsqu'elle se dirigea vers la chaise qui lui était sans doute destinée, elle sentit tous les regards se tourner vers elle. L'avaient-ils attendue ou étaient-ils surpris par son arrivée ? Un homme aussi organisé que Lucas ne pouvait pas avoir manqué de les prévenir de sa venue.

Au moment où elle allait s'asseoir, son voisin de gauche lui annonça que cette chaise était réservée à M. Marcelos.

— Excusez-moi, dit-elle en reculant vivement.

L'homme aux lèvres minces s'était adressé à elle en anglais, langue utilisée par les personnels venus de différents pays.

Se sentant de plus en plus mal à l'aise, Emma resta immobile tandis que tous faisaient des efforts évidents pour ne pas la regarder. Comme à la réception... Que devait-elle faire ? Demander qu'on lui apporte une chaise ? Demander où elle pouvait en trouver une... ?

— Venez vous asseoir à côté de moi.

Emma se tourna vers la jeune femme d'à peu près son âge qui la regardait en souriant et qui poussait sa chaise de côté pour lui laisser de la place.

— Il y a des chaises supplémentaires, au fond de la salle, indiqua-t-elle d'un mouvement de tête.

Aussitôt, l'un des hommes se leva et alla lui en chercher une, qu'il lui tendit en souriant. Emma le remerciait lorsque la porte s'ouvrit... sur le grand patron en personne.

Son regard sombre se posa directement sur elle, puis sur l'homme qui tenait encore le dossier de la chaise.

— Il y a un problème ?

— Pas du tout, répondit Emma.

Après avoir souri à son chevalier servant, elle s'assit et redressa les épaules. Le cœur lui battait si fort qu'elle avait l'impression qu'il allait jaillir de sa poitrine. Non seulement elle se sentait affreusement intimidée, mais Lucas était si beau, si sexy, dans un superbe costume gris anthracite, une chemise de lin blanc et une cravate de soie gris perle... Néanmoins, il était hors de question qu'Emma laisse transparaître son trouble.

De toute façon, elle n'avait pas à s'inquiéter : le somptueux barbare ne lui adressa plus un seul regard de toute la réunion.

Très bien. Elle n'avait pas besoin de lui, se répéta-t-elle en se concentrant sur les différentes interventions des participants. Chacun semblait savoir ce qu'il avait à faire, et personne ne s'intéressait à elle...

— Excusez-moi, dit-elle lorsque tous se levèrent, prêts à s'en aller. En quoi consiste ma fonction, exactement ?

Un silence embarrassé lui répondit tandis que Lucas lui décochait un regard courroucé — comme si sa question était stupide, et que la réponse en était évidente.

Pour lui, peut-être.

— Elle consiste à me suivre, afin d'observer le fonctionnement des différents services de l'établissement, répondit-il enfin.

— Vous allez vite trouver vos repères, lui glissa discrètement la jeune femme aux cheveux noirs qui lui était déjà venue en aide. Au fait, je m'appelle Karina.

— Enchantée. Emma.

— Tout le monde sait qui vous êtes, répliqua Karina avec un sourire malicieux.

Les autres quittant la pièce, la jeune femme les suivit après avoir adressé un petit signe amical à Emma. Elle s'était peut-être fait une alliée...

— Eh bien ? demanda Lucas en fronçant les sourcils.

À présent, ils étaient seuls tous les deux.

— Tu as dit que je devais te suivre, lui rappela-t-elle.

— Ah... ?

Apparemment, il avait déjà oublié.

— En effet, reprit-il avec un brin d'impatience, mais pas aujourd'hui.

— Quand, alors ?

— Quand je le jugerai opportun, répliqua-t-il d'un ton brusque. Vois ça avec ma secrétaire.

— Non, déclara-t-elle en se plaçant résolument entre lui et la porte.

Il la dévisagea, l'air estomaqué. Mais Emma ne céderait pas. Et, à moins de la pousser, il ne sortirait pas de la pièce avant de l'avoir écoutée.

— Je veux savoir en quoi consiste mon rôle. Les autres sont déjà au travail : je veux commencer le mien. Alors, si je ne dois pas rester avec toi aujourd'hui, que dois-je faire ?

Son regard sombre scruta le couloir, par-dessus la tête d'Emma, comme pour bien lui montrer que des devoirs plus importants l'attendaient.

— Emma, commença-t-il en baissant les yeux sur elle, je n'ai vraiment pas le temps de...

— Dans ce cas, prends-le.

Il pencha lentement la tête, jusqu'à ce que ses yeux se trouvent à la hauteur des siens.

— Pardon ?

Sa voix avait pris un accent suave, sous lequel perçait une menace sourde.

— Je suis sûre que tu as entendu ce que j'ai dit, répondit-elle avec désinvolture.

Emma se fendit même d'un sourire... Mais en réalité, le désir renaissait déjà au creux de ses reins, familier, irrépressible. Elle le refoula, ainsi que les souvenirs brûlants qui défilaient dans son esprit.

— J'ai été complètement ignorée durant cette réunion, poursuivit-elle. Personne ne m'a expliqué en quoi consisterait mon rôle, ni si j'étais concernée par les sujets débattus.

Et, comme on ne m'a pas donné non plus d'instructions écrites, je suis bien obligée de m'adresser à toi.

À vrai dire, Emma avait du mal à garder son calme. Intérieurement, elle bouillait maintenant de rage, révoltée par le comportement de Lucas.

— Qu'y a-t-il à comprendre, Emma ? Tu disposes d'un bel appartement, en plein centre de Rio, d'une garde-robe digne d'une princesse...

Il promena son regard sur son modeste tailleur avec une petite moue dépréciatrice.

— ... et pourtant, tu as préféré porter ces haillons, pour m'insulter.

— J'ai choisi ce tailleur parce qu'il m'appartient, pas pour t'incommoder. Et tu ne crois pas que c'est plutôt moi qui devrais me sentir insultée d'avoir à ma disposition une garde-robe digne non pas d'une princesse, mais de la maîtresse d'un milliardaire, et d'être installée dans ce que tu appelles *mon appartement* ? Je n'ai pas l'intention de devenir ta maîtresse, Lucas, alors tu peux reprendre ces vêtements de créateur et les garder !

— C'est comme ça que tu vois les choses ?

— Oui.

— Tu ne manques pas de toupet, remarqua-t-il d'une voix glaciale. Et je peux savoir pourquoi tu continues à te nier ainsi ?

— Parce que je ne suis pas la femme que tu persistes à croire que je suis. Tu as reconnu que j'étais troublée par la mort de mes parents, ce soir-là, à Londres, et que je n'étais pas dans mon état normal, et pourtant tu sembles penser que je suis prête à me plier à tous tes caprices.

— J'essaie simplement de rendre ton séjour agréable et, toi, tu fais tout ce que tu peux pour saboter mes tentatives.

— Je vais être très claire, Lucas. Cet appartement, aussi beau soit-il, cette garde-robe remplie de tenues superbes ne font que me mettre mal à l'aise. Tu m'as amenée ici sous un prétexte fallacieux. Tu m'as promis que j'aurais un poste intéressant — un vrai travail. Alors, je m'attendais à être logée avec le personnel et habillée comme mes collègues : soit en uniforme, soit avec mes propres vêtements. Je ne m'imaginais pas que tu comptais m'exhiber comme une poupée et que je devrais moi-même me faire une place parmi des gens qui travaillent dur pour gagner leur vie, eux !

— C'est tout ? demanda-t-il tranquillement.

— Oui. Tu peux t'en aller, je retrouverai mon chemin. De toute façon, je ne vois pas ce que je pourrais apprendre en te suivant comme ton ombre.

— Vraiment ?

Cette fois, c'était lui qui lui bloquait le passage. Et, à la grande surprise d'Emma, un sourire jouait sur sa bouche sensuelle. Son attitude rebelle lui plaisait, l'excitait, même. Mais s'il croyait qu'elle allait succomber…

— Oui, *vraiment*, répondit-elle en soutenant son regard.

L'expression de Lucas s'adoucit. Il y avait un sourire dans ses yeux. Cela ne présageait rien de bon, au contraire. C'était ce Lucas-là, le plus dangereux…

— Je crains que mes mécanismes de défense ne se soient déclenchés, dit-elle en fixant la porte. Et je suis très impatiente de commencer à travailler. Alors, si tu veux bien m'excuser…

— Et si je ne veux pas ?

Sa voix passa sur elle comme une caresse. Emma aurait préféré qu'il lui lance un ordre ou lui adresse une remarque brutale. Ç'aurait été beaucoup plus facile de contre-attaquer.

— Si je ne m'éloigne pas maintenant, tu considéreras mon attitude comme une victoire et tu penseras que cela te donne des droits sur moi. Eh bien, c'est hors de question,

Lucas. Mon implication professionnelle est capitale pour moi — et elle devrait l'être pour toi aussi, il me semble.

Les quelques secondes qui suivirent parurent durer une éternité, puis Lucas finit par s'écarter et la laissa partir.

— Tu peux me dire ce que tu fabriques, s'il te plaît ?

— À ton avis ?

Emma se redressa et souleva le seau d'eau sale pour aller le vider dans l'évier.

— Ce n'est pas à toi de faire ces travaux, bon sang ! Nous embauchons du personnel qualifié pour s'en charger, Emma.

— Pardon ? répliqua-t-elle en redressant le menton. Sous-entendrais-tu que j'ai gravi les échelons par magie et atteint de hautes sphères où faire le ménage n'est pas nécessaire ?

— Tu as très bien compris ce que je voulais dire, riposta-t-il, les mâchoires crispées.

— Non, je ne crois pas. Je suis prête à participer moi-même à tous les travaux nécessaires au bon fonctionnement de cet établissement. Et, puisque tu ne m'assignes aucune tâche, que suis-je censée faire ? Rester assise toute la journée dans mon bel appartement à lire des magazines de mode et à me vernir les ongles ?

— Ne sois pas ridicule !

— Ah, parce que je suis ridicule, maintenant ?

— Tu exagères. Tout ce que je voulais dire, c'est que je ne souhaite pas te voir récurer les sols.

— Si je comprends bien, il y a certains travaux que tu n'as aucun scrupule à exiger de ton personnel, mais que tu n'effectuerais pas toi-même ?

— Je n'ai pas dit cela.

— Dans ce cas, pourquoi m'interdire de les faire ?

Et pourquoi suis-je ici ? Que pensent les autres de ma présence ? Si ma fonction est d'encadrer le personnel, comme tu me l'avais laissé entendre, je dois participer à tous les travaux, à tous les niveaux, afin de connaître les difficultés ou les contraintes éventuelles rencontrées par les employés. Et, si un serveur tombe en portant un plateau parce qu'il manque de temps pour faire son service, je dois non seulement l'aider, mais aussi trouver un moyen de modifier l'organisation afin qu'il n'ait plus à se dépêcher. Écoute-moi bien, Lucas : je ne resterai pas les bras croisés à regarder ce qui cloche, sans rien faire pour revoir les conditions de travail du personnel. Et je n'attendrai pas ta permission pour agir.

— Et... ? demanda-t-il quand elle s'interrompit pour reprendre son souffle.

— Il y a des choses toutes simples qui pourraient être améliorées, Lucas, insista Emma. Il faut que nous en discutions.

— Je suis d'accord sur ce point ! dit-il en lui posant fermement la main sur le bras.

Obligée de reposer son seau, Emma le suivit tandis qu'il l'entraînait dans le couloir. Lucas ne la lâcha qu'après être passé devant sa secrétaire, qui les contempla d'un air stupéfait, et avoir refermé la porte de son bureau. Ensuite, il s'éloigna de quelques pas et resta immobile, comme s'il éprouvait le besoin de rassembler ses pensées.

N'osant pas bouger, Emma en profita pour jeter un bref coup d'œil autour d'elle. Le vaste espace baigné de lumière dorée ne ressemblait pas exactement à l'idée qu'elle se faisait d'un *bureau*... En face des baies vitrées qui révélaient un panorama grandiose, de grands tableaux abstraits aux teintes vibrantes ressortaient sur les murs blancs. Quant à l'étonnant meuble demi-lune Art déco sur lequel trônait un ordinateur portable, il constituait une œuvre d'art à lui tout seul.

Cependant, elle-même ne faisait pas partie des meubles, se dit Emma en jetant un regard en biais du côté de Lucas. Elle ne lui appartenait pas.

— Tu ne m'as assigné aucune tâche, commença-t-elle quand il se tourna enfin vers elle. Comment…

— Je leur ai demandé de te laisser gérer les appels demain, l'interrompit-il. Tu peux répondre au téléphone, n'est-ce pas ?

— Oui, comme n'importe quel enfant de dix ans.

— Tu te trompes. Il y a toujours des clients mécontents, parce qu'ils n'ont pas réussi à réserver, par exemple. Sais-tu à quel point cet hôtel est réputé ?

— Évidemment !

— Alors, tu sais aussi que nous avons des clients fidèles qui doivent être traités en privilégiés, et s'il se trouve que l'hôtel est complet quand ils appellent pour réserver…

Il s'interrompit un bref instant avant d'ajouter :

— Et il l'est la plupart du temps, complet…

— Effectivement, répliqua Emma en soutenant son regard. Alors, nous devrions travailler en partenariat avec d'autres hôtels pouvant accueillir les clients fidèles lorsque nous ne sommes pas en mesure de le faire ou acquérir de nouveaux établissements susceptibles de…

— Nous ? Nous ? la coupa Lucas, les traits rigides de colère. Pour qui te prends-tu, bon sang ?

Bien décidée à ne pas se laisser intimider, Emma hocha lentement la tête.

— Je ne sais pas ce que je suis à tes yeux, ni ce que je fais ici, justement. Et je me pose la question depuis que je suis arrivée, figure-toi. Alors, que ceci soit bien clair, Lucas. Je ne resterai que si j'ai un *vrai* travail, tu m'entends ? Je ne passerai pas mon temps à me prélasser en attendant d'accoucher. Jusqu'à présent, tu sembles me considérer comme une espèce d'objet encombrant. Un zombie, en quelque sorte, qui n'a de valeur que dans la mesure où il porte un enfant qui est aussi le tien.

Lucas tressaillit violemment, comme si elle l'avait giflé. Son visage ressemblait à un masque de tragédie. Lui aussi avait sa part d'ombre, se rappela Emma. Peut-être était-elle allée trop loin… Mais il devait comprendre qu'elle n'était pas venue au Brésil pour se transformer en poupée docile !

— Tu n'es ni un objet encombrant ni un zombie, dit-il enfin, les traits indéchiffrables. Mais, puisque tu portes un bébé que tu dis être le mien, tu es sous ma responsabilité.

— Mais pas sous ton contrôle.

Il la regarda sans répondre. Pour l'instant, il la croyait sur parole mais, après la naissance, il ferait effectuer un test de paternité, Emma n'en doutait pas une seconde. En attendant, il lui accordait le bénéfice du doute. Peut-être se souciait-il vraiment de son bien-être et de celui de leur enfant. Et peut-être aussi se sentait-il déstabilisé de ne plus avoir à se préoccuper que de lui-même. En tout cas, il semblait sincèrement étonné par son insistance à vouloir travailler. Et par le point de vue qu'elle venait d'exprimer. Comme si ce genre de pensée ne lui avait jamais traversé l'esprit.

— De nouveaux établissements, murmura-t-il en tournant les yeux vers la baie vitrée.

Puis il regarda de nouveau Emma.

— Tu as de bonnes idées, reconnut-il avec un imperceptible sourire en coin.

Il y avait de la condescendance, dans son attitude, dans le ton de sa voix, mais sa remarque n'en représentait pas moins une avancée.

— Tu dois me laisser la possibilité de me rendre utile, Lucas.

Une brève lueur éclaira son regard.

— Je pensais en avoir fait suffisamment pour toi.

— Je ne comprends pas à quoi tu fais allusion. Tu n'as rien fait, sinon m'amener ici et me démontrer que tu peux me contrôler et surveiller mes moindres faits et gestes.

— Quel mal y a-t-il à cela ? répliqua-t-il en haussant les sourcils. Et pourquoi tiens-tu absolument à compliquer les choses, Emma ?

— Tu veux dire : pourquoi est-ce que je ne te laisse pas me diriger à ta guise, c'est cela ? riposta-t-elle. Je ne cherche pas à compliquer les choses. J'essaie juste de te dire que nous pourrions essayer de trouver un terrain d'entente, mais jusqu'à présent tu n'as pas pris le temps de me parler.

— Ah bon ? Et qu'est-ce que je suis en train de faire ?

— Se retrouver face à face, ce n'est pas la même chose que *parler*, Lucas.

— Alors, que proposes-tu ?

— Donne-moi un vrai poste, un vrai travail. Je suis prête à faire n'importe quoi, mais je dois travailler.

— Je t'en ai proposé un. Pensais-tu qu'il serait facile d'être ma maîtresse ?

Emma éclata de rire. Ce fut plus fort qu'elle.

— Tu es vraiment un homme des cavernes ! Et ma réponse reste la même : non.

Les yeux mi-clos, il la contempla un instant en silence avant de murmurer :

— Ainsi, tu n'es plus celle que j'ai fait hurler de plaisir à Londres ?

Trop choquée pour répliquer, Emma resta à court de paroles. Mais elle recouvra vite ses esprits.

— Tu étais aussi avide que moi, si je me souviens bien.

Cette fois, il ne put dissimuler sa surprise. Il avait

l'habitude de tout dominer, de tout contrôler… Pas de voir quiconque *oser* s'opposer à lui.

Un silence oppressant s'installa entre eux, mais Emma ne reculerait pas, ne céderait pas. Soudain, une interrogation germa dans son esprit. Qu'avait vécu Lucas pour se comporter ainsi ?

— Je suis la mère de ton enfant, dit-elle d'une voix posée. Et, même si nous ne pouvons pas oublier ce qui s'est passé à Londres, j'aimerais que tu ne ternisses pas ce que nous avons partagé.

— Ce que nous avons *partagé* ? répéta-t-il en plissant le front. À t'entendre, on ne dirait pas…

Elle tressaillit mais ne réagit pas.

— Tu as raison, reprit-il d'une voix sourde. Nous devons trouver un terrain d'entente.

Le soulagement d'Emma ne dura pas longtemps, car il ajouta aussitôt :

— Mais je ne tolérerai plus que tu m'embarrasses devant le personnel.

10

— T'embarrasser ? explosa-t-elle. Et comment crois-tu que je me sois sentie quand je suis arrivée à cette réunion, alors que personne ne me connaissait, et que tout le monde se demandait ce que je venais faire là ?

— Ils savaient qui tu étais. J'avais dit à ma secrétaire…

Il s'interrompit soudain en fronçant les sourcils. De toute évidence, il avait oublié de parler d'elle à sa secrétaire.

— Ou ta secrétaire est une incapable, ou tu as oublié de la prévenir, dit Emma d'un ton brutal. Personne ne savait que j'allais arriver — la preuve, il n'y avait pas de place pour moi ! Alors, question embarras, tu peux parler !

— Dans ce cas précis, c'est ma faute, je le reconnais, admit-il d'une voix crispée. Et maintenant, que dois-je faire pour réparer mon oubli ?

— L'embarras, je peux surmonter ça, ce n'est pas un problème, répliqua-t-elle fermement. Ce dont j'ai besoin, c'est d'avoir une raison d'être ici, une raison que ton personnel puisse comprendre — sans qu'ils ne me prennent pour ta maîtresse.

— Tu as raison, reconnut-il de nouveau. Je t'ai négligée et je te demande de m'excuser, mais il y avait une crise à régler qui ne pouvait attendre. J'aurais dû te donner des instructions plus claires.

— Plus claires ? Tu ne m'en as donné aucune, Lucas !

Son regard sombre fouilla le sien.

— Pourquoi tant d'histoires, Emma ? Tu n'es pas une faible femme, que je sache, et, comme tu l'as dit toi-même, tu es capable de te débrouiller toute seule. Alors, tu ne t'attends quand même pas à ce que je te serve de nounou durant ton séjour à Rio ?

— Ce que je souhaite, c'est être traitée comme les autres membres du personnel, et avec le même respect. J'ai l'intention de travailler le mieux possible et je compte bien tirer profit au maximum de mon séjour ici.

— Tu as faim ?

Déroutée par ce brusque revirement, Emma le regarda un instant en silence.

— Bien sûr que j'ai faim ! répondit-elle en se ressaisissant. Quand on est enceinte, on a *tout le temps* faim !

— Que dirais-tu d'un petit déjeuner tardif ? Comme ça, on pourrait bavarder tranquillement ?

— Et mon travail ?

— Si nous allons au restaurant, tu pourras jeter un coup d'œil alentour en mangeant. Et tu pourras commencer à travailler tout de suite après — à la réception ou ailleurs.

— À la cuisine, par exemple. Comme ça, je pourrai avoir une meilleure idée des conditions de travail de plusieurs catégories de personnel.

— Tu as pris quelque chose, ce matin ?

— J'ai de l'argent, Lucas ! protesta-t-elle en levant les yeux au ciel. Et les cafés, ce n'est pas ce qui manque, ici. Tu n'as pas d'inquiétude à avoir : je prends soin de moi.

Il n'eut pas l'air convaincu, mais ne répliqua pas, se contentant de la regarder dans les yeux. Dans les siens, Emma vit des pépites dorées qui la firent frémir malgré elle. Elle et Lucas appartenaient à des univers diamétralement opposés, mais ils étaient égaux dans un domaine : la volonté.

Lucas tint parole. Emma passa le reste de la semaine à se familiariser avec les cuisines et le personnel. Par ailleurs, elle le vit rarement. L'évitait-il à dessein ou était-il trop occupé à voyager à travers le Brésil où il possédait d'autres hôtels de luxe ? En tout cas, son absence lui permettait de respirer et de réfléchir.

Parfois, quand elle était fatiguée, elle continuait à se demander ce qu'elle faisait là, au Brésil. Pourquoi n'était-elle pas restée en Écosse, pour se laisser le temps de faire le deuil de ses parents ?

La réponse lui vint alors qu'elle effectuait une tâche des plus ingrates : récurer une poêle à frire à moitié brûlée.

Penser à ses parents la rendait toujours triste parce qu'ils étaient morts sans que rien n'ait été résolu. Elle n'avait jamais réussi à gagner leur amour, et il lui faudrait encore beaucoup de temps pour accepter cet échec. Alors, s'immerger dans le travail lui permettait de se concentrer sur le but qu'elle s'était fixé : avancer dans sa carrière pour être en mesure d'offrir des conditions de vie décentes à son enfant.

Emma chérissait déjà tendrement ce petit être qui grandissait en elle. Il serait l'enfant le plus désiré du monde, elle en était convaincue.

Après en avoir terminé avec sa poêle, elle s'essuya le front. Elle avait une vision de plus en plus nette de l'organisation des cuisines. Ce n'était pas son genre de rester en retrait à prendre des notes, et son immersion totale était fort appréciée de ses collègues.

Le chef vint lui présenter une assiette où il avait disposé avec art un échantillon de sa dernière création.

— Goûtez-moi ça, Emma…

— Hum, c'est délicieux ! s'exclama-t-elle en souriant.

— Vous l'avez bien mérité, répliqua le chef avant de retourner à ses fourneaux.

Le *méritait*-elle ? Emma aurait été incapable de le dire. Mais, en tout cas, elle apprenait une foule de choses. Si elle parvenait à améliorer certains détails pour rendre le travail du personnel plus facile, plus fluide, elle considérerait cela comme une victoire.

Un peu plus tard, alors qu'elle sortait des cuisines, elle croisa Karina qui se pinça le nez.

— Tu dégages une odeur de vieille friteuse, Emma !

— C'est mon nouveau parfum, répliqua-t-elle avec malice.

— Ils ne t'ont pas donné d'équipement approprié ?

— J'étais couverte de la tête aux pieds d'une combinaison plastique digne du plus grand styliste, mais certaines odeurs sont particulièrement tenaces, vois-tu…

— Tu ferais mieux d'aller te changer — tu n'as pas oublié que tu étais invitée à ma soirée d'anniversaire, au moins ?

— Oh mon Dieu, si… j'avais oublié !

Emma éclata de rire devant la mine déconfite de son amie.

— Mais non, je plaisantais !

— J'aime mieux ça ! répliqua Karina en roulant les yeux. J'ai besoin de toi pour contrôler mon frère.

— Ton frère ?

— Oui, le Tyran. Autrement dit, Lucas. Ne me regarde pas comme ça, Emma : oui, tu as bien compris, je suis la sœur du grand patron.

Emma sentit la tête lui tourner.

— Je compte sur toi pour l'empêcher de me donner des ordres à propos de tout et de rien, enchaîna Karina. C'est la première fois que je rencontre une femme capable de lui tenir tête, alors ne me gâche pas ce plaisir !

— Lucas est ton frère…, murmura Emma. Mais oui, bien sûr, c'est évident !

Comment n'avait-elle pas remarqué plus tôt la ressemblance entre eux, pourtant flagrante ?

— Mais pourquoi ne pas me l'avoir dit plus tôt, Karina ?

— Je pensais que tu le savais, que Lucas te l'avait dit.

Emma hésita. Ce n'était pas le moment d'avouer qu'elle ne partageait pas ce type d'intimité avec Lucas.

— Il s'y prend tellement mal, avec toi, soupira Karina. J'avoue que, parfois, il me désespère…

— Tu ne t'attends pas à ce que je te confie des secrets sur notre relation, n'est-ce pas ? s'exclama Emma avec un petit rire forcé.

— Oh non, surtout pas ! se récria Karina avec une grimace offusquée. Mais je vais te dire une chose : tu as fait impression sur lui, c'est certain !

Un désir irrépressible de lui parler de sa grossesse traversa Emma mais, lorsque Karina la prit par le bras pour l'entraîner en lui parlant des préparatifs de la soirée, elle décida qu'il était encore trop tôt pour dévoiler son secret — surtout à la sœur de Lucas.

Après s'être lavé les cheveux en utilisant un flacon entier de shampoing, Emma enfila son vieux peignoir et sortit de la salle de bains lorsqu'on frappa à la porte de sa suite.

Son cœur bondit dans sa poitrine. Qui aurait-ce pu être, sinon Lucas ?

Après avoir rajusté les pans de son peignoir et resserré la ceinture, elle alla ouvrir et resta figée.

Vêtu d'un jean noir décontracté et d'une chemise noire elle aussi, dont il avait roulé les manches sur ses avant-bras musclés, il sortait visiblement de la douche. Sans doute après être allé faire un tour à la salle de musculation.

À moins qu'il ne sorte du lit d'une autre femme…

— Tu vas bien ? demanda-t-il en fronçant les sourcils.

Emma se détourna rapidement.

— Oui. Très bien, même.

Elle préférait s'éloigner de lui, pour ne plus sentir les effluves boisés, mêlés à son essence mâle. Cette fragrance divine lui produisait le même effet qu'une drogue...

Se tournant vers lui, Emma redressa le menton et soutint son regard, tout en tressaillant au plus profond de son être. Dans ses yeux sombres, elle retrouvait le mélange de sensualité et d'humour qu'elle connaissait si bien, mais auquel s'ajoutait une légère inquiétude.

Il lui avait beaucoup manqué, réalisa-t-elle avec un léger frisson. Sans qu'elle ne s'en rende vraiment compte.

— Je dois continuer à me préparer, dit-elle tout à coup.

— Tu parais bien nerveuse... Quelque chose ne va pas ?

— Je ne voudrais pas être en retard à la fête de ta sœur.

— Et tout va bien, du côté du bébé ?

— Tout va très bien. Je t'en aurais parlé, sinon.

— Pas de problèmes avec ta grossesse, alors ? insista-t-il.

— Non.

Le problème, c'était ce désir insensé d'être dans ses bras. De l'entendre chuchoter qu'il était fou de joie qu'elle soit enceinte...

— Le médecin dit que tout se passe normalement, poursuivit-elle d'un ton neutre.

— Le médecin ?

— Oui, celui de l'hôtel. Il est très bien. Je suis allée le voir dès le matin de mon arrivée.

— Tu as pris tes repères, à ce que je vois.

— J'ai fait le nécessaire pour ma santé et celle du bébé. La protection médicale que tu offres au personnel est de qualité.

— Je suis heureux de te l'entendre dire.

La froideur qui avait coloré sa voix la glaça. Ils parlaient de leur enfant avec une telle distance...

— Je préférerais que tu ne travailles pas, reprit-il soudain.

— Je *dois* travailler. Et ce que je fais n'est pas vraiment éprouvant.

— Mon chef m'a affirmé que tu étais heureuse en cuisine.

Il savait tout, songea Emma avec un nouveau frisson. Tout le monde devait lui faire son rapport.

— Tu ferais mieux de te reposer, poursuivit Lucas. Et non d'effectuer des tâches pénibles…

— Je ne choisis pas ce que je fais, l'interrompit-elle d'une voix ferme. Je fais ce que je dois faire, c'est tout.

— Vraiment ? dit-il en plissant les yeux d'un air menaçant.

Eh bien, il allait être déçu, car elle ne céderait pas. Si elle le laissait faire, Lucas profiterait d'elle jusqu'à la naissance du bébé. Ensuite, il la rejetterait sans pitié. Alors que, de son côté, Emma avait besoin d'avancer professionnellement, afin de quitter le Brésil avec de solides compétences et de bonnes références, qui lui ouvriraient de nombreuses portes.

— Nous nous reverrons tout à l'heure, à la soirée de Karina, dit-il lentement.

— Oui, à tout à l'heure. Au fait, tu aurais pu me dire que Karina était ta sœur.

— Vous êtes devenues amies, apparemment, répliqua-t-il d'un ton méfiant. De quoi parlez-vous, ensemble ?

— De tout et de rien, répondit Emma avec un haussement d'épaule.

— Tu lui as dit que tu étais enceinte ?

— Non, et je n'ai pas l'intention de lui en parler. Pas ce soir, du moins.

Lucas la dévisagea en silence.

— Autre chose ? demanda-t-elle.

Mon Dieu, cette chaleur virile qui se diffusait en elle, délicieuse, enivrante…

— Tu ne m'as pas dit que je t'avais manqué.

Des étincelles naquirent au creux de ses reins, pétillèrent dans tout son corps.

— Non, en effet. Et maintenant, si tu veux bien t'en aller, il faut vraiment que je me prépare.

Il continua de la regarder, les paupières mi-closes, puis se détourna et s'éloigna dans le couloir.

Après avoir refermé la porte, Emma s'y adossa et poussa un long soupir tremblant.

Combien de temps réussirait-elle à lui résister ?

11

C'était le chaos. Comme tous les ans.

Lucas avait dépêché une équipe d'agents de sécurité sur place dès l'après-midi, mais il tenait à contrôler la situation lui-même — c'était vital.

Fouillant la foule d'invités du regard, il chercha Emma, qui n'était pas encore arrivée, visiblement. Bon sang, quel vacarme… ! Même quand il quitta la tente gigantesque, le bruit continua de vibrer dans ses oreilles. Cette année, la fête se déroulait sur la plage — suffisamment loin de l'hôtel pour ne pas troubler le repos des hôtes.

Depuis leur discussion, la suggestion d'Emma résonnait dans l'esprit de Lucas. Il pourrait faire construire un nouvel établissement là, sur ce terrain qui lui appartenait.

Emma avait des idées intéressantes, à plus d'un titre. Pour la première fois de sa vie, il regretta d'avoir renoncé à toute relation à long terme avec une femme. La vie lui avait appris à se montrer réaliste, sans que cela ne l'empêche d'avancer. Emma apprendrait elle aussi.

Quand il se retourna, il ne put retenir un léger sourire. Sa sœur était décidément une organisatrice d'événements hors pair, raison pour laquelle il l'avait d'ailleurs embauchée.

Elle aussi avait des idées intéressantes et les renouvelait sans cesse, ce qui lui avait permis de se faire remarquer dans le métier. Cette année, elle avait choisi le thème des *Mille et Une Nuits* pour sa soirée d'anniversaire, si bien que la tente gigantesque déployait un éventail extraordinaire de nuances exotiques. Les parois étaient faites de panneaux de soie aux teintes somptueuses, mises en valeur par d'innombrables torches réparties astucieusement dans le vaste espace chamarré. Les serveurs, choisis avec soin pour leur musculature et leur beauté, se promenaient en bombant leur torse nu parmi les invités, avec leurs plateaux chargés de verres contenant des liquides colorés.

Pour ceux qui désiraient échapper à l'atmosphère agitée de la fête, des braseros avaient été allumés çà et là sur la plage, au-dessus desquels les invités pouvaient faire rôtir brochettes et autres mets mis à leur disposition.

Lucas leva les yeux vers le toit de la tente : élégamment plissé, celui-ci était surmonté d'une petite tour sertie d'une couronne dorée sur laquelle flottait un drapeau bleu lapis-lazuli arborant les initiales K.M., entrelacées en arabesques dorées.

Comme toujours, Karina s'était surpassée en extravagances, mais il aurait fait n'importe quoi pour celle qui avait eu la chance d'être épargnée. Pas un jour ne passait sans que Lucas ne pense au soir où, à cause de lui, elle avait failli perdre la vie.

Repoussant les souvenirs funestes qui revenaient le hanter, il chercha de nouveau Emma des yeux. Où était-elle ? À vrai dire, il ne savait que penser de l'amitié qui naissait entre les deux jeunes femmes. Et où était passée sa sœur, bon sang ? Elle aurait dû être là pour accueillir ses invités !

Il ne put s'empêcher de repenser à Emma : que porterait-elle, ce soir ? Il frémit en se rappelant le feu couvant tout à l'heure dans ses yeux verts, qui lui avait rappelé l'ardeur avec laquelle elle avait joui dans ses bras à Londres. Sa grossesse n'avait pas éteint sa fougue, il en était certain. Au même instant, il l'aperçut qui descendait le sentier. Comme il l'avait prévu, elle arrivait avec

Karina, bras dessus bras dessous. Ce fut son rire perlé qui atteignit d'abord Lucas, en plein cœur, puis ses yeux de jade croisèrent les siens.

Le menton haut, elle passa devant lui dans un délicieux frou-frou de mousseline. Sa robe était de la même nuance que ses yeux, et l'étoffe flottait derrière elle tandis qu'elle marchait, les pieds nus dans de fines sandales de cuir naturel. Les ongles de ses orteils étaient peints en rose nacré, eut-il le temps de remarquer, et sa peau lui parut plus claire que d'habitude. Diaphane.

Soudain, Lucas se fit l'effet d'un satyre poursuivant une nymphe. Comparaison qui ne fit qu'attiser son désir. Emma avait ceint sa chevelure flamboyante d'un bandeau orné de strass couleur émeraude. Mais celui-ci n'empêchait pas ses cheveux d'onduler sur ses épaules, comme un voile de feu.

S'il ne la possédait pas ce soir, il deviendrait fou.

— Nous allions danser ! protesta sa sœur quand il s'interposa entre elles deux.

— Tu devrais plutôt t'occuper de tes invités, Karina. Emma ?

Sans attendre sa réponse, il l'enlaça et l'entraîna à l'écart.

— Quelle autorité ! fit Emma en haussant un sourcil moqueur.

Mais elle ne tentait pas de se dégager, constata Lucas.

— Tu es vraiment impossible ! poursuivit-elle. Tu penses pouvoir tout contrôler, même ta sœur, mais ne compte pas sur moi pour accourir au moindre claquement de doigts !

Après s'être arrêté au bord de l'eau, il vint se placer devant Emma et lui prit les mains.

— Ce que je désire, c'est que tu viennes librement à moi.

Un petit halètement s'échappa de ses lèvres pulpeuses, soulignées d'une touche de gloss couleur pêche.

— N'essaie pas de me résister, Emma. Tu en meurs d'envie autant que moi...

Quand elle leva les mains et les posa sur son torse, il les écarta et se pencha pour effleurer ses lèvres des siennes.

— Arrête, dit-elle d'une voix rauque.

— Tu préfères retourner voir ma sœur ?

— Je préférerais t'embrasser.

Elle écarquilla les yeux, comme si ces paroles avaient jailli malgré elle.

— Oui, je devrais aller retrouver Karina, reprit-elle à la hâte. Elle doit se demander où je suis passée...

— Tu parles ! Elle nous a déjà oubliés tous les deux, murmura-t-il en souriant. Regarde...

Emma tourna les yeux en direction de la tente : entourée d'une bande d'amis devant l'ouverture, Karina riait, la tête renversée en arrière.

— Tu as peut-être raison, dit-elle en se retournant vers lui.

Sans dire un mot, Lucas lui prit la main et l'entraîna dans la semi-obscurité. Il connaissait cette plage par cœur. Il y venait déjà enfant et l'avait explorée dans ses moindres recoins. Il savait où s'arrêter, où s'asseoir, où s'étendre, et même où faire l'amour. C'était là qu'il avait perdu sa virginité, avec une femme plus âgée que lui, à l'époque où il croyait encore à l'amour.

— Je n'ai pas changé d'avis, dit Emma en ralentissant le pas.

— À quoi fais-tu allusion ?

Il se pencha pour rouler son jean jusqu'aux genoux, puis s'avança dans les vaguelettes qui venaient mourir sur le sable.

— *Pas de sexe !* cria-t-elle pour couvrir le bruit du ressac. Comme je te l'ai déjà dit et répété !

— On peut toujours revenir sur ce genre de décision.

D'un geste habile, Emma ôta ses sandales et prit sa robe à pleines mains afin de pouvoir le suivre.

— Non, pas moi, riposta-t-elle en le rejoignant. Et pourquoi changerais-je d'avis, d'abord ?

Elle se tourna vers lui, soudain très sérieuse.

— Tu ne parles jamais de toi. Tu ne montres jamais le *vrai* Lucas, tu ne dévoiles jamais rien de ce que tu ressens ou penses, ni de l'avenir ni du passé. Tu gardes toujours toutes tes pensées pour toi. Alors, je ne vois vraiment pas pourquoi je reviendrais sur ma décision !

— Parce que tu en as la possibilité ?

Elle éclata de rire en se tournant vers le large.

— Non, c'est non.

L'imitant, il ferma les yeux et inspira une profonde bouffée d'air marin.

— Tu ne danseras pas non plus avec moi ?

Quand il regarda Emma, elle plissa le front d'un air sévère.

— Surtout pas !

— Même pas une petite valse ?

— Une valse ? Au Brésil ? lança-t-elle en riant de nouveau.

Il adorait la voir ainsi. Détendue, espiègle. Et terriblement sexy…

— Une rumba, alors, murmura-t-il.

La danse de la sensualité, de la séduction. De l'excitation de tous les sens. Sans lui laisser le temps de réagir, il prit Emma dans ses bras et l'attira contre lui.

Une danse, cela ne pouvait pas faire de mal, se convainquit Emma tandis qu'elle fermait les yeux et se laissait aller dans la chaleur de Lucas. Ils ondulaient ensemble avec une telle harmonie, un tel bonheur… Le désir pulsant entre eux, en eux…

Elle frémit sous la légère caresse de ses doigts sur son bras nu. C'était si facile de tout oublier, abandonnée ainsi contre lui. Tout, hormis Lucas et l'intensité de ces instants.

Après avoir enroulé une mèche de ses cheveux autour de sa main, il lui renversa la tête en arrière pour l'embrasser dans le cou. Ce baiser d'une intimité inouïe lui rappelait celle qu'ils avaient partagée à Londres. Posant les mains sur les épaules de Lucas, Emma redressa la tête et planta ses yeux dans les siens.

Ce qu'ils n'avaient pas partagé, c'était un moment paisible comme celui-là. Ils n'avaient connu que la passion et le feu, le chaos, les surprises, le choc, mais cette danse langoureuse n'était qu'intimité, aussi inévitable et éternelle que le va-et-vient des vagues mourant et renaissant à l'infini.

Lucas avait peut-être enfin appris à écouter ses sensations… À cause du bébé…

Quand il lui prit la main et remonta la plage, Emma ne tenta pas de résister. Lucas s'arrêta bientôt devant un creux dissimulé par d'immenses palmiers, semblable à une alcôve secrète.

Un refuge pour les amants, avec la clarté de la lune pour tout éclairage et la nuit étoilée pour ciel de lit.

Après l'avoir étendue délicatement sur le sable, il s'allongea à côté d'elle, puis la reprit dans ses bras et l'embrassa. Ivre de lui, le cœur battant la chamade, elle gémit de désir avant même qu'il pose les mains sur son corps.

Mais, lorsqu'il referma les doigts sur ses fesses, elle laissa échapper un cri tremblant. Sa robe longue ne représentait pas un obstacle pour Lucas. Emma n'aurait pas été plus exposée si elle avait été complètement nue. Il repoussa l'étoffe lentement, en une savante caresse, lui dévoilant les mollets, les genoux, les cuisses… Son string de dentelle fut bientôt écarté d'un geste adroit et rapide. Emma tremblait déjà de plaisir quand son amant se glissa entre ses jambes.

Glissant une main sous ses reins, Lucas lui souleva les hanches tandis que, de l'autre, il lui maintenait les poignets au-dessus de la tête.

Exactement comme elle désirait qu'il le fasse.

Mais, lorsqu'il caressa l'orée de son sexe avec l'extrémité de son membre, Emma se mit à haleter. Il la soumettait à une torture exquise, allant et venant, sans jamais lui donner ce qu'elle désirait.

Lucas adorait prendre son temps...

— Viens, *maintenant*, ordonna-t-elle en le retenant prisonnier entre ses cuisses.

Une plainte rauque échappa à Lucas, ses yeux s'embrasèrent. Sans détacher un instant son regard du sien, il la pénétra lentement, puis se retira, avec la même lenteur.

Un nouveau coup de reins, plus vigoureux, un roulement des hanches...

Emma cria son prénom tandis qu'il murmurait :

— *Oui, maintenant...!*

Ivre de volupté, elle s'envola dans la jouissance. Celle-ci dura longtemps. C'était trop. Trop bon. Emma aurait voulu ne jamais redescendre sur terre. Elle aurait aimé rester suspendue dans le cocon érotique tissé par Lucas, alors qu'il l'entraînait dans l'extase, encore et encore, toujours plus fort, toujours plus haut...

— Abandonne-toi totalement, chuchota-t-il. Pense à ce que je te fais...

C'était inouï, incroyable. Ces simples paroles exacerbèrent encore le plaisir d'Emma. Lucas connaissait son corps mieux qu'elle ne le connaissait elle-même. Il en devinait les moindres réactions...

Une nouvelle vague l'emporta, lui arrachant un cri.

— Gourmande, se moqua-t-il doucement contre sa bouche.

— *Très* gourmande...

Ils s'embrassèrent, se caressèrent, se murmurèrent des mots qui le surprirent sans doute autant qu'elle-même. Ils firent l'amour durant des heures. Il ne s'agissait pas seulement de sexe, se convainquit Emma tandis que Lucas reprenait sa bouche. Même leurs baisers avaient un goût différent. Il s'y prenait maintenant avec tendresse et douceur, comme s'il éprouvait vraiment quelque chose pour elle.

Une lumière iridescente éblouit un instant Emma. Après la naissance de leur enfant, ils pourraient peut-être partager davantage...

Aussitôt, elle se fustigea de se laisser aller à de tels fantasmes. Elle devait rester forte et ne compter que sur elle-même, sans espérer que Lucas ressente quoi que ce soit pour elle.

— Ça va ? murmura-t-il en se retirant délicatement.

— Oui...

Quand il roula sur le flanc, il l'entraîna avec lui et la regarda dans les yeux.

Ces moments étaient merveilleux. Magiques. Faire l'amour avec Lucas sous les étoiles était fabuleux. Emma aurait pu rester là avec lui jusqu'à l'aube. Sans bouger, les jambes enroulées autour de ses cuisses musclées. Jusqu'à son dernier souffle.

— Qu'y a-t-il ? demanda-t-il d'une voix douce quand elle tressaillit contre lui.

— Rien, je suis bien, murmura-t-elle.

Avait-elle trouvé la clé de son cœur ? Lucas commençait à avoir confiance en elle, Emma en était certaine. Désormais, ils allaient peut-être pouvoir cheminer ensemble...

Cet espoir venait à peine de la traverser que Lucas s'écarta et se leva d'un bond.

Aussitôt, elle se sentit abandonnée, privée de sa chaleur…

Tout en se rajustant rapidement, il baissa les yeux sur elle.

— Je suis heureux d'avoir réussi à te faire sourire.

— Et moi je suis heureuse que tu aies changé.

Elle désirait s'accrocher à ces moments précieux qu'ils venaient de vivre ensemble, même si, au fond de son cœur, elle savait qu'ils appartenaient déjà au passé pour Lucas.

— Changé ? dit-il en fronçant les sourcils.

Il boucla sa ceinture d'un geste rapide.

— En quoi ?

— Tu es devenu affectueux…

Mon Dieu, quand cesserait-elle de fantasmer ? Quand se réveillerait-elle et réaliserait-elle que Lucas ne partageait en rien ses rêves d'amour romantique ?

Par ailleurs, ses hormones lui jouaient des tours. À cause d'elles, Emma se laissait aller à une douce euphorie après avoir fait l'amour alors que, pour Lucas, il s'agissait uniquement de sexe et que, de son côté, il gardait les idées claires.

— Tu as bien dit *affectueux* ?

— Oui… Comme si tu avais renoncé un peu à vouloir tout contrôler ! répliqua-t-elle d'un ton faussement enjoué.

Quand il l'aida à se relever, elle se força à se rappeler que l'amour n'intéressait pas Lucas. Alors qu'à ses propres yeux aimer et être aimé comptait plus que tout au monde.

Mon Dieu, ce contraste entre eux la rendait encore plus pitoyable, songea Emma en lissant sa robe d'une main mal assurée.

Lucas se tourna du côté d'où leur parvenaient un air de samba, des bruits de voix et de rires trouant gaiement la nuit.

Il était temps d'aller rejoindre les autres.

— Qu'est-ce que tu as ? demanda-t-il en se tournant vers elle.

— Rien.

Cet homme distant était-il vraiment celui qui lui avait paru si tendre, si affectueux ? Pas même un petit baiser ou un geste pour la rassurer, à présent.

Décidément, elle était bien loin de connaître cet être complexe…

— On y va ? proposa Emma avec un sourire radieux.

12

Pour Lucas, le sexe représentait un simple exercice physique, se répéta-t-elle pour la énième fois. Il s'en servait pour exercer son contrôle sur elle — ou du moins le croyait-il. Se concentrant sur la tente gigantesque qui se détachait dans l'obscurité et résonnait de musique et de rires, Emma s'interdit de regarder en arrière.

Et, quand il la rattrapa puis la dépassa avant de se retourner vers elle, l'empêchant d'avancer, elle le regarda en plissant le front.

— Tu veux bien me laisser passer, s'il te plaît ? Je suis déjà en retard.

— En retard ?

— Oui, très en retard, même. Alors, écarte-toi, s'il te plaît.

— Non seulement tu es en retard, répliqua-t-il, les yeux pétillant de malice, mais tu es toute décoiffée et tu as du sable partout.

Il tendit la main pour lui ôter une herbe sèche des cheveux.

— Et si je ne me trompe pas, poursuivit-il en se rapprochant d'elle, tu es en colère contre moi. Je peux savoir pourquoi ?

Parce que tu n'as pas de cœur, peut-être, répondit Emma en son for intérieur.

Tendant la main, il lui effleura les lèvres du bout des doigts.

— Ne sois pas fâchée, Emma. Nous allons les rejoindre ensemble : je ne pense pas qu'il y ait beaucoup de secrets, à l'hôtel. Tu occupes la suite voisine de la mienne et tu vas mettre mon enfant au monde. Personne ne sait encore que tu es enceinte, mais tu ne pourras plus le cacher très longtemps.

— Peut-être, mais je tiens à garder mon indépendance. C'est vital, pour moi.

— Ça l'était *avant* ta grossesse, répliqua-t-il avec une pointe de dureté dans la voix. Mais maintenant, tu as d'autres préoccupations, non ?

Qu'il ose l'accuser implicitement d'égoïsme la rendit folle de rage.

— J'en ai d'autres, en effet. Alors je vais te le répéter encore une fois : je ne serai pas ta maîtresse, Lucas !

— Pas de problème, dit-il avec un geste désinvolte. Paie ta part, travaille autant que tu voudras. En fait, j'y tiens : tu es un élément trop précieux pour que nous nous privions de tes services. Mais nous subviendrons *tous les deux* aux besoins de notre enfant.

Le regard de Lucas était devenu glacial, à tel point qu'Emma frissonna intérieurement.

— Comment vois-tu les choses ?

— Disons que je comblerai les manques.

Évidemment, s'il se référait à son propre standing, la façon dont elle élèverait leur enfant comporterait des *manques*...

— Accepte, pour une fois, et sois reconnaissante, Emma.

— Reconnaissante ? répéta-t-elle avec calme. À t'entendre, on dirait que je suis venue mendier auprès de toi et que je serai incapable de satisfaire aux besoins de notre enfant.

— Je dis seulement que je suis plus riche que toi et que, par conséquent, je...

— Je peux très bien élever mon enfant, l'interrompit-elle d'une voix ferme. Et je le ferai, avec ou sans ton aide...

— Tu feras ce qui est juste, la coupa-t-il à son tour. Il ne s'agit pas de toi, Emma, mais de mon enfant.

Son enfant. Son contrôle. Son univers...!

Emma en avait par-dessus la tête mais, en même temps, elle ne s'était jamais sentie aussi vulnérable, aussi seule. Aussi devait-elle rassembler ses forces et se battre. En fait, elle n'était pas seule, elle avait un enfant à protéger.

— Je crois que nous n'arriverons nulle part pour l'instant, dit-elle froidement. Et je voudrais vraiment m'en aller...

— Ne joue pas avec moi, Emma.

Quand il l'attira contre lui, elle retint un petit cri.

— C'est trop important, continua-t-il. Tu ne peux pas t'en aller comme ça.

— Et si toi tu ne peux pas regarder les choses en face, si tu es incapable de lâcher prise, nous n'avancerons pas, riposta-t-elle sur le même ton. Dans cette situation, nous sommes égaux, que tu le veuilles ou non. Et maintenant, laisse-moi passer.

Mais elle eut beau essayer de se dégager, Lucas ne la lâcha pas.

— Nous sommes bien assortis, dit-il, les yeux brillants.

— Oui, quand ça t'arrange! rétorqua-t-elle en redressant le menton. Mais lorsque je...

Il l'attira contre lui et la fit taire d'un baiser. Enveloppée dans sa merveilleuse chaleur, pressée contre son corps viril, Emma faillit capituler. Mais cette fois elle reprit ses esprits avant de s'abandonner tout à fait.

— Non, Lucas, lança-t-elle en le repoussant de toutes ses forces. Nous devons parler. Et pour commencer, j'ai besoin d'espace. Loin de toi.

— Pas moi..., murmura-t-il avec un sourire irrésistible.

Un gémissement échappa à Emma. Il roulait des hanches contre elle, avec cet art redoutable qui la faisait trembler tout entière, puis il fléchit légèrement les genoux avant d'appuyer son érection là où elle était le plus sensible, le plus excitée. Il continua son ensorcelant manège jusqu'à ce que tout le corps d'Emma le réclame, jusqu'à ce qu'elle-même devienne folle de désir.

— Tu n'as pas envie de t'en aller, Emma...

Elle déglutit nerveusement. Il avait raison. Mais, de son côté, elle savait qu'elle devait lui résister, à tout prix. S'écarter de lui et retourner à la fête. Restait un seul problème : elle ne *voulait* pas s'en aller, en effet.

Ce qu'elle désirait, c'était Lucas.

— Tu meurs d'envie que je te fasse l'amour, là, maintenant, alors que n'importe qui pourrait nous voir ou nous entendre, dit-il d'une voix rauque. Tu es prête à prendre n'importe quel risque parce que ce que tu désires plus que tout, c'est que je te fasse jouir. En fait, la perspective d'être surprise t'excite...

— Lucas, arrête, le supplia-t-elle. Nous ne pouvons pas...

— Mais nous sommes en train de le faire, l'interrompit-il. Et tu ne *veux* pas que je m'arrête...

— Mais, si quelqu'un arrive...

Il ouvrit sa braguette en souriant.

— Tu t'en fiches. Ce n'est pas cela qui te préoccupe pour l'instant, Emma...

Incapable de résister davantage, elle se mit à haleter tandis qu'elle sentait les grandes mains chaudes la caresser entre les cuisses, s'aventurer plus haut, plus profond, à un rythme grisant. Emma n'aurait pu l'arrêter, à présent. Son corps l'avait emporté sur son esprit, sur la raison. Un cri de volupté franchit ses lèvres. Rien ne comptait plus hormis le désir qui palpitait entre eux.

— Je n'avais pas raison ? dit Lucas en souriant contre sa bouche. Je m'occupe de tout, tu n'auras même pas à bouger...

Emma bougea néanmoins. Elle ne pouvait attendre. Lorsque Lucas la souleva dans ses bras, elle lui enroula les jambes autour des hanches. Elle en avait assez des préliminaires, aussi excitants fussent-ils. Elle le voulait en elle, maintenant.

Quand il donna un premier coup de reins, elle cria. Il l'emplissait complètement, étirant ses muscles intimes à l'extrême. Le choc était inouï, le plaisir incroyable. L'instant d'après, elle s'envolait dans l'extase en basculant la tête en arrière.

Quelques minutes plus tard, le visage enfoui dans son cou, Emma s'enivrait de sa senteur chaude et boisée. Le plaisir serait encore plus intense si elle se montrait plus patiente, venait de lui répéter Lucas. Et il durerait plus longtemps. Mais arrivait toujours le moment où elle ne pouvait plus attendre...

Il resta en elle, lui caressant doucement les cheveux, et quand elle eut recouvré son calme il se retira lentement... avant de donner un vigoureux coup de reins. Le choc fut époustouflant. Le plaisir fabuleux. Emma fut emportée par une houle d'une force implacable. Lucas s'enfonçait au plus profond, se retirait, recommençait en ondulant des hanches.

— Encore ! s'écria-t-elle entre deux halètements. Encore...

Elle ne se lasserait jamais de lui, réalisa Emma en fermant les yeux. Le rythme des poussées se faisait de plus en plus rapide, de plus en plus sauvage. Les ongles enfoncés dans ses épaules, les bras tendus quand Lucas la soulevait avant de la pénétrer vigoureusement, elle haletait, criait, murmurait, suppliait...

— Encore ? chuchota-t-il quand elle se fut calmée.

— Tu me demandes la permission ?

Pour toute réponse, il s'enfonça puissamment en elle, et cette fois ils jouirent ensemble.

— Oui ! cria Emma. Oui...

Quand elle le sentit se répandre en elle, le plaisir atteignit des sommets inouïs. Merveilleux.

— Cela ne m'était encore jamais arrivé, avoua-t-il lorsque leurs deux souffles se furent apaisés. J'étais tellement furieux contre toi...

— Et moi contre toi...

— Comment vais-je pouvoir me contrôler, à présent ?

Emma fouilla son regard en se demandant s'il plaisantait ou non. Leurs cœurs battaient à l'unisson, mais Lucas ressentait-il la même chose qu'elle ? Elle ne s'était jamais sentie aussi proche de quiconque, de toute sa vie, et la sensation était si extraordinaire, si unique, qu'elle avait envie de hurler son bonheur au monde entier.

Des étreintes torrides pimentées d'humour et agrémentées d'une pointe de tendresse, c'était certes fragile comme base sur laquelle construire une relation solide. Mais c'était un début, se dit-elle fermement en essayant de défroisser sa robe.

Elle aurait tant aimé lui dire qu'elle l'aimait, mais ç'aurait été une erreur. Monumentale. Il était trop tôt pour ce genre d'aveu. Lucas éclaterait sans doute de rire. Le moment de lui avouer son amour pour lui ne viendrait peut-être jamais. Son amant avait passé toute sa vie d'adulte à se protéger, à garder les autres à distance, et ce n'étaient pas des ébats passionnés sur une plage qui changeraient cet état de fait.

Ils entrèrent sous l'immense tente la main dans la main. Lucas se fichait des commentaires. Emma l'avait rendu heureux. Grâce à elle, il se sentait bien, pour la première fois depuis très longtemps.

— Tu ne peux plus refuser d'être ma maîtresse, désormais.

— Pardon ? répliqua-t-elle en s'arrêtant net pour se tourner vers lui. Alors tu crois qu'après ce qui vient de se passer tu peux profiter de moi autant que tu le voudras, et ensuite te débarrasser de moi ? Non, Lucas. Je n'ai pas changé d'avis : je ne serai pas ta maîtresse.

— Pourquoi ?

Il se pencha vers elle pour déposer un baiser léger sur ses lèvres.

— Pourquoi suis-je la seule femme au monde à te résister ? Je n'en sais rien, reconnut Emma en s'écartant. Je sais seulement que ce que tu me proposes ne me suffira jamais. Quelle que soit la façon dont tu présentes les choses.

— Dois-je comprendre que tu ne ressens rien pour moi ?

— Au contraire : je ressens *trop*. Mais rien n'a changé à cause de ce qui s'est passé sur la plage. Je ne vivrai pas avec toi et je ne serai pas ta maîtresse. Je n'aurais jamais dû accepter de rester dans ce fabuleux appartement. J'aurais dû exiger d'être logée dans les mêmes conditions que les autres membres du personnel.

Lucas lui adressa un sourire indulgent.

— Tu es consciente que ce sont tes hormones qui parlent ?

— Non, Lucas, affirma-t-elle en secouant la tête. C'est moi qui parle. Et je te répète que je ne me laisserai pas contrôler.

— Ce n'est pas mon intention.

— Alors, qu'est-ce que tu proposes ?

Pas le mariage, en tout cas, songea Lucas en voyant Emma se détourner. Il ne commettrait pas cette erreur une seconde fois.

Lorsqu'elle le regarda de nouveau, il eut l'impression de se noyer dans ses grands yeux verts.

— Tu es une énigme, Emma, admit-il. Tu es la femme la plus passionnée que j'aie jamais connue, mais tu me reproches de vouloir tout contrôler... Et toi ?

— Je me fiche des autres femmes, dit-elle en plissant le front. Et je ne veux pas être comparée à elles.

Il ne pouvait imaginer de la perdre, réalisa soudain Lucas. C'était impossible. Il ne pouvait pas prendre ce risque. Par conséquent, il trouverait une solution. Ce n'était pas la première fois qu'il rencontrait un problème en apparence insurmontable. Il avait toujours vaincu tous les obstacles. Il avait réussi à retourner le mépris de son père — qu'il n'était jamais parvenu à impressionner en dépit de tous ses efforts —, à transformer cet échec en stimulus qui lui avait permis d'atteindre son but.

— Bonne nuit, Lucas.

Bonne nuit ? Interdit, sidéré, n'en croyant ni ses oreilles ni ses yeux, Lucas la regarda s'éloigner d'un pas décidé, puis sortir de la tente.

Elle le plantait là ? Comme ça ? Elle s'en allait ?

Sans un seul regard en arrière ?

13

Au moment où il s'élançait derrière elle, Karina le rejoignit et lui posa la main sur le bras.

— Laisse-lui un peu de temps, Lucas.

— Pour quoi faire ?

Il n'était pas d'humeur à parler d'Emma avec sa sœur.

— Tu sais très bien pourquoi je dis cela, insista celle-ci.

— Vraiment ?

— Tu ne veux pas revivre le passé, je sais. Mais parfois, il faut le regarder en face. Et ensuite, tu pourras lui en parler. Tu ne peux pas le lui cacher éternellement.

Lucas secoua la tête d'un air farouche. Tant de choses s'étaient succédé, en si peu de temps. Les événements dont il refoulait le souvenir revenaient l'assaillir sans pitié. La vieille colère, la rancune, la souffrance, la trahison... Karina avait raison. Il devait affronter le passé pour pouvoir avancer. Mais pas là, au milieu de ce vacarme assourdissant. Ni à l'hôtel, où il ne pouvait se protéger des demandes incessantes inhérentes à son travail. Il n'y avait qu'un seul endroit sur terre où il pouvait démêler l'écheveau de ses émotions et tenter d'y voir clair.

— S'il te plaît, dit Karina en lui serrant doucement le bras. Réfléchis bien à ce que tu perdrais en perdant Emma. Ne prends pas ce risque...

Elle le regarda dans les yeux avant de poursuivre :

— Je préfère te voir ainsi, complètement dévasté,

plutôt que ne ressentant rien du tout. Accorde une chance à l'amour, Lucas.

— L'amour ? s'exclama-t-il avec un rire incrédule. Tu y vas un peu fort, Karina !

— Oui, Lucas, j'ai bien dit *amour.* Je n'ai pas peur de ce mot. Pourquoi le crains-tu autant, de ton côté ? Ce n'est pas parce que tu as été blessé une fois que tu le seras de nouveau. Donne-toi une chance, Lucas. Tu as peut-être trouvé la femme capable de te rendre vraiment heureux.

Lucas éclata d'un rire amer. Le bonheur n'était pas pour lui.

— Tout le monde a des secrets, insista Karina. Ce qui compte, c'est de bien choisir la personne avec qui les partager.

— Merci pour le conseil, petite sœur. Il y a plus de secrets que tu ne le crois.

— Et voilà, tu recommences ! s'exclama-t-elle en levant les yeux au ciel. Tu joues les grands frères ultra-protecteurs qui savent tout mieux que tout le monde ! Tu le fais avec de bonnes intentions, je sais, mais franchement tu t'y prends très mal ! Tu n'as pas à porter le monde entier sur tes épaules, Lucas. Je peux porter ma part, et Emma la sienne.

— J'en doute, murmura-t-il en plissant les yeux.

Il brûlait de partir à la poursuite d'Emma. Même si Karina n'avait pas complètement tort. Lui et Emma avaient en effet besoin d'espace, mais la sécurité de la mère de son enfant passait avant toute autre considération, désormais.

— Je vais la rejoindre.

— Oui, maintenant, vas-y, dit sa sœur, un sourire dans la voix.

Il l'aperçut qui courait sur la plage, tenant ses sandales dans une main et le bas de sa robe dans l'autre pour ne pas être entravée dans sa course. Le vent soulevait ses cheveux qui ondulaient comme une oriflamme.

— Emma ! Attends-moi !

— Va-t'en ! cria-t-elle par-dessus son épaule. C'est terminé, je m'en vais. Je ne veux plus jamais te revoir.

Ses pieds nus laissaient des empreintes sur le sable humide, la lune éclairait ses cheveux tandis que les vagues murmuraient inlassablement. Lucas la rattrapa en quelques secondes et, quand elle se tourna brusquement vers lui, il leva les mains en l'air en un geste comique.

— Cela n'a rien à voir avec une histoire de contrôle, Emma. Sais-tu combien il est dangereux de courir toute seule sur la plage ? Surtout dans ton état !

— Je suis enceinte, pas infirme, Lucas.

— Mais tu pourrais très bien te faire agresser, insista-t-il en lui prenant les bras. Ne recommence jamais ça, c'est bien compris ?

Cette fois, elle ne le repoussa pas. Sans doute avait-elle réalisé qu'il parlait sérieusement.

— Non, fit-elle d'une voix douce. Ne dis rien, Lucas. Je n'aurais jamais dû venir au Brésil. J'aurais dû te dire que j'étais enceinte plus tôt et rester en Écosse. Et maintenant, tout est encore plus compliqué.

— Alors que d'habitude, tout est toujours simple et évident, dans la vie ? répliqua Lucas en repoussant doucement une mèche de ses cheveux.

— Non… Mais ce soir, c'est si compliqué que j'ai besoin de prendre du recul. En attendant, tu veux bien me raccompagner jusqu'à l'hôtel ?

— Bien sûr.

— J'ai été stupide de m'enfuir comme ça. Tu avais raison à propos des hormones, dit-elle en hochant la tête. Elles me dominent complètement.

— Je sais.

Il s'interrompit quelques instants.

— Et si tu pouvais rester ici librement, sans conditions ?

— Je resterais.

— C'est vrai ?

— Oui. Mais seulement si je pouvais déménager et m'installer dans l'aile réservée au personnel, et si tu me laissais travailler comme je l'entends, sans intervenir pour me faciliter la tâche.

Tout ce qu'elle demandait était contraire à la nature de Lucas, mais Emma n'était pas un objet qu'il pouvait gérer à sa guise. Il devrait apprendre à faire des compromis et elle aussi.

— Nous allons discuter de tout cela.

— Côté hébergement, je ne céderai pas, le prévint-elle.

Marcher avec elle sans la toucher représentait une véritable torture, mais il la raccompagna sagement à l'hôtel, en silence. Et, quand ils arrivèrent dans le grand hall, quelque chose avait changé entre eux. C'était comme si un mur invisible était tombé.

— Merci de m'avoir laissé l'espace que je demandais, murmura-t-elle tandis qu'ils attendaient l'ascenseur.

Les portes d'acier s'ouvrirent en silence.

— Bonne nuit, Emma. Je vais demander à quelqu'un de s'occuper de ton déménagement.

— Merci.

Lucas resta immobile à regarder les portes se refermer sur la mince silhouette en mousseline vert jade puis, sa décision prise, il tourna les talons et regagna le grand hall.

À vrai dire, quand elle lui avait demandé de lui laisser de l'espace, Emma ne s'était pas attendue à ce qu'il la prenne au mot...

Tout en se mordillant la lèvre, elle se dirigea vers sa

nouvelle chambre, très confortable, située dans l'aile réservée au personnel. Depuis la soirée d'anniversaire de Karina, elle n'avait plus revu Lucas et restait éveillée la nuit à se demander où il se trouvait. Après avoir interrogé plusieurs de ses collègues, elle avait seulement appris qu'il était parti en voyage. Elle préférait ne pas poser la question à Karina. Elle avait beaucoup de choses à lui dire avant cela et, par ailleurs, la sœur de Lucas semblait très occupée.

La voyant attablée dans la cantine, Emma alla s'asseoir en face d'elle.

— Tu as une mine épouvantable, dit Karina en levant les yeux de son assiette. Tu as mal dormi ? C'est le manque qui t'empêche de dormir ?

Feignant de n'avoir pas compris l'allusion, Emma afficha un air préoccupé.

— Oui, je suis restée éveillée toute la nuit à m'inquiéter à cause du manque d'eau chaude dans ma salle de bains, si tu veux savoir.

— Ah… C'est *l'eau chaude* qui te manque ? repartit son amie d'un ton moqueur.

Elle planta sa fourchette dans un morceau de viande fort appétissant.

— Ça, c'est vraiment terrible, insista-t-elle.

— Oui, vraiment. Il y a quelque chose qui cloche avec la douche. Du coup, ça m'a donné l'idée de dresser une liste de choses à vérifier, dans toutes les chambres réservées au personnel. Et c'est ce que j'ai fait.

— Oui, bien sûr, appuya Karina en hochant la tête.

— Le plombier va venir aujourd'hui, pour jeter un coup d'œil à toutes les installations.

— Une banale histoire de… tuyauterie, en somme, murmura Karina en se mordant la joue.

— Ah…

— Arrête, Emma ! soupira Karina. Je sais tout concernant Lucas et toi, alors pas la peine de me raconter des histoires ! Tu croyais vraiment que je n'avais pas remarqué que vous aviez disparu tous les deux, le soir de mon anniversaire ?

Elle reposa sa fourchette en roulant les yeux.

— Et que, après ton départ, Lucas était parti à ta recherche ?

— Ton frère était un peu inquiet pour moi, répliqua Emma. Alors il m'a raccompagnée à l'hôtel, c'est tout.

— Et il t'a dit quelque chose quand il t'a rattrapée sur la plage ?

— Quel genre de choses ?

La sœur de Lucas pinça les lèvres, comme si elle hésitait à parler.

— Karina ? insista Emma.

— Eh bien…, répéta son amie, sans doute pour gagner du temps.

Elle regarda Emma dans les yeux.

— Revenons à cette soirée. S'il n'y a rien entre Lucas et toi, comment expliques-tu que tu sois revenue à la fête les joues toutes roses, les cheveux emmêlés et pleins de sable ?

— C'était parce que…

— D'accord, l'interrompit Karina. De toute façon, je ne suis pas sûre de vouloir le savoir. En revanche, ce que j'aimerais bien savoir, c'est ce qui se passe entre vous ! Et surtout, ce qui a mal tourné — c'est *ça* qui m'intéresse. De toute évidence, c'était sérieux, mais il y a eu un problème.

— Comment sais-tu tout cela ? demanda Emma, interdite.

— Je le sais parce que, quand mon frère disparaît tout à coup, ça veut dire que quelque chose d'important le tracasse et qu'il a besoin de s'isoler. Et, comme cela fait déjà plus d'une semaine qu'il est parti, ça doit être *très* important. Et de ton côté, étrangement, tu as évité avec soin de me demander où il était. Alors, je me pose des questions, c'est normal, non ?

Elle observa un instant Emma en silence avant de continuer :

— Et puis, il suffit de te regarder dans les yeux pour savoir que, toi aussi, il y a quelque chose qui te tracasse. Eh bien, il va falloir que vous trouviez une solution, tous les deux. Je refuse de croire que ce soit si terrible que vous ne puissiez pas en parler ensemble, face à face.

— Je crains que ce ne soit insoluble, avoua Emma.

— Alors, explique-moi ce qui se passe, pour l'amour du ciel ! Quel est le problème, au juste ?

— Je suis enceinte de Lucas.

N'osant regarder Karina, Emma se prépara à sa réaction. Quand elle se décida à l'affronter, elle vit son amie poser la main sur ses lèvres, le visage blême, avant de se ressaisir rapidement.

— Mais c'est merveilleux ! s'écria-t-elle en se penchant au-dessus de la table pour embrasser Emma.

Sans se soucier de l'assiette et de son contenu qui valsèrent sur la table...

— Je ne comprends pas pourquoi tu as l'air aussi inquiète ! reprit-elle en se rasseyant.

— Ce n'est pas simple.

— Mon Dieu, qu'est-ce qui l'est ? Mais je peux peut-être t'aider ?

— Le problème, c'est Lucas.

— Ah... Effectivement...

— Enfin, ce n'est pas vraiment lui, commença Emma en hésitant. Pas facile de parler de cela avec sa sœur...

— Essaie toujours. Je suis aussi ton amie, ne l'oublie pas.

— Je ne sais pas comment le dire...

— Il veut tout contrôler, c'est ça ?

Emma ne put s'empêcher d'éclater de rire en voyant la mimique de Karina.

— Oui, absolument *tout*, reconnut-elle. Tout ce que je fais, au travail et en dehors du travail, ma grossesse, le bébé, moi...

— Lucas peut se montrer très pénible, l'interrompit Karina. Mais il a des excuses.

— Tu peux m'expliquer de quoi il s'agit ?

Karina secoua la tête en se mordillant la lèvre, comme si elle regrettait d'en avoir trop dit.

— Ce n'est pas à moi de le faire. Demande à Lucas.

— Étant donné que je ne sais même pas où il est, ça risque d'être difficile ! Et puis, nous ne nous sommes pas séparés en très bons termes...

— Tu veux dire que vous vous êtes comportés comme n'importe quel couple d'amoureux ?

— Nous ne sommes pas des amoureux.

— Ah bon ?

— Je lui ai dit que j'avais besoin d'espace, et il m'a prise au mot.

— Lucas n'est pas parti pour toujours. Je ne l'ai jamais vu aussi vivant que lorsqu'il est avec toi. Tu représentes pour lui une seconde chance, Emma. Parle-lui, et tu comprendras pourquoi il est comme il est.

— Dans ce cas, il faut que tu me dises où le trouver.

— Au ranch où nous allions tous les étés quand nous étions enfants. Nous avons vendu la maison de famille de Rio parce qu'elle contenait trop de souvenirs douloureux, mais nous avons gardé le ranch, ainsi que le vieux chalet où nous avons été heureux autrefois. Et puis, nous ne pouvions pas nous résoudre à rompre tout lien avec les gens qui travaillent là-bas — ils sont un peu notre famille.

— C'est loin d'ici ?

— Il faut deux heures d'avion pour arriver au ranch,

ensuite, deux heures de plus pour parvenir au chalet, à cheval. Tu ne comptes pas y aller toute seule, dis-moi ? Tu sais monter, au moins ? Le chalet se trouve au milieu de nulle part, et tu es enceinte.

— Oui, mais pas malade. Et l'exercice physique est vivement recommandé, dans mon état. De toute façon, je dois y aller, alors parle-moi de ce chalet, Karina.

— Il tombait en ruine quand nous étions enfants, mais Lucas l'a reconstruit, planche par planche. C'est *son* chalet, personne d'autre que lui ne va jamais là-bas. Et, quand il a besoin de solitude, c'est là qu'il va se réfugier.

— Et, comment fait-on pour…

— Non, l'interrompit Karina. J'ai changé d'avis. Lucas ne me pardonnerait jamais de t'avoir laissée partir toute seule. Et je préfère ne pas penser à sa réaction s'il te voyait débarquer au chalet…

— Et moi, l'interrompit Emma à son tour, je ne te pardonnerai jamais si tu ne me dis pas comment aller là-bas.

Elle se pencha et prit la main de son amie.

— S'il te plaît, Karina…

Comprenant qu'elle était déterminée à tout pour rejoindre Lucas, Karina céda.

— L'avion-cargo peut te déposer au ranch, mais pas plus loin.

— L'avion-cargo ?

— C'est un avion qui permet de transporter du bétail. Tu seras en sécurité, au ranch, mais tu ne pourras pas aller au chalet parce qu'on ne peut y accéder qu'à cheval. Il n'y a ni route ni piste d'atterrissage. Et tu ne montes pas, n'est-ce pas ? demanda Karina en plissant les yeux d'un air soupçonneux.

— Si je pouvais au moins aller jusqu'au ranch…

— Le seul moyen de le joindre, c'est le téléphone satellite, mais il ne répond jamais. Alors tu devras l'attendre sur place, de toute façon. Et on ne peut pas savoir combien de temps il restera au chalet.

— Pas de problème, je l'attendrai.

Karina l'observa en silence.

— Tu me promets de ne pas faire de bêtises, hein ?

— Promis. J'aimerais vraiment voir ce ranch. Si cela ne dérange pas ceux qui y vivent, bien sûr...

— Tu ne les dérangeras pas, affirma Karina.

— Bon. Alors, tu veux bien tout organiser pour moi ? demanda Emma en retenant son souffle.

— Je vais voir ça avec le pilote et prévenir au ranch de ton arrivée. Mais ils ne pourront pas joindre Lucas, tu as bien compris ? Tu devras attendre qu'il revienne...

— Oui, j'ai compris, ne t'en fais pas, la rassura Emma.

Qu'avait-elle à perdre ? Elle *devait* voir Lucas. Et, en matière de solitude, elle avait de l'expérience à revendre.

14

Emma secoua la tête en découvrant les chevaux racés alignés dans leurs boxes respectifs. Comment pouvait-on apprécier de se retrouver juché sur de tels volcans susceptibles d'entrer en éruption à chaque instant ?

À sa descente de l'avion-cargo, elle avait été accueillie par un gaucho qui s'était présenté sous le nom de Pedro, puis l'avait conduite au ranch dans sa jeep. Après s'être installée dans sa chambre, une vaste pièce équipée du plus grand confort et décorée de teints clairs faisant ressortir les beaux meubles anciens, elle avait regagné la salle principale où une jeune femme aimable et souriante lui avait servi un déjeuner copieux et savoureux.

Ensuite, Emma s'était rendue aux écuries où elle avait retrouvé Pedro.

Avec ses *chaps* de cuir râpé, sa ceinture ornée de pièces d'argent et sa politesse un peu surannée, il l'avait impressionnée au premier regard. Et maintenant, elle s'efforçait — avec beaucoup de mal — de le convaincre qu'elle désirait emprunter l'un des chevaux.

— J'ai appris à monter en même temps qu'à marcher, affirma-t-elle d'un ton dégagé.

Alors qu'intérieurement elle tremblait comme une feuille.

— Je vais vous chercher une monture.

— Merci.

Cette fois, elle avait réussi.

Mais, lorsqu'elle vit Pedro revenir avec... une mule, Emma regarda celle-ci en fronçant les sourcils.

— Vous voulez que je monte là-dessus ?

Manifestement, l'animal n'était pas de la première jeunesse...

— Oui, *senhorita*. Nancy n'est pas rapide, mais elle est douce. Vous ne craindrez rien, avec elle.

Refoulant son appréhension, Emma s'approcha de la dénommée Nancy, qui avait en effet l'air docile. Prudemment, elle lui caressa les oreilles, aussi soyeuses que du velours.

— Elle est grand-mère, expliqua Pedro avec un sourire rassurant.

— Oh ! très bien...

Après tout, peut-être feraient-elles bon ménage ? Emma s'était toujours bien entendue avec les personnes âgées.

— Et elle connaît le chemin pour aller au chalet.

— Au chalet ? répéta Emma d'un air faussement innocent.

Eh bien, puisque Pedro avait deviné ses intentions, autant en profiter pour lui demander toute information utile. Néanmoins, elle ne voulait pas causer de tort au fidèle gaucho.

— Vous croyez que Lucas m'en voudra de venir troubler sa solitude ? demanda-t-elle sans le regarder.

— *Senhor* Marcelos n'en veut jamais à Pedro, répondit-il en continuant de harnacher la mule. Je pars avec vous.

— Oh non, ce n'est pas la peine ! se récria Emma.

Les joues en feu, elle se détourna rapidement. Elle ignorait ce que les gens du ranch avaient pensé en voyant débarquer une parfaite inconnue. Karina les avait sans doute prévenus et leur avait peut-être expliqué qu'elle travaillait pour Lucas...

— J'ai un téléphone ! reprit-elle en brandissant son portable.

— Ça ne fonctionne pas, par ici, répondit Pedro avec calme.

— J'ai aussi des provisions…

Les grandes sacoches pendant de chaque côté de la selle étaient en effet remplies de nourriture et de gourdes d'eau.

— … et une carte ! acheva triomphalement Emma en agitant celle-ci.

Pedro hocha lentement la tête en silence, mais sans avoir l'air convaincu pour autant. Maintenant qu'elle lui avait démontré qu'elle était bien organisée, il allait la laisser partir seule, non ?

— Ça vous plaît, ici ? demanda-t-il soudain en souriant.

— Oui, c'est fabuleux, répondit-elle sincèrement.

Le terrain d'atterrissage étant assez éloigné du ranch à proprement parler, ils avaient traversé des terres immenses appartenant à Lucas, lui avait expliqué Pedro. Puis ils avaient franchi un haut portail de bois en forme d'arche avant d'emprunter une piste aride conduisant à la longue maison basse. Tout était si démesuré, dans cet endroit… Pas étonnant que Lucas s'y sente chez lui !

Auparavant, lorsque l'avion-cargo avait survolé la pampa, la beauté brute de celle-ci l'avait frappée au cœur. Peut-être parce que son charme sauvage lui évoquait celui de Lucas.

La gentillesse avec laquelle le personnel l'avait accueillie en disait long sur le père de son enfant. Ils s'étaient tous mis en quatre pour lui être utile, même quand elle avait annoncé qu'elle allait faire un tour à cheval, quelques heures à peine après son arrivée.

Elle ne pouvait attendre pour aller rejoindre Lucas. Et maintenant, il suffisait de réussir à passer la jambe par-dessus la selle… N'était-elle pas censée être née sur un cheval ?

Heureusement, Pedro se pencha et noua ses mains en

guise de marchepied. Cependant, même s'il ne s'agissait que d'une mule, le sol parut très éloigné à Emma, une fois qu'elle se retrouva en selle...

Lucas fendait du bois lorsque Pedro l'appela.

— *Quoi ?*

Pedro lui expliquait encore qu'il suivait Emma à distance que lui-même courait déjà vers son cheval.

— Ne vous inquiétez pas, Lucas, je veille sur elle, le rassura son vieil ami.

Certes, il avait confiance en Pedro depuis toujours, mais c'était à *lui*, Lucas, qu'il revenait de veiller sur Emma. Dans la pampa, elle ne risquait pas de rencontrer grand monde, mais il était facile de se perdre. Elle pourrait paniquer, et la mule trébucher. Les risques ne manquaient pas, pour une voyageuse inexpérimentée.

Fourrant son téléphone satellite dans sa poche, il sauta sur son cheval sans même prendre le temps de le seller.

Non seulement il devait veiller sur Emma, mais il devait lui parler. Karina avait eu raison, s'isoler lui avait fait du bien. Loin de tout souci, de toute distraction, il avait réfléchi, avec calme et lucidité.

Traversant au galop les étendues qu'il connaissait par cœur, Lucas se sentait fort, confiant. Quand il dirait la vérité à Emma, ce serait autre chose. Il n'avait pas l'habitude de s'exposer. Jeune homme, il avait été si sûr de lui, si arrogant — si *aveugle* —, jusqu'au jour où il avait pris la plus grande claque de sa vie. Il en avait été anéanti, avant d'être envahi par une amertume atroce qui l'avait rendu totalement insensible.

Et puis Emma était apparue dans sa vie, ébranlant toutes ses certitudes. Elle lui avait montré qu'une autre voie était possible.

Quand il lui aurait parlé, ou bien tout serait fini entre eux, ou bien il aurait la preuve qu'il était possible de changer.

En tout cas, il était déterminé à *essayer.*

Quand il l'aperçut, son premier réflexe fut de rire, de soulagement, de bonheur, mais aussi parce que le spectacle était franchement comique.

Quasiment allongée à plat ventre sur l'encolure de Nancy, Emma laissait pendre une carotte devant les naseaux de la mule pour l'encourager à gravir une colline. Mais sa monture préférait bien sûr brouter ses herbes favorites…

Mâchant tranquillement, elle refusait d'avancer, forçant Emma à agiter avec frénésie sa carotte, en vain…

— Lucas !

Elle se redressa si brusquement que Lucas craignit qu'elle n'effraie Nancy.

La rejoignant à la hâte, il s'arrêta à côté de la vieille mule, souleva Emma dans ses bras et l'installa à califourchon devant lui.

— Lucas, répéta-t-elle en tournant la tête. Quelle surprise…

— Oui… Incroyable, hein ? Tu passais là par hasard, c'est ça ?

— Je suis contente de t'avoir trouvé, répliqua-t-elle avec un grand sourire.

— Que, moi, *je* t'aie trouvée, tu veux dire ? s'esclaffa Lucas en talonnant son cheval. Tu n'as pas froid aux yeux, Emma…

— En Écosse, tu me reprochais de ne pas être assez audacieuse, protesta-t-elle.

— Je ne m'attendais pas à ce que tu t'aventures toute seule dans la pampa brésilienne, en effet !

Il lui passa le bras autour de la taille pour la serrer contre lui.

— Appuie-toi contre moi, bouge avec moi. Nous devons ne faire qu'un.

— Je ne sais pas si je...

— Tu vas y arriver, j'en suis sûr.

— J'arriverais peut-être à me détendre si je pouvais me raccrocher à quelque chose...

— N'aie pas peur, je ne te laisserai pas tomber, lui chuchota-t-il à l'oreille.

Il brûlait de l'embrasser dans le cou, mais il résista à la tentation. Plus tard. Quand il lui aurait tout dit.

— Essaie de t'accrocher à la crinière, si ça peut t'aider !

— Et Nancy ? Nous ne pouvons pas la laisser là...

— Pedro la ramènera au ranch.

— Pedro ? fit-elle en tournant vivement la tête de tous côtés. Il m'a suivie ?

— Tu pensais vraiment qu'il allait te laisser partir toute seule ? Il n'est pas stupide !

— Ce n'était pas la peine de s'inquiéter pour moi — j'ai une carte.

— Dans ce cas...

— Tu te moques de moi ?

— Moi ? Pas du tout.

Il sourit en la tenant serrée contre lui, savourant la sensation de son corps doux et chaud. Elle commençait à se détendre, constata-t-il avec plaisir.

— Tu ne dois pas te balader toute seule, Emma.

— Pourquoi ?

— Il y a des animaux dangereux qui rôdent, par ici...

— Plus dangereux que toi ? l'interrompit-elle.

Lucas lança son cheval au galop en riant. Jamais il ne s'était senti aussi libre, aussi... heureux et plein d'espoir.

Pourquoi se montrait-il aussi provocant ? Aussi sexy ? Emma n'était pas venue le rejoindre pour coucher avec lui, mais pour tirer les choses au clair, une fois pour toutes. Ensuite, si tout était terminé entre eux, elle en aurait le cœur brisé, mais s'en remettrait. Elle devait être forte, pour leur enfant.

Le cheval s'avançait maintenant au pas tandis qu'ils approchaient du chalet.

— J'ai tenu ma promesse, dit Lucas. Je ne t'ai pas laissée tomber.

Il n'était plus l'homme d'affaires qu'elle connaissait, mais un cavalier indomptable, encore plus sensuel. Dans son jean élimé, ses boots et sa vieille chemise dont il avait roulé les manches sur ses avant-bras, il était d'une beauté irrésistible. De toute façon, Emma aimait tout de lui...

Elle l'aimait, point final.

— On rêve ?

— Je profite de la balade, répliqua-t-elle à la hâte.

— Tu mens.

— Absolument pas.

Quoi de plus romantique qu'une chevauchée dans la pampa avec lui, sur un fougueux étalon noir ?

S'appuyant le dos contre le torse musclé de Lucas, Emma savoura sa force et sa chaleur. Il était si viril, si puissant, et là, dans cette contrée sauvage, elle s'abandonnait volontiers à lui.

— Je t'apprendrai à monter, un jour.

Un jour. Ces deux mots se gravèrent dans son esprit, comme un talisman. Pourraient-ils faire fonctionner leur drôle de couple, *un jour* ?

Lucas tira les rênes devant le chalet. Niché au bas d'une colline, sous le vent, celui-ci semblait fort accueillant.

— Tu m'apprendras vraiment à monter à cheval ? demanda impulsivement Emma.

Comme il ne répondait pas, elle prit son silence pour un refus.

Après avoir sauté à terre, il se retourna pour la soulever dans ses bras et l'emporter à l'intérieur du chalet. Là, il la reposa sur ses pieds, sur un beau parquet blond. Une délicieuse odeur de cire et de café flottait dans la pièce.

Lorsque Lucas recula d'un pas, Emma noua les bras autour de son cou pour le retenir. Peu importait ce qu'il pensait de son geste. Elle ne pouvait résister à l'élan qui la poussait vers lui.

Doucement, il l'écarta en haussant les sourcils d'un air interrogateur.

— Oui ?

Comme elle levait les yeux vers les siens sans répondre, il reprit avec un léger sourire :

— Pourquoi ce silence ? Que veux-tu que je fasse ?

— M'embrasser, par exemple…

Lucas ne se fit pas prier. Une fraction de seconde plus tard, il prenait sa bouche avec passion en serrant Emma contre lui à l'étouffer.

15

Dès l’instant où leurs lèvres se rencontrèrent, Emma fondit. S’enivrant de la force de Lucas, de sa chaleur, de sa senteur familière, de ses mains posées sur ses reins, ivre de lui, elle s’abandonna, le cœur battant à tout rompre.

Aucun homme ne détenait ce pouvoir sur elle. Il était le seul. L’unique. Avec lui, elle se sentait entière. Ils étaient complémentaires. Grâce à lui, elle se sentait forte. Mais, si Lucas ne pouvait s’ouvrir et parler de son passé, ni de l’avenir, elle serait venue au chalet pour rien.

— Qu’y a-t-il ? demanda-t-il en la repoussant doucement pour la regarder.

Lentement, il essuya sous son pouce la larme qui roulait sur la joue d’Emma.

— J’ai mal, reconnut-elle en serrant les dents.

— Mal où ? Ce n’est pas le bébé… ?

Une telle inquiétude se lisait dans ses yeux sombres qu’elle eut envie de rire.

— Aux fesses, soupira-t-elle avec une grimace. J’ai horriblement mal aux fesses… Comment peut-on *aimer* passer des heures à cheval ?

Lucas rit doucement.

— Tu verras, je t’apprendrai, murmura-t-il en appuyant son front contre le sien.

Puis ils restèrent immobiles et silencieux, comme pour mieux goûter l’instant présent.

— Tu veux parler ? demanda soudain Lucas.

— Oui. De toi. Sinon, je retourne en Écosse.

Il lui prit la main et l'entraîna vers un vieux sofa en cuir fauve installé devant la cheminée où brûlait une grosse bûche. Puis il alla chercher la cafetière posée sur le fourneau et revint la poser sur la table basse.

— J'ai une gouvernante invisible…

Emma sourit. Lucas aimait la solitude, mais il appréciait le confort. Par conséquent, il avait sans doute quelqu'un à sa disposition, pas trop loin, qui veillait à ce qu'il ne manque de rien.

— La femme de Pedro, précisa-t-il.

S'adossant au mur, il la regarda d'un air songeur.

— J'ai des choses à te dire.

— Oui, je sais, répliqua-t-elle avec calme.

— J'ai déjà été marié.

Sa révélation la terrassa. Le silence résonna à ses oreilles, lourd, chargé de mystères, de non-dits. Elle ne s'était certes pas attendu à ce genre de secret… En proie à un choc épouvantable, Emma eut l'impression que son cœur s'était arrêté de battre. La gorge nouée, elle se sentait glacée, en dépit du feu qui crépitait joyeusement dans l'âtre. Toutes ses propres hypothèses s'écroulaient. Elle n'avait rien compris. Rien deviné.

— Marié…, répéta-t-elle d'une voix à peine audible.

— Ma femme est morte.

Pour la deuxième fois, Emma sentit le monde basculer autour d'elle.

— Comment ?

— Elle et son amant ont été tués dans un accident de voiture, expliqua-t-il, sans la moindre émotion.

Son amant… La femme de Lucas avait eu un amant… Cela paraissait invraisemblable, incroyable…

— J'étais très jeune, poursuivit-il. Elle aussi. Et mon

plus grand tort a été de ne pas empêcher ma sœur de les fréquenter. C'est surtout cela que je ne me pardonne pas. Karina était très jeune et fascinée par la belle jeune femme glamour qui avait épousé son grand frère. Et qui avait un amant ardent et imprudent — il a fait le malin, et la voiture a dérapé, avant de percuter un arbre de plein fouet. Karina, installée à l'arrière, s'en est tirée avec quelques égratignures et des bleus, mais les deux autres sont morts sur le coup.

Cette fois, une profonde amertume avait coloré sa voix, et quand il se tut Emma comprit qu'il revivait la scène en pensée — qu'il *l'imaginait*, aggravant encore les détails dont il n'avait pas été témoin.

Quand deux policiers étaient venus lui annoncer que ses propres parents avaient trouvé la mort dans un accident, ce n'étaient pas leurs paroles qui avaient défilé dans la tête d'Emma, c'étaient les images qu'elle s'était créées elle-même et qui continuaient de la hanter.

— Je ne me pardonnerai jamais d'avoir exposé ma sœur à un danger mortel.

— Tu n'étais pour rien dans cet accident, Lucas.

— Si, c'est moi le vrai responsable, insista-t-il en s'écartant du mur. J'ai poussé ma femme dans les bras d'un autre homme : si j'avais passé plus de temps avec elle au lieu de jouer au polo et de m'occuper de mes affaires, elle n'aurait pas pris d'amant. Mais à ce moment-là, j'étais d'une arrogance folle et je l'ai négligée. De son côté, elle était jeune, belle, et elle voulait vivre, pas rester à la maison à attendre son mari. Pourquoi aurait-elle passé sa vie à m'attendre ? Je me suis conduit comme un imbécile, Emma. J'ai traité ma femme comme un bel objet — et j'ai fait la même chose avec toi, au début.

— À un moment donné, il faut se pardonner, Lucas.

— T'es-tu pardonné, après la mort de tes parents ?

Emma resta silencieuse. Elle cherchait toujours ce qu'elle aurait pu faire pour les sauver, bien avant qu'ils périssent dans cette catastrophe.

— Ce n'est pas facile de se débarrasser de la culpabilité, continua Lucas. Je ne veux pas refaire la même erreur. Avec toi, ce serait encore pire.

Le regard soudé au sien, il poursuivit :

— Je croyais aimer ma femme et je me suis senti trahi quand elle a pris un amant, mais à présent je sais que je ne l'aimais pas et que ce que j'éprouvais pour elle n'était qu'un sentiment adolescent, immature. Qui n'a rien à voir avec ce que je ressens pour toi.

— Je suis désolée qu'elle soit morte, fit doucement Emma, tout en s'efforçant d'assimiler les paroles de Lucas.

Un silence total s'ensuivit.

— Nous ne pouvons pas décider des actes d'autrui, reprit enfin Lucas. Mais toute action a des conséquences, comme je l'ai démontré une fois de plus. Et j'ai peur, peur de te perdre, Emma. Peur de commettre la même erreur. Je n'ai jamais été aussi terrifié de ma vie.

Il y avait un tel accent de sincérité dans sa voix, une telle détresse…

Emma se leva pour aller vers lui.

— Aimer, c'est de toute façon terrifiant, Lucas, dit-elle en lui prenant les mains. On ressent tellement de choses… On se sent totalement porté vers celui ou celle qu'on aime, sans savoir si il, ou elle, partage ce qu'on éprouve. Oui, c'est terrifiant, c'est comme marcher sur un fil sans filet de sécurité. Mais, si on ne prend pas de risques, on ne saura jamais si l'autre nous aime.

Après s'être tue un instant, elle reprit d'une voix douce :

— Je t'aime, Lucas. De tout mon cœur. Voilà, c'est dit. Je ne peux pas m'empêcher de t'aimer…

— Ah… Emma…

Il enfouit son visage dans le creux de l'épaule d'Emma qui lui caressa tendrement les cheveux. Durant un long moment ils restèrent ainsi enlacés, respirant ensemble, dans une harmonie totale.

Lucas avait le cœur gonflé d'amour pour Emma et admirait le courage qu'elle venait de montrer. Quelles que soient les épreuves que la vie lui infligeait, elle réussissait à résister, à survivre. C'était la femme dont il avait besoin. Celle qui se battrait pour leurs enfants et les protégerait, jusqu'à son dernier souffle. Il avait perdu tellement de temps à s'en vouloir, à nourrir un désir de vengeance... Désir qui n'avait aucune chance d'aboutir puisque ceux qu'il visait étaient morts.

Allait-il passer le reste de sa vie à laisser le passé ternir toutes ses décisions, tous ses actes ? Le moment n'était-il pas venu d'avancer, sans plus regarder en arrière ?

— Qu'est-ce que tu fais ? murmura Emma quand il mit un genou à terre.

— Je te demande humblement si tu veux bien devenir ma femme.

— Humblement ? répéta-t-elle avec un sourire malicieux.

— Aussi humblement que j'en suis capable.

— Pas humblement du tout, alors ! s'exclama-t-elle en riant.

Puis elle resta silencieuse tandis qu'ils demeuraient immobiles face à face, les yeux dans les yeux.

— Tu es sérieux, au moins ? demanda-t-elle soudain en plissant le front.

— Je ne l'ai jamais été autant, de toute ma vie.

Elle sourit de nouveau.

— Tu es vraiment obligé de prendre cet air de *bad boy* quand tu dis des choses aussi adorables ?

— Apparemment, oui…

— Dans ce cas…

S'agenouillant devant lui, Emma lui prit les mains.

— J'ai encore plus peur, maintenant, avoua-t-elle.

— Toi, avoir peur ?

Son sourire illumina ses yeux verts, les rendant presque transparents.

— Disons que j'appréhende un peu le futur…

— Pas autant que moi, j'en suis sûr !

— L'amour m'effraie aussi, tu sais, dit-elle en hochant la tête. Et depuis si longtemps ! Mon passé chaotique m'a marquée aussi, mais je suis sûre de ce que je ressens pour toi, et ce que j'éprouve pour notre enfant est l'une des émotions les plus incroyables, les plus merveilleuses qui puissent exister. Elle s'est emparée de moi dès que j'ai appris que j'étais enceinte et elle ne me quittera plus jamais. Ça apaise, ça fait mal, ça excite. C'est ça, l'amour. Et je l'accepte !

— Alors tu acceptes aussi de devenir ma femme ?

— Je ne veux pas abuser de toi en te faisant rester aussi longtemps appuyé sur un genou, répliqua-t-elle d'un ton espiègle. Alors, oui, j'accepte ! Et c'est le *oui* le plus joyeux, le plus enthousiaste et le plus optimiste que tu aies jamais entendu !

Prenant Emma dans ses bras, Lucas se redressa en la serrant contre lui, puis la souleva et l'emporta vers la chambre.

— On mangera plus tard, murmura-t-il en l'embrassant dans le cou. Tu ne meurs pas de faim ?

— Si. De toi, murmura-t-elle, les yeux étincelants comme des pierres précieuses.

Ils se déshabillèrent l'un l'autre à la hâte. Le désir courait dans les veines d'Emma, engourdissant tous ses sens. Elle brûlait de sentir Lucas nu, sur elle, en elle. Lorsque leurs vêtements furent tous répandus sur le plancher, elle prit son membre puissant entre ses mains en murmurant :

— Je veux te goûter.

— Oui..., dit-il d'une voix rauque.

Roulant sur le dos, il lui glissa les doigts dans les cheveux tandis qu'elle se penchait pour le prendre dans sa bouche. Emma suça, lécha, caressa, pour le simple plaisir de l'entendre gémir. Son propre désir s'accroissait à chaque instant, mais elle n'aurait pas longtemps à attendre, pressentit-elle...

En effet, Lucas la fit bientôt basculer sous lui. Quand il lui prit les poignets d'une main pour lui relever les bras au-dessus de la tête, elle ferma les yeux. Sa bouche experte se promenait sur sa gorge, ses seins, faisant naître des sensations délicieuses qui la parcouraient, l'inondaient...

— Tu es si gourmande, chuchota Lucas.

Emma leva les jambes pour les appuyer sur ses larges épaules, s'offrant totalement à lui. Alors il l'embrassa, là où pulsait son désir. Lucas était un amant fabuleux, redoutable. Il savait exactement où et comment caresser, poser les lèvres, les doigts...

— Non, ordonna-t-il avec douceur. Pas encore.

Il la faisait attendre, la rendant folle de plaisir. Folle de lui. Au bout d'un temps qui parut durer une éternité, il la pénétra enfin. Se retira. Avec une lenteur insupportable. Il s'y prenait avec un art, une délicatesse, une passion, qui arrachaient des gémissements insensés à Emma. Il suffit d'un coup de reins pour qu'elle perde tout contrôle. Elle sombra dans la jouissance en criant son prénom, encore et encore.

Quand elle recouvra ses esprits et rouvrit les yeux, Lucas la regardait, les paupières mi-closes.

— Comblée ?

Pour toute réponse Emma l'attira de nouveau en elle en poussant une longue plainte.

Cette fois, son fougueux amant ne la fit pas languir. Il instaura d'emblée un va-et-vient vigoureux, de plus en plus puissant, de plus en plus rapide.

Et, lorsque le monde explosa en un feu d'artifice multicolore, Lucas la suivit dans l'extase.

Emma n'aurait su dire combien de temps ils étaient restés au lit, ni combien de fois ils avaient fait l'amour.

À un moment donné, alors qu'elle était allée chercher de l'eau à la cuisine, Lucas était venu la rejoindre et l'avait assise sur la table avant de la pénétrer en dévorant sa bouche avec passion.

Il était aussi insatiable qu'elle. Et, lorsque Emma se réveilla, le soleil répandait sa lumière dorée dans la pièce, tandis que Lucas lui prodiguait des caresses divines.

— Bonjour, murmura-t-il tout contre ses lèvres.

— Hum… C'est fabuleux de se réveiller comme ça…

Après le plaisir, ils se rendormirent tous les deux, enlacés et repus.

Emma émergea au crépuscule. Pressé contre son dos, Lucas lui caressait lentement les seins.

— En fait, c'est la meilleure façon de se réveiller…

Elle avait à peine terminé sa phrase que Lucas la pénétrait, la faisant jouir aussitôt. Mais, lorsqu'elle fut redescendue sur terre, Emma se retourna dans ses bras, et cette fois il s'abandonna à la jouissance avec elle.

Épuisés, ils se rendormirent de nouveau, puis prirent un bain ensemble. Assise entre ses jambes musclées, le dos appuyé contre la poitrine de Lucas, elle se laissa savonner par deux mains paresseuses et coquines…

— Tu es tellement détendue après l'amour, murmura-t-il en lui relevant les cheveux pour l'embrasser sur la nuque.

— Je suis épuisée, reconnut-elle avec un soupir heureux.

— Enfin ! s'exclama Lucas en éclatant de rire.

Sortant de l'eau, il prit une serviette posée sur le rail chauffant et l'en enveloppa. Emma ronronnait presque... La tête nichée dans le creux de son épaule, elle sourit tandis qu'il la soulevait dans ses bras. Elle n'avait besoin de rien d'autre. Être avec Lucas lui suffisait.

Partie du ranch à la hâte, elle n'avait emporté aucun vêtement de rechange. Aussi lui emprunta-t-elle une chemise, dans laquelle elle flottait littéralement. Elle la porta en robe, pieds nus, les cheveux noués en queue-de-cheval. Il n'y avait plus aucun artifice entre eux, aucune tension, aucun orgueil. Ils préparèrent le repas ensemble, riant et bavardant en se répartissant les tâches. Tout semblait si naturel, si évident, songea Emma en regardant Lucas laver la salade.

— Dis-moi, *senhora* Marcelos, murmura-t-il derrière elle un peu plus tard, quand tu vivras avec moi et que nous aurons une ribambelle d'enfants, trouveras-tu encore le temps de m'aider à gérer mes hôtels ?

— Ne t'inquiète pas pour ça ! Mes enfants me donneront encore plus d'énergie !

— Et tu garderas un peu de temps pour faire l'amour avec moi ?

— Un peu ? Si tu veux que nous ayons une ribambelle d'enfants, je crois que je serai obligée d'en garder beaucoup, fit-elle remarquer avec malice.

— Je le ferai préciser dans notre contrat, juste pour en être certain, répliqua Lucas. Je stipulerai aussi que je dois t'apprendre à monter à cheval...

— Oh ! ça..., lâcha Emma en faisant la moue. J'avais justement l'intention de t'en parler...

Lucas la fit tourner dans ses bras.

— Et moi je voulais te proposer de les commencer au lit…

— Dans ce cas, je suis partante…

Épilogue

— Maintenant, il ne reste plus qu'à trouver un homme digne de ma chère belle-sœur ! dit Emma en regardant Karina bercer les jumeaux dans ses bras.

Ils étaient tous réunis au ranch pour fêter leur naissance, et aussi pour permettre à Emma de se familiariser avec son nouveau rôle de maman… de deux bébés vigoureux. Karina, qui s'était installée dans l'un des pavillons réservés aux hôtes, s'occupait avec joie de sa nièce et de son neveu.

— Un homme pour moi ? répéta-t-elle en faisant la moue. Pas question, j'en ai connu suffisamment pour toute la vie, je crois.

Elle laissa Emma lui prendre l'un des jumeaux.

— Je préfère ma liberté, poursuivit-elle. Et je ne suis vraiment pas pressée de faire entrer un nouveau barbare, aussi somptueux soit-il, dans ma vie.

— Lucas n'est pas sorti de ta vie. Il n'en sortira jamais.

— Non, hélas ! s'exclama Karina en riant. Allez, avoue : qu'est-ce que tu as mijoté pour moi ?

— Mais rien ! se défendit Emma. Lucas a invité des amis pour le dîner, c'est tout. Pourquoi ne resterais-tu pas ? Tu n'es pas forcée de retourner tout de suite au pavillon…

— Rester jouer à des jeux dangereux avec une bande de play-boys ? répliqua sa belle-sœur en fronçant les sourcils. Non, merci !

— Ne me dis pas que tu n'es pas capable de te défendre ! protesta Emma.

— Je les ai pas mal fréquentés — et affrontés —, reconnut Karina. Mais j'étais jeune et inconsciente.

— Tu es tombée amoureuse de l'un d'entre eux ?

— Ne parlons plus de joueurs de polo, d'accord ?

Comprenant qu'il valait mieux de ne pas insister, Emma changea de sujet. Après avoir recouché les jumeaux, elles bavardèrent de choses et d'autres, installées devant la fenêtre, lorsqu'un groupe de cavaliers apparut à l'horizon.

Lucas chevauchait en tête, suivi de ses compagnons. Après avoir mis pied à terre, ils emmenèrent leurs chevaux à l'écurie, puis vinrent rejoindre les deux amies.

Dès qu'il l'aperçut, Lucas se dirigea droit vers elle et la prit dans ses bras avant de l'embrasser avec passion, comme s'ils étaient seuls.

— Je t'aime, murmura-t-il en écartant sa bouche de la sienne. Et tu m'as terriblement manqué…

— Tu n'es parti t'entraîner qu'une demi-journée, fit remarquer Emma en souriant.

— C'est trop long… Au fait, j'ai ramené toute l'équipe pour leur présenter les jumeaux. J'espère que cela ne te dérange pas ?

— Bien sûr que non !

Se tournant vers Karina, Emma vit que celle-ci se préparait à partir. Elle était très pâle.

— Quelque chose ne va pas ? murmura discrètement Emma. Tu ne restes pas dîner avec nous ?

Karina l'étreignit et l'embrassa sur les deux joues.

— Non, merci. Je n'ai pas changé d'avis. Bonne soirée et à demain.

— Pourquoi es-tu aussi pressée, Karina ? Tu ne veux vraiment pas passer un moment avec eux ?

— J'en ai déjà passé trop, chuchota la jeune femme.

— Avec eux tous ? s'enquit Emma en écarquillant les yeux.

— Avec l'un d'entre eux, et j'ai assez d'un barbare dans ma vie avec Lucas ! Alors je vais m'en aller, si tu veux bien.

Karina avait presque atteint la porte lorsque Lucas la rejoignit et lui posa la main sur le bras.

— Tu connais Dante Baracca, n'est-ce pas, Karina ? Dante, je te présente ma femme, Emma.

Il se tourna vers elle en souriant.

— Puis-je te présenter la dernière recrue des Thunderbolts, ma chérie ?

Dante Baracca et Karina n'étaient assurément pas des étrangers l'un pour l'autre, songea Emma en observant le joueur de polo. Celui-ci n'avait d'yeux que pour sa belle-sœur et amie, même si celle-ci, manifestement tendue et nerveuse, évitait avec soin son regard ténébreux.

— Ravie de faire votre connaissance, Dante.

Il se pencha pour lui baiser la main, mais son regard restait fixé sur Karina.

Que se passe-t-il entre ces deux-là ?

Lorsque Lucas s'éloigna en entraînant son ami, elle demanda à Karina d'un ton détaché :

— Vous vous connaissez ?

— En quelque sorte, reconnut sa belle-sœur avec réticence.

— Depuis longtemps ? insista gentiment Emma. Il ne t'a pas fait de mal, au moins ?

— Je préfère l'éviter, c'est tout.

Sur ces paroles, Karina l'embrassa de nouveau puis s'en alla rapidement.

Dès qu'elle eut refermé la porte, Lucas vint retrouver Emma et lui passa le bras autour de la taille.

— Ils vont se rafraîchir et se changer avant le dîner,

murmura-t-il. Les jumeaux dorment paisiblement... Alors, nous avons un peu de temps pour nous...

— Oui, en effet, répliqua-t-elle en souriant.

Mais, quand ils se dirigèrent vers leur chambre, enlacés, elle ne put retenir la question qui lui brûlait les lèvres.

— Qui est ce Dante Baracca, au juste ?

— On parlera de lui plus tard, répondit son mari.

Après avoir refermé la porte d'un coup de pied, il se retourna vers Emma.

— Pour l'instant, je n'ai qu'une chose en tête : faire l'amour à ma femme jusqu'à ce qu'elle tombe épuisée entre mes bras.

— Ça devient une habitude...

Il la poussa doucement vers le lit.

— T'en plaindrais-tu, ma chérie ?

— Non, au contraire...

— Alors tant mieux, parce que j'ai bien l'intention de la garder, cette habitude... Jusqu'à mon dernier souffle...

ANNIE WEST

L'enfant secret du cheikh

Traduction française de
FRANÇOISE PINTO-MAÏA

HARLEQUIN

Titre original :
THE DESERT KING'S SECRET HEIR

Ce roman a déjà été publié en 2017

1

— Je tiens à être le premier à te féliciter, cousin. Soyez heureux toute votre vie, toi et ta belle princesse.

Hamid semblait si sincère qu'Idris se surprit à esquisser un rare sourire. Son cousin était un peu plus âgé que lui et, même s'ils n'étaient pas très proches, il lui avait manqué. Chacun avait construit sa vie, lui-même à Zahrat et Hamid comme chercheur, ici, à Londres.

— Elle n'est pas encore *ma* princesse, répondit-il à mi-voix, malgré le brouhaha des quelques centaines de personnalités présentes.

Les yeux d'Hamid s'agrandirent de surprise derrière ses lunettes.

— J'ai fait une gaffe ? J'avais cru comprendre...

Idris exhala un soupir prolongé. Chaque fois qu'il pensait à son prochain mariage, il devait surmonter le même sentiment d'oppression.

Nul pourtant ne lui imposait sa volonté. Il était l'émir du royaume de Zahrat. Sa parole avait force de loi dans son pays, et par conséquent à l'ambassade de son émirat à Londres. Simplement, il n'avait pas choisi de se marier.

C'était un arrangement destiné à garantir la stabilité du pays, à assurer sa propre succession et à prouver qu'il respectait les traditions de son peuple en dépit de la politique de réformes qu'il menait. Une façon aussi de gagner à sa cause la vieille garde conservatrice, qui l'avait vu avec méfiance accéder au trône à seulement vingt-six ans. Quatre ans plus tard, l'opinion lui était plus favorable, mais il restait beaucoup à faire ; cette union avait pour but de réaliser ce que la diplomatie n'avait pu accomplir jusque-là.

— Ce n'est pas encore officiel, murmura Idris. Tu sais le temps qu'il faut pour ce genre de négociations.

— En tout cas, tu as beaucoup de chance, mon vieux. La princesse Ghizlan est belle et intelligente. Elle sera une épouse parfaite.

Idris porta son regard sur la jeune femme qui s'entretenait avec des gens de sa cour. Dans la robe de soirée pourpre qui moulait sa silhouette sculpturale, elle incarnait sans doute le fantasme de tout homme. Ajoutées à cela sa compréhension innée des affaires politiques et sa distinction, alors oui, il avait certainement de la chance.

Dommage qu'il n'ait pas cette impression… Même la pensée de posséder bientôt ce corps sexy ne l'emballait guère. Ce qui en disait long sur l'état de sa libido, songea-t-il, désabusé.

Il avait passé trop d'heures difficiles à négocier la paix avec les nations voisines, trop de soirées à élaborer des stratégies pour faire entrer son royaume dans le XXIe siècle. Sans parler du sexe futile avec des partenaires arrangeantes mais sans importance sentimentale.

— Merci, Hamid. Je suis sûr qu'elle sera parfaite en effet.

Fille d'un dirigeant voisin, Ghizlan serait garante d'une paix à long terme. En tant que future mère d'une progéniture qu'Idris espérait nombreuse, elle serait très précieuse : au moins, l'émirat de Zahrat ne connaîtrait ni la ruine ni les errements qui avaient suivi le décès de son oncle, mort sans héritier.

Idris essaya de se persuader que son manque d'enthousiasme se dissiperait une fois que Ghizlan et lui partageraient le même lit. Il tenta d'imaginer la princesse couchée contre lui, ses cheveux noirs déployés sur l'oreiller. Mais ce fut l'image d'une chevelure blonde comme un rayon de soleil qui s'immisça dans son esprit. Des boucles douces comme de la soie…

— J'espère que tu rentreras à Zahrat pour la cérémonie, dit-il très vite à Hamid. Ce sera bon de te recevoir là-bas. Et ça te changera de ce pays gris et froid.

Son cousin lui sourit.

— Tu as trop de préjugés. Il y a beaucoup de choses positives, en Angleterre, tu sais.

— Oui, bien sûr. C'est un pays admirable, répondit Idris en se rappelant qu'on pouvait les entendre.

— Et qui a beaucoup d'atouts.

Se penchant, Hamid ajouta sur le ton de la confidence :

— Notamment, une jeune femme qui m'est chère. Quelqu'un que je veux absolument te présenter.

Idris écarquilla les yeux. Hamid avait une fiancée ?

— Elle doit être extraordinaire !

Car s'il y avait une chose dans laquelle les hommes de sa famille excellaient, c'était d'éviter l'engagement. Lui-même n'avait pas fait exception, avant que les raisons politiques ne lui forcent la main. Son père avait mené une vie de patachon. Quant à l'ancien émir, son oncle et celui d'Hamid, il avait été trop occupé avec ses nombreuses maîtresses pour donner un enfant à son épouse délaissée.

— Elle l'est, cousin, répondit Hamid, le regard brillant. Au point que j'envisage sérieusement de changer de vie.

— Une universitaire ?

— Oh non, elle n'est pas aussi assommante !

Idris le fixa avec incrédulité. Hamid ne vivait que pour ses recherches, raison pour laquelle il n'avait pas été pressenti pour devenir souverain à la mort de leur oncle. Tout le monde — Hamid le premier — reconnaissait qu'il était trop absorbé par ses travaux en histoire pour faire un bon dirigeant.

— Elle est allée se rafraîchir. Ah, tiens, la voilà ! lança son cousin avec un geste vers le fond de la salle. Charmante, tu ne trouves pas ?

Il n'y avait qu'un homme amoureux pour poser une question pareille, pensa Idris. Comment identifier une femme inconnue dans cette foule ? Il s'efforça néanmoins de suivre le regard de son cousin. Était-ce la grande brune en noir ? La blonde d'allure sportive couverte de perles et de diamants ? Pas celle qui avait un rire de chèvre et des bagues énormes qui étincelaient comme des enseignes au néon, au moins ?

À la faveur d'un mouvement dans la foule, il capta l'éclat d'une robe de soie vert pâle, d'une peau claire et d'une chevelure d'or rose, comme la teinte de l'aube. Son pouls s'accéléra et un frisson parcourut sa nuque. Puis des hommes en smoking passèrent, lui bloquant la vue.

— Laquelle est-ce ? demanda-t-il.

Sa voix résonna de façon étrange. L'espace d'une seconde pourtant, il avait ressenti quelque chose qu'il n'avait plus éprouvé depuis des années, qui se mêlait au souvenir d'une histoire brève que son imagination avait peut-être enjolivée ; et d'une fille, la seule qu'il avait rejetée avant que la passion ne s'émousse. Mais la jeune femme qu'il avait connue avait une lourde crinière bouclée, pas ce chignon lissé, très strict.

— Je vais la chercher, annonça Hamid. À moins que tu ne souhaites prendre des libertés avec le protocole ?

La tradition voulait en effet que le souverain reçoive ses invités sur l'estrade royale, où se trouvait un trône doré capitonné de velours. *Bah, au diable le devoir !* pensa Idris.

Son regard se porta sur Ghizlan, qui accomplissait consciencieusement le sien face à un groupe d'hommes politiques. À cet instant, elle se tourna vers lui et sourit brièvement avant de reporter son attention sur ses invités. Nul doute qu'elle ferait une excellente reine — compétente et certainement pas aussi envahissante que beaucoup de ses ex-maîtresses.

— Allons-y, dit-il à son cousin. J'ai hâte de rencontrer celle qui a pris ton cœur !

Ils se frayèrent un chemin à travers l'assistance, jusqu'à ce qu'Hamid s'arrête auprès d'une jeune femme vêtue de vert. Idris ne la voyait que de dos : elle avait la peau claire, les cheveux couleur d'or rose et une silhouette gracile. Sa robe soulignait ses hanches et son petit postérieur ferme.

Il s'immobilisa, frappé par une sensation de déjà-vu si forte qu'il en oublia tout le reste. Elle s'adressa à son cousin d'une voix douce et chantante.

Une voix qu'il reconnaissait !

La jeune femme se tourna à demi vers Hamid, de sorte qu'il la voyait à présent de profil. Autour de lui, les conversations s'atténuèrent jusqu'à devenir un bourdonnement confus. C'étaient *ses* lèvres pulpeuses, *son* petit nez droit, *sa* gorge délicate !

Deux choses s'imposèrent immédiatement à son esprit. D'une, il la connaissait et se souvenait d'elle mieux que d'aucune des femmes qui étaient passées dans sa vie. Et la sensation étrange qui s'emparait de lui était plus que de la surprise ou de l'incrédulité face au hasard qui la mettait sur son chemin : c'était de la fureur à l'idée qu'*elle* appartenait à Hamid !

— Arden, j'aimerais te présenter à mon cousin, le cheikh Idris Baddour, émir de Zahrat.

Arden afficha un sourire aimable sur ses lèvres, en s'exhortant de ne pas montrer combien elle était impressionnée. C'était la première fois, et probablement la dernière, qu'elle serait face à un émir. Déjà, le fait de venir à cette réception formelle et d'être entourée de personnalités mettait ses nerfs à rude épreuve.

Elle se tourna… et le monde s'ouvrit sous ses pieds. Une onde de choc déferla en elle et ses genoux se mirent à trembler.

Le visage de l'homme qui lui faisait face était rude et beau, comme aiguisé par les vents du désert. Il avait des pommettes hautes, une bouche ferme et sensuelle, des cheveux noirs épais. Sa mâchoire était volontaire et ses sourcils sombres formaient une ligne anguleuse. Et ses yeux ! Noirs comme un ciel nocturne, tourmentés, ils suivaient son geste tandis qu'instinctivement elle se raccrochait au bras d'Hamid. Puis ils remontèrent vers son visage et Arden lut du dédain dans leur profondeur.

Elle cilla furieusement. Ce n'était pas possible ! En dépit des messages que son corps lui envoyait, elle *ne pouvait pas* connaître cet homme.

Cependant, contre toute raison, son esprit lui dictait que l'homme campé devant elle était bien celui qui avait bouleversé sa vie. Une vive chaleur l'envahit ; puis, presque immédiatement, elle se sentit glacée jusqu'à la moelle.

Des points minuscules se formaient devant ses yeux, lui brouillant la vue. Elle serra désespérément le bras d'Hamid. Arden avait l'impression d'avoir glissé hors du monde réel, dans un univers parallèle où les rêves se réalisaient, mais de façon si déformée qu'ils en étaient méconnaissables.

Malgré elle, son regard dévia vers l'épaule droite de l'homme. Avait-il une cicatrice à cet endroit ? Non, bien sûr que non ! Cet homme était plus ténébreux et plus imposant que Shakil. Il dégageait une autorité royale inflexible et elle était prête à parier que sa bouche ne souriait jamais. Elle s'imaginait mal lui demander : « Excusez-moi, Altesse, voudriez-vous bien enlever votre veste de smoking et votre cravate pour voir si vous conservez une cicatrice d'un accident d'équitation ? »

— Arden, ça va ?

La main chaude d'Hamid se refermant sur la sienne la ramena à la réalité. Elle retira ses doigts et se raidit. Hamid se comportait ce soir comme s'il était beaucoup plus qu'un ami pour elle. Elle ne pouvait le laisser nourrir cette illusion.

Elle s'éclaircit la voix.

— Je vais très bien. Merci.

Néanmoins, son regard restait rivé sur le visage de l'émir, qui lui faisait l'effet d'un spectre. Parce qu'il ressemblait étrangement à Shakil, l'homme qui s'était servi d'elle et l'avait jetée sans un regard…

— Enchantée de vous rencontrer, Altesse, dit-elle d'une voix ténue qu'elle s'efforça de rendre ferme. J'espère que vous appréciez votre séjour à Londres.

Trop tard, Arden se demanda si elle était censée faire une révérence. L'avait-elle offensé en oubliant cette marque de respect ? s'interrogea-t-elle en notant ses traits tendus. Il semblait prêt à en découdre, non à échanger des politesses.

Le silence se prolongea. Elle ne savait quelle attitude adopter et elle n'était pas la seule : auprès d'elle, Hamid releva la tête, intrigué.

L'émir prit enfin la parole.

— Bienvenue à mon ambassade, mademoiselle… ?

Cette voix ! La même voix que Shakil…

— Wills. Arden Wills, répondit Hamid en venant à son secours.

Car elle était incapable d'articuler un mot. Une vague d'émotion l'avait aspirée, l'empêchant de respirer.

— Mlle Wills, déclara le cousin d'Hamid.

Il marqua un temps d'arrêt. Arden lut ce qui paraissait être de la confusion dans son regard sombre, comme si son nom pourtant très commun l'intriguait.

Elle ne s'interrogea pas davantage, car elle avait déjà bien du mal à surmonter sa propre réaction. Cet Idris ressemblait à Shakil en moins désinvolte. Et Shakil était un séducteur, pas un combattant. Or, en dépit de ses vêtements occidentaux de belle coupe, l'émir lui faisait penser à un guerrier à cheval, galopant vers le champ de bataille un cimeterre à la main.

Arden ne put réprimer un frisson et passa ses paumes moites sur ses bras nus. Il reprit la parole. Elle vit le mouvement de ses lèvres, mais un bourdonnement étrange résonnait dans sa tête et elle ne pouvait comprendre ce qu'il disait. Elle chancela. Hamid lui enserra la taille pour la ramener vers lui.

— Arden, je suis désolé. Je n'aurais pas dû insister pour que tu viennes ce soir. Tu es encore beaucoup trop fragile, dans ton état.

Elle se raidit contre le bras d'Hamid. Ce dernier était un ami, mais il n'avait pas le droit d'être si possessif. De toute façon, il y avait longtemps qu'elle avait cessé de désirer le contact d'un homme.

— Je vais parfaitement bien, murmura-t-elle en essayant de mettre de la fermeté dans sa voix.

Il est vrai que la grippe l'avait terrassée récemment, mais elle était presque complètement remise. Elle recula d'un pas, si bien qu'Hamid dut la relâcher. Comme elle tâchait de se redonner une contenance, elle rencontra le regard noir de l'émir. De nouveau, elle chassa l'idée absurde qu'elle le connaissait. C'était absolument impossible : Shakil était étudiant, pas souverain d'un royaume.

— Merci pour votre accueil, Altesse, parvint-elle à articuler. C'est une magnifique réception.

En dépit de ces paroles aimables, Arden n'avait jamais eu autant envie de prendre la fuite. Cet homme semblait plonger directement dans ses pensées avec son regard incisif. Il lui fallut toute sa volonté pour ne pas bouger gauchement sous cet examen troublant.

— Êtes-vous sûre de vous sentir aussi bien que vous le dites, mademoiselle Wills ? Vous titubez, on dirait.

Arden ébaucha un sourire crispé.

— C'est seulement la fatigue après une longue semaine. Je suis désolée, mais il vaut mieux que je parte.

Cependant, Hamid ne l'entendait pas de cette oreille.

— Idris n'y voit pas d'inconvénient, n'est-ce pas ?

Puis, sans attendre la réponse de son cousin, il reprit à l'intention d'Arden :

— Je te raccompagne à la maison et je reviens ici ensuite.

Du coin de l'œil, Arden vit l'émir froncer les sourcils. Était-il froissé qu'elle quitte la réception si tôt ? Mais elle était trop préoccupée par des questions plus personnelles pour s'en soucier. Comment dissuader gentiment mais fermement Hamid d'avoir des vues romantiques sur elle sans mettre leur amitié en danger ? Comment expliquer la ressemblance frappante entre le cheikh Idris et Shakil ? Et, plus important encore, pourquoi après quatre ans pensait-elle toujours à lui avec tant d'émotion ?...

Une nuit sans sommeil ne l'aida pas à retrouver son calme. On était dimanche, seul jour de la semaine où Arden pouvait paresser un peu au lit. Cela aurait dû la détendre ; or, bizarrement, elle regrettait le chaos habituel qui accompagnait ses journées de travail. L'activité l'aurait au moins distraite des soucis qui la taraudaient depuis la veille, et des souvenirs mêlés de désir qui avaient hanté chaque heure de sa nuit blanche.

Encore maintenant, dans la faible lueur du jour, une partie d'elle-même restait convaincue que l'émir de Zahrat n'était autre que Shakil. Il avait peut-être reçu une blessure à la tête et l'avait oubliée, comme le héros amnésique d'un film. Ou alors il avait passé des années à la chercher désespérément, sans jamais céder à une autre femme...

C'est ça ! Et la bonne fée ta marraine va apparaître et transformer les citrouilles en carrosses !

Arden soupira. Inutile de rêvasser. La vie ne lui avait-elle pas appris les dangers du désir et de l'amour ? À croire qu'elle n'avait pas retenu la leçon. D'ailleurs, en l'espace de quatre ans, Shakil aurait pu la retrouver s'il l'avait voulu. Elle n'avait pas changé d'identité et elle était toujours fleuriste. Il s'était juste amusé à séduire une jeune Anglaise crédule et innocente qui s'offrait des vacances au soleil pour la première fois...

Elle repensa à la ressemblance entre l'émir rencontré la veille et Shakil. Rien de plus normal, après tout. Quand elle avait fait la connaissance d'Hamid au British Museum, c'étaient ses traits presque familiers qui l'avaient attirée en premier lieu. Et aussi son sourire plein de gentillesse, sa façon à la fois franche et modeste de lui parler des bijoux zahratis présentés à l'exposition consacrée à son pays. Il lui avait fait penser à Shakil, en plus calme et plus réservé. Alors comment s'étonner que son cousin lui ait fait le même effet ? Peut-être que tous les hommes de Zahrat avaient des cheveux noirs épais, des traits ciselés et les épaules larges.

En gagnant la salle de bains, Arden se demanda quand Hamid s'était mis en tête de passer du stade d'ami et de propriétaire à celui d'amoureux potentiel ; et pourquoi elle n'avait rien vu venir.

Après une toilette de chat, Arden enfila un vieux pull et alla ouvrir le placard à balais en prenant soin de ne pas faire de bruit. Comme elle était la première réveillée, elle aurait le temps de réfléchir, et le ferait mieux en travaillant.

Munie d'un chiffon et d'un bidon de produit ménager, elle déverrouilla la porte d'entrée et se glissa dehors en la refermant derrière elle. Polir le heurtoir et la fente de la boîte aux lettres serait un bon début.

Elle venait de commencer quand elle entendit quelqu'un descendre les marches de la maison située au-dessus de son appartement. Mince ! Elle aurait dû attendre qu'Hamid soit parti.

— Arden ?

La voix profonde et douce flotta au-dessus d'elle. Surprise, elle s'immobilisa, fixant la peinture noire de la porte sans oser respirer. Son imagination lui jouait-elle des tours ? Elle avait pensé à Shakil toute la nuit et voilà que…

Des pas résonnèrent sur les marches qui descendaient vers sa minuscule courette en contrebas de la rue. Non, elle ne rêvait pas : ce bruit-là était bien réel.

Elle pivota. Et, stupéfaite, elle lâcha le bidon de nettoyant.

2

Des yeux immenses le fixaient. Du même bleu-vert que la mer qui bordait son pays. Combien de fois au cours de ces dernières années Idris avait-il rêvé de ces yeux-là ? De cette chevelure d'or filé qui cascadait sur des épaules délicates ?

Fasciné, il était incapable de faire un geste. Pourtant, il s'était préparé à cette rencontre puisqu'il avait manqué le petit déjeuner prévu avec Ghizlan et les officiels de l'ambassade pour venir jusqu'ici.

Une brusque montée de désir acheva de le déstabiliser. Lui qui pensait être parfaitement maître de la situation… Comment pouvait-il désirer une femme qui appartenait à un autre ? *À son propre cousin !* Qu'est-ce qui lui avait pris de venir ici, pour commencer ? C'était insensé.

Idris n'était plus aussi impulsif depuis qu'il était à la tête de son royaume. Mais il voulait avoir la confirmation de ce qu'Hamid avait sous-entendu la veille : qu'il partageait la vie d'Arden Wills. À cette pensée, une vague de colère et de dégoût l'envahit.

— Que faites-vous ici ?

La voix rauque de la jeune Anglaise lui rappela leur passion torride, cette parenthèse hors du temps durant laquelle il s'était senti quelqu'un d'autre. Comment ce passé pouvait-il sembler si proche et si séduisant ? Cette aventure n'avait été qu'une amourette de vacances, un bref moment de plaisir comme tant d'autres qu'il avait connus ; alors pourquoi lui paraissait-elle différente ? Peut-être parce que, pour la première fois, il avait eu envie de prolonger la magie.

— Je ne sais pas si Hamid est là, ajouta-t-elle.

Idris nota la nervosité de la jeune femme, qui se tordait les mains. Ainsi, il n'était pas le seul à être à cran…

— Je ne suis pas venu pour voir Hamid, répondit-il.

Les beaux yeux lumineux de la jeune femme s'agrandirent encore et sa pâleur s'accentua. Hamid avait dit que son état était fragile : fallait-il entendre par là qu'elle était enceinte ? Était-ce pour cette raison qu'elle semblait à peine tenir debout ? Un élan de jalousie lui noua le ventre. La nuit précédente, il avait tenté de se persuader qu'Arden Wills ne représentait plus rien pour lui. Pourtant, il était là. Pour en avoir le cœur net et mettre un terme à cette folie.

— Vous devriez vous asseoir, déclara-t-il. Vous n'avez pas l'air très solide.

— Je vais parfaitement bien.

Elle croisa les bras, ce qui attira l'attention d'Idris sur le galbe de ses seins sous le pull informe. Étaient-ils aussi opulents, autrefois ? Il se souvenait de leur forme adorable, mais…

— Hé !

Elle lui agita une main devant les yeux. Se sentant pris en faute, Idris releva la tête. Il remarqua les joues délicatement empourprées d'Arden. De l'agacement ? De l'embarras ? Ou une réaction involontaire parce qu'elle ressentait comme lui une attirance indésirable ?

— Je suis venu vous voir, déclara Idris.

— Moi ?

— Oui, vous. Si nous allions à l'intérieur ?

Elle dénoua les bras, les écartant légèrement comme si elle voulait lui interdire l'entrée de son appartement.

— Non, nous pouvons parler ici.

Idris s'assombrit.

— Même en Angleterre, on reçoit des gens chez soi, non ?

Elle pinça les lèvres.

— Je préfère rester dehors. C'est… mieux comme ça.

Elle recula d'un pas. Il eut l'impression de recevoir une gifle. Doutait-elle de ses manières de gentleman ? Avait-elle peur de se retrouver seule avec lui ?

— J'ai une clé de la maison d'Hamid, si vous voulez que je vous conduise chez lui, dit-elle. Comme vous êtes son cousin, je suis sûre qu'il n'y verra pas d'inconvénient.

Idris leva la tête vers la porte d'entrée au-dessus d'eux et reporta son attention sur celle dont Arden lui barrait l'accès. Alors, il remarqua la lettre À accolée au numéro sur la plaque en laiton de l'appartement du sous-sol. Le soulagement l'envahit.

— Vous n'habitez pas dans la maison ? Vous ne vivez pas avec mon cousin ?

— Non ! s'écria-t-elle. Hamid est mon propriétaire.

Cela ne voulait pas dire qu'ils n'étaient pas amants, songea-t-il. En revanche, il était impossible de se méprendre sur l'attitude possessive qu'Hamid avait eue la veille, ni sur le sens de ses paroles quand il avait parlé d'une personne qui lui était chère.

— C'est vous que je suis venu voir, répéta-t-il.

L'air décontenancé, la jeune femme secoua la tête, faisant voleter sa belle crinière blonde. Ses cheveux avaient la couleur des sables du désert au soleil levant. C'était ainsi qu'il se la rappelait, et une envie irrésistible le saisit de caresser ses boucles, de les sentir couler entre ses doigts.

— Pourquoi ? demanda-t-elle.

Idris se rembrunit, perplexe. Faisait-elle exprès de ne pas comprendre ?

— Peut-être pour parler d'avant, suggéra-t-il.

Il y eut un bruit mat, tandis qu'Arden s'appuyait contre la porte, le visage empreint d'un étonnement teinté d'effroi.

— C'est vraiment *toi* ? bredouilla-t-elle. Cet été-là… À Santorin…

— Tu pensais que j'étais quelqu'un d'autre ? Tu ne m'as pas reconnu ?

L'idée qu'Arden Wills ait pu l'oublier lui était inconcevable. D'autant plus que, de son côté, les souvenirs qu'il gardait d'elle étaient incroyablement précis. Même quatre ans après, il se rappelait les petits soupirs qu'elle poussait dans son sommeil quand elle se lovait nue contre lui, l'euphorie qu'il avait ressentie à l'idée d'être le premier à la mener au plaisir… La quitter pour accomplir son devoir avait été terriblement difficile.

— Je pensais…, balbutia-t-elle d'un air hagard. Comment peux-tu être *émir* ? Tu étais étudiant !

— Ex-étudiant. Je venais d'obtenir mon diplôme aux États-Unis quand nous nous sommes rencontrés. Mon oncle est mort à ce moment-là. C'était son vœu que je lui succède. Vœu qui a été ratifié par les instances de mon pays.

Cela semblait facile à dire ainsi, mais la réalité avait été tout autre. Il avait dû assumer la responsabilité d'un royaume qui avait longtemps souffert des négligences de son dirigeant. C'était à lui de faire alors de Zahrat un pays prêt à affronter l'avenir. Cette lourde tâche l'avait changé. Ce matin, pour la première fois depuis des années, il avait pris la liberté de faire simplement ce qu'il désirait. Une entorse aux obligations officielles que son secrétaire n'avait pas du tout approuvée.

Idris avança d'un pas et respira, outre l'odeur forte du

nettoyant, quelque chose de délicat qui titilla sa mémoire. Un parfum de fleur d'oranger.

— Viens, dit-il. Continuons cette conversation à l'intérieur où nous pourrons...

— Non !

Arden lui jeta un regard effaré et il remarqua qu'elle tremblait. Cela l'arrêta net. Il avait beau être le chef suprême de son royaume et un stratège que les nations commençaient à respecter, Idris n'était pas homme à intimider une femme.

— Je n'ai rien à vous dire, *Altesse* ! reprit la jeune femme.

Elle avait prononcé son titre avec un tel mépris qu'il en resta interloqué. Elle n'était pas si rebelle avant, mais douce, chaleureuse, passionnée. En dépit de ce qu'ils avaient partagé autrefois, force lui était de reconnaître qu'il ignorait presque tout d'Arden Wills.

— Un problème avec la monarchie ?

Elle rejeta la tête en arrière.

— J'ai un problème avec les hommes qui mentent sur leur identité !

Idris serra les poings. Il n'avait pas l'habitude qu'on se mette en travers de sa volonté, et encore moins qu'on porte atteinte à son honneur. Et le fait qu'ils avaient cette conversation presque au bord du trottoir, même s'il y avait peu de passants, le mettait hors de lui. L'envie lui démangeait de soulever cette tigresse dans ses bras et de forcer sa porte. Mais il savait d'instinct que, s'il la touchait, il risquait de libérer des pulsions qu'il valait mieux garder enfouies.

Bon sang ! Il était sur le point de se fiancer à une princesse aussi belle que compétente. Leurs deux pays attendaient cette union avec impatience. S'impliquer dans une relation avec Arden Wills serait une erreur épouvantable. Oui, céder au désir dangereux qu'elle lui inspirait serait de la folie. Mais si tentant aussi…

— Je n'ai jamais menti, protesta-t-il, les dents serrées.

Elle arqua ses sourcils d'un blond doré pour exprimer son mépris et son incrédulité.

— Ah non ? Tu veux dire que tu n'es pas le cheikh Idris et que ton nom est vraiment Shakil ?

— Ah, zut !

— Oui, « zut », comme tu dis, jeta-t-elle d'un ton venimeux comme s'il n'était qu'un moins que rien.

Un élan de colère traversa Idris. Personne ne s'adressait à lui sur ce ton ! En attendant, il lui devait la vérité.

— J'ai utilisé le nom de Shakil quand nous nous sommes rencontrés parce que…

— … parce que tu ne voulais pas que je te retrouve, coupa-t-elle. Tu n'avais pas l'intention de tenir ta promesse de me revoir, n'est-ce pas ? Tu m'avais déjà rayée de ta vie !

Arden croisa les bras, le menton dressé, telle une reine outragée. Passant outre l'avertissement de sa raison, Idris se rapprocha.

— Tu m'accuses de mentir ? Shakil était le surnom que ma famille me donnait. Demande à Hamid, il te le confirmera.

Un surnom qui signifiait « beau » en arabe, et qu'il n'avait jamais aimé. Mais, à l'époque, il lui avait été utile.

— Je l'ai employé pour éviter d'être reconnu. Les médias s'interrogeaient à mon sujet et je tenais à rester incognito. Pendant ce séjour à Santorin, j'étais Shakil pour tout le monde, et pas seulement pour toi.

Il en avait eu assez des parasites qui lui tournaient autour, attirés par son statut de prince et sa fortune. Se fondre dans la foule anonyme des touristes de l'île de Santorin lui avait procuré une liberté délicieuse. Un plaisir encore plus grisant quand la jolie Arden lui avait souri dans ce bar de Thera. Il y avait des étoiles dans ses yeux d'aigue-marine, et pas la moindre trace de cupidité. Elle n'avait vu en lui que l'homme qu'il était. Était-ce étonnant alors que leur histoire lui ait laissé un souvenir si particulier ?

Mais Arden ne semblait toujours pas convaincue.

— Quant au fait que je n'étais pas à notre dernier rendez-vous, dit-il, tu es mal placée pour me le reprocher, vu que tu ne t'es pas présentée.

Un coup de téléphone l'avait tiré du lit d'Arden. En comprenant que quelque chose de grave était arrivé à Zahrat, il avait eu besoin d'être seul pour parler aux conseillers de son oncle et il était rentré à son hôtel — un établissement huppé où il n'avait pas dormi une seule nuit lors de cette semaine mémorable. Une fois dans sa suite, il avait appris que l'émir avait eu une attaque, que sa vie ne tenait qu'à un fil et qu'il l'avait désigné, lui, Idris, pour être son successeur.

Il n'avait plus été question de rejoindre Arden à 15 heures devant l'église, comme convenu. Ni de la convaincre d'accepter sa proposition de prolonger leur idylle à Paris. Il avait dû rentrer d'urgence à Zahrat.

Il avait été vaguement déçu qu'elle ait refusé son idée d'escapade à Paris, mais, au vu des circonstances, cela lui avait facilité la tâche. Il avait suffisamment l'expérience des femmes pour savoir que rompre était pénible.

— Tu es venu à l'église pour me voir ? s'exclama-t-elle.

Sa voix était saccadée et il n'arrivait pas à déchiffrer son expression.

— J'ai dû rentrer chez moi par le premier avion. Mais j'ai envoyé quelqu'un pour te prévenir.

Elle ferma les yeux. Idris fronça les sourcils en notant ses traits pâles et crispés.

— Ça va ?

— Oui, dit-elle en rouvrant les paupières. Je vais parfaitement bien.

Elle n'en donnait pas l'impression. Elle avait l'air… accablée ? bouleversée ? Il ne trouvait pas le mot qui convenait, mais elle faisait peine à voir.

— Il n'a pas attendu longtemps, ton émissaire, reprit-elle d'une voix blanche.

— Tu es venue à notre rendez-vous ? demanda Idris, interloqué.

— J'étais en retard.

L'espace d'un instant, Idris l'imagina courant dans les ruelles blanches, sa jupe d'été flottant autour de ses jambes souples et nues… Il ne fit aucun commentaire. Qu'y avait-il à dire quatre ans après ? Tout cela appartenait au passé. Sauf que, à l'évidence, ce qu'ils avaient partagé pendant cette semaine de passion n'était pas tout à fait terminé…

Arden n'était pas habillée pour séduire. Son pull vert, trop grand, suggérait à peine ses formes. Son jean usé portait une pièce au genou. Son visage était dénué de maquillage, mais ses cheveux formaient un halo qui la faisait ressembler à un modèle des peintures préraphaélites. Il avait envie d'oublier le devoir et les contraintes de son rôle pour l'attirer contre lui. Portait-elle un soutien-gorge ? Sa peau claire était-elle aussi douce qu'il se la rappelait ?

En constatant la tournure que prenaient ses pensées, Idris fourra les mains dans les poches de son pantalon.

— Alors, que veux-tu ? lui lança-t-elle soudain.

— Pardon ?

— Pourquoi es-tu venu ? précisa-t-elle avec impatience. Ce n'est quand même pas pour rattraper le temps perdu ?

Elle avait le souffle court, comme si elle aussi se remémorait leur idylle.

— J'étais curieux à ton sujet, répondit-il avec une désinvolture qu'il était loin de ressentir. Cela fait…

Combien ? Quatre ans ? Il y a eu des changements dans nos vies respectives.

Elle baissa les yeux et regarda furtivement de côté, comme pour vérifier quelque chose derrière elle.

Aussitôt, Idris fut sur ses gardes. Que lui cachait-elle ? Il fixa la porte peinte en noir, se demandant ce qu'elle dissimulait. Elle ne vivait pas dans la misère. Non, pas dans ce quartier résidentiel. Cherchait-elle à lui masquer un secret inavouable ? Ou un amant ?

Un élan d'adrénaline l'électrisa et il s'avança encore de quelques centimètres, jusqu'à ce qu'il sente la paume fine d'Arden sur son torse. Son empreinte le brûlait à travers l'étoffe de son costume, comme si elle griffait sa chair.

— Je ne veux pas te voir ici, déclara la belle Anglaise.

Il couvrit sa main de la sienne, et une violente poussée de désir lui noua le ventre. Son parfum de femme le grisait au point qu'il avait l'impression de goûter sa peau.

— Tu dois le dire comme si tu le pensais vraiment, murmura-t-il d'une voix sourde.

— Je le pense.

Pourtant, sa voix avait une intonation douce, presque étonnée. La première fois qu'ils s'étaient offerts l'un à l'autre, elle avait montré exactement la même timidité. Elle l'avait contemplé comme s'il avait été un dieu s'apprêtant à lui révéler les secrets du paradis. Puis son regard était devenu trouble et elle avait chaviré dans l'extase.

Du pouce, Idris caressa le plat de sa main et ses doigts fins qui avaient exploré son corps, l'avaient excité jusqu'à le mener au bord de la folie. Il n'avait pu se rassasier d'elle. Alors, il l'avait invitée à poursuivre ses vacances à Paris avec lui, parce qu'une semaine ensemble ne lui avait pas suffi…

Idris se força à revenir au présent. Il entendit le bruit d'une voiture passant à quelque distance. Londres… Ses fiançailles... Le traité de paix entre son royaume et celui de Ghizlan... Il n'aurait pas dû venir ici. Sa vie, c'étaient ses devoirs de souverain. Il n'y avait aucune place pour les distractions impromptues.

Dans une seconde, il allait s'éclipser. Mais avant, il voulait qu'elle reconnaisse l'attirance qui existait entre eux, ce courant de chaleur qui fusait quand ils se touchaient. Il en faisait une question de fierté.

— Il faut que tu partes, déclara-t-elle. Ne me force pas à crier pour qu'on vienne à mon secours.

Elle renversait la tête contre la porte comme pour accroître la distance entre eux, mais sa main qui glissait sous la veste d'Idris envoyait un message bien différent : la chaleur de ses doigts se répandait dans tout son torse.

— Une dernière fois, je te demande de me laisser tranquille, insista-t-elle.

Idris perçut son souffle tiède contre son cou et il l'imagina sur d'autres parties de son corps. Bon sang ! Il devait mettre fin à cette tension sexuelle infernale.

La colère l'envahit. Contre cette femme, contre les souvenirs, contre son corps émoustillé en pleine rue de Londres !

— Au cas où tu ne l'aurais pas remarqué, ce n'est pas moi qui te touche, ironisa Idris.

Sa voix empreinte de défi contenait aussi une intonation sensuelle qu'Arden n'avait jamais pu oublier et qui résonnait jusqu'au plus profond d'elle-même. Elle s'arracha à la contemplation de sa bouche et s'empourpra en voyant sa propre main qui cramponnait la chemise de son ex-amant, comme si, sans le vouloir, Arden ne pouvait supporter l'idée qu'il l'abandonne de nouveau.

Mais, à supposer qu'il dise la vérité, il ne l'avait pas

vraiment abandonnée. L'hypothèse était si bouleversante qu'elle ne parvenait pas à mesurer tout ce qu'elle impliquait.

Les mots tremblaient au bord de ses lèvres, prêts à livrer cette vérité qu'elle n'avait pu partager avec lui quatre ans plus tôt. La prudence la retint. Elle avait besoin d'être seule pour réfléchir, loin de son regard qui la troublait et de son corps si viril qui réduisait ses défenses à néant.

Ôtant sa main, elle l'appuya contre le battant solide derrière elle.

— Il faut que tu partes. Ça n'est pas... correct, bredouilla-t-elle.

Voyant que son visiteur royal ne bougeait pas, le désespoir la gagna. Elle avait une envie folle de tout lui avouer, de se libérer de son secret. Toutefois, la vie lui avait appris très tôt à ne compter que sur elle-même. Surtout ces dernières années. Alors, elle continuerait à se débrouiller seule.

— Nos vies ont pris des routes différentes, Shakil... *Idris*, corrigea-t-elle aussitôt.

— La tienne t'a menée où ? À Hamid ? la questionna-t-il durement. Tu as peur que ton amant nous voie ensemble ?

— Ne sois pas ridicule !

Le regard d'Idris se plissa dangereusement. Sa haute silhouette dégageait une hostilité presque palpable.

— Tu m'accuses aussi d'être ridicule ?

Ses doigts durs lui enserrèrent la nuque et une vague de chaleur envahit Arden. D'un bref coup de langue, elle humecta ses lèvres sèches, cherchant les mots qui apaiseraient la fureur qu'elle lisait sur les traits d'Idris. Mais il n'y avait rien de furieux dans le contact de ses doigts, et c'était bien là le problème.

Elle se mit à trembler, tandis qu'il lui caressait les cheveux. Des frissons exquis la parcoururent et ses paupières s'abaissèrent d'elles-mêmes. Un sillon de feu déferla en elle, ses seins se dressèrent sous son pull informe.

Elle déglutit péniblement.

— Je ne voulais pas dire…

— Bien sûr que si, coupa-t-il. Tu as raison. C'est ridicule. Impossible et indécent aussi. Mais… inévitable.

Comme Arden assimilait ses paroles, il inclina la tête. Le contact de ses lèvres était tel qu'elle se le rappelait. Une émotion intense s'empara d'elle. La bouche d'Idris pressait la sienne, non pas durement comme elle s'y était attendue, mais délicatement, comme s'il cherchait une réponse aux questions qu'il se posait.

Shakil… Elle retrouvait le goût irrésistible de ses baisers. Elle entrouvrit les lèvres, l'invitant à un contact plus sensuel. Elle avait posé les paumes sur son torse, le battement régulier de son cœur contrastait avec son propre affolement.

Idris l'enlaça, l'attirant contre son corps tout en muscles. Immédiatement, Arden se sentit douce et féminine, une sensation qu'elle avait presque oubliée. Son gémissement approbateur, quand elle mêla sa langue à la sienne, la galvanisa. Ses seins sensibles effleurèrent son torse. Plongée dans un vertige délicieux, Arden se pressa contre lui jusqu'à sentir la vigueur de sa virilité déployée.

Elle rouvrit les yeux et rencontra le feu sombre qui dansait dans son regard. Par-dessus son épaule, au niveau de la rue, il y eut un éclair, un reflet du soleil sans doute, mais cela suffit à la ramener à la réalité.

— Non…

Leurs lèvres soudées rendirent sa protestation inaudible. Elle dut le repousser de toutes ses forces. Seigneur ! Cinq minutes en compagnie de cet homme avaient suffi à anéantir les défenses qu'elle avait mis des années à ériger.

Enfin, il releva la tête, le regard trouble.

— Non, répéta-t-elle. Nous ne pouvons pas...

Arden n'eut pas besoin de poursuivre : il avait compris, elle le vit à la stupeur qui aiguisait ses traits, à la main qu'il passa sur son visage accablé. Quand, sans un mot, il recula jusqu'au pied du petit escalier, un sentiment de solitude l'étreignit. Le cœur battant, elle fixa son visage hâlé. L'homme qu'elle avait adoré autrefois la regardait à présent comme si elle était son pire cauchemar.

Désemparée, elle plaqua les paumes contre le battant derrière elle pour se soutenir. En dépit de la colère et de la blessure qui accompagnaient sa vie depuis quatre ans, elle avait gardé au cœur l'espoir secret qu'ils se retrouveraient, et que son amant admettrait la terrible erreur qu'il avait commise en la quittant — il lui dirait qu'elle lui avait manqué et qu'il la désirait. Exactement ce qu'elle ressentait pour lui... Mais jamais dans ses rêves il ne la regardait avec cet air horrifié.

Une douleur aiguë la traversa de part en part. Dans un cri étouffé, elle pivota, ouvrit en hâte et se réfugia dans l'appartement. Ses mains tremblaient si fort qu'elle mit un temps fou à verrouiller la porte.

Arden s'adossa au battant et se laissa glisser à terre. Des sanglots silencieux la secouèrent et elle entoura ses genoux de ses bras.

3

— Altesse, si je peux me permettre ?

Interrompant sa conversation avec l'ambassadeur qui lui faisait face de l'autre côté du bureau, Idris releva la tête. Ashar, son secrétaire, se tenait sur le seuil, le visage hermétique. Il sut d'instinct que cela n'annonçait rien de bon. Par pitié, pas de nouveaux retards dans la signature du traité de paix et de l'accord commercial… Le père de Ghizlan avait beau être impatient de sceller leur union, il était bien capable d'exiger de nouvelles concessions avant l'annonce des fiançailles.

L'ambassadeur se levait déjà.

— Veuillez m'excuser, Altesse. Voici le dossier sur le projet d'investissement américain.

— Merci. Ce sera très utile, répondit Idris.

Une fois que le diplomate eut quitté la pièce, Ashar s'avança et referma la porte derrière lui. Sans un mot, il déposa une tablette sur le bureau. Un gros titre s'étalait sur l'écran : « Incognito dans Londres, l'émir goûte aux distractions locales. » Au-dessous, il y avait une photo, un gros plan de lui enlaçant Arden Wills devant la porte de son appartement…

Idris eut l'impression de recevoir un coup violent dans l'estomac. Bonté divine ! Il savait pourtant que c'était une erreur d'aller la trouver. Quand elle lui avait demandé de partir, qu'avait-il fait ? Au lieu de se comporter raisonnablement et de rentrer à l'ambassade, il avait réagi comme... comme...

Les mots lui manquaient. Pire, face au scandale imminent, il pensait encore à la bouche adorable d'Arden et à son corps ondulant contre le sien.

— Il y a autre chose, fit la voix lugubre d'Ashar.

Idris soupira. Oui, évidemment. Parce que le monde marchait ainsi. Lui s'échinait vingt heures par jour à défendre les intérêts de son pays et quand il osait prendre une heure de liberté, la première en quatre ans, la presse était là pour faire une montagne d'une taupinière !

— Laisse-moi deviner. Une réaction de Ghizlan ?

Son secrétaire effleura l'écran pour découvrir la page suivante : « L'émir garde sa fiancée et sa maîtresse dans la même ville ! » Idris jura d'une voix sourde. Cette fois, il y avait deux photos, l'une de Ghizlan et lui à la réception de l'ambassade, l'autre le montrant avec Arden, une main sur la nuque de celle-ci. Elle avait les yeux clos et ses lèvres entrouvertes n'attendaient que son baiser.

Un désir bouillant fusa dans ses veines. Encore maintenant, son corps était à la merci de cette maudite Anglaise qu'il aurait dû oublier quatre ans plus tôt !

Il se leva et fit les cent pas dans la pièce. Ce genre de révélation, catastrophique pour son pays et celui de Ghizlan, ne pouvait pas plus mal tomber. Sans compter qu'il s'était mis dans une situation impossible.

— Appelez Ghizlan, lança-t-il. Non ! Demandez plutôt un rendez-vous avec son conseiller. Je vais me rendre à son hôtel immédiatement.

Mais Ashar ne bougea pas.

— Il y a autre chose, Altesse.

— Quoi ? Que peut-il y avoir d'autre ? Il ne s'est rien passé de plus ! s'exclama Idris en désignant la photo où il attirait Arden dans ses bras.

Un profond mépris de lui-même l'envahit. Il s'était souvent répété qu'il ne ressemblerait pas à son oncle, l'ancien émir, qui au lieu de gouverner avait gaspillé son temps et son énergie avec ses innombrables conquêtes. Ni à son propre père, un mari volage qui avait détruit sa famille. Idris avait pris pour modèle le seul homme honorable de la dynastie depuis six générations, son grand-père. Le seul qui avait aimé son épouse et lui était resté fidèle jusqu'à la mort. Lui-même ne se faisait pas d'illusions sur l'amour : il ne réussirait sans doute pas à aimer une femme toute sa vie. Mais il avait l'intention de lui être fidèle. Eh bien, sur ce point, il commençait très fort !

— Il y a quelque chose que vous devez voir avant de parler à la princesse, déclara Ashar gravement.

— Montre-moi ça.

Son conseiller fit défiler une nouvelle page sur la tablette et se détourna comme par discrétion. C'était ridicule : Ashar connaissait tous les secrets de la cour.

Idris baissa les yeux vers l'écran et sentit le sol s'ouvrir sous ses pieds.

« Un bébé secret de sang royal ! Quel cousin Arden Wills a-t-elle séduit ? »

Trois photos illustraient le gros titre. L'une représentait Hamid entrant dans le bâtiment de l'université. La deuxième montrait Idris, vêtu de ses vêtements orientaux, à une quelconque cérémonie. Sur la dernière, on voyait Arden… *tenant un enfant contre elle !*

Idris ne pouvait en croire ses yeux. Le regard d'Arden était rivé sur l'enfant, qui jetait des miettes aux canards. La peau d'ivoire de la jeune femme contrastait avec le teint hâlé du bambin. Il avait des cheveux noirs, des yeux sombres, et sa ressemblance avec lui au même âge était frappante. Mais il ressemblait aussi à son cousin…

Il essaya de lire la légende, mais les mots dansaient devant ses yeux, et son regard revenait inexorablement sur cette photo incroyable : Arden souriant à un enfant qui, il l'aurait juré, appartenait à la famille royale de Zahrat.

Sous le choc, il dut faire un effort surhumain pour ne pas s'effondrer dans un fauteuil. Quel âge avait-il ? Deux ou trois ans ? Il ne connaissait rien aux enfants. Était-il possible qu'il soit de lui ?

Ses pensées s'éparpillaient dans toutes les directions. Il devait penser à une déclaration publique, réfléchir aux répercussions et parler à Ghizlan. Au lieu de cela, il continuait de fixer le cliché avec une sorte de fascination.

Il se mariait en partie pour avoir un héritier, mais devenir père était pour lui une nécessité politique, pas un désir profond. Son propre père avait été distant, et Idris ne connaissait pas grand-chose aux relations père enfants. Il avait supposé que Ghizlan se chargerait de leur éducation. Pourtant, en regardant le visage souriant de ce petit qui était peut-être le sien, il fut saisi d'un élan protecteur si vif qu'il en eut le souffle coupé.

— Garçon ou fille ? demanda-t-il à Ashar d'une voix altérée.

— Un garçon. Elle lui a donné le prénom de Dawud.

— Dawud, répéta Idris en sentant son cœur battre plus vite.

Ce n'était pas un prénom anglais. Le choix était significatif. Bon sang ! Pourquoi ne l'avait-elle pas contacté ?

À moins que l'enfant ne soit pas le tien ! Il se rappela les paroles d'Hamid, la veille : « Une jeune femme qui m'est chère. » Et Arden vivait sous son toit… Pourtant, si Hamid était le père, pourquoi ne lui avait-elle rien dit ? Son cousin ne se serait pas défilé devant ses responsabilités, surtout s'il tenait à Arden, comme il le laissait entendre. Quelque chose qui ressemblait dangereusement à de la jalousie s'insinua en lui, et il essaya de déchiffrer la vérité sur les traits poupin.

Reposant la tablette, il se passa une main sur le visage. Était-il prêt à affronter le scandale d'un enfant illégitime ?

Il sortit son téléphone de sa poche et composa le numéro d'Hamid. Relevant la tête, il nota avec surprise que le soleil entrait toujours à flots par la fenêtre. Il avait pourtant l'impression que des heures s'étaient écoulées depuis l'irruption d'Ashar.

N'obtenant pas de réponse de son cousin, juste sa messagerie, il se rappela brusquement qu'Hamid avait parlé d'une conférence au Canada à laquelle il devait se rendre. Il était probablement dans l'avion à cette heure, plongé dans la lecture d'une de ses chères revues d'histoire.

Idris se tourna vers Ashar.

— Autre chose ?

Ashar esquissa un bref étirement des lèvres qui se voulait sans doute un sourire.

— N'est-ce pas suffisant ?

Oh si, plus que suffisant même ! Le scandale éclaterait à Londres, à Zahrat et dans le pays de Ghizlan. Il y avait des fiançailles à officialiser, un traité de paix sur la table, en même temps qu'un petit garçon prénommé Dawud qui pouvait être le sien. Et par-dessus tout, le souvenir du goût délicieux des lèvres d'Arden sapait sa concentration.

— Mettez-moi en ligne avec la suite de la princesse. Et envoyez une équipe devant le domicile de mon cousin.

— Pour tenir les journalistes en respect ? déclara Ashar. À mon avis, ils sont déjà des dizaines sur place.

— Qu'ils aillent voir ce qui se passe. Je veux un rapport.

Que l'enfant soit celui d'Hamid ou le sien, Idris avait la responsabilité de les protéger, lui et sa mère, des paparazzis qui ne reculeraient devant rien pour obtenir un scoop. Au moins jusqu'à ce qu'il connaisse la vérité, se dit-il.

— Et informez-moi de l'heure à laquelle l'avion de mon cousin atterrit au Canada. Je veux lui parler dès son arrivée. Dépêchez quelqu'un pour l'accueillir.

Ignorant les coups frappés à la porte, Arden augmenta le son de la télévision pour que Dawud puisse écouter le générique de son émission favorite. Le petit garçon frappait des mains en cadence en s'agitant sur les coussins.

Quand les journalistes étaient descendus dans leur courette, il s'était mis à pleurer, réveillé de sa sieste par le tumulte et la sonnerie constante du téléphone. Arden tremblait de rage et de frustration. Elle avait déjà ouvert la porte pour leur demander poliment de la laisser tranquille. Elle avait répondu par un « sans commentaire » laconique à la foule de questions qu'ils avaient posées tous en même temps, et leur avait même fait face quand ils l'avaient mitraillée avec leurs appareils photo. Mais cela n'avait servi à rien. Ils avaient exigé de voir Dawud. Seigneur… Comment avaient-ils appris son nom ? Pour comble, ces vautours avaient essayé de la suivre à l'intérieur de l'appartement. Terrorisée, elle avait réussi à refermer la porte de justesse.

Il devait bien y avoir un moyen de sortir d'ici, quelque part où ils pourraient se réfugier. Mais Hamid était à l'étranger et les amies qu'elle avait étaient sans doute aussi démunies qu'elle face à ce genre de situation.

Arden frissonna. Comment ferait-elle demain pour se rendre au travail ? Les journalistes la poursuivraient-ils jusqu'à la boutique de fleurs ? Prendraient-ils d'assaut la crèche où elle déposait Dawud ? Oui, probablement.

La nausée l'envahit. Pourquoi diable était-elle allée à

la réception de l'ambassade ? Elle savait que c'était une mauvaise idée. Non qu'elle ait pu imaginer une seconde qu'elle y retrouverait Shakil — ou Idris, comme il s'appelait maintenant. Elle avait juste cédé à l'envie d'en apprendre davantage sur son pays. Et voilà où la curiosité l'avait menée !

Ce n'est pas ta faute, mais la sienne. C'est lui qui t'a embrassée, lui qui a refusé de partir… Pourtant, pour être tout à fait honnête, ces moments dans ses bras avaient été magiques, comme si…

On frappa vigoureusement à la porte d'entrée. Arden prit alors conscience du calme qui régnait dehors. Les paparazzis étaient-ils partis ? Elle n'en croyait rien. C'était une ruse pour la faire sortir de chez elle, de préférence avec Dawud.

Elle sourit à son fils qui chantait sa chanson favorite et s'accroupit pour entonner les paroles avec lui. Mais il y eut de nouveaux coups à la porte. Secs, intempestifs, difficiles à ignorer.

Elle embrassa Dawud et gagna le vestibule exigu en fermant la porte du salon derrière elle. Le rabat de la boîte aux lettres se releva. Comme elle se demandait ce qu'elle pouvait utiliser pour le maintenir fermé, elle entendit une voix d'homme par l'interstice. Une voix profonde et assurée, qui s'invitait dans ses rêves beaucoup trop souvent depuis quatre ans :

— Arden. Ouvre-moi. Je suis venu t'aider.

Elle se figea, partagée entre son désir d'accepter de l'aide et le sentiment que cet homme était responsable du chaos qui s'abattait sur elle. Sans parler qu'en dépit d'une nuit blanche, elle ne savait toujours pas si elle devait l'autoriser à prendre part à la vie de son fils.

Comme si tu avais le choix maintenant, souffla une voix dans son esprit.

Elle perçut un murmure confus au loin. Les paparazzis sans doute. Quant à Idris, il ne prononça plus un mot. Peut-être parce qu'il était habitué à être obéi sans avoir à réitérer ses ordres. D'un autre côté, il lui fallait certainement une bonne dose de courage pour rester campé devant sa porte, alors qu'une meute de journalistes épiait ses moindres mouvements. Et il était venu pour l'aider...

Sans s'interroger davantage, elle déverrouilla la porte et l'entrebâilla juste assez pour le laisser entrer, tout en restant à l'abri derrière le battant. Il se glissa à l'intérieur et tourna le verrou.

Des plis durs encadraient sa bouche, ce qui lui donnait un air presque effrayant. Il était indiscutablement le cheikh Idris à présent. Il n'y avait plus en lui la moindre trace de Shakil, l'amant rieur et passionné qu'elle avait rencontré à Santorin.

— Vous allez bien, tous les deux ?

Arden acquiesça d'un signe de tête. À son grand désarroi, elle frissonna violemment. Le contrecoup du choc qu'elle venait de recevoir, sans doute.

— Arden ?

Idris leva une main, comme s'il voulait lui toucher le bras, puis se ravisa. Il n'empêche que sa prévenance insufflait un peu de chaleur dans son corps glacé.

— Oui, ça va, répondit-elle. Mais tu n'aurais pas dû venir. Ça ne fait qu'aggraver les choses. Qu'est-ce qui t'a pris ?

Il parut étonné.

— Ça ne peut pas être pire. Pas après les photos qu'ils ont dévoilées.

— Mais maintenant qu'ils t'ont vu ici, ils vont penser...

Il croisa les bras et elle s'interrompit.

— Ils savent déjà, déclara-t-il, d'un ton si lugubre

qu'Arden sentit ses cheveux se hérisser sur sa nuque. En fait… Ils en savent plus que moi.

— Pourquoi n'as-tu pas envoyé quelqu'un ? demanda-t-elle, le cœur battant.

— J'ai dépêché des vigiles. Ils m'ont rapporté que tu étais assiégée. Ton téléphone est décroché et je suppose que si un inconnu s'était présenté ici en disant qu'il vient de ma part, tu ne lui aurais pas ouvert la porte.

Arden fut forcée d'en convenir.

— Je devais venir, conclut-il. Il n'y avait pas d'autre solution.

Comment pouvait-il être si calme dans une situation aussi désastreuse ? Arden n'arrivait même pas à s'imaginer retourner à sa vie ordinaire et anonyme avec Dawud après ça. Elle avait envie de déchaîner sa colère contre Idris, qui avait attiré les médias sur elle, mais qu'est-ce que cela changerait ? Sa priorité était de protéger son fils. Elle ne pouvait s'offrir le luxe d'une crise d'hystérie.

D'autre part, elle avait été pleinement consentante lors de ce fameux baiser. Il ne l'avait pas forcée. Elle s'était cramponnée à lui, se perdant dans la sensualité de son étreinte. Alors qu'il était fiancé !

Prise d'un profond dégoût d'elle-même, elle recula et heurta le mur.

— Qu'y a-t-il ? s'enquit-il sèchement.

— Ta fiancée !

— Elle n'est pas ma fiancée.

— Mais Hamid a dit…

— Il ne sait pas tout !

Ses mots étaient comme des éclats de glace et Arden frémit. Brusquement, elle ne voyait plus en lui le sauveur providentiel, mais le monarque autoritaire habitué à obtenir ce qu'il voulait.

Elle humecta ses lèvres sèches.

— Que veux-tu ?

Involontairement, elle jeta un coup d'œil vers la porte du salon. Ce qui n'échappa pas à Idris. Du reste, il entendait la chanson enfantine et avait sûrement deviné qui se trouvait là. Comment réagirait-il en présence de l'enfant ? se demanda-t-elle soudain avec effroi. Un petit garçon qu'il considérait peut-être comme son héritier et qu'il voudrait lui enlever…

La terreur lui lacéra le ventre et elle se courba, haletante. Non, il n'envisageait pas de lui voler son bébé, n'est-ce pas ?

— Arden ? Qu'est-ce que tu as ?

Cette fois, il lui agrippa le bras.

— Ne me touche pas !

Sa voix n'était qu'un murmure déchiré, mais l'avertissement était clair. Idris s'écarta.

— Dis-moi ce que tu veux, dit-elle en se redressant.

Venait-elle de commettre la plus grave erreur de sa vie en laissant le père de Dawud entrer chez elle ? Un homme qui avait certainement le pouvoir de lui prendre son enfant ?

— Vous emmener, toi et ton fils, pour vous mettre en sûreté, là où la presse ne vous importunera pas, répondit-il. Ensuite, nous devrons parler.

L'idée d'avoir cette conversation avec lui l'emplissait d'angoisse. Mais Dawud et elle ne pouvaient rester terrés ici indéfiniment en espérant que les paparazzis quitteraient les lieux. Idris était leur seule planche de salut. Personne d'autre ne les tirerait de ce guêpier, et elle n'avait d'autre choix que de lui faire confiance, du moins pour l'instant.

— Prends des affaires pour quelques jours, lui conseillat-il. Une voiture vous attend dans la rue ; un de mes hommes restera posté devant la maison afin de s'assurer qu'aucun journaliste ne forcera ta porte en quête d'indices pour vendre une bonne histoire.

Arden frissonna à cette perspective.

— Ne t'inquiète pas, reprit-il. Ça n'arrivera pas.

Elle était sidérée par l'assurance d'Idris. Jamais de sa vie elle n'avait pu se reposer sur quelqu'un. Parents, familles d'accueil, tous l'avaient laissée tomber. Même Hamid d'une certaine manière, en prétendant qu'il y avait entre eux plus que de l'amitié. Elle se garderait bien de dépendre d'Idris, mais, pour l'instant, elle avait vraiment besoin de son aide.

— Donne-moi dix minutes.

Comme elle allait gagner la chambre, elle hésita en regardant la porte du salon.

— Ne t'inquiète pas, j'attends ici, dit-il comme s'il lisait dans ses pensées.

Hélas ! Arden ne pouvait se défaire de l'idée qu'il allait entrer dans le salon pendant qu'elle était dans l'autre pièce, prendre Dawud et sortir de l'appartement en l'emmenant.

— Vous serez tous les deux en sécurité avec moi, assura-t-il en se rapprochant. Tu as ma parole, Arden.

Elle avait désespérément envie de le croire. Elle capta son regard brun velouté et y lut de la franchise. Toute son attitude exprimait la force et la détermination. Au bout d'une seconde, elle pivota et se hâta vers la chambre — après tout, s'il essayait d'emmener Dawud, celui-ci se mettrait à crier et elle l'entendrait.

Elle soupira de soulagement quand, en revenant dans le vestibule exigu, elle vit qu'Idris n'avait pas bougé. Il inclinait la tête, écoutant la voix aiguë de Dawud qui chantait toujours à tue-tête.

Arden posa les deux sacs de voyage qu'elle avait remplis.

— Prête ?

Elle acquiesça.

— Mais j'ai besoin d'un siège-auto et…

— On a déjà pris cette précaution. Il ne reste plus qu'à préparer ton fils.

— Très bien. Je vais le chercher.

— Cela faciliterait les choses que tu fasses les présentations. Ce sera déjà assez effrayant pour lui d'affronter les journalistes massés dehors, même si mes hommes les tiennent à distance.

Arden n'avait pas pensé à cela. C'était bizarre et déstabilisant que quelqu'un devine avant elle ce qui était le mieux pour son fils. Elle prit une profonde inspiration et se concentra sur ce qui l'attendait : présenter Dawud à son père. Elle ne s'était jamais préparée à cette éventualité.

D'une main moite, elle tourna la poignée de la porte, et afficha un large sourire sur ses lèvres. Surtout ne pas montrer sa nervosité à Dawud, se répéta-t-elle. Puis, rejetant les épaules en arrière, elle entra dans la pièce.

— Maman !

Dawud se tourna vers elle en souriant. Arden reçut un choc en voyant ses beaux yeux d'un brun foncé, si semblables à ceux de son père. Dès sa naissance, la ressemblance avait été frappante. Puis, au fil du temps, ce regard velouté était devenu simplement celui de Dawud. Une puissante vague d'émotion montait en elle à mesure qu'elle découvrait d'autres similitudes flagrantes, depuis les cheveux de jais jusqu'au menton déterminé. Elle s'arrêta, chancelante.

— Maman ?

Dawud se leva et vint vers elle, les bras tendus. Cependant, juste avant de la rejoindre, il se figea, les yeux écarquillés.

Arden prit aussitôt conscience de la présence d'Idris auprès d'elle. Il dégageait un magnétisme dont les ondes lui picotaient la peau. Était-il aussi nerveux qu'elle ? Comprenait-il qu'après ce moment, l'avenir ne serait plus le même ? Elle s'agenouilla et ouvrit les bras à Dawud.

— Comment vas-tu, mon chéri ?

Mais le regard de l'enfant restait fixé sur l'homme qui les dominait, et il levait très haut la tête pour l'observer. Arden allait le soulever dans ses bras quand elle perçut un mouvement à côté d'elle. D'un geste souple, Idris s'abaissa et s'assit en tailleur. Son genou touchait le sien, mais il ne semblait pas le remarquer. Toute son attention était rivée sur Dawud.

Il prononça quelque chose dans sa langue. Les sons étaient mélodieux et curieusement rauques. Puis, d'une main, il esquissa un geste fluide, allant de son visage à son buste.

L'espace d'une seconde, Dawud resta immobile, puis un sourire illumina ses traits.

— Ça ! dit-il en montrant la tête et le torse d'Idris.

Idris refit le signe, plus lentement cette fois. Arden comprit qu'il s'agissait d'un geste de salutation. Dawud applaudit en riant. Ensuite, une main devant son visage, il essaya de l'imiter.

C'était bouleversant de voir Dawud sourire à son père et copier ses gestes. Une nouvelle bouffée d'émotion saisit Arden. Elle regarda Idris. Tout imposant et royal qu'il fût dans son costume sur mesure, il souriait à Dawud. Exactement comme Shakil autrefois.

Son cœur se mit à battre si fort qu'elle pouvait à peine respirer. Puis Idris se tourna vers elle. Était-ce son imagination ou ses yeux brillaient-ils davantage ?

— Il est temps de partir. Je peux porter Dawud si tu veux. Mes hommes tiendront les paparazzis à distance pour que tu ne sois pas bousculée. Mais Dawud sera peut-être plus rassuré dans tes bras.

Arden hocha la tête. De nouveau, il avait tout prévu. Une onde de chaleur la submergea et elle détourna les yeux, pour ne pas qu'il remarque combien sa prévenance la touchait.

Elle prit Dawud contre elle.

— Viens, bonhomme. On sort.

— Il vient aussi le monsieur ? dit-il en regardant Idris.

— Oui, mon cœur. Il vient avec nous.

Arden se mit sur pied, ignorant la main qu'Idris lui tendait pour l'aider. Parce que le toucher était trop troublant et qu'elle se trouvait dans une situation suffisamment désastreuse comme ça.

4

— Où sommes-nous ? demanda Arden.

Elle avait passé la majeure partie du trajet à veiller sur Dawud, installé dans le siège-auto entre Idris et elle. Jetant un coup d'œil par la vitre, elle vit un garage souterrain dont la porte sécurisée se refermait immédiatement derrière leur voiture.

— À mon ambassade, répondit Idris. L'entrée arrière. Tu seras en sécurité ici. Nous n'avons pas été suivis.

Il défit le harnais de Dawud comme s'il avait fait ça depuis des années. C'était peut-être le cas, pensa-t-elle. Même si la recherche qu'elle avait entreprise sur Internet à son sujet ne mentionnait pas qu'il avait des enfants…

Ses pensées s'envolèrent soudain, car Dawud réclamait les bras d'Idris au lieu de se tourner vers elle. Égoïstement, elle en eut le cœur serré. Le petit garçon semblait déjà fasciné par cet homme. Pourtant, Idris ne faisait pas mine de le prendre. Par égard pour elle ou parce qu'il refusait de le porter ?

Arden souleva son fils, rassurée de sentir sa tiédeur et son parfum de bébé.

— Je préférerais aller à l'hôtel, déclara-t-elle.

Elle était suffisamment redevable à Idris. De plus, à l'ambassade, elle était sous le coup de la loi de Zahrat. Le doute s'insinua en elle : était-elle tombée dans un piège ?

— Tu veux risquer d'être la cible des paparazzis ?

s'enquit Idris. Te méfier des employés de l'hôtel qui pourraient vendre des photos de vous deux aux médias ?

Arden serra Dawud contre elle.

— Je n'avais pas pensé à cela...

Prise de panique, elle se mit à trembler. Cette terrible journée allait décidément de mal en pis. Ce qu'Idris lui décrivait était aussi terrifiant que la horde de journalistes qui les avaient poursuivis dans la rue quand ils avaient gagné la voiture.

— Tout va bien, Arden. Il y a un appartement privé pour toi et Dawud, le temps que nous trouvions une solution. Tu ne seras pas dérangée, et je me porte garant du personnel.

Son visage de bronze, rude et beau comme le masque d'un dieu antique, exprimait sa conviction.

— J'ai besoin de ta promesse, dit-elle néanmoins d'une voix mal assurée. Promets-moi que quand je voudrai partir avec mon fils, tu ne nous arrêteras pas. Dis-moi que nous sommes libres.

Ils se jaugèrent du regard. L'air se chargea d'une tension électrique. Puis Idris baissa les yeux vers l'enfant. Dans un mouvement réflexe, Arden resserra ses bras autour de Dawud, qui se mit à protester. Rien au monde n'était plus important que son fils. Jamais elle ne se séparait de lui.

— Tu as ma parole, répondit-il gravement. Tu n'es pas ma prisonnière, mais mon invitée. Allons à l'intérieur pour installer le petit confortablement. Ensuite, nous parlerons.

Arden hésitait, appréhendant de suivre Idris dans son territoire. Une peur renforcée par son parfum de santal qui l'enveloppait, éveillant en elle un désir contre lequel elle s'était crue immunisée. Son corps la trahissait pour un homme qui n'avait jamais été pour elle. Il était émir et elle, mère célibataire. Ils n'appartenaient pas au même monde.

Elle se mit à réfléchir très vite. Fuir en emportant Dawud dans ses bras ? Mais pour aller où ? Idris et les journalistes auraient tôt fait de les retrouver. Tandis que Dawud s'impatientait, son compagnon la regardait sans un mot. Il savait qu'elle n'avait pas d'autre option.

Le cœur lourd, Arden actionna la portière.

Le soir de la réception, elle avait trouvé l'ambassade splendide avec ses plafonds vertigineux coiffés d'une coupole, ses lustres à pendeloques et, bien sûr, l'estrade et son trône doré. Elle avait supposé que le reste du bâtiment était plus ordinaire.

Mais non. D'abord, l'ambassade de Zahrat était bien plus grande qu'elle ne l'avait pensé : elle se composait de plusieurs pavillons officiels autour d'un jardin central. Il y avait aussi une maison cossue, haute de plusieurs étages. Idris la conduisit à l'intérieur. L'ensemble était luxueusement meublé, digne des demeures prestigieuses qu'on découvrait dans les magazines chic de décoration. Pourtant, ce n'était pas tant l'aménagement des lieux qui l'impressionnait que le calme qui y régnait. C'était incroyablement reposant après les heures pénibles qu'elle venait de traverser.

Elle installa Dawud dans une chambre claire et répartit sur le sol ses jouets préférés. Idris s'éclipsa, les laissant se détendre et explorer les lieux. Une jeune femme au sourire doux apporta un repas à Dawud. Elle s'appelait Misha et expliqua que l'ambassadeur l'employait pour s'occuper de ses enfants ; elle venait proposer son aide en cas de besoin.

Jusque-là, Arden ne trouvait aucune raison de se plaindre. On lui demandait son avis, on la traitait avec respect et courtoisie. C'était un peu difficile pour elle, habituée à prendre toutes ses décisions et à ne dépendre de personne. Surtout, elle ne pouvait oublier qu'ils étaient chez Idris. Elle se promit de partir d'ici au plus vite.

Misha offrit de rester avec Dawud pendant qu'Arden retrouvait Idris. Pile à ce moment, Dawud se mit à pousser des cris enthousiastes.

— Monsieur… Coucou, monsieur !

Arden se raidit immédiatement, les nerfs à fleur de peau. Elle découvrit Idris campé sur le seuil de la chambre. Sa pose était nonchalante, mais il n'y avait rien de désinvolte dans son expression. Il fixait Dawud avec une telle intensité qu'elle sentit son ventre se nouer.

Puis, se tournant vers elle, il la transperça de son regard ténébreux. Une sourde exaltation jaillit en elle et elle pressa la main contre sa poitrine. Consciente de se trahir, elle la laissa retomber.

— Tout va pour le mieux ? demanda-t-il.

— À part le fait d'être poursuivie par la presse et d'être forcée de se cacher ici au lieu de…

Arden ébaucha une grimace et se reprit :

— Désolée. C'est ingrat de ma part. La chambre est jolie et Misha m'a beaucoup aidée.

Ce disant, elle sourit à la nurse, qui rangeait des jouets.

— Bien. Alors, tu n'auras pas d'appréhension à laisser Dawud ici pendant que nous dînons ? suggéra Idris.

Bien sûr qu'elle se faisait du souci ! Elle avait hâte de revenir à sa vie d'avant, simple et sûre, avec son petit garçon. Sauf qu'il n'aurait pas la chance de connaître son père dans ce cas. Même si elle avait l'impression de chanceler au bord d'un précipice, Arden savait combien il était important pour Dawud de grandir entouré de ses parents. S'ils trouvaient un moyen pour qu'il ait une relation constructive avec son père, alors cette frénésie médiatique aurait eu du bon finalement. Et si jamais il lui arrivait quelque chose, elle savait que son fils ne serait pas seul au monde comme elle l'avait été.

— Arden ?

Idris avança, sourcils foncés. Elle se ressaisit vivement.

— Oui, merci. Je veux bien dîner.

— Monsieur ! appela la petite voix impérieuse de Dawud. Viens.

— On dit « s'il te plaît », le reprit Arden.

— Plaît, répéta son fils.

Était-ce un bref sourire qu'elle surprit sur les lèvres d'Idris ? Avant qu'elle ait le temps de trouver la réponse à cette question, il traversa la pièce et vint s'asseoir au bord du lit de l'enfant. Le cœur d'Arden manqua un battement lorsqu'elle vit leurs deux têtes brunes penchées l'une vers l'autre. Des années plus tôt, elle avait rêvé de ce moment et avait passé des heures à chercher cet homme, refusant de croire qu'il s'était lâchement servi d'elle. En vain. Le temps passant, elle avait fini par se faire une raison.

Le petit garçon prit la main d'Idris et la porta à son front, puis à sa poitrine. Quand Idris répéta le salut traditionnel qu'il avait exécuté avant, Dawud sourit, rayonnant.

— Encore, fit-il en essayant de l'imiter.

— On dit : « S'il te plaît. »

La voix profonde était douce. Arden suffoqua.

— Plaît !

Idris ébaucha un sourire qu'Arden n'avait jamais vu et qui lui alla droit au cœur. Patiemment, il refit le geste, l'accompagnant cette fois de mots chantants dans sa langue. Les sonorités exotiques flottèrent dans la chambre comme un air envoûtant, et Arden ne fut pas surprise de voir Dawud se pencher davantage, fasciné.

Combien de temps serait-elle restée là à les écouter ? Mais Misha se leva et s'excusa pour aller mettre de l'ordre dans la salle de bains après les joyeuses ablutions de Dawud.

La nurse partie, l'atmosphère changea brusquement. Sans regarder Arden, Idris déclara sèchement :

— J'ai parlé à Hamid. Il dit que l'enfant n'est pas de lui.

De stupeur, Arden se laissa tomber dans le fauteuil le plus proche.

— Bien sûr qu'il n'est pas le fils d'Hamid !

— Est-il le mien ?

Son regard restait rivé sur Dawud. Essayait-il de déceler leur parenté sur ses traits ?

— Tu penses que j'ai quitté ton lit pour celui de ton cousin ? répliqua-t-elle. Pour qui me prends-tu ?

Cette fois, Idris daigna tourner la tête vers elle.

— Je n'en sais rien. Je te pose la question.

Arden accusa le coup. Finalement, cela résumait leur situation. À vingt ans, elle avait passé une semaine de rêve avec un dénommé Shakil, qu'elle avait pris pour l'homme de sa vie, son grand amour. Cette rencontre avait changé sa vie. Pour la première fois, elle avait osé faire confiance à quelqu'un. Mais cette semaine-là avait été nettement moins importante pour lui. Les mots passionnés, la promesse de ses yeux, les caresses et son désir de la garder auprès de lui après leur séjour à Santorin n'avaient signifié qu'une chose : il l'avait désirée sexuellement.

Arden releva la tête.

— Dawud est ton fils.

Le cœur battant, elle attendit une réaction de sa part. Mais Idris resta parfaitement immobile. Cela ne le touchait donc pas ? Elle avait été si sûre de lire une trace d'émotion sur ses traits tout à l'heure. Avait-elle pris ses désirs pour des réalités, tant elle voulait que Dawud se sente aimé par ses deux parents ?

Si elle était prête à lui donner de l'amour pour deux, elle était bien placée pour savoir que ça ne fonctionnait pas ainsi. Rien ne remplaçait l'absence d'un parent — ou des deux.

— Je suppose que tu veux un test de paternité ? déclara-t-elle d'une voix tendue.

— Ce serait raisonnable, étant donné qu'il s'agit de l'héritier d'un royaume.

Arden agrippa les accoudoirs du fauteuil si durement que ses doigts en devenaient blancs. *L'héritier d'un royaume...* Idris avait-il l'intention de reconnaître Dawud officiellement ? Envisageait-il de partager sa garde ? À l'idée d'être séparée de son bébé, elle eut l'impression de recevoir un coup de poignard en plein cœur. *Du calme !* Ils n'en étaient pas encore là, n'est-ce pas ?

Idris parlait de nouveau à Dawud dans sa langue, lui apprenant même à répéter quelque chose. Un grand sourire aux lèvres, le petit garçon reproduisait les sons simples. En dépit de ses craintes et des difficultés qu'Idris et elle rencontreraient, Arden sut que, pour lui, avoir une famille était inestimable.

Misha revint. Idris se leva.

— Dodo, monsieur ! fit Dawud en ouvrant et en fermant ses petits doigts.

— *Rayla tayba*. Bonne nuit, répondit Idris.

Arden s'avança et embrassa son fils en repoussant les cheveux de son front.

— Bonne nuit, mon cœur.

— Bon dodo, maman, fit Dawud en lui donnant un baiser.

Elle dut faire un effort pour s'écarter. Après avoir rappelé à Misha de la prévenir si Dawud ne s'endormait pas, elle suivit Idris hors de la chambre.

— Quel mot as-tu appris à Dawud ? demanda Arden par-dessus la table dressée pour deux dans la confortable salle à manger.

Elle paraissait fatiguée et tendue, nota Idris. Ce qui cependant n'atténuait pas le désir qui pulsait au fond de lui. Elle n'avait pas fait d'effort vestimentaire pour le dîner. Elle était en jean et en T-shirt, et ne portait pas de bijoux. Son maquillage était léger. Pour autant, il luttait contre une envie irrésistible de la toucher.

— *Baba ?* dit-il en lui passant un plat d'agneau rôti.

— Oui. Qu'est-ce que cela veut dire ?

Arden se servit en viande et en salade. Elle évitait son regard depuis qu'ils avaient quitté la chambre. Comme si le fait de le voir la blessait. Était-elle insensible à la tension sexuelle qui imprégnait l'air entre eux comme un courant électrique ? Faisait-elle semblant de l'ignorer ? Par sa tenue simple, voulait-elle montrer qu'elle le méprisait ? Il ne savait pas ce qui le mettait le plus en colère : son attitude ou le fait qu'elle lui ait caché l'existence de son enfant.

— Ça veut dire « papa ».

Comme il l'avait prévu, cela attira son attention. Elle redressa brusquement la tête et il ressentit un choc en voyant ses beaux yeux d'aigue-marine étinceler d'indignation.

— Tu ne sais pas encore si c'est ton fils. Il te faut un test de paternité.

Idris n'était pas prêt à admettre qu'il n'avait pas besoin de ce test pour savoir que Dawud était son enfant. Il était incapable d'expliquer cette certitude qui défiait toute logique, mais il avait regardé le petit garçon et une joie indicible l'avait envahi en même temps qu'un vif élan protecteur. Du soulagement aussi, parce que l'idée qu'Hamid et Arden soient amants lui était insupportable.

— Tu n'avais pas le droit de lui dire que tu étais son père, reprit-elle.

— Pardon ?

Sa bouche pulpeuse ébauchait une moue butée. Elle aurait été tentante si elle n'avait pas lâché des mots si durs. Idris ne prit pas la peine de lui rappeler qu'il s'était exprimé dans sa langue maternelle et que Dawud n'avait donc pas compris. Bientôt, il parlerait arabe, se promit-il.

— J'étais dans mon droit, au contraire, répliqua-t-il en appuyant les paumes sur la table. Il a trois ans, n'est-ce pas ? Et tout ce temps tu m'as caché son existence.

— Ce n'était pas mon choix, protesta-t-elle. Tu m'as menti sur ton identité !

Idris secoua la tête.

— Je t'ai expliqué pourquoi. Je voulais éviter toute publicité, faire un break et vivre comme n'importe qui, au lieu d'être épié constamment à cause de mon sang royal. C'était mon intention de t'annoncer qui j'étais si tu avais accepté de m'accompagner à Paris.

Il avait fait cette offre étonnante parce qu'il avait été incapable de se lasser de sa maîtresse anglaise. Ses manières simples et chaleureuses, son goût de la vie, le regard fasciné qu'elle portait sur lui avaient été irrésistibles. Ce n'était pas ce regard-là qu'elle lui adressait en ce moment.

— À part cela, tout était vrai, dit-il. Tu n'avais aucune raison de me priver de mon fils.

Il serra les poings, résistant à l'envie de la toucher. Pour la secouer jusqu'à ce qu'elle lui présente des excuses ? Pour l'embrasser afin qu'elle cesse de l'invectiver comme si c'était sa faute à lui et non la sienne ?

D'un mouvement brusque, Arden posa sa serviette sur la table et repoussa sa chaise.

— Je ne t'ai pas caché Dawud !

Idris se leva d'un bond, prêt à l'empêcher de quitter la pièce. Sa patience s'amenuisait ; il était déterminé à tirer cette affaire au clair.

— Dans ce cas, pourquoi ne m'as-tu pas averti ? Qu'ai-je fait à Santorin pour que tu décides de l'élever seule ? Comment peux-tu justifier une chose pareille ?

Arden posa les mains sur ses hanches dans une attitude de défi. À travers son T-shirt blanc, les pointes de ses seins se durcirent comme de petits cailloux. D'un geste nerveux, Idris serra les poings.

— Et comment étais-je censée te contacter ? lança-t-elle. Tu as pris soin de couvrir tes traces !

— Je n'ai pas...

— Ah, non ? coupa-t-elle en s'approchant, le menton levé. Je n'ai jamais su ton nom de famille, pour commencer. Le seul nom que tu m'as donné était faux. Quand j'ai découvert que j'étais enceinte, j'ai contacté l'hôtel où tu disais être descendu. Ils ont refusé de confirmer que tu avais séjourné là. Ils étaient encore moins disposés à me fournir tes coordonnées, évidemment.

Idris resta interdit. Ces mesures de sécurité étaient la procédure normale pour protéger la vie privée de la famille royale. Il ne lui était pas venu à l'idée que cela empêcherait Arden de le joindre.

— Je n'avais pas pensé à cela, admit-il, piteux.

— Je veux bien le croire !

— Quand j'ai su que tu n'étais pas venue à notre rendez-vous, j'ai cru que tu voulais rompre et que cela t'arrangeait.

— Je suis arrivée en retard, je te l'ai dit. Parce qu'au dernier moment, je ne trouvais pas mon passeport pour t'accompagner à Paris.

Ses yeux brillants le défiaient de mettre sa parole en doute.

— Quand, à ton hôtel, on a refusé de m'aider, poursuivit-elle, j'ai appelé l'ambassade, ici, à Londres.

Les lèvres de la jeune femme se mirent à trembler. Tout à coup, Idris était horriblement mal à l'aise.

— Peux-tu imaginer combien c'était pénible pour moi de te chercher par la voie administrative ? Tout ce que je pouvais leur dire, c'était que tu t'appelais Shakil, que tu avais vingt-six ans, que tu avais étudié aux États-Unis et que tu portais une cicatrice sur une clavicule. Oh ! ils ont été très corrects, gentils même. Je pense qu'ils étaient désolés pour moi parce qu'ils devinaient pourquoi j'avais besoin de te joindre de toute urgence.

Ses joues viraient à l'écarlate, mais son regard braqué sur lui ne vacilla pas. Idris lisait sa blessure dans ses prunelles, en même temps que du dédain et le souvenir de la gêne qu'elle évoquait. Comment imaginer ce qu'elle avait ressenti en découvrant qu'à vingt ans, elle était enceinte d'un homme dont elle ne connaissait même pas le vrai nom ? Elle avait dû être désespérée.

La culpabilité tirailla sa conscience. Des remords plus douloureux que cette blessure à la clavicule qu'elle évoquait, souvenir d'une chute de cheval à l'âge de quatorze ans, alors qu'il s'entraînait aux techniques traditionnelles de combat. Sa douleur aujourd'hui était teintée de honte, même s'il n'avait pas trahi Arden intentionnellement.

— Je suis désolé, Arden. Je te demande pardon. Ce que tu as enduré a dû être terrible. Je regrette profondément que tu te sois sentie abandonnée.

Idris s'interrompit, oppressé. Elle était si jeune, si radieuse, si innocente ; par sa faute, elle s'était retrouvée seule et effrayée.

— Je n'ai jamais eu l'intention de te duper ou de te blesser, reprit-il. Je voulais juste avoir une chance de m'amuser sans attirer l'attention. Quant à la grossesse, j'ai cru que les précautions que j'avais prises étaient suffisantes. Crois-moi, je n'essayais pas de me cacher. Moins d'une semaine après avoir quitté Santorin, je suis devenu l'émir de Zahrat. Il ne m'est pas venu à l'esprit que tu ne pourrais pas me localiser.

Arden semblait faire le tri entre les faits et les mensonges qu'elle s'était imaginés.

— Même si j'avais lu la nouvelle dans les journaux, je n'aurais jamais fait le lien entre le Shakil que je connaissais et le nouveau roi de Zahrat, dit-elle enfin.

Idris hocha la tête. Comment aurait-elle pu savoir ? Ce n'était la faute de personne. Il s'agissait d'un malheureux concours de circonstances. Pour autant, cela ne soulageait pas sa conscience. Arden lui avait dit que ses parents étaient morts des années plus tôt et qu'elle n'avait aucune famille. Il aurait dû être là pour elle. Y avait-il eu quelqu'un auprès d'elle à la naissance de Dawud ?

— Comment allais-tu ? Je veux dire, pendant la grossesse, l'accouchement ? On s'est bien occupé de toi ?

— J'ai toujours su m'occuper de moi, répondit-elle en durcissant le ton. J'avais au moins un emploi stable qui me permettait de subvenir à nos besoins.

Idris reçut son regard accusateur comme une gifle. Car c'était ce qu'elle ne disait pas qui le rongeait. Il n'y connaissait presque rien en obstétrique, mais il savait que les futures mères avaient besoin de soutien et de repos, et pas seulement au moment d'accoucher. Au bout de combien de temps avait-elle dû retourner travailler ?

— Je ne me défile pas devant mes responsabilités, déclara-t-il lentement. Si j'avais été au courant, je t'aurais aidée, comme j'ai l'intention de le faire maintenant.

La jeune fille qu'il avait connue était tendre, affectueuse, facile à vivre ; la femme qui lui faisait face était compliquée, fougueuse, butée. Pour autant, la détermination farouche de celle-ci de le tenir à distance ne faisait qu'aiguiser le désir qu'il avait d'elle. C'était insensé !

— Parfait, parce que j'ai toujours voulu que Dawud connaisse son père. C'est important pour un enfant d'avoir une relation positive avec ses deux parents.

Elle l'observa avec acuité, sans doute pour savoir s'il partageait ses valeurs.

— Je suis d'accord, répondit-il. C'est pourquoi nous nous marierons le plus vite possible.

5

— Se... *marier* ? bégaya Arden sous le choc.

— Bien sûr. C'est une solution logique.

— Je ne suis pas un problème à résoudre ! s'écria-t-elle, recourant à la colère pour masquer sa déception.

Mais à quoi s'était-elle attendue ? Après tout ce temps, se complaisait-elle encore dans ses rêves d'autrefois, dans lesquels Idris lui disait qu'il l'aimait ? Elle n'était quand même plus aussi naïve !

Incapable de rester en place, elle se mit à arpenter la salle à manger. Arrivée à l'autre bout de la pièce, elle pivota pour lui faire face.

— Que fais-tu de ta fiancée ?

— Je ne suis pas fiancé. Les fiançailles ne sont pas officialisées.

Quelque chose dans sa voix indiqua à Arden que la situation était plus compliquée qu'il ne le disait.

— Tu ne peux pas annuler un mariage royal.

— Tu crois que je vais épouser Ghizlan quand je découvre que tu es la mère de mon fils ? rétorqua-t-il.

Une expression implacable imprégnait ses traits. Arden ne put s'empêcher de penser qu'il ressemblait à un guerrier du désert des temps anciens.

— Tu m'as volé trois ans de la vie de Dawud, reprit-il. Je ne veux pas attendre plus longtemps.

Suffoquée, Arden croisa les bras sur sa poitrine.

— Je ne t'ai rien volé du tout !

— Peut-être, mais il s'avère que c'est mon fils.

— Et le mien ! jeta-t-elle en s'avançant d'un pas.

— Précisément. Tu dis toi-même que c'est mieux pour un enfant d'avoir une bonne relation avec ses deux parents. Le mariage garantit cela.

— Le mariage n'est pas nécessaire.

Elle étouffa un rire nerveux. Quatre ans plus tôt, elle rêvait d'épouser cet homme. À présent, elle rejetait l'idée de toutes ses forces. Quelle ironie !

Oui, elle l'avait aimé comme une folle, autrefois. Son physique époustouflant et son charisme l'avaient attirée, bien sûr, mais aussi la façon dont il avait fait attention à elle. Auprès de lui, elle s'était sentie belle et féminine. Son charme et sa générosité l'avaient conquise ; néanmoins, elle se rendait compte maintenant qu'elle ne le connaissait pas.

Il inclina la tête et la jaugea du regard. Que voyait-il ? Une femme très ordinaire. Physiquement, elle n'avait rien d'une beauté. Sous une masse de cheveux blonds impossibles à coiffer, son visage était terne, son nez trop court. Elle n'avait rien de commun avec la princesse Ghizlan, qui avait pour elle la grâce, l'élégance et la distinction. Arden était issue d'un milieu modeste. Elle n'avait jamais possédé une robe de créateur ni fréquenté les gens riches et célèbres. Elle jonglait entre son rôle de mère et son travail. Elle avait plus l'habitude de chantonner des berceuses et de préparer des œufs à la coque que de dîner dans une salle à manger comme celle-ci.

— Tu ne penses pas ce que tu dis, ajouta-t-elle. C'est juste un réflexe. Quand tu auras réfléchi, tu verras que cette idée de mariage entre nous est…

— Logique ? suggéra-t-il. La meilleure chose pour Dawud ?

— Je pensais plutôt à : ridicule, inutile et pénible !

— Tu penses qu'un mariage avec moi serait… *pénible* ?

Le visage d'Idris jusque-là impassible devenait presque menaçant. Un frisson la secoua, mais elle refusa de se laisser intimider.

— Je ne suis pas taillée pour être une épouse royale.

Il balaya son argument d'un geste sec.

— Tu peux apprendre.

— Ça ne m'intéresse pas.

Bon sang ! Pourquoi Idris ne voyait-il pas qu'ils étaient mal assortis ? Il s'avança et elle déglutit avec peine, en proie à un nouveau frisson de crainte.

— Cela t'a peut-être échappé, Arden, mais ce qui t'intéresse n'entre pas en ligne de compte. Ce que nous désirons n'a plus d'importance. Il s'agit de faire ce qui est le mieux pour Dawud.

Ces mots-là avaient du sens, car elle ferait n'importe quoi pour son fils afin de lui assurer un avenir heureux et stable. Malheureusement, ce qu'Idris suggérait n'était pas le meilleur moyen d'y parvenir — bien au contraire.

— Dawud ne demande pas que nous soyons mariés. Ce sera beaucoup mieux s'il a des parents qui entretiennent une relation cordiale, au lieu de se déchirer parce qu'ils ont fait un mauvais mariage.

— Qui veux-tu épouser ? Mon cousin ?

— Non ! s'écria-t-elle, stupéfaite par cette attaque. Hamid est un ami, c'est tout.

— Alors, qui ?

— Mais personne ! Je parlais en général. D'ailleurs, tu oublies une chose : l'amour. Et si l'un de nous tombait amoureux de quelqu'un d'autre, plus tard ?

— L'amour ? répéta-t-il comme s'il s'agissait d'un concept qui lui était complètement étranger. Aucun risque que je tombe amoureux de qui que ce soit !

L'espace d'une fraction de seconde, l'ancienne Arden

resurgit, s'attendant à ce qu'il lui avoue avoir été amoureux d'elle autrefois, à Santorin. Vivement, elle se ressaisit. Ce fantasme était de l'histoire ancienne.

— Pourquoi ? demanda-t-elle avec une intonation rauque.

Il haussa les épaules.

— Je n'ai jamais été amoureux et ne le serai jamais. Dans ma famille, personne ne se marie par amour. Nous avons la réputation d'être imperméables aux sentiments. Appelle ça un défaut héréditaire,

— Je vois...

C'était stupide d'être déçue. Elle avait toujours su qu'elle n'avait été pour lui qu'une amourette de vacances, n'est-ce pas ?

— À moins que toi, tu n'aies *peur* de t'éprendre de quelqu'un ? suggéra-t-il.

Arden laissa échapper un rire cynique.

— Oh ! sûrement pas.

Le fait de devenir mère célibataire juste une semaine avant son vingt et unième anniversaire avait détruit ses illusions romantiques, même si le fait de revoir Idris ravivait en elle des braises qu'elle croyait éteintes sous la cendre. Depuis quatre ans, elle était trop occupée à se demander comment joindre les deux bouts pour songer à avoir un amoureux.

— Alors, ce n'est pas un problème, conclut-il.

— Mais il y en a tant d'autres !

— Lesquels ?

Elle leva les yeux au ciel. Pourquoi refusait-il de voir les choses en face ? L'idée d'un mariage entre eux était risible.

— Ton peuple ne m'acceptera jamais comme reine, pour commencer.

— Mon peuple acceptera n'importe quelle femme que je prendrai pour épouse.

— Mais être une femme dans ton pays comporte des restrictions que je ne pourrais pas tolérer. Les traditions y sont différentes de celles qui existent en Occident.

Cet argument sembla faire mouche car Idris arqua ses sourcils sombres.

— C'est vrai, mais le changement est en marche. Mon pays n'est plus aussi rétrograde. D'ailleurs, en tant qu'épouse de l'émir, tu pourrais améliorer la condition des femmes.

— La princesse Ghizlan ferait ça beaucoup mieux que moi.

Il secoua la tête, les lèvres pincées.

— Combien de fois dois-je te répéter que Ghizlan ne fait plus partie du tableau ? Au vu du scandale, je ne peux plus lui demander sa main. La seule attitude correcte que je puisse avoir, c'est de t'épouser.

Voilà qui te remet à ta place, ma fille ! Autrement dit, tu es pour lui un boulet.

Arden prit une profonde inspiration.

— Je n'imaginais pas que la nouvelle causerait autant de problèmes ni que nous en pâtirions tous. Mais je ne pense pas que se précipiter dans le mariage soit une solution. Tout ce qui compte, c'est l'intérêt de Dawud et...

— Voilà au moins une chose sur laquelle nous sommes d'accord ! la coupa-t-il.

Arden reprit espoir. Peut-être arriverait-elle à le persuader finalement. Elle esquissa un sourire conciliant.

— Tu as raison. C'est un début, non ?

Il ne répondit pas. Elle se demanda qui osait discuter avec l'émir de Zahrat. Était-il incapable d'admettre qu'il puisse y avoir d'autres options que sa volonté ?

— Écoute, si nous nous asseyions pour parler de quelques possibilités ? suggéra-t-elle.

Au grand soulagement d'Arden, Idris s'écarta, ce dont elle profita pour regagner sa place. Le stress et la fatigue se faisaient sentir : ses jambes tremblaient. Idris vint s'installer en face d'elle.

— Je t'écoute, lança-t-il.

Arden s'empara d'une fourchette et traça des sillons sur la nappe, le regard perdu.

— Eh bien… Dawud pourrait passer les vacances avec toi, par exemple.

Rien qu'en prononçant ces mots, elle avait l'impression qu'une lame lui lacérait le cœur. Comment imaginer une seule journée sans Dawud ? Mais elle devait être réaliste : son petit garçon méritait de connaître son père.

— Il serait un prince à temps partiel, tu veux dire ? Il vivrait parfois dans mon palais et le reste du temps dans ton appartement en sous-sol ?

— C'est plus sensé que de prétendre que nous formons une famille parfaite tous les trois, protesta-t-elle.

— Je ne demande pas la perfection.

Elle faillit répliquer qu'il n'avait rien *demandé* tout court, qu'il lui *imposait* son idée ; or se chamailler ne les conduirait nulle part. Elle devait mettre sa rancœur et ses craintes de côté et penser à Dawud.

— Partager sa garde est un bon compromis, insista-t-elle.

— Tu penses vraiment que Dawud peut retourner à la vie qu'il menait jusque-là, maintenant que je sais qu'il est mon fils ?

Piquée au vif, Arden se raidit et laissa tomber la fourchette d'argent.

— Pourquoi pas ? Une dose de réalité ouvrière à comparer à la vie de château peut être une bonne chose.

Idris secoua la tête.

— Tu as mal interprété mes paroles. Le monde entier sait que Dawud est mon fils. C'est mon devoir, en même temps que mon désir, de l'accueillir chez moi. Sinon, je passerais pour un homme négligent et faible auprès de mes sujets. Ce serait aussi une insulte envers toi si je ne t'épousais pas ; et une autre envers Ghizlan et son pays.

Arden serra les dents. Elle se moquait de ce que ses sujets et la princesse pensaient !

— J'ai aussi mon mot à dire. Je me suis occupée de Dawud jusque-là et...

— C'était avant, Arden.

Sa main large couvrit la sienne sur la nappe. Elle fut surprise de constater qu'en dépit de leur désaccord, ce contact était rassurant.

— Tu n'as eu qu'un aperçu de ce dont la presse est capable, poursuivit-il. Veux-tu que Dawud subisse ce harcèlement en permanence ?

— Une fois que la nouvelle aura perdu de son attrait...

— Arden, ça ne s'arrêtera jamais, l'interrompit-il avec douceur. Chaque fois qu'il y aura un événement dans mon pays ou dans la vie de Dawud, un anniversaire par exemple, un premier jour d'école, la presse sera là pour faire des photos. Ils souligneront la différence entre ma vie au palais et la sienne à Londres, inventeront toutes sortes d'histoires. Chacun de ses gestes sera épié et on jugera la façon dont tu l'élèves.

Arden était presque soulagée de sentir la main chaude d'Idris sur la sienne, car le tableau qu'il lui présentait lui donnait la chair de poule.

— Dawud sera pour eux un phénomène attirant la curiosité, conclut-il.

Elle retira sa main et la pressa contre sa poitrine.

— Dawud n'est pas un animal de cirque ! protesta-t-elle, désespérée.

— Bien sûr que non. C'est un petit bonhomme tout à fait normal. Et je veux qu'il reste ainsi.

— En le faisant vivre dans un palais !

Il salua sa repartie d'un rire sonore et terriblement attirant. L'espace d'un instant, il lui fit penser à Shakil, qui d'un sourire lui avait fait chavirer le cœur.

— À t'entendre, on dirait que c'est une prison, dit-il, amusé. Crois-moi, Dawud aura une vie plus normale là-bas qu'à Londres. À Zahrat, je pourrai vous protéger tous les deux.

Arden tenta de refouler le nœud d'appréhension qui lui bloquait la gorge. Ce qu'Idris proposait était impossible à imaginer. Pourtant, en son for intérieur, elle savait qu'il avait raison : Dawud et elle ne pouvaient pas retourner dans son appartement.

— Nous pourrions essayer de vivre à Zahrat, concéda-t-elle, résignée. Si tu nous aidais à trouver une maison.

Pourrait-elle travailler là-bas ? Y avait-il seulement des magasins de fleurs ?

— En tant qu'épouse, tu habiterais au palais. C'est la seule option raisonnable. Ensemble, nous donnerons un foyer stable à Dawud. Pas de garde compliquée ni de changement de domicile à tout bout de champ.

Idris parlait d'un ton froid et posé, comme s'il savait qu'il avait toutes les cartes en main. Arden se laissa aller contre le dossier, consciente que le piège se refermait lentement sur elle. Les pensées tourbillonnaient néanmoins dans son esprit, à la recherche d'une ultime échappatoire.

— C'est pour Dawud, lui rappela-t-il. Nous voulons ce qui est le mieux pour notre fils.

Notre fils… Ce simple pronom possessif suffit à combler le gouffre qui les séparait. D'une certaine manière, elle se sentit moins seule tout à coup. Elle avait l'habitude d'assurer toutes les responsabilités ; l'idée de les partager était terriblement tentante.

— J'ai besoin de réfléchir, répondit-elle. Il me faut du temps.

— Bien sûr. Je viendrai demain à 9 heures pour connaître ta décision.

Le lendemain, à 16 heures, après une nuit sans sommeil, Arden devint officiellement, devant un parterre de témoins, la fiancée de l'émir de Zahrat.

Elle avait bien envisagé de le rejeter et de partir la tête haute. Mais s'il lui arrivait quelque chose ? Elle savait mieux que quiconque ce que cela signifiait de n'avoir personne sur qui compter. Dawud avait le droit de grandir en sécurité, d'être aimé et de profiter des droits liés à sa naissance. Elle espérait qu'Idris endosserait son rôle de père avec le même sérieux et la même bienveillance qu'il mettait à diriger son royaume — il avait la réputation d'être un souverain honnête et dévoué.

Ce fut néanmoins d'une main tremblante qu'elle apposa sa signature sur le registre de l'ambassade. Auprès d'elle, Idris fit un paraphe énergique qui reflétait son assurance.

En fixant le parchemin orné de belles calligraphies, Arden songea qu'elle venait d'hypothéquer son avenir et celui de son fils. Un désespoir glacé l'envahit ; son cœur battait si fort qu'elle était surprise que personne ne l'entende. Elle n'avait pas eu le choix, se répétait-elle.

— Permettez-moi d'être la première à vous féliciter.

Dans un tailleur de soie ambre agrémenté d'un magnifique collier de perles, la princesse Ghizlan incarnait la beauté et la classe. Tout ce qu'elle-même ne serait jamais, malgré l'élégante tenue qu'Idris lui avait procurée pour l'occasion.

Contre toute attente, le sourire de l'ex-promise était chaleureux. Arden s'en trouva quelque peu rasséréné, alors qu'elle avait été alarmée en la découvrant parmi les témoins.

— Merci, Alt...

— Appelez-moi Ghizlan, coupa-t-elle, avant de se tourner vers Idris : Félicitations pour vos fiançailles, Altesse. Je vous souhaite beaucoup de bonheur à tous les deux.

Son visage d'une grande beauté n'indiquait qu'une sincérité bienveillante. Aucune tension, aucune amertume non plus sur les traits d'Idris. Jouaient-ils la comédie ou le mariage prévu entre eux n'avait-il été qu'un arrangement ?

— Merci.

La voix grave d'Idris lui rappela que cette cérémonie n'était destinée qu'à assurer l'avenir de son fils — rien à voir avec une histoire d'amour. D'ailleurs, il n'avait pas souri une seule fois de toute la journée.

— Je me demandais si vous accepteriez de venir boire quelque chose avec moi, proposa la princesse en s'adressant à elle.

Arden se leva instantanément, puis hésita. Qu'en était-il du protocole ? Devait-elle rester auprès d'Idris pour recevoir les félicitations ? Mais il se leva lui aussi. Tant mieux, car elle en avait assez de toute cette solennité.

— Avec plaisir, répondit-elle à Ghizlan.

Arden suivit la princesse vers le buffet. Trop nerveuse, elle n'avait rien avalé de la journée.

— C'est pareil pour moi, dit Ghizlan en devinant son état d'esprit. Je ne mange pas avant une cérémonie. Ensuite, je le regrette, car ce genre d'événement dure une éternité.

Arden coula un regard vers la jeune femme à la silhouette irréprochable qui remplissait une assiette de petits-fours. N'y tenant plus, elle lui posa la question qui lui brûlait les lèvres :

— Vous ne m'en voulez vraiment pas ?

— Venez, allons dans un endroit plus confortable, suggéra la princesse.

Celle-ci se dirigea vers un petit salon à l'écart.

— Arden… Je peux vous appeler Arden, n'est-ce pas ?

— Bien sûr ! Désolée, je suis un peu distraite, s'excusa-t-elle en s'asseyant dans un fauteuil, son assiette à la main.

— Je n'en suis pas surprise. Ces événements formels sont intimidants quand on n'y est pas habitué. Il n'y a qu'une solution dans ce cas : penser à autre chose. Personnellement, je réfléchis à mon organisation de la semaine. C'est même là que me viennent les meilleures idées.

Arden sourit et sa tension s'allégea quelque peu.

— C'est très généreux de vous montrer si agréable envers moi. Je ne m'attendais pas… Enfin, je veux dire, merci beaucoup. Ne vous méprenez surtout pas…

Les yeux noirs de Ghizlan s'arrondirent, puis elle laissa échapper un rire clair qui attira l'attention de quelques hommes.

— Laissez, dit-elle en agitant une main. Je sens que je vais beaucoup vous apprécier. C'est bon d'entendre quelqu'un d'aussi franc. Vous le comprendrez quand vous aurez affaire aux diplomates et aux gens de la cour. Et vous avez raison, c'est difficile pour nous tous.

— J'en suis vraiment désolée, murmura Arden.

— Ça n'est pas votre faute. Personne n'a eu réellement le choix une fois que l'existence de votre enfant a été révélée.

Arden l'observa, essayant de déceler sur ses traits les signes d'une blessure. Mais la princesse ne laissait paraître aucune émotion.

— Cela doit surtout être difficile pour vous.

Ghizlan détourna les yeux.

— Cela a causé une tempête diplomatique. Cela passera. Nos fiançailles n'étaient pas encore annoncées. Et si on nous voit toutes les deux ensemble en bons termes, les choses se tasseront plus vite.

Arden prit soudain conscience que ce tête-à-tête n'était pas désintéressé.

— Je comprends, répondit-elle en réprimant sa déception.

— Vous êtes vexée, déclara la princesse. Je suis désolée. J'ai dit à Idris que vous ne voudriez pas me voir ici, mais il m'a assuré qu'il n'y avait rien de sentimental entre vous deux.

Arden se mordit la lèvre. Pourquoi ces paroles la blessaient-elles à ce point ? Ce qu'il y avait eu entre Idris et elle autrefois était mort depuis longtemps.

— J'apprécie vraiment que vous soyez là, dit-elle à Ghizlan. C'est bon de pouvoir parler à une autre femme.

— J'ai pensé que ça vous aiderait, en effet. En même temps, ça calmera le jeu. On dira que je suis à Londres pour vous soutenir et non pour tester ma compatibilité avec Idris.

— Votre... *compatibilité* ? s'étonna Arden.

— Notre mariage devait rapprocher nos deux pays, brouillés depuis des générations. Il était assorti d'un traité de paix et d'un accord commercial. Nous avions besoin de passer un peu de temps ensemble pour... nous habituer l'un à l'autre.

Arden se raidit, en proie à une sensation bouillante. Elle refusa d'imaginer jusqu'où Ghizlan avait eu l'intention de pousser cette expérience. Il lui fallait quand même un certain courage pour rester ici et sourire, comme si ses espoirs de mariage n'avaient pas été balayés de manière retentissante. Elle tenait sûrement à l'émir, elle aussi. Arden, qui avait aimé et perdu Idris, ce qui lui avait causé un chagrin immense, ressentit un élan de sympathie pour la jeune princesse délaissée.

— Ghizlan, j'aimerais vous demander une faveur,

dit-elle, hésitante. Voilà… Pourriez-vous me conseiller un peu ? Me dire à quoi je dois m'attendre ? Je ne connais rien au protocole. Je ne sais même pas ce que je dois porter.

Elle baissa les yeux sur la ravissante robe bleu pâle qui accrochait la lumière des lustres. Elle l'avait trouvée dans sa chambre le matin même et l'avait acceptée avec plaisir, peu désireuse d'affronter la cérémonie dans son jean usé.

— Vous aimez la robe ?

— Elle est magnifique. Mais comme je n'ai jamais acheté de vêtements de créateurs, je n'ai aucune idée de…

Arden se tut en remarquant le sourire de son interlocutrice.

— Oh ! C'est *vous* qui l'avez choisie ?

Ghizlan haussa les épaules.

— J'ai seulement fait quelques suggestions. Comme tout s'est décidé très vite, j'ai pensé que vous n'auriez rien de mettable pour l'occasion.

— Vous êtes une belle personne, Ghizlan, dit Arden avec gratitude.

Elle regretta aussitôt cette impulsivité qui la poussait à livrer ses pensées les plus directes. Loin de lui en vouloir, Ghizlan laissa échapper son rire chantant.

Idris tourna la tête, attiré par des rires étouffés. Il découvrit les deux femmes penchées l'une vers l'autre — la brune et la blonde, celle qu'il avait rejetée et celle qui était devenue officiellement sa fiancée. Toutes deux étaient également belles.

Son estomac se noua à la pensée de tout ce qui lui restait à accomplir pour sauver quelque chose de cette débâcle. Les relations diplomatiques avec le père de Ghizlan étaient réduites à néant, comme les traités qu'il avait âprement négociés. À Zahrat, certains conservateurs s'élevaient contre son projet d'épouser une Anglaise. Or quel choix avait-il ? Toute autre possibilité serait désastreuse, parce qu'elle le priverait de son fils et exposerait Dawud aux ragots ; et parce qu'elle le priverait d'Arden.

Il la vit se pencher vers Ghizlan, dans un mouvement qui tendit la soie de sa robe, soulignant sa silhouette mince qui l'avait fait fantasmer toute la nuit. Il écoutait d'une oreille distraite la conversation qui se déroulait autour de lui, son attention fixée sur Arden, la femme qu'il allait épouser.

Il ressentit soudain une ardeur impatiente. Bien sûr, elle n'était pas d'ascendance royale et ignorait tout du rôle qu'elle aurait à tenir. Toutefois, elle était la mère de son enfant et, pour cette seule raison, elle serait respectée.

Pour être honnête avec lui-même, ce n'était pas la seule raison qu'il avait de l'épouser. La nuit précédente, il avait dû s'avouer la vérité : il ne pouvait prendre Ghizlan pour femme quand c'était Arden qu'il voulait dans son lit.

Le désir qui le tenaillait semblait plus fort que tout. Était-il atteint de cette faiblesse qui touchait tous les hommes de sa famille ? Dans ce cas, il allait devoir la surmonter, car il entendait traiter ce mariage comme n'importe quelle affaire : en gardant la tête froide.

6

— Une limousine climatisée vous conduira avec votre fils au palais, mademoiselle Wills, déclara Ashar, installé non loin d'elle dans l'avion. Le trajet sera court et vous pourrez ensuite vous reposer dans votre appartement privé.

— Merci, répondit Arden.

Se reposer, voilà une perspective qui semblait merveilleuse. Même ici, dans le confort du jet privé d'Idris, elle était incapable de se détendre. Peut-être parce qu'elle n'était pas habituée à être servie. Misha, la jeune nurse, avait emmené Dawud dans une autre cabine, « pour ne pas déranger Mademoiselle et froisser ses beaux vêtements ». Son fils lui manquait. Elle aurait pu le rejoindre. Au fond d'elle cependant, Arden savait que son stress ne concernait pas Dawud, mais bien plutôt sa crainte de l'avenir.

Qu'est-ce qui lui avait pris de tout quitter pour devenir la femme d'Idris ? Offrirait-il vraiment une vie meilleure à leur fils ?

Sa raison lui rappela qu'Idris n'était plus le jeune homme insouciant qui l'avait laissée tomber. Elle avait constaté le changement en lui. Pour autant, elle ne parvenait pas à étouffer son appréhension.

Tout était arrivé si vite ! La cérémonie des fiançailles, la présentation du personnel, la visite chez un grand couturier en compagnie de Ghizlan, tandis que des gardes du corps tenaient les journalistes à distance… Donner sa démission par téléphone avait été une expérience surréaliste. Sa patronne, qui avait lu les journaux, lui avait posé mille questions. Et avant qu'elle ait eu le temps d'y songer, Idris avait rendu les clés de son appartement à Hamid, en expliquant qu'elle ne reviendrait pas. De tout ce qui lui arrivait depuis quelques jours, c'était ce qui avait été le plus dur : ce petit appartement qu'elle avait réussi à transformer en un nid douillet était chargé de souvenirs.

À présent, un personnel efficace et aimable s'empressait autour d'elle, s'enquérant de ses préférences. Dans toutes leurs questions, elle ne lisait que cette terrifiante vérité : elle ne pouvait plus revenir en arrière. Elle avait accepté d'épouser le père de Dawud ; désormais, toute leur vie dépendrait de cette décision…

— Je suis désolée, balbutia-t-elle en reportant son attention sur Ashar. Vous disiez ?

— Je vous demandais si vous désiriez un verre d'eau ou quelque chose d'autre. Nous allons bientôt atterrir. Mais vous êtes pâle. Si vous vous sentez malade…

Arden secoua la tête.

— Je vais très bien, merci. Juste un peu fatiguée.

— Alors, je vous laisse, mademoiselle Wills.

Ashar inclina la tête et s'éloigna. Arden soupira. Était-ce un avant-goût de ce que serait son mariage ? Ce n'était pas son futur mari qui s'inquiétait de son bien-être, mais le secrétaire particulier de celui-ci. Idris s'était excusé dès qu'ils avaient embarqué et s'était enfermé dans un bureau au fond de la cabine.

Vaillamment, elle redressa les épaules. L'avenir avait beau représenter un défi, elle ferait face, comme elle avait affronté toutes les épreuves que la vie lui avait réservées jusque-là. Pour son fils.

Se tournant vers le hublot, elle contempla les montagnes bleutées aux crêtes déchiquetées qui se profilaient au loin.

En contrebas, une vaste plaine fauve s'étendait jusqu'à la côte bordée de sable blanc et d'une mer turquoise. Zahrat... Pays connu pour son peuple fier, ses déserts arides et ses sommets impressionnants.

En dépit de sa détermination à se montrer forte, Arden ne put réprimer un élan de nostalgie. Elle regrettait déjà de ne plus être à Londres, vivant avec Dawud une existence ordinaire...

Tout en défilant à cheval à travers les rues de la capitale, Idris observait les gens massés sur les trottoirs. La population était venue voir son émir faire son entrée dans la ville, certes, mais aussi son héritier tombé du ciel et l'Anglaise qui serait bientôt leur souveraine.

Conformément à la coutume, il n'y avait ni applaudissements ni clameurs, mais des têtes qui s'inclinaient sur son passage. Elles se tournaient ensuite vers la limousine qui le suivait, afin d'essayer d'apercevoir Arden et Dawud.

Même si rien ne le détournait de son devoir — épouser la mère de son fils —, il s'était demandé comment les Zahratis réagiraient à la nouvelle. Nul doute que les anciens, plus conservateurs, se montreraient hostiles envers une épouse étrangère. Il réfléchissait à cet accueil, quand le capitaine de la garde royale le rattrapa à cheval.

— Altesse, la voiture s'est arrêtée.

Alarmé, Idris stoppa sa monture et regarda derrière lui, cherchant à repérer les signes d'une embuscade, prêt à intervenir. Il s'était toujours senti en sécurité dans son pays. Ses gardes du corps étaient là plus pour satisfaire à la tradition que par crainte d'un problème. Mais si quelqu'un s'avisait de menacer Dawud et Arden...

La portière de la limousine s'ouvrit et la jeune femme descendit. Un profond silence s'abattit sur la foule. Seul le bruit des sabots du cheval, tandis qu'il caracolait vers la voiture, emplit l'étrange et soudaine quiétude. Que faisait-elle ? Aucun arrêt n'était programmé. Se sentait-elle malade ? Ou Dawud ?

Idris sauta à terre, jeta les rênes à un garde et pila net, ébahi : c'était pour *ça* que le cortège s'était arrêté ?

Arden s'était approchée du trottoir où des spectateurs étaient massés à l'ombre, sous l'auvent d'une boutique. Devant leur groupe, une petite fille assise dans un fauteuil roulant tenait dans ses mains un bouquet de fleurs. En voyant Arden s'avancer vers elle, elle ouvrit des yeux immenses.

Dans son joli tailleur jaune paille, la jeune Anglaise ressemblait sans doute à une créature extraordinaire pour la gamine. Lui-même avait eu le souffle coupé en la voyant un peu plus tôt, élégante et sophistiquée, avec sa coiffure stylée et ses talons hauts. Son désir avait jailli instantanément, aussi fort qu'autrefois, en même temps qu'un sentiment d'admiration et une autre émotion liée au fait qu'elle avait porté son enfant.

Une possessivité viscérale l'avait alors assailli, si vive qu'il avait battu en retraite. À Londres, il avait pris place dans un autre véhicule pour rejoindre l'aéroport et, une fois à bord du jet, il s'était plongé dans le travail. Il avait tenu à garder ses distances pour mieux conserver son contrôle.

Arden s'accroupit devant l'enfant. La petite fille sourit timidement et murmura quelques mots en lui tendant ses fleurs — des fleurs sauvages qui poussaient dans les rares champs fertiles aux confins de la ville. Arden les prit avec précaution, comme s'il s'agissait d'un bouquet magnifique.

— *Choukran jazilan*, Leïla.

Le visage de la gamine s'illumina. Un murmure approbateur monta de la foule rassemblée autour d'elle. Idris se figea, stupéfait. Arden parlait sa langue ? Il l'écouta demander à la fillette où elle habitait. Son arabe était un peu saccadé mais très correct. La conversation fut brève, car l'enfant remarqua sa présence et se tut, intimidée. Sa réaction n'était pas surprenante, étant donné qu'on ne s'adressait pas à l'émir sans y être invité ; toutefois, il avait soudain l'impression d'être un trouble-fête. D'autant plus qu'Arden avait jeté un coup d'œil réprobateur par-dessus son épaule.

Idris voulait revoir dans les yeux de la jeune femme le désir ébloui qu'il avait capté trop brièvement le jour où il l'avait embrassée devant sa porte. Ou, mieux encore, qu'elle le regarde avec cette ardeur joyeuse qu'elle avait eue autrefois pour lui...

Il était terriblement embarrassé par la tournure que prenaient ses pensées. Bon sang ! Oubliait-il qu'il se trouvait dans la rue principale de la capitale, sous le regard de milliers de personnes ? Alors qu'il avait à résoudre une crise politique et diplomatique sans précédent, il fantasmait sur une femme...

Arden se redressa, les lèvres pincées. Idris lui prit le bras pour l'escorter jusqu'à la voiture. Il percevait sa fragilité. Il avait beau se dire qu'ils étaient tous deux victimes de circonstances qui les dépassaient, qu'il agissait ainsi seulement pour le bien de son enfant et de son pays, il détestait la sentir vulnérable et malheureuse d'être ici, contrainte à un mariage qu'elle n'avait pas désiré.

Il prit une profonde inspiration, essayant de recouvrer son calme et son sang-froid, qui lui échappaient de plus en plus depuis qu'Arden avait fait de nouveau irruption dans sa vie.

Galamment, il l'aida à monter en voiture. Puis, donnant quelques instructions à ses gardes du corps, il contourna la limousine et monta à son tour.

Arden se raidit en voyant Idris prendre place à l'autre bout de la banquette. Elle l'avait trouvé splendide sur son cheval et, à son grand désarroi, son cœur s'était affolé. Dans sa tenue de cavalier — un pantalon ample glissé dans de hautes bottes, un keffieh blanc et une cape —, il ressemblait à un héros des *Mille et Une Nuits*.

Pourtant, quand elle l'avait vu campé derrière elle, la mine réprobatrice, la magie s'était envolée. Il n'aurait pu lui faire comprendre plus clairement qu'elle avait enfreint la règle en sortant de la voiture pour aller parler à la petite Leïla. Arden refusait de s'excuser. Elle avait été émue par cette enfant et son bouquet de bienvenue après avoir vu défiler tant de visages austères.

Elle vérifia que la vitre teintée qui les séparait du chauffeur et du garde du corps était bien en place, puis se tourna vers son fiancé.

— Vas-tu me réprimander maintenant ou attendre d'être au palais ?

— Te *réprimander* ? reprit-il d'un ton perplexe.

Il était terriblement intimidant, et très beau à la fois. Sa bouche ciselée arborait un pli rectiligne et, l'espace d'une seconde, Arden eut une folle envie de se pencher vers lui et de l'embrasser pour effacer sa tension. Elle se ressaisissait quand un son étrange attira son attention : une clameur aiguë, rythmée, montait de la foule et allait crescendo.

— Qu'est-ce que c'est ? demanda-t-elle en plaçant d'instinct le bras devant le siège dans lequel Dawud dormait.

— Tout va bien, la rassura Idris. Tu n'as pas à t'inquiéter. Au contraire. C'est un signe qu'ils t'approuvent.

La limousine redémarra. Idris esquissa un sourire en coin, le premier depuis des jours.

— Ils m'approuvent ? Parce que j'ai parlé à une petite fille ? Ce n'est pas si extraordinaire quand même !

En Angleterre, il était fréquent que des célébrités échangent quelques mots avec des fans qui avaient attendu patiemment pour les voir. Du reste, elle n'était pas quelqu'un d'important, loin de là. Elle avait plutôt l'impression d'être une imposture.

— Justement si, c'est extraordinaire répondit-il. À Zahrat, les traditions ont la vie dure. Quand l'émir entre dans la ville, ses sujets le saluent en silence en s'inclinant pour lui témoigner leur loyauté.

Arden soupira. Elle n'était pas encore arrivée au palais qu'elle avait déjà commis un impair.

— Donc, je n'aurais pas dû descendre de voiture ? Leïla ne va pas avoir d'ennuis, au moins ? C'est moi qui lui ai parlé la première.

Le sourire d'Idris s'élargit. Le cœur d'Arden se serra.

— Non. Elle va être le centre de l'attention maintenant. Je parie qu'elle racontera encore cette histoire quand elle sera vieille. Et je te l'ai dit, tout ce bruit qu'ils font est très positif. Tu l'entendras aussi le jour de notre mariage. Et ils étaient impressionnés que tu parles notre langue. Comme moi. Pourquoi ne m'as-tu rien dit ?

Elle haussa les épaules.

— Ce n'est pas ça qui aurait emporté ta décision de m'épouser, n'est-ce pas ? répondit-elle avec une pointe d'amertume. Et je ne parle pas couramment. J'avais commencé à apprendre, mais je n'ai pas continué. J'étais trop occupée entre Dawud et mon travail. Je ne maîtrise que quelques phrases basiques. Hamid m'aidait à améliorer ma prononciation.

Idris s'assombrit. Parce qu'elle ne connaissait que quelques mots d'arabe ou parce qu'elle avait mentionné Hamid ? Pourtant, il avait parlé à son cousin et savait que lui et Arden n'avaient jamais été amants — même si Hamid avait pu nourrir d'autres desseins…

— Le peu que tu en connais est un atout. Les gens seront plus disposés à accepter notre mariage.

— Un atout en plus de mon fils, tu veux dire ? riposta-t-elle.

— *Notre* fils, Arden.

Comme elle soutenait son regard, une brusque chaleur lui monta aux joues. Vivement, elle tourna la tête. Avait-elle vraiment lu quelque chose d'intime dans les profondeurs de ses prunelles ?

La route montait à présent. Au-dessus des toits, une citadelle apparut, juchée au sommet d'une falaise abrupte. Un palais se dressait là, comme sculpté dans le roc. Sa coupole étincelait au soleil, de sorte que, même à cette distance, Arden dut cligner des yeux.

— Le Palais d'Or, murmura Idris. Ta nouvelle maison.

7

Arden avait été sidérée en apercevant le palais depuis la limousine. Or l'intérieur était encore plus époustouflant. Certains murs étaient incrustés de pierreries et de fabuleuses mosaïques. Quant aux appartements, ils offraient un confort luxueux. Une telle opulence était même presque choquante. Ashar, qui lui servait de guide — Idris s'était encore une fois absenté —, lui expliqua que c'était l'ancien émir qui avait entrepris la décoration des appartements royaux.

Le secrétaire la conduisit dans une suite immense, qui comprenait une chambre pour Dawud, avec salle de bains et salle de jeux, ainsi qu'un salon, un bureau et une grande chambre pour elle. Arden contempla ébahie cette dernière pièce. Les murs étaient tendus de soie vert pâle. Elle disposait d'un dressing et d'une salle de bains presque aussi grande que son petit appartement de Londres. Les fenêtres en plein cintre offraient un panorama unique sur la ville et la mer. Quant au lit posé sur une estrade, il était gigantesque. À la tête, des draperies d'argent encadraient une magnifique fresque ornée de nacre.

Arden n'osait imaginer combien d'heures de travail l'exécution de ce décor avait nécessitées. Ni son coût. Quant à dormir là... Seigneur ! Elle avait l'impression d'être une usurpatrice. Cette chambre avait été créée pour une princesse.

Avec précaution, elle toucha le couvre-lit brodé de fils d'argent, une véritable œuvre d'art qui représentait des figures de cavaliers chevauchant fièrement, bannière au vent. Elle promena sa main sur la soie — une main rude aux ongles courts, habituée à lier des bouquets de fleurs, à porter des seaux, à faire des livraisons. En dépit de sa manucure, elle n'avait pas des mains délicates et soignées de princesse.

Elle se laissa tomber au bord du matelas, le souffle court. Que diable faisait-elle ici ? C'était aussi bien qu'elle ait laissé Dawud dans la salle de jeux sous la surveillance de Misha pendant qu'elle explorait la suite. Au moins, il ne percevait pas ses craintes.

Elle devait se rendre à l'évidence : perdre le contrôle de sa vie l'effrayait tout autant que les émotions indésirables qu'Idris éveillait en elle. Elle avait désespérément besoin de se raccrocher à quelque chose de familier et de normal, d'avoir quelqu'un pour la soutenir.

Hamid ? Elle ne lui avait pas reparlé depuis la fameuse soirée à l'ambassade. Celle qui avait changé sa vie. Elle prit son téléphone, puis hésita. Cela n'allait pas être facile, à cause des faux espoirs qu'il avait nourris ; néanmoins, Hamid était son ami et elle lui devait une explication. Il était forcément ébranlé lui aussi par les récents événements.

Arden composa le numéro et attendit.

La porte de la chambre était restée ouverte. Idris s'immobilisa sur le seuil. Appuyée contre le montant de la fenêtre, Arden lui tournait le dos. Elle portait toujours le tailleur jaune pâle qui soulignait sa silhouette mince, mais elle avait déjà ôté ses escarpins. La vue de ses pieds nus sur le sol en mosaïque lui inspira des visions troublantes : Arden dénudée et consentante, allongée sur un lit. Autrefois, la vivacité, le naturel et la sensualité de la jeune Anglaise l'avaient rendue plus attirante à ses yeux que toutes les femmes qu'il avait connues jusque-là. Apparemment, rien n'avait changé.

Alors que les pourparlers pour sauver la paix dureraient toute la nuit, Idris avait pris une pause pour s'assurer que sa fiancée allait bien. Il s'apprêtait à frapper à la porte quand elle prit la parole.

— Je comprends, Hamid.

Il se rendit alors compte qu'elle était au téléphone. Elle semblait accablée.

— Oui, bien sûr, murmura-t-elle en s'essuyant la joue d'un geste furtif. Alors… Au revoir.

Idris eut l'impression de recevoir un coup de poing en pleine poitrine. Un mélange de souffrance et de colère l'oppressait. Arden était-elle vraiment si triste d'être séparée d'Hamid ? Avait-elle été amoureuse de lui ? L'était-elle encore ?.

Il entra dans la chambre et ses bottes de cavalier résonnèrent sur le dallage.

Arden tourna vivement la tête. Avant qu'elle ne pose le téléphone sur la table de chevet, il eut le temps de remarquer ses yeux brillants de larmes et ses joues empourprées. Quand elle se redressa, elle avait retrouvé son sang-froid et son visage était dénué d'émotion.

— J'aimerais que tu frappes avant d'entrer dans ma chambre, déclara-t-elle en croisant les bras.

Savait-elle combien elle était provocante ainsi ? Elle avait défait son chignon et sa chevelure retombait en vagues sensuelles autour de ses épaules. Son air farouche était presque une invitation à la renverser sur le lit pour briser cette froideur dont elle se drapait en sa présence, et qui n'était qu'une armure — car elle le désirait, il en était certain.

Mais c'était à cause de son cousin qu'elle avait pleuré. Ce rappel lui fit l'effet d'une douche glacée.

— Il va falloir t'habituer à ma présence dans la suite. J'ai l'intention de voir mon fils régulièrement. J'ai trois années à rattraper, souviens-toi.

Arden hocha lentement la tête.

— Bien sûr. Mais pas dans ma chambre.

Idris fut tenté de lui dire que c'était la chambre royale, celle que l'émir partageait avec son épouse. Mais elle avait l'air si vulnérable avec ses épaules tendues et ses yeux tristes... De plus, il s'était promis de rester à bonne distance du lit d'Arden : pour ne pas ajouter au scandale, il respecterait sa future épouse jusqu'au mariage.

— Alors, viens dans le salon. Nous devons parler.

Son majestueux fiancé sortit, sa longue cape flottant derrière lui. Quelles magnifiques épaules et quel panache ! songea Arden, les jambes flageolantes. Réagirait-elle toujours ainsi en voyant Idris ? Bah, c'était seulement en souvenir d'autrefois, essaya-t-elle de se convaincre. Parce qu'il avait été son premier (et son seul) amant...

Elle soupira, désabusée, et sortit à son tour.

Idris se tenait au centre de la pièce, dominant l'espace de sa formidable présence, comme s'il était capable de soumettre le monde à sa volonté. En voyant les plis sévères qui marquaient son visage rude et beau, Arden ne put réprimer un frisson de crainte.

— Tu voulais parler ?

— Exact. Nous devons établir certaines règles de base.

— Quelles règles ? demanda-t-elle en s'installant dans un fauteuil.

— Sur ce que nous attendons l'un de l'autre.

— Tu veux dire : comme le fait que je ne t'autorise pas à entrer dans ma chambre sans y être invité ?

Il pinça les lèvres.

— Entre autres.

Arden essaya de réfléchir. Ce n'était pas le meilleur moment pour avoir cette conversation. Elle était exténuée et tendue. Mais elle ne pouvait manquer cette occasion de lui dire ce qu'elle pensait. Idris avait beau incarner l'autorité royale, il y avait un point sur lequel elle ne transigerait pas.

— Je veux avoir mon mot à dire dans tout ce qui concerne Dawud, déclara-t-elle.

Idris fronça les sourcils.

— Il y a des traditions autour de l'éducation et du mode de vie d'un prince de la couronne.

— J'essaierai de les respecter autant que possible. Mais j'insiste pour avoir le droit de décider conjointement avec toi. Si certaines coutumes ne me plaisent pas, nous négocierons jusqu'à obtenir un compromis acceptable. Et j'ai besoin d'un accord écrit. Si tu refuses, notre pacte est annulé.

Il eut l'air stupéfait.

— Tu essaierais alors de te retirer de ce mariage ?

Arden redressa le menton.

— Je *n'essaierais* pas, je le ferais. En échange de ce mariage, j'exige de pouvoir décider ce qui est le mieux pour mon fils.

Quelques secondes s'écoulèrent durant lesquelles Idris la fixa en silence. Puis il hocha la tête.

— Cela me semble équitable. J'accepte tes conditions.

Arden laissa échapper un soupir et se renversa dans le fauteuil. Elle s'était attendue à devoir batailler.

— Quoi d'autre ? demanda Idris.

— J'aimerais porter mes vêtements occidentaux. Je ne me sentirais pas à l'aise avec un voile.

Il ébaucha un sourire amusé.

— Tu ne l'as peut-être pas remarqué, mais le voile n'est pas une obligation, ici. Beaucoup de femmes, du moins en ville, s'habillent à l'occidentale. Du reste, peu de gens ici exigeraient d'une Européenne qu'elle porte le costume zahrati. Autre chose ?

Il y avait certainement beaucoup d'autres questions à aborder, mais pour le moment aucune ne lui venait à l'esprit. Sauf une.

— Même si ce n'est pas un mariage ordinaire, j'apprécierais que tu sois discret sur tes... liaisons. Je ne veux pas le savoir, ni que Dawud l'apprenne quand il sera plus grand.

Le sourire d'Idris disparut.

— Mes... *liaisons* ? répéta-t-il d'un air étonné.

— Tes maîtresses, précisa-t-elle, agacée.

Il prit une profonde inspiration comme s'il contenait son irritation.

— Accordé, dit-il sèchement.

Au lieu d'être satisfaite par cette réponse, Arden se sentit étrangement abattue. Leur mariage n'existerait que sur le papier, mais elle s'était prise à rêver d'une intimité qu'elle n'avait partagée qu'avec lui. Et pas seulement sur le plan sexuel, car elle brûlait aussi de retrouver entre les bras d'Idris la délicieuse sensation d'être appréciée, choyée...

— Arden ?

Elle émergea de ses pensées et secoua la tête.

— Pardon ?

— Je te demandais si c'était tout.

— Je ne vois rien d'autre pour l'instant, répondit-elle en se ressaisissant. Si tu veux bien m'excuser...

Comme elle s'apprêtait à se lever, il l'arrêta.

— Pas si vite. Tu n'as pas entendu *mes* conditions.

— Je suis venue vivre ici et j'ai accepté de t'épouser. N'est-ce pas suffisant ? C'est moi qui fais toutes les concessions, je te signale.

— Crois-le ou non, nous en faisons tous les deux.

Arden sut qu'il pensait à Ghizlan, si belle, si élégante, dotée d'un sens inné de la royauté et de la bienséance qu'elle-même n'aurait jamais.

— Très bien. Je t'écoute.

— Puisque tu as soulevé la question, déclara Idris, pas de liaisons. Même secrètes. Une fois que nous serons mariés, j'attends une loyauté totale.

Arden réprima un sourire désabusé. Elle ne s'était plus intéressée aux hommes depuis leur aventure à Santorin quatre ans auparavant. Après la naissance de Dawud, elle n'avait eu ni le temps ni l'envie de tomber amoureuse.

— D'accord.

Il plissa les yeux comme s'il s'était attendu à des protestations.

— Et j'aimerais que tes contacts avec mon cousin soient réduits au strict minimum. Les amitiés entre homme et femme sont assez mal vues à Zahrat.

Arden faillit refuser. Du moins pour la forme, car elle avait déjà fait ses adieux à Hamid. Au téléphone, ce dernier lui avait annoncé qu'il ne serait pas correct de maintenir leur relation amicale une fois qu'elle et Idris seraient mariés. Elle pensait plutôt qu'il était blessé qu'elle ait choisi son cousin. Leur amitié appartenait au passé de toute façon.

— Très bien, marmonna-t-elle. J'éviterai de le contacter. Maintenant, j'aimerais être seule. Je suis fatiguée du voyage.

Elle se leva et se dirigea vers la porte.

— Une dernière chose, ajouta Idris.

Avec un soupir las, Arden se détourna.

— Oui ?

— Le mariage aura lieu dans dix jours.

— Si vite ? s'exclama-t-elle en ravalant son souffle.

Idris haussa les épaules.

— Inutile d'attendre. Plus vite la situation sera réglée, mieux ça vaudra. Ne t'inquiète pas pour l'organisation, ajouta-t-il. Mon personnel s'occupe de tout.

Autrement dit, elle n'avait pas son mot à dire dans son propre mariage. Bah, c'était peut-être mieux comme ça…

— C'est tout maintenant ?

Elle vit qu'il plissait le front d'un air perplexe. S'attendait-il à ce qu'elle pinaille sur la taille du gâteau ou sur la couleur du thème ?

Comme il hochait la tête, Arden déclara :

— Dans ce cas, à plus tard.

Chaque fois qu'elle voyait Idris, Arden ne se trouvait jamais seule avec lui. Elle qui s'était imaginé qu'il la désirait… Au moins, il s'efforçait de créer une relation avec son fils. Là-dessus, il n'avait pas menti. Il prenait le petit déjeuner avec eux et, le soir, il venait après le bain de Dawud pour jouer avec lui ou lui raconter une histoire dans sa langue. Son petit garçon était ravi. En voyant les yeux brillants d'Idris, en entendant son rire profond et envoûtant, une douce émotion l'envahissait Arden. Parce qu'elle lisait sur le visage de son fiancé quelque chose qui ressemblait à de l'amour. Ce n'était pas le devoir qui le motivait. Le lien entre le père et le fils était réel et se renforçait de jour en jour. Oui, elle avait bien fait de venir à Zahrat. Dawud avait tellement besoin de son père — qu'il aimait déjà.

Hélas, même dans ces moments-là, Ashar n'était jamais loin pour rappeler au souverain ses obligations et ses réunions.

De son côté, Arden avait beaucoup à faire, entre ses cours pour apprendre la langue, l'histoire et les coutumes du royaume et les nombreuses sollicitations auxquelles elle devait répondre. Elle craignait par-dessus tout de commettre une maladresse ou un impair, d'échouer lamentablement dans son nouveau rôle. La nuit, elle avait du mal à dormir et fixait les ombres au plafond de sa chambre en songeant à tous ces défis à relever.

Puis le grand jour arriva.

Dès l'aube, on vint préparer Arden pour les deux cérémonies, l'une anglaise, l'autre selon le rite zahrati, qui seraient suivies d'une réception et d'un bal.

Apprêtée, tâchant de juguler sa panique, Arden se laissa conduire par ses dames d'honneur à travers le palais. À chaque pas, elle sentait le délicat froufrou de sa robe en soie ivoire autour de ses jambes et le poids des lourds colliers anciens qui pendaient à son cou. On avait placé sur ses cheveux un diadème en or orné de rubis, de saphirs et de perles.

Elle avançait, les épaules raidies. Par peur de faire tomber le diadème, certes, mais, au fond d'elle-même, Arden savait que c'était la perspective d'épouser Idris qui lui causait cette insupportable tension. Quand elle s'arrêta devant une immense porte dorée, son cœur cognait comme un gong. Avait-elle pris la bonne décision ?

C'est la seule chose à faire pour le bonheur de Dawud.

Les femmes qui l'escortaient s'agitèrent autour d'elle, arrangeant le bas de sa robe, ajustant ses colliers et ses bracelets. Une dame élégante prit sa main entre les siennes et murmura quelque chose d'une voix mélodieuse. Les autres répétèrent les mêmes mots en souriant, et Arden devina qu'il s'agissait d'une bénédiction. Elle se demandait ce qu'elle devait répondre quand la plus haute porte s'ouvrit. Un brouhaha de musique et de chants l'assaillit.

Arden écarquilla les yeux. Elle avait déjà vu la salle des Mille Colonnes, l'une des plus spectaculaires du palais, mais jamais bondée à ce point. On aurait dit que toute la ville s'y était réunie.

Elle demeurait là, stupéfaite, quand le vacarme cessa. Toutes les têtes se tournèrent vers elle. Le moment était venu de faire son entrée. Hélas ! ses pieds semblaient désespérément rivés au sol. Puis des pas résonnèrent dans le silence solennel. Magnifique dans ses vêtements orientaux blanc et or, Idris apparut devant elle. Il était si imposant et si séduisant que son cœur manqua un battement.

Elle avait beau savoir qu'il ne s'agissait que d'un mariage de pacotille destiné à protéger leur enfant, une vague de chaleur l'envahit néanmoins quand Idris lui sourit avant de lui prendre la main. Elle se pencha vers lui aussi spontanément qu'autrefois, lorsqu'elle était amoureuse de lui.

— Tu es très belle, Arden. Époustouflante, murmura-t-il tout contre sa tempe.

Comme il serait facile de croire qu'Idris la désirait, la respectait, *l'aimait* ! Arden ferma les yeux, s'adjurant au calme. Quand elle rouvrit les paupières, Idris était toujours là, le rêve incarné de n'importe quelle femme. Mais il était seulement son partenaire dans un contrat qui les liait l'un à l'autre, pas son amant.

— Merci pour le compliment. Tu es superbe toi aussi.

Il l'entraîna à travers la gigantesque salle. Un sourire plaqué sur les lèvres, Arden régla son pas sur le sien en regardant droit devant elle.

Arden chancelait de fatigue quand les femmes de chambre lui ôtèrent sa belle robe ivoire, avant de la conduire dans la salle de bains. De la vapeur montait de la baignoire encastrée au centre de la pièce et des pétales de rose flottaient à la surface de l'eau.

Un bain digne d'une épouse royale…

Après le faste qui avait marqué cette longue journée, Arden avait terriblement envie d'être seule. Elle avait fait de son mieux pour être à la hauteur de son rôle, avait souri tout au long des discours interminables. Elle n'avait pas flanché non plus quand Idris l'avait guidée vers le trône imposant, ni quand il lui avait offert du bout des doigts des bouchées de mets délicats, avec un regard brûlant que ses invités pouvaient interpréter comme du désir. Elle seule savait que c'était uniquement de la satisfaction, parce que cette journée se terminait sans incident.

Mais à présent, elle en avait plus qu'assez.

Une domestique s'approcha, prête à l'assister pour sa toilette. Arden secoua la tête.

— Merci beaucoup, mais je préfère me laver seule.

Il lui fallut quelques minutes pour convaincre toutes les femmes qu'elle parlait sérieusement. Quand elles se retirèrent enfin, Arden ôta ses sous-vêtements en dentelle, attacha ses cheveux et se coula dans le bain chaud avec un soupir de bien-être. L'eau parfumée détendait merveilleusement ses muscles contractés.

Elle somnolait, la nuque appuyée sur un coussin de bain, quand la porte s'ouvrit.

— Je vais bien. Je n'ai pas besoin d'aide. Merci.

— Même pas pour te frotter le dos ?

La voix profonde aux accents veloutés l'enveloppa, effleurant sa peau nue comme une caresse…

8

— Idris !

Arden se redressa dans un sursaut et tourna la tête vers la porte. Celui qui était désormais son époux ne portait plus ses vêtements de cérémonie, mais un pantalon ample très bas sur les hanches. Son large torse était nu et la toison noire qui le couvrait s'effilait en une ligne sombre vers son ventre.

Elle déglutit péniblement et, relevant les yeux, rencontra son regard fiévreux posé sur elle. Prenant alors conscience de sa nudité, elle remonta les genoux vers sa poitrine et les entoura de ses bras.

— Que fais-tu ici ?

Il esquissa un sourire dévastateur, qui creusa une fossette le long de sa joue. Troublée, Arden ressentit un tiraillement en haut des cuisses. Ce sourire charmeur, le premier qu'il lui adressait vraiment, ravivait en elle un flot de souvenirs. Durant toutes ces années, il s'était invité dans ses rêves, titillant son désir. Et maintenant, il était là, magnifique, charnel, irrésistible…

Elle se ressaisit.

— Pourquoi es-tu ici, Idris ? répéta-t-elle.

— Je pensais que c'était évident : je viens aider *ma femme* à prendre son bain.

Il s'accroupit au bord de la baignoire ; son souffle caressa le visage d'Arden.

— Ta femme ? lâcha-t-elle d'un ton un peu aigre. Sur le papier seulement, corrigea-t-elle. Et je suis parfaitement capable de me laver seule.

— Alors que ton mari ne demande qu'à t'aider ? la taquina-t-il avec une moue faussement contrite.

— Tu es mon mari uniquement pour la galerie, protesta Arden, agacée de sentir son corps réagir.

— Arden, notre mariage est bien réel, attesté par deux cérémonies.

— Tu as promis de ne pas entrer dans ma chambre sans ma permission, dit-elle d'une voix mal assurée.

La main d'Idris n'était qu'à quelques centimètres de son épaule nue. Arden frissonna comme s'il la touchait.

— C'est là que tu te trompes. Si tu t'en souviens, je n'ai jamais consenti à cette condition.

Il effleura la surface de l'eau tout près de ses genoux repliés. Les remous qu'il créait étaient comme de minuscules caresses sur sa chair.

— Arrête ça tout de suite ! lui intima-t-elle.

Il s'immobilisa.

— Et cesse de jouer sur les mots, ajouta-t-elle. Tu n'es pas le bienvenu ici, tu le sais.

Malgré la fermeté de ses paroles, une chaleur traîtresse l'envahissait sous le regard concupiscent de son sublime visiteur. Tout son corps frissonnait. Il lui tardait aussi de retrouver ce sentiment de bien-être unique qu'elle avait connu dans ses bras. *C'est totalement illusoire !* se morigéna-t-elle avec force.

— Nous nous sommes mariés pour des raisons pragmatiques, reprit-elle. N'essaie pas de me faire croire qu'il s'agit d'amour.

Idris ébaucha un sourire ironique.

— Cela ne signifie pas que nous devions garder nos distances. Au contraire, puisque nous nous désirons.

— Pas moi ! Je…

Arden se tut, car la main d'Idris effleurait son genou. Électrisée, elle s'écarta en resserrant les bras autour de ses jambes.

— Pourquoi ne vas-tu pas t'amuser avec une de tes maîtresses ? lui lança-t-elle.

— Une de mes…

Il s'interrompit. Il paraissait médusé.

— D'abord, c'est *notre* suite. Ma salle de bains et mon dressing sont juste de l'autre côté. J'aurais pu vous installer dans une autre suite réservée aux invités, toi et Dawud, mais j'ai pensé que ce serait moins perturbant pour lui s'il n'avait pas à déménager encore une fois après le mariage. Je dormais dans une autre chambre jusque-là. Deuxièmement, je n'ai aucune maîtresse, cachée ou autre. Tu crois vraiment que j'irais trouver une autre femme lors de ma nuit de noces ?

Il prit une profonde inspiration qui souleva son torse magnifique. Il était en colère, nota Arden. Comme si elle l'avait insulté.

— Si tu crois que je suis à ta disposition maintenant que nous sommes mariés, tu te trompes, objecta-t-elle. Tu ne peux pas m'ignorer pendant des jours, puis entrer ici pour réclamer une intimité conjugale.

— T'ignorer ? fit-il, furieux. Je t'ai vue tous les jours. J'ai travaillé dur pour que notre mariage soit accepté et que Dawud et toi soyez accueillis et respectés.

Arden fut gagnée par une étrange excitation. Être au cœur de la formidable fureur d'Idris était stimulant ; mais cela ne lui suffisait pas.

— Je ne suis pas une obligation royale, Idris. Tu ne peux pas me traiter comme une inconnue, puis exiger que je couche avec toi pour assouvir tes besoins sexuels.

Il se pencha davantage et referma une main sur le genou d'Arden en un geste possessif qui lui coupa le souffle.

— Pendant ces dix jours, je me suis plongé dans le travail pour ne pas venir dans ton lit, déclara-t-il. Te voir, entendre ta voix, respirer ton parfum : tout cela m'était une torture. Mais je m'interdisais de te toucher, par respect.

En proie à une nouvelle salve de frissons érotiques, Arden resta immobile. La large main d'Idris sur sa peau, la promesse enivrante de ses prunelles sombres, son souffle tiède sur sa tempe entraînaient ses sens dans une exaltation vertigineuse.

— Et parce que tu me désires, je dois t'accueillir à bras ouverts ? dit-elle sur la défensive.

Elle prenait conscience que se donner physiquement à Idris serait une reddition totale, plus irrévocable encore que le fait de l'avoir épousé.

— Non, *habibti*. Tu m'accueilleras parce que c'est aussi ce que tu souhaites. Rien n'a changé, n'est-ce pas ? Le désir est aussi fort qu'autrefois.

Arden ouvrit la bouche pour démentir quand elle se rendit compte que la main d'Idris glissait à présent sous l'eau. Elle frôla ses jambes, s'insinua entre ses cuisses. Suffoquée, elle s'arqua, serrant les cuisses l'une contre l'autre. Trop tard. La main large caressait déjà sa féminité, délicatement mais avec assurance, faisant naître des tourbillons d'excitation.

— Arrête !

Elle lui saisit le bras, mais fut incapable de l'écarter. Son désir pulsait de plus en plus fort sous le mouvement doux de ses doigts. Au lieu de lutter, elle agrippa les bords du bassin, haletante.

— Je ne veux pas…

C'était faux. Seule sa fierté la poussait à rejeter Idris.

La femme passionnée d'autrefois, celle qui avait connu la magie entre ses bras, renaissait en elle.

Idris dut en prendre conscience lui aussi, car il déclara :

— Si je le croyais une seule seconde, je passerais cette porte immédiatement.

Ses doigts caressants cessèrent soudain leur jeu diabolique sur sa chair palpitante. À son grand désarroi, Arden soulevait déjà les hanches de façon éloquente pour venir à sa rencontre. Un sanglot étranglé s'échappa de ses lèvres, preuve de sa détresse, de sa honte et de son désespoir. Seigneur, *elle désirait encore cet homme…*

Idris le comprit aussi. Néanmoins, au lieu de jubiler, il dit doucement :

— Laisse-moi faire. Tu étais si tendue aujourd'hui. J'ai cru que tu allais te briser.

Arden ouvrit la bouche, mais elle fut incapable de prononcer un mot car Idris la touchait de nouveau. Cette fois, il plongea un doigt en elle, pendant que son pouce décrivait des arabesques séduisantes sur son clitoris. Un plaisir intense s'empara d'elle et elle se cabra. D'instinct, elle chercha un appui pour se soutenir et rencontra l'épaule ferme et musclée de son amant.

— Oui, comme ça, murmura-t-il d'une voix incroyablement sensuelle. Tiens-moi.

Son regard incandescent plongeait dans le sien. Arden distinguait des paillettes d'un brun mordoré dans ses iris, comme une nuance tendre qui apaisait son âme déchirée.

D'un mouvement habile, Idris la fit basculer dans l'extase. Toutes ses pensées s'envolèrent. Le plaisir déferla en elle, annihilant ses dernières défenses et les mensonges dont elle se protégeait. Vague après vague, elle chevaucha sur un raz-de-marée éblouissant, jusqu'à ce qu'elle n'ait plus la force de prétendre qu'elle ne désirait pas cet homme avec la même fougue qu'autrefois.

Partagé entre un sentiment de triomphe et une tendresse incongrue, Idris se délecta de voir Arden culminer sous sa caresse. Il perçut chacun des spasmes qui la traversaient, chaque hoquet de plaisir qui s'échappait de ses lèvres. Sa main fine cramponnait si fort son épaule qu'elle marquait sans doute sa peau. Ses yeux d'aigue-marine l'imploraient de la rejoindre dans la jouissance. Cela faillit causer sa perte et il s'en fallut de peu qu'il ne se déshabille et ne la prenne là, dans le bassin.

Il lui semblait qu'il avait attendu un siècle et non deux semaines avant de la posséder. Et même en ce jour si particulier, Arden ne lui facilitait pas la tâche. Lui enjoindre de retrouver une maîtresse, le soir de leur mariage ! Pour qui le prenait-elle ? Il était furieux et blessé dans sa fierté. Il l'avait traitée avec courtoisie et le plus profond respect et elle…

Il se figea en voyant les yeux d'Arden se brouiller de larmes. Ses lèvres se mirent à trembler et elle détourna la tête. Regrettait-elle de s'être abandonnée ?

Sidéré, il fixait les mèches humides collées sur la nuque de la jeune femme. Il prit conscience que la blessure qu'il ressentait était plus profonde qu'un ego égratigné. Puis, lentement, il retira sa main. En dépit du plaisir qu'il venait de donner à Arden, il n'avait pas réussi à briser sa résistance. Pourtant, il avait été certain qu'elle le désirait, qu'elle était prête à reprendre leur histoire. Quel idiot ! Son corps était peut-être prêt pour lui, mais son âme son esprit lui restaient fermés.

Un souvenir frappa sa mémoire : la posture accablée d'Arden et sa voix résignée quand elle avait parlé à Hamid au téléphone. Elle lui avait affirmé que celui-ci n'était pas son amant, mais il était clair qu'il y avait quelque chose entre eux.

Idris se redressa, sans détacher le regard du corps

alangui de sa femme. Elle était si voluptueuse, si tentante... Exactement comme dans les fantasmes brûlants qu'il endurait chaque nuit. Il se détourna pour ne pas céder au désir qui le tenaillait.

— Idris ? Où vas-tu ?

Il se raidit, en proie à une tension insupportable.

— Je ne m'impose pas à une femme non consentante.

Derrière lui, il entendit l'eau ruisseler.

— Non consentante, c'est exagéré. J'étais si sûre de moi... Maintenant, je ne sais plus très bien.

Idris ferma les yeux, s'efforçant de rassembler son courage. Son corps vibrant n'exigeait pas seulement une satisfaction immédiate : il réclamait Arden ! Se perdre en elle, la mener de nouveau au plaisir ultime, percevoir ses frissons d'extase et l'entendre crier son nom...

Les poings serrés, il pivota. Alors, il reçut un choc. D'un seul coup, ses pensées et sa détermination s'envolèrent.

Debout dans l'eau qui lui arrivait à peine aux cuisses, Arden ressemblait à une déesse. Il promena le regard sur le triangle blond doré qui dissimulait son intimité, puis son ventre pâle et satiné qui avait porté son enfant. En proie à une profonde émotion, il admira ses seins gonflés qui se dressaient fièrement au rythme de sa respiration haletante. Ses lèvres étaient entrouvertes, comme si elle brûlait de le goûter. Jamais il n'avait contemplé une femme plus désirable. Un élan possessif le saisit, si féroce qu'il en resta interdit.

— Ne joue pas avec moi, Arden, souffla-t-il.

— Ce n'est pas un jeu. Je pensais garder mes distances, or c'est impossible. Je... je te désire toujours.

Elle ne paraissait pas heureuse pourtant. Il lisait des émotions contradictoires sur son visage. Peut-être redoutait-elle comme lui cette attirance inexorable qui les jetait l'un vers l'autre.

Elle ouvrit ses bras ruisselants.

— Prends-moi.

Idris n'eut pas besoin de se faire prier. D'un mouvement souple, il souleva sa proie. Son corps mouillé pressé contre le sien était une torture exquise. Il l'emporta dans la chambre. Le couvre-lit était rabattu et des pétales de rose étaient éparpillés sur le drap. En quatre enjambées, Idris fut près du lit. Renversant Arden sur le matelas, il s'étendit sur elle.

Un gémissement résonna à ses oreilles. Celui d'Arden ? Le sien ? Peu importait, car déjà elle posait les mains sur ses épaules et lui caressait le dos. Elle les glissa très bas, sous la ceinture de son pantalon, et lui agrippa les fesses. Idris se raidit. Les doigts d'Arden remontèrent sur sa nuque et elle baissa ses paupières. On aurait dit une femme fatale invitant son amant…

Leurs lèvres s'unirent en un baiser passionné. Arden donnait le tempo, en émettant des soupirs voluptueux. Quand elle mêla sa langue à la sienne avec fougue, un puissant courant érotique le traversa. En réponse, il bougea les hanches, pressant son érection contre le ventre de la jeune femme.

Bientôt, Idris prit conscience qu'il ne contrôlait plus rien. Son corps se mouvait d'instinct, poussé par les exhortations de cette femme incroyablement sensuelle. D'une main, il batailla avec la ceinture de son pantalon.

Enfin nu, il s'étendit de nouveau sur Arden. Soudain, il s'immobilisa.

— Qu'y a-t-il ? demanda-t-elle d'une voix inquiète.

— Préservatif.

Il tendit le bras vers le tiroir de la table de chevet.

— Tu étais si sûr de toi, n'est-ce pas ? dit Arden en voyant la boîte qu'il avait rangée là.

Idris plaça la protection sur sa virilité tendue, puis se

tourna vers Arden. Il glissa un genou entre ses cuisses et posa une main sur son ventre doux.

— Sûr de *nous*, répondit-il. Nous faisons ceci ensemble. Je te désire comme un fou depuis que je t'ai revue à Londres.

Lentement, il remonta la paume vers un sein. Elle était si douce, si délicate, faite pour lui. Comment avait-il pu se passer d'elle toutes ces années ? Ne pas la chercher pour l'inviter dans son lit ?

Baissant la tête, il captura entre ses lèvres la petite pointe dressée et la mordilla. Arden se cabra violemment.

— Mmm... Tu aimes ça, *habibti* ?

Longuement, il s'appliqua à savourer son sein de la langue. Sous les senteurs florales du bain, il retrouvait son odeur de femme, et celle-ci le grisait. Il reconnaissait les petits gémissements d'excitation qui montaient de la gorge d'Arden et décuplaient son propre désir.

Mû par un désir sauvage, Idris pressa son sein. Il n'était plus capable de délicatesse à présent. Ce qu'il ressentait pour Arden était trop primitif, trop urgent.

Elle semblait apprécier sa rudesse. Un éclair bleu jaillit entre ses paupières mi-closes et son corps s'arc-bouta sous lui, comme pour réclamer davantage. Il sut alors qu'elle ne pourrait attendre plus longtemps.

Se maintenant sur les coudes, Idris se positionna entre les hanches de sa belle Anglaise. Elle se tendit vers lui, comme une possédée. Alors, n'y tenant plus, il la pénétra dans un élan fougueux.

Arden cria. Un cri rauque qu'il absorba dans un baiser. Elle lui entoura les épaules et enroula les jambes autour de sa taille. Enivré, il se propulsa plus profondément en elle. Le plaisir enflammait son sang. Elle était si brûlante... Leur fusion était parfaite.

Des spasmes de plus en plus violents les secouèrent et

ils s'abandonnèrent au déchaînement débridé de leurs corps en feu.

Jusqu'à l'explosion.

Foudroyé, Idris plongea dans un plaisir inouï, plus fort que tout ce qu'il avait vécu jusque-là.

9

Arden cligna des yeux. Le soleil inondait la chambre. Déjà le matin ? Avaient-ils seulement réussi à dormir ?

Une vive chaleur envahit tout son être tandis qu'elle se rappelait avec quelle passion Idris et elle avaient fait l'amour... Non, ce n'était que du sexe, rectifia-t-elle *in petto.*

La déception l'assaillit. Mêlée d'un peu de colère contre elle-même, parce qu'elle n'avait pas complètement banni ses sentiments d'autrefois et s'était comportée comme si ces quatre dernières années n'avaient pas existé. Quelle idiote !

Elle regarda autour d'elle, notant le désordre du lit, les petits emballages d'aluminium qui couvraient la table de chevet et... l'absence de son mari !

À quoi t'attendais-tu, hein ? Ce mariage n'avait rien de sentimental. En dépit des pétales de rose et d'une nuit de noces mémorable, ce n'était qu'un arrangement formel pour le bien de Dawud et la réputation royale d'Idris.

— Tu as l'air bien pensive ce matin.

Idris s'avança vers le lit en boutonnant sa chemise, ses cheveux humides rejetés en arrière. Immédiatement, le pouls d'Arden s'affola. Un frisson d'anticipation la traversa. Bon sang ! Elle devait absolument maîtriser cette réaction — ou du moins la tempérer. Sinon, cela la rendrait terriblement vulnérable face à Idris.

— J'ai encore besoin de sommeil, répondit-elle en s'efforçant de prendre un ton neutre.

Sauf qu'après avoir posé les yeux sur lui, elle ne songeait plus du tout à dormir. Elle s'agita sous le drap pour tâcher de dompter les palpitations à la jonction de ses cuisses. Ce qui n'échappa pas à Idris, dont le regard brûlant se riva au sien. Son époux semblait insatiable...

— Alors, rendors-toi. Je vais remercier les invités qui ont passé la nuit au palais.

Arden se redressa en serrant le drap autour d'elle. Il haussa un sourcil amusé, réaction qu'elle décida d'ignorer.

— Si tu veux m'attendre un quart d'heure, je t'accompagne, annonça-t-elle.

Car elle n'avait aucune envie de rester seule à ressasser ses pensées. Du reste, elle devait remplir son nouveau rôle de souveraine. C'était ce qu'elle avait promis, pour le bien de Dawud.

— Inutile, dit-il avec un sourire satisfait. Personne ne s'attend à te voir aujourd'hui.

— Pourquoi ? demanda-t-elle, intriguée.

Idris s'empara de sa montre sur la table de chevet et la passa à son poignet. Cette scène ordinaire et intime rappela à Arden qu'ils étaient mari et femme désormais.

— Un homme viril est censé supporter la nuit de noces sans la moindre fatigue, expliqua-t-il.

— Et pas la jeune mariée ?

— On s'attend à ce qu'elle soit... alanguie, dit-il malicieusement. Elle a besoin de repos.

Alanguie ? Exténuée plutôt, se dit-elle. Mais magnifiquement vivante aussi, ce qui était plus déconcertant.

— Si tu te montres, poursuivit Idris, les gens seront consternés. Ils penseront que je n'ai pas rempli mon devoir conjugal.

Accablée, amère, Arden se renversa contre l'oreiller.

Ainsi, l'expérience qu'ils venaient de partager n'avait été qu'un devoir et une affaire d'ego ? Autrement dit, elle n'était pour Idris qu'un corps à satisfaire.

— Tu ne m'as jamais parlé du message que tu voulais me transmettre lors de cette dernière journée à Santorin, dit-elle pour changer de sujet.

En même temps, il lui semblait vital tout à coup de connaître la vérité. Pendant des années, elle s'était interrogée à ce sujet.

Idris avait presque atteint la porte. Il se détourna.

— Quel message ?

— Tu m'as affirmé que tu avais envoyé quelqu'un à notre dernier rendez-vous, auquel tu n'as pas pu venir.

— Oui, c'est vrai.

— Qu'est-ce que cette personne était chargée de me dire ?

Le regard sombre de son époux la transperça.

— Ça n'a plus d'importance maintenant. Ce qui compte, c'est l'avenir que nous devons construire.

Oh ! mais si, c'était important ! En voyant qu'il se tournait vers la porte, Arden insista :

— Réponds-moi, je t'en prie. De quoi voulais-tu me prévenir ?

Idris pivota vers elle et inspira profondément. Pour la première fois, Arden sentit qu'il était embarrassé. Pourtant, cet homme avait accepté sans sourciller un scandale d'envergure internationale, la découverte d'un fils caché et un mariage forcé.

Il fixa un point derrière elle.

— Je voulais te faire savoir que j'étais désolé et que nous ne pouvions pas continuer à nous voir.

En dépit du frisson glacé qui la traversa, Arden n'était pas surprise. Sans trop comprendre comment, elle trouva la force de répondre :

— Me dire adieu, en somme.

Idris acquiesça. Puis, après avoir croisé brièvement son regard, il quitta la pièce.

Tu t'étais attendue à cette réponse, n'est-ce pas ? Idris avait prévu de la rejeter ce jour-là. Preuve qu'en dépit de ses rêves romantiques, elle n'avait été pour lui qu'une distraction de vacances. Elle était satisfaite de lui avoir arraché la vérité, même si celle-ci faisait mal. Et quel meilleur moment pour l'apprendre ? Après la nuit torride qu'ils venaient de partager, elle aurait risqué de se bercer d'illusions. Or il ne l'avait jamais désirée aussi fort qu'elle le croyait et n'avait pas plus eu besoin d'elle...

Quelque chose se déchira dans sa poitrine. Arden respira profondément pour dompter la douleur. La révélation d'Idris ne faisait que confirmer la dure leçon que la vie lui avait déjà enseignée : ceux qui lui étaient cher finissaient toujours par la laisser tomber. Il avait été honnête au moins : il admettait que leur mariage ne servait qu'à étouffer le scandale et à procurer un avenir stable à Dawud.

La seule personne qu'elle aimait et qui l'aimait en retour était son fils. C'était tout ce qui lui importait, se répéta-t-elle en repoussant les draps.

Dans la salle de bains, Arden ouvrit les robinets de la douche, renonçant à se faire couler un bain — les souvenirs torrides de la veille étaient trop dangereux. Elle devait s'ancrer dans la réalité. Une douche, des vêtements propres et s'occuper de Dawud. Ensuite, elle se consacrerait à l'apprentissage difficile de son rôle de reine.

Des larmes lui montaient aux yeux, mais elle les refoula. Elle devait se montrer forte et tout faire pour s'adapter. L'avenir de son fils en dépendait.

Idris trouva Arden dans une des cours intérieures, en train de jouer avec Dawud. Il surmonta sa déception. Il s'était libéré dès qu'il l'avait pu. Pendant tout le temps qu'il avait remercié ses invités, l'image de sa femme étendue sur le lit, ses cheveux dorés descendant sur ses seins nus d'une blancheur d'albâtre, avait occupé son esprit. Jamais ses obligations officielles ne lui avaient autant pesé, et c'est tout juste s'il n'avait pas poussé les derniers invités hors des grilles du palais.

Mais Arden ne l'avait pas attendue nue dans la chambre. Tant pis. Il devait être satisfait qu'elle soit une mère dévouée. N'était-ce pas la raison de leur mariage ? se dit-il en sortant de l'ombre du porche.

— *Baba !*

L'appel joyeux de Dawud et son sourire radieux le prirent au dépourvu. Son cœur fit un drôle de soubresaut dans sa poitrine. Il s'accroupit en ouvrant les bras à l'enfant qui accourait vers lui, les cheveux ébouriffés.

— Fais attention, il est mouillé ! lança Arden.

Sans tenir compte de l'avertissement, Idris enlaça le petit garçon qui se serra contre lui, trempant sa veste.

Son fils.

Il était surpris des sentiments que Dawud éveillait en lui et qui grandissaient de jour en jour. Tout le reste — la réprobation de la vieille garde, les relations tendues avec le père de Ghizlan — devenait sans importance en comparaison.

— *Baba !*

Dawud leva sa petite main pour lui toucher la joue et le front. Idris se mit à rire. Il perçut immédiatement la surprise d'Arden, qui se tenait en retrait. Il était vrai qu'il riait rarement. Jusqu'à l'arrivée de la jeune femme et de son fils, il avait été trop accaparé par ses affaires.

Il salua Dawud en arabe et fut stupéfait quand l'enfant

lui répondit dans sa langue, en zézayant légèrement sur les mots qui ne lui étaient pas familiers.

— Il se souvient de ce que je lui ai appris ! s'exclama-t-il.

— Oui, il apprend vite.

Idris ressentit un élan de fierté. Tous les pères avaient-ils la même réaction en découvrant leur fils si intelligent ? Le sien, en tout cas, ne lui avait guère montré d'affection durant son enfance.

— Il aime te plaire aussi, ajouta Arden.

Il leva les yeux vers elle. Elle avait les mains crispées, comme pour s'empêcher de reprendre son fils. N'avait-elle pas confiance en lui ? N'ayant pas eu de modèle paternel pour le guider, Idris avait craint au début de ne pas être à la hauteur de son rôle de père. Il pensait s'en sortir assez bien pour le moment, mais comment en être certain ?

En dépit des doutes qui l'assaillaient, il remarqua que le chemisier mouillé d'Arden était devenu transparent, laissant entrevoir ses seins voluptueux dans leurs balconnets de dentelle.

Idris se leva en soulevant Dawud dans ses bras. À cet instant, il aperçut les petits bateaux en plastique qui flottaient sur les bassins d'agrément en marbre incrusté d'or et de lapis-lazuli. Ces fontaines ornementales, dont les délicates mosaïques dataient du XVIe siècle, faisaient partie du trésor national.

Il esquissa un léger sourire et reposa Dawud. Celui-ci sauta dans l'eau pour retrouver ses bateaux.

— Ça ne te dérange pas qu'il joue ici ? demanda Arden d'une voix inquiète. Je sais que ce n'est pas une aire de jeux, mais je me suis dit qu'il ne pouvait pas faire de bêtises.

Idris hocha la tête, amusé.

— C'est même l'endroit idéal pour faire naviguer des bateaux miniatures. Si seulement j'y avais pensé quand j'étais enfant ! Je vais réfléchir au meilleur endroit pour implanter une aire de jeux. Peut-être avec un tas de sable et un portique d'escalade ?

Il constata qu'Arden se relâchait quelque peu.

— Ce serait parfait. Merci.

Sa réponse confirma ce qu'il savait depuis le début : la seule façon de s'attirer les bonnes grâces de son épouse, c'était de faire plaisir à leur fils. Un élan de regret le traversa. Même s'il était heureux que Dawud compte autant pour elle, il voulait qu'elle lui accorde aussi une place dans sa vie. Question de fierté. Toutefois, il comprenait qu'il devait lui laisser le temps de s'adapter à sa nouvelle vie.

Il s'assit sur les dalles tièdes près de son fils et poussa l'un des bateaux sur l'eau. Le petit garçon se mit à crier de joie et à projeter des éclaboussures tout autour de lui. Idris fut envahi d'un profond bien-être ; il en oubliait presque la multitude de dossiers politiques qui réclamaient son attention.

Arden alla s'installa à l'ombre d'arbustes de l'autre côté du bassin pour les regarder jouer.

— Ce doit être difficile pour toi de partager Dawud après tout ce temps, déclara-t-il, conciliant.

Il vit ses yeux clairs s'agrandir de surprise, comme si elle ne s'attendait pas à une telle compréhension de sa part.

— Je... C'est vrai que je n'ai pas encore l'habitude. Avant, j'étais la seule vers qui il accourait. Avec la puéricultrice de la crèche.

— Et Hamid ?

Il regretta immédiatement sa question. Arden s'était raidie et l'atmosphère se chargea de tension.

— Hamid a toujours été gentil envers Dawud, mais il ne descendait pas dans la cour pour jouer avec lui.

La réponse d'Arden le soulagea, même s'il se sentait mesquin d'établir une comparaison entre Hamid et lui au sujet de Dawud. En fait, il était incapable de chasser complètement la jalousie qui le tenaillait quand il pensait aux années que son cousin avait passées avec Arden et son fils à Londres.

— Hamid était un ami, ajouta-t-elle. Il ne s'est jamais pris pour le père de Dawud…

— Il n'était pas ton amant ?

— Je l'ai déjà dit et je ne vais pas le répéter. Tu dois me croire sur parole.

Elle avait le menton dressé, les yeux étincelants, mais sa voix restait douce. Le fait qu'elle protège ainsi Dawud de leur discussion houleuse le toucha infiniment.

— Je suis désolé, Arden. Je n'aurais pas dû mettre ta parole en doute.

Car même s'il se sentait encore jaloux parfois, Idris la croyait. Arden provoquait en lui des émotions inédites et contradictoires. Il était bien décidé à savoir pourquoi et à comprendre cette femme énigmatique qui forçait son admiration.

— Pourquoi l'as-tu appelé Dawud ? demanda-t-il.

Elle haussa les épaules.

— En allant à une exposition sur l'artisanat de Zahrat, j'ai appris qu'un des anciens souverains se nommait Dawud. Le nom me plaisait et je voulais que notre fils ait un lien avec ton pays, quelque chose qui le rattache à son père.

— C'est très généreux, étant donné ce que tu pensais de moi, répondit-il, touché par ses paroles. J'avoue que j'étais surpris que tu aies choisi un prénom arabe.

C'était aussi une des raisons qui lui avaient fait suspecter qu'Hamid était son amant…

— C'est assez proche de « David », s'il veut changer plus tard. Mais j'espère qu'il appréciera ce prénom en rapport avec la culture de son père.

Idris était sidéré par tant d'altruisme, à une période qui n'avait certainement pas été facile pour elle.

— C'est aussi pour cette raison que tu t'es mise à apprendre l'arabe, n'est-ce pas ? Pour l'inculquer à notre fils ?

— Je voulais que Dawud sache d'où il venait et qu'il découvre son héritage paternel en même temps que le mien, expliqua-t-elle, la mine grave. Même s'il devait ne jamais connaître son père. C'est vital pour un enfant.

L'émotion qui imprégnait ses paroles et la lueur de détermination qui brillait dans son regard indiquaient qu'Arden ne parlait pas uniquement de leur fils. Idris chercha dans ses souvenirs ce qu'il savait du passé de l'Anglaise. Il se rappelait seulement qu'elle n'avait pas de famille. Cela expliquait-il sa volonté farouche de donner à Dawud des liens avec ses origines ?

Il allait lui poser la question quand le garçonnet se mit à pleurnicher. Arden se leva instantanément.

— Il a joué longtemps, l'heure de sa sieste est passée. Je vais le changer et le mettre au lit.

— Je le porte, proposa Idris.

Il souleva Dawud dans ses bras et tous les trois retournèrent à l'intérieur du palais. Arrivé devant la chambre, Idris remit à contrecœur l'enfant à sa mère. La parenthèse familiale était terminée, il était temps pour lui de rejoindre son bureau. Même si c'était leur lune de miel, la priorité allait aux négociations de paix.

Pourtant, il s'attarda encore.

— Merci, Arden.

Elle releva la tête, visiblement étonnée.

— Merci de quoi ?

— Le roi Dawud était mon grand-père, expliqua-t-il. C'était un grand souverain et un homme exemplaire, très vénéré de ses sujets. Je suis fier que tu aies donné son nom à notre fils et heureux que tu aies fait un tel cadeau à Dawud. Tu aurais très bien pu le couper de ses racines. J'apprécie énormément ce que tu as fait pour lui.

— Ça me semblait normal, répondit-elle simplement, l'air décontenancé.

De nouveau, Idris fut saisi d'admiration. Il découvrait qu'Arden était plus qu'une partenaire sexuelle et que la mère de son fils. Elle aurait peut-être la force de prouver à ses détracteurs qu'ils avaient tort et qu'elle serait la reine dont le royaume avait besoin. Et l'épouse qu'il lui fallait.

Finalement, le mariage ne serait peut-être pas l'épreuve qu'il avait imaginée, pensa-t-il en s'éloignant.

10

Arden lissa les plis de sa robe de soirée en soie argentée. La coupe était superbe et le tissu vaporeux bruissait autour de ses jambes. Un vêtement luxueux, qui convenait à l'épouse de l'émir.

Elle fixa l'anneau gravé qui ornait sa main gauche, puis sourit en se disant qu'il y avait bien d'autres faits dans sa nouvelle vie qui prouvaient qu'elle était la femme de l'émir.

Depuis leur mariage deux mois plus tôt, Idris et elle partageaient le même lit chaque nuit. Elle s'était habituée à la vague d'excitation qui l'envahissait chaque fois qu'il la regardait avec cet éclat particulier au fond de ses yeux sombres.

Oui, elle aimait la compagnie de son époux, que ce soit dans la chambre ou en dehors. N'était-il pas normal d'accepter les bons côtés de ce mariage arrangé ? D'autant plus qu'elle retrouvait de plus en plus souvent en lui l'homme charmant et passionné qu'elle avait connu autrefois. Cet homme-là savait lui redonner le sourire même quand elle avait passé une journée épuisante.

Car le rôle de reine était terriblement difficile. Elle s'efforçait d'assimiler chaque jour un peu plus les codes du protocole. Cependant, elle avait renoncé à retenir les règles trop complexes de la hiérarchie : elle traitait chacun sur un pied d'égalité, avec la même courtoisie dont elle aurait fait preuve à Londres. Cela lui valait des regards réprobateurs, mais tant pis, c'était le mieux qu'elle pouvait faire. Elle n'avait pas été élevée pour être princesse, comme Ghizlan.

Arden contempla son reflet dans le miroir en pied. Certes, elle n'avait pas le panache de Ghizlan, mais dans cette robe très couture, elle n'avait plus rien de commun avec la jeune mère célibataire qui avait assisté à une réunion de l'ambassade dans une robe de seconde main.

Idris remarquerait le changement, car rien ne lui échappait. Apprécierait-il la nouvelle Arden ? Elle désirait tant être pour lui plus qu'une partenaire disponible ! Ce désir de lui plaire était excessif, elle en convenait. En même temps, sa vie était si différente ici qu'elle ne savait que faire pour être appréciée et trouver enfin sa place.

Se tournant vers la fenêtre, elle contempla le panorama de la capitale, mélange d'architecture ultramoderne et de bâtiments traditionnels. C'était si différent de Londres ! Sa seule autre expérience du monde, c'était ce séjour d'une semaine à Santorin, où elle avait rencontré Idris…

— Désolé, je suis en retard.

La voix profonde de son mari la fit sursauter. Il se tenait sur le seuil, époustouflant dans son smoking noir. Arden rougit, victime d'une subite vague de chaleur tandis que des images érotiques s'infiltraient dans son esprit.

— Arden, tout va bien ? demanda-t-il en s'avançant. Je serai auprès de toi toute la soirée, tu n'as aucune raison de t'inquiéter.

Elle ébaucha un sourire ironique.

— Oh ! non, aucune. Qui serait mort de trac à la perspective d'une réception royale organisée pour quelques centaines de personnalités ?

Il lui sourit. Le cœur d'Arden manqua un battement. Idris dégageait un charisme extraordinaire, surtout quand une flamme malicieuse animait son beau regard sombre.

— La plupart d'entre eux seront bien plus nerveux que toi. Contente-toi d'être toi-même. Ils seront sous le charme.

Bien sûr, pensa-t-elle, incrédule. Comme si tous ces hauts fonctionnaires allaient s'intéresser à la conversation d'une petite fleuriste de Londres dont les passions, en dehors de son fils et de son mari sexy, étaient le jardinage, le tennis et lire un bon livre dans son lit !

— Je t'ai apporté quelque chose, annonça Idris. J'ai pensé que tu aimerais porter ceci ce soir.

Il tendit un écrin en cuir bleu, gravé d'un blason doré qu'Arden reconnut aussitôt : les colliers de perles et diamants qu'elle avait mis lors de leur mariage provenaient de boîtes identiques.

— Ton trésor doit être fabuleux, plaisanta-t-elle pour masquer sa nervosité.

— Il est assez remarquable, en effet. Rappelle-moi de te le montrer. Tu pourras choisir certains articles qui te plaisent.

Arden écarquilla les yeux, surprise. Elle n'était pas du genre à exhiber des bagues énormes pour attirer l'attention.

— Tu ne l'ouvres pas ?

Elle leva les yeux vers son mari et crut voir son regard pétiller. Mais c'était sans doute une illusion, car il consultait à présent sa montre. Prenant une profonde inspiration, Arden actionna le minuscule fermoir en or et souleva le couvercle de l'écrin. En découvrant son contenu, elle resta interdite.

Ce n'est pas possible ! Ce bijou ne peut pas être vrai…

Elle avait dû formuler cette pensée à voix haute, car Idris déclara :

— Bien sûr qu'il est authentique :

Sa main large prit le splendide tour de cou qui reposait sur le satin gris perle et le lui présenta. Le bijou en diamant et platine formait une délicate guirlande de feuillage qui étincelait de mille feux. De petites émeraudes en garnissaient le pourtour. Sur le devant pendait gracieusement une émeraude plus grosse taillée en forme de goutte.

— Je n'ai jamais rien vu de pareil, balbutia Arden, la gorge nouée.

— Laisse-moi le mettre à ton cou.

Idris se campa derrière elle. Arden sentit le poids du collier sur sa gorge tandis que son mari manœuvrait le fermoir sur sa nuque.

— Regarde-toi. Il va parfaitement avec ta robe.

Elle était toujours dans un état second ; la voix d'Idris lui parut étrangement rauque. Quand il la fit pivoter vers le miroir, ses mains sur les épaules d'Arden étaient fermes et possessives.

Elle leva les yeux et fixa son reflet dans la glace.

Idris s'éclaircit la voix, la gorge serrée par une émotion peu familière.

— Alors ?

— Je... je ne sais pas quoi dire.

Arden avait les yeux écarquillés, mais elle ne souriait pas. Pourquoi ne réagissait-elle pas ? Par le passé, les cadeaux généreux qu'il avait faits à ses maîtresses avaient été reçus avec enthousiasme. Arden était différente. Jamais il n'avait eu une partenaire aussi peu concernée par son prestige et sa fortune. Elle faisait beaucoup d'efforts pour s'adapter à la vie de la cour, mais le faste ne l'impressionnait absolument pas.

Il avait toutes les peines du monde à lire dans ses pensées, sauf dans l'intimité. Il avait commandé ce bijou spécialement pour elle auprès d'un joaillier réputé. Après en avoir vu l'ébauche, il avait immédiatement imaginé le résultat final sur le cou gracile d'Arden. Était-ce pour cette raison qu'il était si impatient de découvrir sa réaction ?

Le collier était splendide, royal, féminin, élégant et si sexy qu'il voulait le voir sur elle alors qu'elle serait nue. Oui, il avait envie de laisser tomber les invités qui attendaient dans la salle des Mille Colonnes et de faire sur-le-champ l'amour avec sa sublime Anglaise. Il avait le corps en feu, et pas seulement parce qu'Arden était magnifique ainsi parée de soie argentée et d'émeraudes. Il la désirait en permanence, même quand elle portait des vêtements ordinaires pour jouer avec Dawud — surtout quand elle mettait un de ses jeans moulants…

— Je l'aime beaucoup, murmura-t-elle.

Leurs regards se croisèrent dans le miroir et les doutes que nourrissait Idris s'envolèrent : la gratitude et l'émerveillement qu'il lisait sur les traits de sa femme lui suffisaient. C'était la première fois qu'elle le regardait avec cette expression en dehors du lit. Délaissant ses frêles épaules, Idris lui passa un bras autour de la taille, charmé de constater une fois de plus combien son corps féminin s'imbriquait si parfaitement au sien.

— Mais je ne suis pas certaine que ce soit vraiment moi, ajouta-t-elle. Je porte plus souvent des colliers de nouilles.

Elle esquissa une grimace amusée. Idris sourit à l'évocation des *chefs-d'œuvre* que Dawud réalisait avec du fil et quelques pâtes.

— Crois-moi, c'est vraiment toi. Tu es sublime.

— Pas autant que toi, répliqua-t-elle en s'empourprant.

— Même sans diamants ?

Il se délecta de l'entendre rire. Les rires d'Arden égayaient son humeur en une seconde et allégeaient ses journées, souvent trop longues et laborieuses.

Du bout des doigts, elle toucha la belle émeraude à la naissance de sa gorge.

— Tu es sûr ? Ça me rend nerveuse de porter quelque chose d'inestimable.

— Imagine qu'il est en nouilles, si ça peut aider.

Elle sourit.

— C'est une bonne suggestion.

— Maintenant, allons-y, Altesse, déclara-t-il en lui offrant son bras.

Après la série des présentations, Arden avait la tête qui tournait. Comment Idris parvenait-il à supporter tant de poignées de main, de révérences et de félicitations de la part de tous ces gens qui cherchaient à attirer son attention ?

Idris et elle se tenaient sur l'estrade devant les deux trônes incrustés d'or et de pierres précieuses. Arden n'osait les regarder : la vue de cette magnificence lui rappelait trop qu'elle était une imposture. Heureusement, la file de visiteurs à saluer s'amenuisait.

Si seulement Ghizlan était là… Cela l'aurait réconfortée d'avoir une amie auprès d'elle. Les invités étaient aimables en général, à part quelques messieurs d'un certain âge qui la toisaient froidement, comme si sa présence était une catastrophe. Ghizlan avait compris son inexpérience, Arden n'avait pas eu besoin de faire semblant avec elle. Mais avec la mort inattendue de son père, la princesse avait d'autres priorités que de la renseigner sur l'étiquette et…

— Excusez-moi, Altesse. Je dois absolument vous parler.

La voix de l'intendant du palais, même s'il s'adressait à Idris, tira Arden de ses pensées.

— Ça ne peut pas attendre ? souffla son époux.

— J'ai peur que non, Altesse, répondit Selim à voix basse. J'aurais remédié au problème, mais vous m'avez demandé de déléguer les préparatifs de la réception au personnel…

— Parce que je t'ai confié l'organisation des célébrations qui auront lieu la semaine prochaine. L'inauguration du nouvel hôtel de ville et du centre des congrès. Je compte sur tes compétences pour mener cette mission à bien.

— Et croyez-moi, ce sera un succès, Altesse. Mais en mon absence, il y a eu un regrettable incident dans la salle des banquets. Je viens tout juste de le découvrir.

— Un incident ? Tout était parfait hier ! La salle est endommagée ?

À ces mots, Arden ressentit un fourmillement désagréable le long de sa nuque, ce qui accentua sa nervosité. Tournant la tête vers l'intendant, elle eut le temps de croiser son regard juste avant qu'il ne reporte son attention sur Idris. Son malaise se mua en appréhension. Avait-elle commis un faux pas ? Un de plus ? Oh, non !... Il fallait que cela arrive ce soir, alors qu'elle se donnait tant de mal pour tenir son rôle avec grâce et en respectant les convenances...

— Pas exactement endommagée, répondit Selim. Malheureusement, mon remplaçant, bien que compétent, n'a pas pris les mesures adéquates, ainsi que je l'aurais fait.

Le vieil homme évitait de la regarder, mais Arden sut qu'il pensait à toutes les fautes qu'elle avait commises. Il lui avait fait maintes remarques déjà — pour avoir laissé Dawud jouer dans des endroits interdits du palais classés ou pour avoir relevé une vieille dame qui lui faisait une révérence. L'intendant lui était ouvertement hostile.

— Je pense que c'est probablement ma faute, déclara-t-elle sur la défensive.

— Ta faute ? s'étonna Idris, avec un sourire à la fois surpris et amusé.

Une vague de chaleur envahit Arden, lui rappelant ce moment d'intimité qu'ils avaient partagé quand son époux lui avait mis le collier. L'espace d'un instant, elle se prit à croire que leur mariage n'était peut-être pas dicté par la seule convenance. Selim toussota et son fantasme s'évanouit. Elle jeta un regard direct à l'intendant.

— Le problème concerne les visiteurs d'aujourd'hui ? demanda-t-elle, avant de se tourner vers Idris : J'ai reçu des groupes d'élèves, comme tu m'en avais donné l'autorisation.

Depuis qu'elle avait rendu visite à Leïla, la petite fille qui lui avait offert des fleurs dans la rue le premier jour, Arden était régulièrement invitée dans des écoles. En retour, et avec la permission d'Idris, elle faisait visiter les salles de réception du palais à des groupes d'enfants ébahis, encadrés par leurs professeurs. Encore un motif pour l'intendant de lui manifester sa réprobation.

— Oui, acquiesça Idris. Désolé, je ne t'ai pas demandé comment cette visite s'était passée.

— Le mieux du monde, répondit-elle. Les professeurs étaient très satisfaits et les enfants, bien qu'excités, se sont bien comportés.

— Alors, où est le problème ? demanda Idris à Selim.

— Altesse, la salle des banquets a été *décorée*, répondit celui-ci avec une expression horrifiée. C'est inconvenant pour le dîner formel de ce soir. J'ai ordonné au personnel de la remettre en état, mais, apparemment, votre épouse a demandé qu'on laisse ces... décorations jusqu'à nouvel ordre.

Arden se mordit l'intérieur de la joue, effarée. Elle avait complètement oublié cette histoire ! Par-dessus son épaule, elle vit qu'on ouvrait les portes de la salle à manger. Déjà, les premiers invités franchissaient le seuil.

— Je suis vraiment désolée, dit-elle à Idris. Les enfants avaient apporté de grands découpages, une façon de me remercier pour la visite, et j'ai voulu les exposer. Des employés s'apprêtaient à les enlever aussitôt, mais je ne voulais pas décevoir les petits tant qu'ils étaient encore dans le palais. J'ai demandé au personnel d'attendre mes instructions. Sauf que j'ai oublié.

— C'est ça le problème ? Des cadeaux d'enfants ? déclara Idris.

— Ils ne sont pas à blâmer, pas plus que leurs professeurs, répliqua Selim. Malheureusement, ces cadeaux dénaturent la majesté des lieux et risquent fort de compromettre le dîner diplomatique.

Arden était accablée. Cet homme l'accusait clairement. Elle aurait pu croire que sa réaction était disproportionnée si Idris ne comptait pas sur cette réception importante pour réparer son image écornée par le scandale et faire accepter son épouse étrangère et roturière. Avait-elle tout gâché ? À cette pensée, la nausée l'envahit.

— Merci de m'avoir prévenu, Selim. Nous allons régler ça et je suis sûr que tout finira bien.

Offrant son bras à Arden, Idris la guida vers la foule qui disparaissait à l'intérieur de la salle des banquets.

Le cœur lourd comme du plomb, Arden redressa la tête et suivit son époux.

Idris s'arrêta sur le seuil de la vaste salle à manger et pinça les lèvres pour ne pas éclater de rire. Sur les murs précieux en marbre rose sculpté poussaient des fleurs géantes, improbables et multicolores, collées de guingois dans un joyeux désordre.

Il s'avança dans la pièce en tenant la main froide d'Arden. Elle avait été remarquable pendant les présentations interminables, saluant chaque personne avec chaleur. Elle avait vraiment le sens du contact.

— Tout va bien, murmura-t-il, rassurant. Il n'y a vraiment pas de quoi fouetter un chat.

Elle acquiesça, mais son sourire restait figé. Cet idiot de

Selim l'avait encore bouleversée ! Il était toujours sur son dos, à la surveiller pour la prendre en faute. Conduisant Arden vers un énorme bouquet de tournesols en papier, il déclara en souriant :

— Je n'ai jamais vu cette pièce aussi festive. Ces cadeaux simples viennent du cœur.

Il se détourna et haussa la voix pour être entendu des invités qui s'approchaient des tables dressées.

— J'espère que vous appréciez les décorations qui égayeront ce dîner. Vous savez tout l'intérêt que mon épouse porte aux enfants de Zahrat et combien elle tient à visiter nos écoles. Comme vous pouvez le constater, ils montrent beaucoup d'enthousiasme et de créativité.

Il y eut des murmures approbateurs, même si certains visages demeuraient perplexes. Idris vit le ministre de l'Éducation hocher la tête avec empressement.

— À Zahrat, nous avons toujours encouragé les enfants à développer leurs dons dans les matières artistiques et scientifiques, déclara celui-ci. C'est bon de pouvoir compter sur le soutien personnel de notre nouvelle reine.

Idris entendit Arden ravaler son souffle. Elle n'avait pas prévu de recevoir un tel compliment. Il aurait dû en faire plus pour l'aider dans ses nouvelles fonctions. Renonçant à son attitude royale, il lui passa un bras autour de la taille et l'attira vers lui.

— Viens, dit-il doucement en sentant qu'elle se raidissait. Parle-moi de ces fleurs en papier. De celle-ci en particulier. On dirait un chameau.

— C'en est un, malgré les pétales. Le jeune garçon…

— Ali ? dit Idris en lisant le nom griffonné dans un coin.

— Oui. Ali a avoué qu'il n'aimait pas les fleurs mais les chameaux. C'est donc la forme qu'il a découpée. Comme le professeur a demandé à toute la classe de fabriquer des fleurs, sachant que je les aimais, il a trouvé un compromis en collant des pétales sur l'animal. Voilà pourquoi les bosses retombent.

Idris se mit à rire, et il y eut aussi des gloussements parmi les invités qui s'approchaient pour inspecter les travaux des enfants. Quand tous prirent place pour le dîner, Idris constata avec soulagement qu'Arden paraissait plus détendue, même si son sourire était encore un peu crispé.

Au cours du repas, elle charma le ministre de l'Éducation assis auprès d'elle par ses questions précises et l'attention qu'elle lui portait. Idris comprit qu'il avait vu juste : elle ferait une excellente reine. Elle était déjà une merveilleuse mère. Et en tant qu'épouse...

Elle leva soudain la tête et surprit son regard posé sur elle. Il vit ses joues se colorer. Quand elle détourna les yeux, Idris ne songeait déjà qu'au moment où ils seraient enfin seuls.

11

Il était plus de minuit quand Idris et elle rejoignirent enfin leurs appartements. Arden était épuisée. Son corps horriblement contracté tremblait de fatigue et de nervosité, ses joues étaient endolories à force de sourire et un élancement pénible lui martelait le front.

Heureusement, Idris avait réussi à sauver le dîner en tirant parti de l'incident des fleurs en papier pour promouvoir des changements en matière d'éducation. Il n'empêche qu'elle avait encore commis une bévue. Une de plus ! Décidément, elle n'était pas faite pour le rôle d'épouse royale. Combien de temps encore avant que ses maladresses ne créent des dissensions entre Idris et ses alliés politiques ? Certes, il était populaire ; son travail acharné et les résultats positifs de ses réformes lui valaient de nombreux alliés. Mais il y avait aussi en haut lieu des conservateurs qui, scandalisés par son mariage, s'opposaient ouvertement à ses actions.

— Je suis vraiment désolée pour ce soir, dit-elle.

Elle gagna la coiffeuse pour ôter les épingles de son chignon, qui la torturaient.

— Pardon ?

Arden exhala un soupir de soulagement en laissant ses cheveux couler sur ses épaules. Posant les épingles sur le meuble, elle constata avec surprise qu'Idris se tenait derrière elle. Il posa les mains sur ses épaules. Aussitôt, le corps d'Arden réagit. Même exténuée et découragée, elle désirait Idris avec fougue. C'était bien le moment, se lamenta-t-elle mentalement. Dans un effort de volonté, elle fit un pas de côté et il la relâcha.

— Je suis désolée au sujet de la salle des banquets, précisa-t-elle. J'aurais dû faire enlever les dessins avant la réception.

— Arden, ce n'est pas un problème, répondit Idris d'une voix apaisante. Les invités ont aimé les décorations.

— Seulement parce que tu as su rattraper la situation en abordant le thème de l'éducation. Sinon…

Elle secoua la tête, désespérée.

— Tu t'inquiètes trop. Tu as vu les bonnes réactions à propos du chameau d'Ali, non ? On devrait peut-être exposer aussi les peintures de Dawud. Qu'en dis-tu ? Pour ma part, j'estime qu'il a un vrai talent, déclara-t-il en riant.

Le rire d'Idris enveloppa Arden comme un baume. Elle ne put s'empêcher de sourire en pensant au dernier portrait que Dawud avait réalisé d'eux — trois « bons-hommes têtards ».

— Ce côté naïf et artistique, c'est exactement la touche chaleureuse que j'aimerais donner à ce palais, ajouta Idris. On devrait organiser ces visites scolaires régulièrement.

— Je vois d'ici la tête de ton intendant, murmura Arden en levant les yeux au ciel. Il va adorer !

Idris redevint sérieux.

— Selim ne sera plus là. Demain, je le relève de ses fonctions.

Arden vacilla sous le choc.

— Je t'ai dit que c'était ma faute. Il n'y est pour rien.

— Ma décision n'a rien à voir avec la salle des banquets. Ce qui me dérange, c'est que Selim en a fait toute une histoire devant toi. Il est très à cheval sur les vieilles méthodes et je sais qu'il te rend nerveuse. Raison pour laquelle il travaillera hors du palais.

— Tu as fait ça... *pour moi* ?

Arden était partagée entre le désarroi que lui causait une mesure aussi radicale et l'émotion de constater qu'Idris avait voulu lui faciliter la tâche.

— Tu es ma femme et sa reine, dit-il, ignorant sa question. Puisqu'il te met mal à l'aise, il est renvoyé.

Elle demeura interdite. Devant elle, son mari se métamorphosait en souverain autoritaire. Il ne s'était pas comporté ainsi depuis Londres.

— Tu ne peux pas le renvoyer.

— Je ne supporte pas qu'il te tourmente au point de te faire perdre confiance en toi.

— Comment le sais-tu ? demanda-t-elle, surprise qu'il ait noté ce qu'elle avait essayé de lui cacher. La plupart du temps, tu n'es pas là quand il me prend en faute.

— Je suis attentif à tout ce qui te concerne, Arden.

Ces paroles résonnèrent jusqu'au plus profond d'elle-même en un écho étrange. Le regard d'Idris était intense comme s'il lisait ses secrets les mieux enfouis. Levant une main, il lui effleura la joue en une caresse légère qui la bouleversa. Un courant puissant, presque palpable, fusa entre eux.

— Selim te déstabilise reprit Idris, rompant le charme. Il partira demain.

— Non, ne fais pas ça, dit-elle en lui saisissant le poignet, ragaillardie par le soutien qu'il lui témoignait. Selim est compétent. Il ne mérite pas de perdre son travail. C'est vrai qu'il fait des histoires, qu'il me considère comme une usurpatrice étrangère. Mais il doit bientôt prendre sa retraite.

— Dans treize mois.

Ainsi, Idris avait pris la peine de vérifier... Une preuve

qu'il s'intéressait à sa situation délicate depuis quelque temps déjà, se dit Arden, émue. Elle n'était pas habituée à ce qu'on s'occupe d'elle. C'était agréable certes, mais effrayant aussi.

— D'ici là, il aura le temps de former son remplaçant, suggéra-t-elle. Et je peux apprendre beaucoup avec lui. Idris, je sais que tu ne veux pas m'exposer aux difficultés. Mais je suis capable de les affronter ; d'ailleurs, en toute franchise, je préférerais ça. T'ai-je déjà parlé de ma première patronne quand je débutais comme fleuriste ?

Il secoua négativement la tête.

— Les premiers jours, pousuivit Arden, je ne faisais rien correctement, selon elle. Je n'étais même pas bonne à balayer les débris de végétaux. C'était une femme passionnée par son métier, qui n'exigeait que la perfection, d'elle et des autres. Je me souviens du premier bouquet de mariée que j'ai composé. Elle me l'a fait refaire je ne sais combien de fois. Mais, grâce à elle, j'ai acquis des compétences et de l'assurance dans les tâches les plus compliquées.

— C'est pour cette raison que tu souhaites garder notre intendant pointilleux ? demanda Idris, une lueur admirative au fond des yeux.

— Selim est une encyclopédie vivante des us et des coutumes de la cour. Je profiterai de ses connaissances, même si parfois il me donne envie de hurler.

Un rire chaleureux s'échappa des lèvres d'Idris. Arden se détendit. Même son mal de tête s'en trouva soulagé.

— Très bien, dit-il. À une condition : si tu changes d'avis ou que je surprends une remarque désobligeante de sa part à ton égard, je le licencie sur-le-champ.

— D'accord. Tout ira bien, j'en suis sûre, conclut-elle pour achever de rassurer son époux.

Ce soir, quelque chose avait changé, songea Arden. Elle était plus déterminée que jamais à faire fonctionner le côté officiel de leur mariage. La partie privée se déroulait merveilleusement bien : Dawud était épanoui, Idris, un père tendre, impliqué, et, comme mari, elle n'aurait pu espérer mieux tant il était attentionné et passionné. À tel point qu'il serait si facile de croire que ce mariage était réel. Une union des cœurs et des âmes…

Attention, n'oublie pas que ce n'est pas un mariage d'amour !

Idris sortit de la salle de bains. Il éteignit les lumières de la chambre, laissant seulement celle d'une lampe de chevet, et se glissa nu entre les draps. Arden était encore dans la salle de bains, où il avait été tenté de la posséder. Il s'était cependant souvenu qu'elle tremblait de fatigue un peu plus tôt, quand ils avaient regagné leurs appartements ; et plus d'une fois, elle s'était massé le front, comme victime d'une migraine.

Quand elle apparut enfin, son corps se raidit sous l'effet du désir. La nuisette de dentelle épousait ses formes délicieusement féminines et sa crinière dorée couvrait ses épaules nues. Il ressentit aussitôt une envie brûlante de la toucher. Ses lourdes responsabilités de souverain ne parvenaient pas à distraire l'omniprésent désir qu'il avait d'elle. Le plus étonnant, c'était que sa passion ne cessait de croître au lieu de s'émousser avec le temps.

À son tour, elle se glissa dans le lit. Il remarqua ses cernes mauves et le pli qui barrait son front. Une vague de regrets s'empara de lui. Bien sûr, il pouvait la convaincre de faire l'amour — s'abandonner dans le plaisir lui ferait du bien. Mais la soirée avait été éprouvante pour elle.

— Viens, rapproche-toi, murmura-t-il en levant le bras pour l'inviter vers lui.

— Je suis fatiguée, Idris. Pas ce soir.

Pourtant, il nota qu'elle coulait un regard vers sa nudité.

— Je sais, *habibti*. Je vais te laisser dormir.

— Mmm… On ne dirait pas que tu as dans l'idée de dormir.

Idris se rapprocha de sa femme, ce qui décupla son excitation. Elle ondula des hanches tandis qu'elle cherchait à se lover contre lui. Quand ses fesses entrèrent en contact avec sa virilité dressée, il retint son souffle.

— Arrête de bouger, lui intima-t-il.

Passant un bras autour d'elle, il cueillit un sein dans sa paume et, du pouce, entreprit d'en titiller la pointe.

— Idris !

Il aimait l'entendre prononcer son prénom. Les premières semaines de leur mariage, elle l'appelait encore « Shakil » au plus fort de la passion. Il avait alors eu l'impression étrange qu'elle le trahissait avec un autre. Il voulait qu'Arden fasse l'amour avec celui qu'il était à présent et non avec un souvenir. Mais elle n'avait plus recours à son surnom depuis un mois au moins.

— Chut… Détends-toi.

— Comment veux-tu que j'y arrive quand tu me fais ça ? répliqua-t-elle.

Résigné, il délaissa son sein et fit glisser la main jusqu'à son ventre. Ses pensées dérivèrent vers l'idée qu'elle avait porté son enfant. Il avait raté sa grossesse et les premières années de Dawud. Si Arden tombait de nouveau enceinte, il partagerait cette expérience avec elle.

— Tu bouges, gémit-elle.

— C'est toi qui me distrais, répondit-il en inspirant son parfum de fleur d'oranger. Arden, tu as dit que tu étais habituée à te débrouiller seule. Pourquoi ?

Il se dit que converser détournerait son esprit de la torture sensuelle qu'il endurait. En même temps, il voulait connaître sa réponse.

— Je suis habituée à être seule.

Idris eut du mal à le croire.

— Tous les hommes sont aveugles, en Angleterre ?

Un petit rire la secoua. Le mouvement se répercuta dans sa chair et Idris serra les dents.

— Tu es un beau parleur.

— Non, je dis seulement la vérité. Toutes ces années, il y avait sans doute... quelqu'un dans ta vie, dit-il en choisissant ses mots.

— Pas ton cousin. Hamid n'était qu'un ami. Au bout d'un moment, il est devenu mon propriétaire. Et c'est tout !

— Pas la peine de monter sur tes grands chevaux, je te crois. Mais en quatre ans, il y a forcément eu un homme...

— C'est là que tu te trompes. Je n'ai eu personne.

Cela paraissait impossible. En même temps, un élan de joie monta en lui. Il ne voulait pas imaginer Arden avec un autre.

— Ne sois pas si surpris, reprit-elle. J'étais enceinte pour commencer. Ensuite, j'étais débordée entre Dawud, mon travail, la nécessité de joindre les deux bouts.

Un nœud de culpabilité serra la gorge d'Idris.

— Tu n'as plus à te faire de souci, lui assura-t-il.

Il prendrait soin d'elle et de Dawud. Et pas seulement parce que c'était son devoir. Au lieu de s'abandonner à son étreinte, Arden se raidit, comme si elle voulait se dégager.

— Qu'y a-t-il ?

— Rien. J'aimerais dormir maintenant.

Elle demeurait tendue entre ses bras, le souffle court, et Idris devina qu'il avait touché une corde sensible. Elle lui cachait quelque chose ou elle cherchait à se protéger. De lui ? L'hypothèse lui fit mal.

— Je suis sincère, Arden. Je suis là maintenant, pour toi et pour Dawud.

— Oui...

Il nota que sa voix manquait singulièrement de conviction.

— Pourquoi insistes-tu sur le fait que tu t'es toujours défendue seule ? Déjà à Londres, tu le disais.

— Parce que c'est ce que je fais depuis toute petite.

Elle se tut, mais il aurait parié qu'elle ne s'endormait pas encore.

— Moi aussi, dit-il pour ne pas rompre la conversation. J'étais enfant unique. Je n'étais pas proche de mes parents. Enfin, si : de ma mère au début, mais elle est morte quand j'étais très jeune.

— Oh ! Idris... Je suis désolée. Quel âge avais-tu ?

— Quatre ans. J'avais mon père, mes oncles et tantes, et mon cousin Hamid.

— Ton père t'a élevé ?

Idris pinça les lèvres.

— Ce n'était pas un père aimant. Il avait... d'autres intérêts. J'ai été élevé par des tuteurs qui m'inculquaient le sens de l'honneur et du devoir. Et toi ? Qui s'est occupé de toi ? Quel âge avais-tu à la mort de tes parents ?

Elle parut hésiter.

— J'avais six ans, lâcha-t-elle enfin.

— Tu les as perdus tous les deux à cet âge ? s'étonna-t-il.

— Oui. Dans un accident de voiture. Ils sont morts sur le coup.

Quelque chose dans la voix d'Arden lui causa un frisson d'effroi.

— Tu étais là ? demanda-t-il doucement.

— Sur la banquette arrière.

— Bon sang ! souffla-t-il en resserrant son étreinte autour d'elle. Je suis profondément désolé.

— Comme pour toi, cela s'est passé il y a longtemps.

— Mais ça reste toujours une tragédie de perdre les siens.

Au ton lugubre et cassant qu'elle avait employé, il avait compris qu'elle avait encore du mal à surmonter ce drame.

— Je les perdais de toute façon, reprit-elle. Mais la mort est une finalité si inéluctable... Mes parents ne s'entendaient pas. Ce soir-là, dans la voiture, ils pensaient que je dormais et entamaient une nouvelle dispute. Mon père a déclaré qu'il voulait divorcer et ils se querellaient au sujet de ma garde. Il refusait de se charger de moi et ma mère se plaignait qu'elle n'y arriverait jamais seule. Au final, ils n'ont pas eu besoin de trouver un compromis.

Idris était horrifié. Il n'essaya même pas de répondre. Qu'y avait-il à dire face à un tel drame ? Doucement, il posa les lèvres contre les cheveux de sa femme pour lui insuffler un peu de réconfort.

— Tu n'avais aucune famille ? Ni oncles ni tantes ?

Arden secoua la tête.

— Je suis allée dans une famille d'accueil.

— Je suis désolé, répéta-t-il.

Il n'arrivait pas à croire qu'il n'avait jamais pensé à connaître son histoire. Ce passé douloureux avait forgé sa personnalité, c'était évident. Il s'en voulait de ne pas avoir essayé de comprendre la femme qu'il avait épousée.

— Ne t'en fais pas, dit-elle. C'était plutôt bien la plupart du temps.

— Mais pour le reste ? demanda-t-il, redoutant ce qu'elle ne disait pas.

— Sincèrement, tout se passait bien. Je suis restée dans la même famille pendant des années. Ce couple me traitait comme leur fille et j'étais heureuse. Ils étaient adorables.

Malgré ses propos positifs, une note de tristesse imprégnait sa voix.

— Tu les as quittés, devina-t-il.

— Ils avaient l'intention de m'adopter. Ils ne pouvaient pas avoir d'enfant et je serais vraiment devenue leur fille. Or, avant que le dossier ne soit validé, il s'est produit un miracle : celle que j'appelais « maman » est tombée enceinte. De jumeaux. Ils étaient malheureux de me décevoir, mais ils n'avaient pas les moyens d'élever trois enfants et manquaient de place chez eux. Leur décision n'avait rien à voir avec moi.

— Bien sûr que non, dit-il en réussissant de justesse à dompter sa fureur.

Comme il aurait aimé retrouver ces individus pour leur tordre le cou ! Comment pouvait-on causer un tel chagrin à une gamine ? À présent, il comprenait mieux pourquoi elle était si déterminée à se débrouiller par elle-même. Y avait-il eu quelqu'un sur qui elle avait pu compter à long terme ?

Toi aussi, tu es coupable. Tu l'as séduite et tu l'as quittée sans un regard en arrière. Sans seulement penser qu'elle pouvait être enceinte...

Il étreignit sa femme ; cette fois, il n'y avait rien de sexuel dans son geste.

— Je suis là et je ne te quitterai pas. Je ne sortirai pas de ce mariage, Arden. Vous pouvez me faire confiance, Dawud et toi.

Oui, il la rendrait heureuse, se jura-t-il. Il ferait en sorte qu'elle ne regrette jamais de l'avoir épousé.

12

En entendant les coups impérieux frappés à la porte restée ouverte de son bureau, Idris releva la tête. Déjà son conseiller traversait la pièce, l'air sombre.

— Qu'y a-t-il, Ashar ? s'enquit-il, saisi d'une appréhension.

— La situation est sous contrôle, Altesse. Ils sont tous les deux sains et saufs.

Il ne pouvait s'agir que d'Arden et de Dawud. Idris se leva d'un bond.

— Qu'entends-tu par « sous contrôle » ? Qu'est-il arrivé ?

— Ils vont bien. Leurs gardes du corps les suivent.

La tension d'Idris ne s'apaisa pas pour autant. Il posa les poings sur la table de travail.

— Les *suivent* ? Sous-entends-tu que ma femme ne sait pas où elle va ?

— C'est la raison pour laquelle je suis là, Altesse. Connaissez-vous les projets de la reine pour cet après-midi ?

— Une visite dans un centre de loisirs. Ensuite, elle rentre au palais.

— La reine s'est bien rendue au centre. Puis elle est allée au marché couvert pour acheter de la nourriture, rapporta Ashar.

Acheter de la nourriture ? Alors qu'il y avait une armée de chefs cuisiniers au palais ? Voilà qui n'avait pas de sens. Et ce matin, Arden n'avait pas mentionné de visite au marché couvert.

— Où est-elle maintenant ?

— Sur l'autoroute. La reine conduit la voiture.

L'inquiétude d'Idris s'accrut. Arden disposait d'un chauffeur et de gardes du corps — ceux-ci constituaient une présence symbolique car la menace était quasi inexistante à Zahrat. Toutefois, l'hypothèse d'un danger ne pouvait être écartée, d'autant qu'Arden n'avait qu'une connaissance limitée du pays et que son enthousiasme l'entraînait parfois dans des situations inattendues.

Une pensée le traversa soudain : l'autoroute menait vers les montagnes et... à l'aéroport !

Il contourna le bureau et gagna la porte au pas de course.

— Commande l'hélicoptère *tout de suite* ! lança-t-il par-dessus son épaule. Et mets-moi en liaison avec le chef de la sécurité.

Le vrombissement d'un hélicoptère déchira la quiétude de la fin d'après-midi. Arden leva les yeux : le ciel incroyablement bleu était vide. Le bruit cessa bientôt.

Elle regarda autour d'elle, admirant le panorama sur la mer et les montagnes. Quelques semaines plus tôt, Idris l'avait emmenée jusqu'à ce joli manoir situé sur un promontoire à l'extérieur de la ville. Il avait appartenu à sa grand-mère, lui avait-il appris, et Arden avait immédiatement aimé le calme et la beauté des lieux.

— Maman ! Regarde, un poisson !

Dawud attirait son attention vers le bassin, dans lequel nageaient des poissons exotiques.

— Oui, mon cœur. Ils sont très beaux. Viens maintenant, le goûter est prêt, dit-elle en tapotant l'herbe douce auprès d'elle.

Au même moment, un mouvement vif à la périphérie de son champ de vision alerta Arden. Elle se retourna.

— Idris !

Il traversait le jardin d'un pas rapide et déterminé pour venir à sa rencontre. Derrière lui, elle aperçut deux hommes en noir, qui se dissimulèrent aussitôt derrière les piliers du porche du manoir.

— Que fais-tu ici ?

— Je pourrais te poser la même question, répliqua-t-il d'un ton autoritaire.

Avec son expression dure, il incarnait de nouveau le souverain implacable qui exigeait une obéissance immédiate.

— *Baba !*

Dawud se leva d'un bond et se précipita vers lui. Idris le souleva dans ses bras, si haut que le petit garçon se mit à rire. Un sourire fendit les traits rudes d'Idris quand l'enfant passa les bras autour de son cou et blottit son petit visage contre l'épaule de son père. Dawud vouait un amour inconditionnel à Idris. Ne serait-ce que pour cette raison, elle avait eu raison d'épouser l'émir de Zahrat.

— Arden, que fais-tu ici ? reprit ce dernier en reportant son attention sur elle.

— J'ai organisé un pique-nique pour le goûter.

D'un geste large, elle désigna les victuailles : des dattes, des abricots, des galettes de pain, du fromage de chèvre et ces délicieuses pâtisseries fourrées de pistaches et nappées de sirop dont elle raffolait.

— Tu te joins à nous ? suggéra-t-elle. Je ne m'attendais pas à te voir avant ce soir. Un changement dans ton emploi du temps ?

— Tu peux le dire, répondit-il en s'approchant, Dawud toujours serré dans ses bras.

— Quelque chose ne va pas ?

— Une crise due au fait que ni la sécurité ni le personnel

du palais ne savaient où tu passais l'après-midi. Tu as semé tes gardes du corps.

— Mais pas du tout ! Je leur ai seulement dit que je voulais être un peu seule avec Dawud. Je ne les ai pas revus ensuite.

— Ils sont restés en retrait pour te laisser plus de liberté. Sauf qu'ils ont perdu ta trace au marché couvert. Tu leur as causé une belle frayeur.

Arden se leva, accablée.

— Tu dis toi-même que nous sommes en sécurité à Zahrat, et que c'est une bonne chose d'être plus proche du peuple au lieu d'être constamment entouré de courtisans. Tout le monde s'est montré très aimable au marché.

L'espace d'une seconde, Idris ferma les yeux. Arden devina qu'il essayait de rester patient. Encore une fois, elle avait commis une faute…

— Est-ce une si mauvaise idée de vouloir faire des choses normales ? demanda-t-elle, mortifiée.

— Des choses *normales* ?

— Oui. Comme faire du shopping, se promener, rencontrer des mères de famille, pique-niquer dans un parc.

Après sa visite au centre de loisirs, Arden avait pris conscience que ces petites libertés lui manquaient. Invitée en tant que reine, c'était en fait la jeune femme simple, mère d'un bambin curieux, qui avait bavardé avec les autres mamans.

— J'ai besoin de liberté, Idris. Tu dois comprendre ça, conclut-elle.

Il soupira et, reposant Dawud, passa une main sur sa nuque.

— Idris ?

— Je comprends. Tu n'es pas née dans ce monde et tu as besoin de t'adapter. Mais la prochaine fois, préviens le personnel de tes intentions. En disparaissant, tu as mis la sécurité en état d'alerte.

Arden écarquilla les yeux.

— Alors, le bruit d'hélicoptère que j'ai entendu...

Idris acquiesça. Une vague de honte envahit Arden. Seigneur... Avait-on aussi mobilisé l'armée ?

— Je suis vraiment désolée. Je ne me rendais pas compte...

Son mari avait raison : elle ne comprenait pas les codes de la royauté. Il aurait été plus simple pour lui d'épouser une princesse qui savait se comporter selon l'étiquette et qui ne perturbait pas sans cesse le bon fonctionnement du palais...

Stop ! s'ordonna-t-elle à part soi. Elle n'allait pas recommencer à ruminer ce genre de pensées.

Le bras d'Idris s'enroula soudain autour d'elle, l'attirant contre lui. Elle releva la tête et rencontra son beau regard sombre empli de chaleur.

— Hé ! Tout va bien maintenant, chuchota-t-il.

Elle se força à sourire.

— Je suis sûre que non, mais merci de faire semblant. Les gardes du corps ne vont pas avoir d'ennuis, au moins ?

Il secoua la tête.

— Juste un rappel à l'ordre pour les obliger à rester vigilants.

Arden laissa échapper un soupir de soulagement, mais elle ne pouvait se départir de son désarroi.

— À quoi penses-tu ? demanda Idris.

— À la prochaine fois que je voudrai faire un pique-nique. Je serai sans doute escortée par trois chefs cuisiniers et une demi-douzaine de serveurs. Et j'aurai à remplir un formulaire préalable détaillant mes faits et gestes à la minute près.

— Ce n'est pas si pénible. Enfin, pas autant que tu le

dis, rectifia-t-il en souriant. Et je vais voir ce que je peux faire pour arranger les choses. À partir de maintenant.

— Maintenant ?

— Puisque tu m'as fait sortir de mon bureau, j'ai l'intention d'en profiter. Faisons l'école buissonnière tous les trois.

Sur quoi, il se laissa tomber dans l'herbe en entraînant Arden, de sorte qu'elle se retrouva sur ses genoux. Puis il lui prit la bouche avec fougue. Arden lui agrippa les épaules, tandis que son corps s'enflammait instantanément.

Ils s'enlaçaient passionnément quand une voix stridente retentit auprès d'eux :

— Dawud veut bisou aussi !

Arden perçut le rire d'Idris contre ses lèvres. Il s'écarta pour prendre Dawud dans ses bras et, pendant quelques secondes magiques, elle voulut croire qu'ils formaient tous les trois une vraie famille.

Idris fit de cette escapade inopinée une magnifique aventure familiale. Ensemble, ils explorèrent toutes les pièces du charmant manoir, admirant les mosaïques et le mobilier ancien.

Quand le soir tomba, ils eurent droit à un pique-nique grandiose. Des serveurs venus exprès du Palais d'Or allumèrent des torches tout autour du jardin, étalèrent des tapis sur l'herbe et disposèrent une quantité de plats qui régalaient les sens.

Plus tard, les employés s'éclipsèrent et Misha emporta Dawud endormi pour le ramener à la citadelle.

Quand ils furent seuls, Idris insista pour offrir des bouchées de fruit à Arden du bout des doigts. Ensuite, il léchait le jus qui lui coulait sur le menton. Arden riait, emportée par le plaisir de cette délicieuse parenthèse à deux, par la lueur de désir qui brillait dans les yeux de son mari, puis par ses caresses à la fois tendres et fébriles quand il entreprit de la déshabiller. Il l'emporta à l'intérieur. Elle ne fut pas surprise de constater que l'un des lits avait été garni de jolis draps de lin qui dégageaient un parfum de cannelle et de rose. Des bougies allumées donnaient à la chambre une aura romantique.

— La lune de miel que nous n'avons pas eue, murmura Idris devant son air extasié.

Puis il l'étendit sur le lit et Arden oublia tout ce qui les entourait.

Haletante, Arden savourait le plaisir intense qui l'inondait par vagues, se délectait des spasmes furieux qui la secouaient. Au-dessus d'elle, Idris tremblait lui aussi. Ensemble, ils avaient atteint le summum de la jouissance et, subjuguée, elle refusait de lâcher prise.

Son merveilleux amant laissa échapper un gémissement au creux de son épaule, lui distillant une nouvelle salve de frissons exquis, puis il roula sur le dos en l'entraînant. Couchée sur son corps brûlant, Arden distingua la lueur rose qui tombait de la fenêtre. Déjà l'aube... Bientôt, Idris retournerait à ses obligations royales.

Elle regrettait de devoir quitter le manoir, dont le charme l'envoûtait. Ici, elle s'était sentie heureuse, chérie même, et elle voulait retenir Idris encore un peu.

Devant le tour que prenaient ses pensées, elle se demanda soudain si elle n'attachait pas trop d'importance à ce bonheur sexuel qu'ils venaient de partager. Prenait-elle le bien-être d'après l'amour pour de la tendresse ?

— Je pensais à une chose, murmura Idris contre ses cheveux.

— Oui ?

— Si nous avions un autre bébé ?

Arden stoppa net le mouvement de ses doigts sur le torse d'Idris.

— Offrir un frère ou une sœur à Dawud, reprit-il. Qu'en penses-tu ?

— Tu veux... *un autre enfant* ? bredouilla-t-elle enfin, sidérée.

— Pas toi ?

Oh si ! La réponse vibrait dans tout son être. Elle n'avait pas besoin de se poser la question. L'émotion qui montait en elle la stupéfia.

— Arden ?

D'un doigt, Idris lui souleva le menton. Il avait ramené un bras sous sa nuque ; dans cette position, sa musculature était encore plus impressionnante.

— Je ne sais pas, répondit-elle sans trop savoir pourquoi elle adoptait ce ton prudent. Pourquoi désires-tu un autre enfant ?

Il fronça les sourcils, comme s'il n'appréciait pas sa réaction. S'était-il attendu à ce qu'elle saute de joie ?

— Tu ne crois pas que ce serait bien pour Dawud ?

— Possible...

Arden pensait en fait que ce serait merveilleux, mais elle préférait refréner son impulsivité, qui la conduisait trop souvent à commettre des erreurs.

— Toi et moi n'avons ni frère ni sœur, insista Idris. Nous savons combien la solitude peut être pesante, surtout quand un drame survient.

À l'idée qu'un malheur pourrait le frapper, Arden fut broyée par une poigne glacée. Elle déplaça sa main et perçut les battements sourds du cœur d'Idris. *Tu es folle de penser au pire !*

— Ça peut paraître démodé, poursuivit Idris, mais

c'est aussi une bonne façon d'assurer la sécurité de la couronne à l'avenir. Il faut y songer.

— Au cas où il arriverait quelque chose à Dawud ? demanda-t-elle d'un ton âpre.

Il lui caressa l'épaule d'une main apaisante.

— Il n'arrivera rien à Dawud. Mais notre fils voudra peut-être s'exiler plus tard, pour devenir chercheur comme Hamid, ou star de rock, dit-il avec un sourire dévastateur. Le fait d'avoir un frère pour accéder au trône…

— Ou une sœur ! répliqua-t-elle, gagnée par la colère.

La loi en vigueur prévoyait que seul un enfant mâle pouvait prétendre au trône de Zahrat. Si injuste que cela fût, ce n'était pas ce qui la révoltait le plus. Non, c'était l'idée de porter l'enfant d'Idris dans le but d'assurer la succession. Bon sang ! Ils parlaient d'un *enfant*, pas d'un pion dans un horrible jeu dynastique.

— Ou une sœur, admit Idris. Reste à savoir combien d'enfants nous souhaitons avoir.

Elle reconnut aussitôt le sourire lent qui incurva la bouche ciselée de son époux. Ce sourire-là contenait une promesse sexuelle. Pour lui, avoir un enfant se limitait au sexe ? Devenir parent, c'était tellement plus que cela !

— J'ai besoin de réfléchir, répondit-elle, se redressant pour mettre de la distance entre eux. Ça ne se décide pas à la légère.

Le sourire enjôleur disparut du visage d'Idris, qui la dévisagea d'un œil aigu.

— Bien sûr. Nous avons tout le temps puisque nous ne divorcerons pas.

Parce qu'il n'avait pas d'autre choix que de rester avec elle dans cet arrangement ? C'était ce qu'il sous-entendait, n'est-ce pas ? Brusquement, Arden se sentit dévastée ; une amertume atroce lui emplit la bouche. Pourquoi ce rappel lui faisait-il si mal ?

Parce que ton mari voit ce mariage, et la question des enfants, d'un point de vue purement pratique. Alors que tu as engagé ton cœur, lui souffla une voix intérieure.

Doucement, Idris la ramena vers lui. Arden se laissa faire, mais son esprit bouillonnait, ressassant l'incroyable vérité qu'elle venait de mettre au jour et qui balayait l'idée qu'elle s'accommoderait d'un mariage sans amour.

Le visage tourné vers la fenêtre, elle refoula les larmes qui lui brouillaient la vue. Comment avait-elle pu se leurrer à ce point ? Elle avait été délibérément aveugle, refusant d'affronter ses sentiments et ce qu'ils impliquaient. Elle se mordit la lèvre pour l'empêcher de trembler. La vérité était qu'elle n'avait fait aucun sacrifice en épousant Idris. Et pour cause : elle était amoureuse de lui !

Totalement, éperdument…

Oui, elle s'en rendait compte à présent, poussée par l'orgueil et la peur d'être de nouveau blessée, elle avait seulement fait semblant de croire le contraire. Idris était le seul amant qu'elle avait connu et le seul homme qu'elle désirerait jamais.

Et ce constat la désespérait.

Arden arpentait le salon de la suite, les bras croisés comme pour se protéger du chagrin qui la terrassait.

Dès qu'ils étaient rentrés du manoir, Idris l'avait embrassée avant de s'éloigner, le regard plein de promesses. Elle aurait voulu le retenir, sentir ses bras autour d'elle, mais sa raison lui avait dicté de décider de la conduite à tenir. Et pour cela, elle avait besoin d'espace et de solitude.

Elle avait donc commencé par annuler ses rendez-vous de la journée. Les secrétaires lui avaient adressé un sourire entendu — tout le monde au palais savait déjà qu'Idris et elle s'étaient offert une seconde nuit de noces…

Ensuite, elle avait passé du temps avec Dawud. Allongée sur le tapis de la chambre, elle avait ri en jouant avec ses petites voitures. Mais, au fond d'elle, il y avait un vide terrifiant. Pour finir, laissant Dawud à la garde de Misha, elle était revenue dans la suite.

S'arrêtant devant la fenêtre, elle distingua le joli manoir, au loin, et songea à la magie de la nuit précédente. Ce serait si bon d'y retrouver Idris et d'être non pas l'épouse que les circonstances lui avaient imposé de devenir, mais la femme qui, l'espace de quelques heures insouciantes, avait cru être aimée de lui…

Le désespoir qu'elle s'efforçait de retenir la submergea et elle agrippa la crémone pour se soutenir.

Idris n'avait jamais prétendu qu'il l'aimait. Il était toujours gentil, fiable, attentionné, plein d'humour, et un père formidable pour Dawud. C'était elle qui avait changé. Car elle avait compris qu'elle s'était bercée d'illusions. Elle aimait Idris de tout son être, comme elle avait aimé Shakil autrefois. Aimé… et perdu.

Aimer et perdre, c'était le thème récurrent de sa vie. Certes, elle ne perdrait pas Idris, pas exactement puisqu'il avait promis de rester avec elle et d'élever Dawud dans le cadre de ce mariage qu'il considérait comme un devoir. Mais Arden n'était plus aussi naïve : un homme comme lui aurait des envies sexuelles après s'être lassé d'elle. Comment ferait-elle face quand il se tournerait vers d'autres femmes ? Quand il la laisserait tomber encore une fois ?

Une plainte déchirante monta de sa gorge. Elle avait toujours rêvé d'amour et de stabilité. Ce devait être merveilleux d'être la personne la plus importante dans la vie de quelqu'un… Mais chaque fois ses espoirs étaient anéantis. Était-ce son destin de chercher l'amour et d'être toujours déçue ?

Assez ! s'adjura-t-elle en se redressant. Pour Dawud

et pour elle-même, elle ne se laisserait pas abattre. Elle trouverait un moyen de survivre à ce pacte qu'Idris et elle avaient passé ; de faire ce qui était le mieux pour son fils tout en préservant le respect d'elle-même.

Et elle avait déjà son idée.

Cette fois, elle ne serait pas la laissée-pour-compte.

13

Un coup bref frappé à la porte du bureau força Idris à lever les yeux. Ashar se tenait sur le seuil. À l'expression fermée qu'il arborait, Idris sentit un frisson de crainte lui parcourir l'échine ; comme la veille, quand son conseiller lui avait appris qu'Arden roulait vers une destination inconnue.

Mais cette fois, c'était pire, il le pressentait. L'angoisse le paralysa.

— Parle ! commanda-t-il.

— Ils vont bien tous les deux, déclara Ashar.

Franchissant le seuil, il referma la porte derrière lui.

— Mais ? s'enquit Idris, les doigts crispés au bord du bureau.

Ashar vint s'asseoir en face de lui.

— La reine et le petit prince sont au manoir.

Idris laissa échapper un long soupir. L'espace d'une seconde, il avait envisagé une catastrophe.

— Un nouveau pique-nique ? demanda-t-il en souriant.

Il avait caressé l'idée d'annuler ses rendez-vous aujourd'hui pour passer du temps en famille. À contrecœur, il s'était arraché des bras d'Arden ce matin, se disant que le nouveau traité et la réunion sur l'amélioration des infrastructures étaient trop importants pour être repoussés. Mais il s'était promis d'emmener de nouveau très vite sa femme au manoir. La nuit avait été magique. Ils avaient trouvé

une complicité nouvelle qui les avait rapprochés. Leur mariage s'épanouissait, et c'était pour lui une révélation. Arden le rendait *heureux*. Oui, heureux et fier.

Ashar secoua la tête et regarda ses mains. Le sourire d'Idris s'éteignit.

— Qu'y a-t-il ?

— Altesse, la reine a demandé au personnel de l'aider à redécorer le manoir.

— Redécorer ?

Idris ne savait pas ce qui l'étonnait le plus. Cette idée de décoration ou le fait qu'Arden ait donné des ordres au personnel, chose qu'elle refusait d'habitude de faire.

Ashar haussa les épaules, mal à l'aise.

— Plutôt aérer les pièces et les rendre habitables.

— Autre chose ?

L'expression de son secrétaire devint presque compatissante.

— Toutes les affaires de votre épouse et de votre fils ont été emballées et emportées.

Idris claqua la portière du 4 × 4 en commandant à son équipe de rester dans la cour du manoir. D'un pas rageur, il gagna le porche et déboucha dans un patio. Une femme de chambre, les bras chargés de linge, s'arrêta et esquissa une révérence.

— Rentrez immédiatement au palais et reprenez vos fonctions, lança-t-il en contenant de justesse sa fureur. Passez le message au reste du personnel.

La femme de chambre disparut. Idris arriva dans le jardin où, pas plus tard que la nuit précédente, Arden s'était blottie dans ses bras pendant qu'il la nourrissait de fruits. Comment osait-elle lui jouer un tour pareil ? Il s'en trouvait horriblement blessé. De toutes les émotions

qui le traversaient depuis l'annonce de sa fuite, c'était la pire. Après tout ce qu'Arden et lui avaient partagé, il n'arrivait pas à croire qu'elle l'ait trahi à ce point. Ne lui avait-il pas donné ce qu'elle désirait ? Lui avait-il refusé son soutien, son argent ? Il s'était efforcé d'être un bon mari. Quand avait-il failli à sa promesse ? En retour, elle avait fait de son mieux pour être à la hauteur de son nouveau rôle, il ne pouvait le nier. Alors à quoi jouait-elle ? Si elle était malheureuse, elle aurait dû lui en parler. Au lieu de cela, elle prenait la fuite. Pour le ridiculiser ? lui faire du chantage ?

Il se mit à inspecter les pièces une à une. Si certaines semblaient intactes, dans d'autres il nota quelques changements — housses retirées des meubles, miroirs astiqués. Il jeta un coup d'œil dans la chambre où ils avaient passé la nuit : elle était vide. Dans la suivante, il reconnut le petit lit blanc, le tapis de jeu qu'il avait offert à Dawud, des jouets et des livres. Une petite tête brune émergeait du drap. Dawud dormait, un ours en peluche serré dans ses bras.

En proie à un mélange de tendresse et de soulagement, Idris contemplait son fils quand un bruit léger l'alerta. Une seconde plus tard, il se campa sur le seuil de la chambre attenante. Il ne vit d'abord qu'un drap blanc qu'on agitait dans l'air au-dessus du lit — un lit à une place, remarqua-t-il. Puis Arden apparut et entreprit de lisser la pièce de coton sur le matelas. Elle était vêtue d'une robe blanche toute simple. Ses cheveux qui flottaient librement sur ses épaules avaient des reflets cuivrés dans les dernières lueurs du soleil.

Idris s'avança et verrouilla la porte derrière lui. Le cliquetis de la serrure la fit sursauter. Elle porta une main à sa gorge, le visage livide.

— Idris ! Tu m'as fait une de ces peurs.

Il croisa les bras sur son torse, sans chercher à contenir la fureur qui bouillonnait en lui. Arden abaissa la main et recula, visiblement effrayée.

— Je... je ne m'attendais pas à te voir si vite, balbutia-t-elle.

Elle avait donc eu l'intention de le voir ? Où ? Dans le bureau d'un avocat spécialisé dans les divorces ? Aucun homme de loi de ce pays n'accéderait à la requête de sa femme, il y veillerait !

— Je suppose que tu te demandes ce que je fais ici ? reprit-elle, se tordant les mains comme une écolière prise en faute.

— J'attends une explication.

— Je... j'ai déménagé, répondit-elle en redressant le menton.

Idris fixa ses lèvres. Les mots résonnaient à ses oreilles, mais la voix semblait irréelle, comme si Arden lui parlait de très loin. La tension vibrante qui le possédait altérait ses sens.

— Explique-toi !

— Dawud et moi allons vivre ici. Ce sera mieux. J'allais t'en parler.

— Vraiment ? lâcha-t-il, glacial. Et quand comptais-tu m'annoncer la nouvelle ? Avant que toute la ville soit au courant ou après ?

Une expression alarmée se peignit sur les traits de sa femme.

— Non ! Je...

— Peut-être que tu ne m'aurais rien dit, en fin de compte ? coupa-t-il. Tu allais me faire la surprise, c'est ça ?

Sa fureur atteignait des sommets. Il se mit à faire les cent pas. Bon sang ! Il avait envisagé de fonder une famille avec Arden, pendant que de son côté elle projetait froidement de le quitter ! La douleur lui lacérait les entrailles. C'était la première fois qu'il endurait une telle souffrance et il dut faire appel à son mental de combattant pour rester debout.

Si elle pensait s'en tirer si facilement, elle était incroyablement naïve…

Arden fixa les yeux durs, insondables d'Idris. Quand il décroisa les bras et serra les poings, elle ne put réprimer un frisson. La formidable virilité qu'il dégageait malmenait ses nerfs à fleur de peau. Comment était-elle censée lui résister quand une partie d'elle-même brûlait de se blottir contre son épaule et d'accepter ce qu'il avait à offrir, même si cela ne lui suffirait jamais ?

Ressaisis-toi ! Elle savait dès le début que sa démarche serait difficile. Mais elle devait aller jusqu'au bout.

— Si nous allions nous asseoir quelque part pour nous expliquer ? suggéra-t-elle.

— Cesse de temporiser !

— Très bien, acquiesça-t-elle, surmontant l'émotion qui lui nouait la gorge. Pour moi, ce mariage ne marche pas. J'avais des doutes et… Il se trouve que j'avais raison.

— Il ne marche pas ? En quel sens ? demanda-t-il, inflexible.

— Je ne me sens pas…

… *aimée*, faillit-elle laisser échapper. Mais elle n'était pas prête à faire cet aveu.

— Il faut me comprendre, reprit-elle. Zahrat, habiter dans un palais, être mariée à un émir : c'est si éloigné de ma vie d'avant, de tout ce qui m'est familier. Je ne me sens pas capable de continuer ainsi, alors je suis arrivée à un compromis.

— Ça ne ressemble pas à un compromis pour moi. C'est une désertion.

Les mains sur les hanches, Arden laissa libre cours à sa colère pour masquer son chagrin.

— Non ! Sinon, j'aurais pris le premier avion avec Dawud et j'aurais déposé une demande de divorce. Au lieu de ça, j'ai décidé de vivre ici. Ce n'est pas loin du palais et tu pourras voir ton fils tous les jours. Soit ici, soit là-bas.

Elle marqua une pause. Revoir Idris ici, dans son refuge, c'était prolonger sa douleur. Mais quelle alternative pouvait-elle offrir à son mari ? Celui-ci ouvrit la bouche, mais elle leva une main.

— Écoute-moi. De cette façon, tu auras le mariage dont tu avais besoin et ton héritier, sans être encombré de ma présence. Tu sais que je ne suis pas à l'aise avec l'institution royale. Tout le monde comprendra la séparation. J'ai dit au personnel que c'était sur ton ordre que j'emménageais ici. Personne ne sera surpris, parce qu'on sait que je suis une source d'embarras.

Au souvenir de ses innombrables maladresses, Arden s'empourpra. Des erreurs qui paraissaient bien insignifiantes maintenant, alors qu'elle quittait l'homme qu'elle aimait, se dit-elle, accablée.

— En vivant ici, loin de l'attention de la cour, je ne t'embarrasserai pas. Et tu seras libre de recevoir tes maîtresses...

À cette pensée, quelque chose se déchira en elle, mais elle garda la tête haute.

— C'est la meilleure solution, conclut-elle.

Elle n'en croyait rien. Vivre si près d'Idris serait une torture. Mais pour Dawud, elle supporterait cette épreuve.

Il plongea son regard dans le sien.

— C'est la seconde fois que tu parles de mes maîtresses. Pourquoi cet intérêt ? Tu as l'intention de les passer en revue pour t'assurer qu'elles n'auront pas d'influence négative sur notre fils ?

— Tu ne ferais pas ça ! s'exclama-t-elle. Tu m'as promis que tu resterais discret.

Idris ne répondit pas. Chancelante, Arden essaya de rassembler ses forces. Il était temps d'en finir avec cette explication pénible.

— Il faut se rendre à l'évidence, Idris. Et accepter un compromis raisonnable. Tu as fait ton devoir en m'épousant et en reconnaissant Dawud. Ton honneur est sauf.

Idris s'approcha d'Arden. La fureur faisait bouillir son sang. Au fond de lui, une brûlure atroce le consumait tout entier. Mais c'était peut-être l'angoisse qui le rongeait.

— Tu me parles d'honneur ? Comme si c'était tout ce qui comptait dans ce mariage ! Que fais-tu de *nous deux*, Arden ?

Il se pencha au-dessus d'elle. Elle s'était reculée et touchait le mur, mais elle n'avait plus l'air effrayée — seulement épuisée. Après ce qu'elle avait fait et la façon dont elle l'avait insulté, il se demanda fugacement comment il pouvait encore s'inquiéter pour elle.

— Ce mariage nous concerne tous les trois, répondit-elle doucement. Toi, moi et notre fils. Je crois que c'est mieux pour Dawud de ne pas voir notre couple se désintégrer. Mieux vaut une rupture amicale pour qu'il grandisse avec chacun de nous séparément.

— Tu mens ! Ce qui t'a poussée à t'enfuir, ce n'est pas Dawud. Le problème, c'est toi et moi.

Arden cilla et détourna les yeux, comme si elle craignait qu'il ne lise la vérité dans son regard. Il remarqua sa respiration haletante.

— Arden, tu n'es pas une source d'embarras pour moi et tu ne l'as jamais été. Tout cela ne tient pas debout et tu le sais. Je suis fier de tes efforts pour t'adapter. Tu as un don avec des gens. Tu les aimes et ça se voit.

Elle écarquilla les yeux.

— Mais je...

— Non, il n'y a pas de « mais » qui tienne. Ne t'ai-je pas dit et répété que tu étais merveilleuse ? Tu as déjà conquis le cœur des écoliers de ce pays et de leurs parents. Mais venons-en à la question de mes maîtresses...

Elle tressaillit, mais se composa une expression inflexible. Dans sa robe blanche, avec sa chevelure dorée autour de ses épaules et ses prunelles dans lesquelles brillait une flamme belliqueuse, elle était superbe. Au fil des mois, elle était devenue beaucoup plus qu'une épouse appropriée. Elle était devenue *sa femme*.

L'idée qu'elle et son cousin avaient été amants avait fait surgir en lui des instincts violents, jusqu'à ce qu'elle le persuade qu'elle n'avait eu aucun homme dans sa vie en l'espace de quatre ans. Il était son seul amant et il entendait bien le rester. Comment pourrait-il désirer d'autres femmes quand il avait Arden ?

Une brusque chaleur jaillit en lui tandis qu'il assimilait ce que cela impliquait. Il chancela, ébranlé. Avait-il vraiment été aveugle ? Son cœur se mit à battre à coups redoublés ; il respirait par saccades.

Arden pointa un index accusateur sur son torse.

— Un homme d'honneur ne reprendrait pas sa parole.

Idris posa la main sur la sienne, la pressant contre son cœur. Il vit les yeux de son épouse s'agrandir de surprise.

— Tu sens ? demanda-t-il d'une voix rauque. C'est l'effet que tu me fais, Arden.

Une image lui traversa l'esprit : une coulée de soleil glissant jusqu'au fond d'un puits vide et abandonné. Oui, l'effet qu'elle avait sur lui était aussi puissant que ça. Il ne se sentait plus vide à présent, mais empli d'un sentiment ardent, radieux, qu'il pouvait à peine contenir.

— C'est l'effet de la colère, c'est tout, répondit-elle en essayant de retirer sa main.

— Non. J'étais simplement furieux. Mais c'est différent maintenant.

Son cœur battait toujours une chamade endiablée. Le sentiment qui le possédait était le plus extraordinaire et le plus effrayant qu'il ait jamais connu.

— Ça m'est égal, Idris. Je veux seulement que tu me laisses partir ! insista-t-elle d'une voix étranglée.

Le gémissement aigu qu'elle poussa alors ressemblait à un sanglot. Touché, Idris dégagea les mèches blondes qui barraient la joue d'Arden et s'émerveilla de la douceur de sa peau. Fermant les yeux, il respira son parfum de fleur d'oranger.

— Il n'y aura pas d'autres femmes, déclara-t-il d'une voix sourde.

Arden se raidit.

— Pardon ?

— Je n'ai jamais eu l'intention de prendre une maîtresse.

Elle le fixa, comme frappée de stupeur.

— Mais tu as accepté…

— De ne jamais m'afficher avec une maîtresse, mais je n'ai pas dit que j'en aurais. Je savais déjà que je ne voudrais personne d'autre. Je n'ai désiré aucune femme depuis que je t'ai retrouvée.

— Tu penses me faire changer d'avis ? Mais ça ne marche pas. Ça m'est complètement égal que tu disposes d'un harem !

— Tu en es sûre ? dit Idris en lui effleurant la joue. C'est une chose que je ne pourrais pas faire.

Il marqua une pause et contempla les traits butés de sa belle Anglaise.

— Tu ne me demandes pas pourquoi ?

Arden détourna les yeux en frissonnant.

— Ne me fais pas ça, Idris. Je ne...

— Je ne pourrais pas inviter une autre femme dans mon lit, parce qu'il n'y en a qu'une que je désire, déclara-t-il gravement. Dans mon lit et dans ma vie. C'est toi, Arden. Je t'aime depuis le début, *habibti*, mais j'ai mis un temps fou à m'en rendre compte. Penser que tu avais eu d'autres amants me rendait malade. J'avais peur aussi que tu ne veuilles pas de moi. C'est une des raisons pour lesquelles je t'ai épousée si vite. Pour ne pas te perdre.

Le regard bleu d'Arden était démesurément agrandi, et elle tremblait violemment à présent.

— Je t'ai quittée à Santorin pour assumer mes nouvelles responsabilités, remplir mon devoir, reprit-il avec une grimace ironique. Mais j'avais l'impression de t'avoir abandonné mon cœur. Je n'ai jamais eu pour aucune autre les sentiments que je ressentais pour toi pendant ces années où nous étions séparés. Sais-tu pourquoi je me suis précipité chez toi le lendemain de la réception à l'ambassade ? Il fallait absolument que je te voie, même si c'était de la folie.

— Idris, murmura-t-elle, tu dis cela seulement parce que...

— Je le dis parce que c'est la vérité. Je t'aime. Avec toi, je suis enfin moi-même.

Et, délaissant toute fierté royale, Idris tomba à genoux et prit les mains tremblantes d'Arden entre les siennes.

— J'avais du mal à le croire, avoua-t-il. Parce que les hommes de ma famille ne savent pas aimer. Sauf le roi Dawud, mon grand-père, qui a adoré sa femme jusqu'à son dernier souffle.

Il embrassa les mains d'Arden, souhaitant désespérément la convaincre.

— C'est mon excuse pour ne pas avoir compris ce que je ressentais pour toi. Je t'aime, Arden, de toute mon âme. Sur mon honneur et sur la mémoire de mon grand-père, c'est la vérité. Et si tu ne me crois pas maintenant, j'ai l'intention de te convaincre chaque jour du reste de ma vie.

Des larmes voilaient les yeux d'Arden. Idris prit peur. S'était-il trompé en imaginant qu'elle avait des sentiments pour lui ?

Mais, à son tour, elle s'agenouilla. Interloqué, Idris la vit presser ses lèvres délicates sur ses doigts.

— Moi aussi, je t'aime, Idris. Je t'aimais déjà à Santorin. Et pendant notre séparation, même si je refusais de l'admettre. Je t'aimerai toujours.

Idris eut l'impression que son cœur explosait. C'étaient des larmes de joie qui brillaient dans les yeux d'Arden — elle avait les plus beaux yeux du monde. Il relâcha le souffle qu'il retenait depuis trop longtemps. Tout son être renaissait, en plus fort.

— Alors, nous sommes faits l'un pour l'autre, mon amour, dit-il avec ferveur.

Le sourire radieux qu'elle lui renvoya l'atteignit jusqu'à l'âme.

— J'ai quelque chose à te proposer, reprit-il avec sérieux.

Comme elle coulait un regard vers le lit, un rire joyeux le secoua.

— Patience, *habibti*. Voici mon idée : que dirais-tu d'emménager ici tous les trois ?

— Vraiment ? Mais... tes obligations au palais ?

— Tu as aussi les tiennes. Je suggère donc que nous restions pendant la semaine au Palais d'Or pour accomplir nos engagements respectifs et que nous vivions ici le week-end, loin de la cour, pour être simplement une famille.

— Tu pourrais faire ça, tu en es sûr ?

— Ma foi, avec un peu d'organisation... En fait, j'insiste.

Le sourire d'Arden, quand il la prit dans ses bras, exprimait tout ce qu'il désirait.

— Oh ! Ça semble merveilleux ! s'écria-t-elle.

Ce qu'elle voulut ajouter se perdit dans le baiser d'Idris, qui scellait leur amour et leur nouvelle vie.